ちくま文庫

自由学校

獅子文六

筑摩書房

目次

「自由学校」

獅子文六

彼女がそう叫ぶには

　ガシャガシャガシャという音。ミシンの音というものを、男性は、あまり好まぬようだ。第一に、うるさい。そして、楽器よりも鋭敏に、使い手の感情を伝えるから、困る。

　怒気を含んだ細君の脚が、ペダルを踏む場合、どんな、みごとな演奏をするか。それから、女性の自覚が、決して、戦後に始まったものではなくて、ミシンが日本の家庭に普及されたのと、時を同じゅうするという見方も、捨てたものではない。とにかく、針箱の側《そば》で、妻が静かに手を動かしていた時代には、家庭も、今よりは静かであったことは、事実だった。

「ねえ、出かけなくて、いいの」

　あの大雑音を、スリ抜ける声だから、相当、カン高い。光る声でまた、刺す声である。細君の駒子《こまこ》――満算《まんかぞ》えなら三十を越すか、越さぬか。白地に黒の棒ジマの、肩衣《かたぎぬ》のように、袖の切れたホーム・ドレスを着て、ミシンを踏む足は、ハダシである。これは、陽気がいいためで、身だしなみの問題ではない。少しは、ダラシのない方が、良人《おっと》は助かるのであるが、万事、これほど整理の行き届いた女も少い。ムダを知らない女である。体つきも、ムダな肉と背丈を拒んで、程のいい小作りだが、頭デッカチでも、胴長でもなく、内巻きにした黒髪も、豊かではあるが、毛深い方ではない。顔にしたって、無用に大きい道具は一つもなく、眼がクリクリと強いのを、やや反《そ》った鼻の愛嬌が救い、男のような口許《くちもと》と、ビスケット色に焼けたはだが、典型的美人となって、同性に恨まれない用心をしてる。すべてが活用されてる顔で、もしムダを探すとしたら、両眼の下に、少しばかり散在する、ソバカスぐらいなものだろうか。

頭の働きも、ムダがない。

「十一時を、七分過ぎたわよ」

側目《わきめ》もふらず、ミシンを踏みながら、背後の本箱の置時計が、指さしている時間を、正確にいい当てる。その本箱には、十九世紀の英文学から、戦後紹介されたアメリカ作家まで、原書や訳本が詰まってる。皆、彼女の蔵書であって、良人のあずかり知るところでない。しかし、彼女は良人が家にいる時、読書にふけるような女ではなく、ミシンでもかけて、内職の子供服を仕立てると同時に、その騒音で、良人を勤めに追い出す同時作業を、毎日の習慣とすることを、知ってる。

二間《ふたま》しかない離れ座敷、むしろ納屋といった方が適当な、粗末な住いである。日と雨に反り返った濡れ縁に、良人の南村五百助《いおすけ》が、大きな体を長々と寝転んで、日向《ひなた》ボッコをしてる。五月の末で、日向ボッコの陽気ではなく、満身に汗をかいてる。すり切れた綿ネルのパジャマも、暑苦しいが、そういうことを、一向、苦に病む気色が見えない。恐らく、真冬に始めた習慣を、打ち切りにする意志も、神経も、持ち合わせない男なのだろう。細君が、何度声をかけても、返事をしないのも、同様の原因かも知れない。

ミシンの音がピタリと止んだ。

「あなた、眠《ね》てるの」

「いや……」

　空井戸の底から響くような声だった。

「眠てないんなら、返事なさいよ」

「してるよ」

「十一時過ぎたって、いってるじゃないの」

「ああ、知ってる」

「知ってるなら、サッサと支度して、出かけたら、いいじゃないの」

「うん」

　と、いったものの、五百助は、微動もしなかった。まったく、無感動の状態である。恐ろしく大きな図体で、松の木のように太い首筋を見せながら、打つ伏せになってるが、着古した綿ネルのパジャマは、灰色に色がついて、肩、背、シリと、偉大な起伏を描き、鳥取海岸の砂丘と、異らない。人体というよりも、自然の一部を連想させる。むしろ、自然そのものが、横たわってるとしか思えない。自然が感動しないように、彼も、感動はご免なのであろう。

「そら、また、悪い癖を始めたね」

　ミシンが、再び動き、カン声が、また磨ぎ出される。

「一体、あんたって人、そうやって、落ちつき払ってるのを、優秀とでも、思ってるんじゃない？　それ、非常に、滑稽なのよ。バカみたいなことなのよ」

「そうかね」

五百助は、眠そうな、声を出した。返事をしなければ、うるさいことになるから、声だけ出したのだが、腹の中では、批評の如きことを、行ってる。

――ずいぶん、下品な口をきくようになったな。戦前は、あんな女ではなかった。やはり、境遇のせいだろう。

「そうよ。バカみたいなことよ。そういう愚劣ほど内容のないものはないのよ。風船爆弾のように、主体性のない、東洋的気休めなのよ。それを、ご当人は……」

その辺から、五百助は、耳を傾けなくなった。もっぱら、ミシンの音だけを聞きながら、暑苦しい日光浴を、愉《たの》しむことにした。

この夫婦が、一緒になったのは、昭和十六年の十一月で、戦争の起こる二十日ほど前だった。相当、世の中は窮屈になっていたが、それでも帝国ホテルで披露をした時には、シャンパンも抜いたし、結婚式菓子も出た。いや、五百助の生まれた南村家が、まだ、そんな無理を押せるだけの社会的勢力を持っていたのである。満洲交通の副総裁だった彼の父は、その頃もう死んでいたが、その会社の持株《もちかぶ》と、賢夫人の母と、亡父の子分たちが支えてくれる家運は、まだ、少しも傾いていなかった。昼ネオンとか、動かない置時計とか、蔭口をきかれる五百助ではあったが、誰も、南村家の将来に、不安を抱く者はなかった。

それが、この有為転変《ういてんぺん》である。中央線の武蔵間《むさしはざま》駅から、二十五分も歩かねばならぬ、こんなヘンピな所に、農家の離れ座敷を借りて、二人きりのわび住いを始めたのも、勿論、戦争のための委細は後にして――

「ちょいと、ちょいと……もう、いい加減にしたら、どう？」

駒子の声が、五百助の耳の端で聞えた。ミシンを離れて、側へ寄ってきたとすると、少し厄介なことになる。

矢庭に、手が伸びて、五百助のパジャマの襟にかかった。すると、猫がつままれたように、二十二貫の巨体の上半身が、スルスルと、もち上ったから、不思議である。心理が物理を支配する例は、家庭では稀《まれ》でない。

「さ、お出かけなさい」

あくまで、冷静な声であった。

五百助は、眼をまたたきながら、アグラをかいた。明るい外光を受けて、顔が真正面を向いたが、これは、珍らしい人相だった。

もう、めったに、こんな顔には、お目にかかれないのである。日蓮上人とか、西郷隆盛とか、精神力にあふれた英雄でなくては、こんな、黒毛虫のような眉や、コッペ・パンのような鼻や、懐中電燈が二つ輝いてるような眼や、ハンバーク・ステーキのような唇や、それらを一切合財を包含《ほうがん》して、なお、球場の外野ほどの余白を感じさせる顔の大きさを、持ってはいないのである。しかも、そんな大きな頭部が、福助人形的な不安を感じさせないのみか、むしろ、鉄瓶の蓋のツマミのように、小さく見えるのは、どういうものか。もっとも、五尺八寸の体と、二十二貫の肉との比例も、考えねばならぬが、それのみの理由ではないらしい。

とにかく、大人物の人相である。日蓮上人の木像、西郷隆盛の銅像を見ても、頭部は、皆、小さく見える。頭部は、問題でない。そこで、誰も、南村五百助の肉体に、威圧されてしまうのだが、細君の駒子とか、亡くなった母親の秋乃とかの近親者は、彼の巨大な目鼻立ちの奥にあるものを、悲しげに、認知していた。なにも、巨大なるものがないのである。といっても、シミッタレタものも、ないのである。結局、なにもないといった方が、早いのである。

彼は、学習院から京大を出て、長いこと遊んでいたが、結婚の年に、亡父の子分の世話で、東京通信社へ就職した。最初は、通信社でも、この大人物的肉体をどう扱っていいか、困ったらしい。まず、運動部に配されたのも、その頃、最もヒマな部であったことの外に、肉体は肉体を知るとでも、早合点されたのだろう。

ところが、五百助は、幼い頃から運動嫌いで、どんなスポーツにも手を出したことがなく、まったく、知識と神経を持ち合わせないのである。彼の年頃で、野球のルールも知らないということは、珍らしい話である。剣道やラグビーは、最も好かないスポーツだが、それは、人と争って、勝たねばならぬ点が、露骨だからだった。

彼は、人と争うことが、何より嫌いだった。これだけの巨体だから、腕力は相当あるにちがいないが、生まれてから一度も、それを振るったことがない。喧嘩というものも、曾《かつ》て、経験がない。巨体に恐れて、人が喧嘩しかけぬからでもあろうが、彼自身が、そのような危険に、立ち寄らぬからである。

彼は、運動記者は不適任と知っていたが、それを、口に出せる男ではなかった。そして、皮切りに、第七回日本体操大会に、先輩記者に連れられて行ったが、つまらぬ失敗を演じた。

五〇〇〇の長距離競走を見ているうちに、彼はすっかり退屈して、外苑スタディアムの便所へ行き、長いことシャがんでいた。あるいは、多少、眠っていたのかも、知れない。もう、レースも済んだ頃と思って、外へ出ようとしたが、どういうものか、ドアが開かなくなった。彼の力で、体当りでもすれば、ドアぐらいは訳なく開くのだが、それを敢えてする男ではなかった。彼は、隣りの便所に人が入るのを、根気よく待った。やがて、その機会が訪れると、壁越しに話しかけた。

「済まんですが、丸の内の東京通信社へ、電話かけてくれませんか。社の者が、ここへ閉じこめられて、出ることができない、とね……」

愚かな頼みであるが、それを、正直に取次いだのは、善良な中学生ででもあったろうか。東京通信社では、二人も記者が行ってるのに、そのような電話をしてくるのは、なにかの変事が起ったかと考え、社旗を翻《ひるが》えした車を飛ばして、屈強な社員が駆けつけたのだが、実に開いた口がふさがらなかった。

それ以来、五百助は、社内で有名な人物になったと同時に、運動部から、最もヒマな通信研究室というのに回されて、いつまでも、そこを動かなかった。彼の紹介者が、社の有力な幹部でなかったら、とうに、クビになってる筈《はず》だった。

彼は、運動部に向かないばかりでなく、機敏を要するジャーナリストそのものに、まったく資格を欠いているのである。それならば、勤人、商人、軍人、弁護士、芸術家等のどれかに、向いてるかというと、どれもこれも、考えただけで、ムリな相談という気がする。どうやら、彼に勤まる職業といったら坊主かも知れない。それも役僧や小坊主は、それぞれ仕事があるから、適当でない。一山の和尚でなければ、ダメである。働かずに、主として、茶でも飲んでる商売がいいのである。そんな、うまい職業が、あるものではない。つまり、彼は、《職業》に適さざる男なのである。

五百助は、よい家庭に育ち、稀な賢母の翼の下に温められ、そして、今は、無類に有能な妻の駒子に、一切を支配されて、生きている。駒子は、ある女子大の英文科を出て、英語が達者であるから、近所の農村戦後青年女子に、英語を教え、または、進駐軍関係の翻訳の下仕事をするばかりでなく、編物でも、アクセサリの製作でも、洋裁でも、先刻《さつき》まで、土砂降りの音を立てていたミシン仕事でも、直ちに、工賃にかえ得る技能を、持ってる。その他、料理の工夫にしろ、家計のヤリクリにしろ、普通の奥さんでは、足許にも寄れない腕前の持主なのである。

彼女とても、生まれながら、今のような女でもなかった。上流といわれる社会の空気も、吸ったことのある女だが、娘時代に、父が疑獄事件で失脚したのが第一幕の暗転、お次ぎが、五百助と結婚後の南村家没落で、パッと暗くなって、舞台の変る経験を、二度も味わった結果が、彼女をこんな有能な女にしてしまったのである。

憂きことのなおこの上につもれかし、限りある身の力ためさん——作者が幕末志士だとすると、まったくカビの生えた歌だが、可能性の限界を究めるといえば、自殺した有名な戦後青年の心境だった。

南村駒子なぞも、逆境に立てば立つほど、有能な素質を発揮する。一種の意地であろう。また、生まれもった気質と体質のせいだろう。彼女の側へいくと、カッカと、血だか、魂だか知れぬものの、火照《ほて》りを感じる。年中、燃え続けている、ストーブのような女である。気が勝ってる、というぐらいの表現で、追いつく女ではない。

そこを見込んだのが、五百助の賢母だった、秋乃刀自《とじ》である。

「ああいう男ですから、あなたの長男だと、おぼしめして……」

婚約時代に、彼女は、駒子にそういった。意味深長の言で、将来、夫婦になって、了が生まれても、それとは別に亭主を大きな子供だと思って、面倒を見てくれ、というのである。いいかえれば、五百助という男に、男性もしくは良人として、愛情や尊敬の起こるのを期待しても、ムダかも知れない。それよりも、人間の女の持っている、二つの愛情のうちで、母性愛といわれる方を、もっぱら用いてくれ――そういう依頼であったのだろうと、駒子は、今にして、時々、思い当るのである。姑は、実によくわが子を、知っていたのである。

だが、そのころは、彼女もまだ処女で、それを、生みの母の謙遜だと、考えていた。というのも、駒子は、五百助にホレていたからである。この、捉えどころのない、大きな壁のような男に、彼女は、いい知れぬ魅力を、感じていたのである。

「ええ、まるで、タイプにはまらない人なの。世間にも、小説のなかでも、ちょっと見当らない性格なんじゃないか知ら？　牛みたいなところもあるけど、決してそれだけじゃないの。強《し》いていえば、海ね。海の広さと、深さを感じさせるわ。つまり、大きな未知数なのよ。だから、とても、冒険だわ、そんな人と一緒になるの……」

婚約期間に、級友に、そう語った時の彼女は、その実、確信と得意で、ほほ笑んでいたのだ。気位の高い娘として、あの男もイヤ、この男も嫌いと、惜しげもなく、秀才や美青年を、ケトバシてきた彼女が、五百助のような男に、コロリと参ってしまったのは、不合理の極であった。或いは、過度の合理の災いであったかも知れぬが、結果は、女賢《さか》しゅうして、牛を売りそこなったのである。いや、買いそこなったのである。

母の秋乃が生きているうちは、五百助も、まだ、どこかに、見どころがあった。あの賢女は、息子にボロを出させないように、絶えず心を配っていたのであろう。戦争中に、秋乃が死んでからというものは、連日の幻滅相次ぎ、海どころではない、牛ですらない、ただのデクノボーの正体を、現わしてしまったのである。戦争末期に、五百助が土方《どかた》代りの兵隊にとられるまで、あの苦しい生活のなかで、何一つ役に立たぬ亭主として、彼女の手まとい、足まといになり続けた。

駒子のような女は、男と同じように、負け惜しみが強いから、グチはこぼさない。

——仕方がないじゃないの、こうなった以上。

そんな風に自己説得を試みて、英雄的心境を、味わおうとする。わが責任において、結婚したのだから、人にシリを持ち込もうとは、考えない。良人が、無比のデクノボーと知れた今日でも、離婚なぞする気持はない。とにかく、一緒にいることは、いてやろうという量見である。そこは、出来星《できぼし》の女権夫人と、話がちがう。

しかし、わが事において、後悔せずというのは、宮本武蔵にしても、一つの覚悟にすぎない。人間は、ことに女は、自分の知らない心のクラヤミが、大きい。クラヤミの中で、何がうごめいているか、それは、わからない。

――みごと、一パイ食わされたわ。

彼女は、そういわないつもりでも、心がそういってるのである。責任外といえば、それまでだが、根深いところから出る声は、普通のオシャベリのように、軽快なものではない。女の一生を、ワヤにされたという恨み。この恨みは、すべての細君が、大なり小なりに持っている。非常に恵まれた細君でも、心の一隅に、それを持ってるくらいだから、駒子が、クラヤミの中で、なにを考えたところで、罪とはいえない。しかし、その怒りと、恨みの本質は、身の毛もヨダつものがある。それが、ほんとに、女の一念といわれるものかも、知れない。

その、根深いものが、永久に潜伏してるといいが、薄紙の下の文字のように、時々、透けて見えるので、困る。駒子は、近頃、眠っているうちに、しきりに、歯ぎしりをする。キリキリと、深夜の怪音を立てる。昼間は、フーウと、長い吐息《といき》が出る。眼が、ギラギラと、いやに光る。頬の肉が、ピリピリと、動くことがある。

なんとなく、腹が立つので、つい、五百助に、暴《あら》い口調を用いるようになるが、対手《あいて》が、まるで無反応なので、倍加運動を試みずにはいられない。《ざんす言葉》を、美しく使いこなした彼女だったが、この頃は、チップを貰いそこなった女給のように、サモしい口をきくようになった。

みんな、彼女の責任外――意識の外の行動である。もちろん、意識している不平不満も、相当ある。重い荷を背負わされて、文句をいわぬ奴はない。五百助が、社から貰ってくる金は、基本給一万二千円と、手当を加えて、二万円近くなるのだが、税金や、社内交際費や、組合費の外に、前借りの伝票が多く、手取り一万円を切れるのが、常である。それでも、ソックリ、駒子の手に渡してくれれば、まだ助かるが、南村家のワカサマだった頃の習慣で、月給なぞは、銀座で一夜に捨てるものと、まだ考えるらしい。五百助ぐらい、金の有難味《ありがたみ》を、知らぬ男はない。自分が、有難くないので、駒子も同様だと、思うのだろうか。一文も、持って帰らない月もあり、毒づいても、ドヤしても、さらに応答なしとすれば、細君たるもの、遠大の計を立てざるをえないではないか。

そうでなくても、戦災、疎開の大騒ぎ、それから、財産税の納付、南村家完全没落までの整理清算――みんな、秋乃母堂死後に起った不幸で、駒子が一身に引き受けたので、年の割りに、世の中を知り、度胸のすわった女になってしまった。

そんな女が、遠大の計を立てたとなると、なかなか厄介である。保険へ入るとか、ヘソクリを溜めるとか、そんな生易《なまやさ》しいことはやらない。良人を対手とせず――天だの、運命だのと、直接取引きをしようとする。孤独を常とする志を、立てようとする。これが、コワイ。

彼女が、英語と手芸とミシンで、月収一万円以上稼ぐようになったのは、ほんの第一歩にすぎない。五百助の月給は、アテにしないが、しかし、取れるだけ取らなければと、ビシビシ、鬼家主のように、やかましくいうのも、小手調べ程度のことである。新憲法を研究し始めたあたりから、ソロソロ、本筋である。女の母性愛は、それが良人に注がれる場合、やはり一つの限界を持ってるなぞ、哲学し始めるに至っては、まったく、昔日の彼女ではなかった。

太平洋戦争が始まった年に、結婚したのが、そもそも、よくなかった。戦争に揺られ、夕られ、大いに感化された。人は、戦争未亡人の外に、戦争夫人というものの存在を、知らねばならない。共に、戦争の生んだヤモメである。前者は良人を失い、後者は良人を見失ったというに過ぎない。戦争夫人は、大きくいえば、日本男子に愛想をつかしてるのだが、とりあえず、わが良人を対手とせず、無視してるのである。自分の力で生き、自分の頭で考え、自分の腕で食い、自分の意志で欲情する——万事、自分ずくめである。一切、良人の世話にならないことを、理想とする。

自分の自由！

彼女等は、戦争のお蔭で、それを獲《え》たのである。しかし、誰にも、感謝はしていない。戦争中に、モンペをはき、行列をし、バケツを持って駆け出し、リュックを背負って汽車で揉《も》まれ、しまいには、便所の汲み取りまでやったんだから、それくらいのことは、アッタリマエでしょうと、考えてる。まだまだ、これくらいの自由では、彼女等は、満足しそうもない。なぜといって、彼女等は、現在、自分の力で、自分を食わしてる。この意識は、タイヘンなものだ。日本の妻が、自分で食い始めたのは、歴史的最大トピックである。

——半分は、あたしが、食わしてやってるんだわ。

駒子の場合は、そこまで行ってる。彼女の腹の底のどこかに、そういう自負や、恩着せ根性が、ないとはいわれない。プロレタリアの娘は、そういうことを考えないが、根がよい家に育って、自分のたくましい生活能力を発見したのも、最近であるから、意識も鮮明なのである。彼女が最も気に入らないのは、近頃、ことに烈《はげ》しくなった、五百助の怠け癖である。いくら、通信社勤めでも、正午出勤というのは、アンマリである。第一、それだけ、彼女の自由時間を、短縮することになる。黙っていれば、午後になっても、尻を上げない。ただの怠け癖以上に、少しウサン臭い点が、ないでもないのだ。

「さ、靴下。はい、ワイシャツ……」

わざと、一いち、そんなことをいって、品物を、五百助の身辺に、投げてよこす。乱暴な仕打ちだが、普通の亭主ではないから、それくらいに扱わないと、感じてくれないのだろう。慣れてるとみえて、亭主も、眉一つ、動かさない。無言で、従順に、靴下をはき、ワイシャツのボタンをかける。ただし、その動作は、高速度映画よりも、緩慢である。いや、今日は、特別に、ユックリ手間をかけてる工合である。

「そのワイシャツだって、お店じゃ売ってないんだから、そんなシミなんか、つけないでね」

最近、飲んだ時のシクジリだろう——胸のあたりに、黄色い食いコボシがあるのを、駒子は、見のがさなかった。

　下シャツ、サルマタの類にしても、普通人用では、間に合わない。戦前はある百貨店で、特大というのを、売っていたが、今では、手に入らない。みんな、駒子が、布《きれ》を才覚し、自分で仕立ててやるのである。それだけでも、手のかかる亭主で、他の女と添ったなら、どんなミジメを見るだろうと、そんなアワレミとも自負ともつかぬものが、彼女と五百助の間を結ぶ糸かも知れない。

「はい、定期と紙入れ——三百円だけ、入れといたわよ」

　さすがに、これは、投げては寄こさない。手渡されたそれを、五百助は、機械的に、内ポケットへしまったが、まだ、立ち上る様子はない。

　しかし、駒子は、これだけの刺戟を与えれば、五分間以内に、反応があることを知っているので、安心して、ミシンへ帰った。

　再び、ガシャガシャガシャという音。

「あら、どうしたの？　まだ、出かけないの？」

　駒子も、この図々しさには、驚いた。子供服の背縫いが、済んでしまう時間を、五百助は、平然とアグラのかきッぱなしだったのだ。

「どうしたっていうの、あんたは！」

　彼女は、良人の側へ、電柱のように、つッ立った。

「どうも、出かけても、しようがないのでね」

デクノボーが、始めて、口をきいた。彼の動作と同じように、緩慢だった。

「しようがないとは、なによ」

奇妙な言を吐く、無能亭主である。彼女の声が、キンキン響いても、やむを得ない。

「いやね、毎日、ブラブラ、遊び歩いても、しようがないと、思ってね」

ひどく、落ちつき払って、五百助は、奇怪の言を続けた。

「誰のことよ、それ？」

「無論、僕のことさ」

「あんたが、毎日、ブラブラ、遊び歩く？」

「うん、この頃はね」

「なにをいってるの、一体？」

駒子は、煙に巻かれた気持で、暫らくは、推理の能力を失った。

「あんた、社へいっていなかったのね」

やっと、駒子は、思い当った。

「そう」

少しも、悪びれない返事である。

「まア、驚いた——社へいくフリをして、毎日、遊んで歩いてたのね」

「そういうわけじゃないが、自然、そうなったんだよ」

雲をつかむような返事には、慣れてるから、驚かないが、怠け癖が、平気で社を休むまで、進行していようとは、彼女も、意外だった。

「ア、キ、レ、タ——よく、まア、そんな、子供みたいな……」

勉強のきらいな小学生が、用いる手口を踏襲した良人を、厳格な母親のように、ハッタと、睨《にら》むより外はない。

彼女は、常に、五百助を、支配している。良人の行動は、隅々まで、目が届いてるつもりでいたのに、今日は、虚《きょ》をつかれた感じで、それだけ、腹も立つのである。

「わかったわ——あんた、クビになったんでしょう？　え、そうでしょう」

良人の無能振りは、誰よりも、よく知ってる。良人を東京通信へ入れてくれたＹ氏も今は、追放で、社外の人になってる。良人がクビになる時期として、決して、早いことはない。

だが、五百助は、自若《じじゃく》として、

「いや」

「クビになったんじゃないの？　ほんと？　じゃア、ただ、怠けて、社を休んでたのね」

それも、不届きな罪科であるが、クビよりは、まだ我慢ができる。以後、精勤させればよろしい。時タマにしか、持って帰らない月給でも、ないよりマシだし、良人が定職を持ってることは、妻として、とにかく、気休めになる。

「いや、そういうわけでもないんだ。さっきも、いったがね」

と、五百助は、いよいよ、落ちつき払っている。

「じゃア、どうしたのよ。ハッキリ仰有《おっしゃ》いな、要点を」

なんというジレッタイ良人であるか。

「やめたんだよ、自分で」

アッサリと、それだけ。

「自分で、やめた？　辞職したっていうの？」

「そう」

今度こそは、呆れて、ものがいえない。

「まア……それを、一言も、あたしに話さないで？」

「話せば、君は、賛成しないだろうからね」

「きまってるわよ。一体、いつのこと、それは？」

「一と月ほど前」

「そんなに、前から、あたしを欺《あざむ》いてたのね。なぜ……なぜ、やめたの。やめなければならない理由は？」

キッと、良人を見すえたまま、体が寄ってくるのを、五百助は、少し逃げ腰になりながら、

「自由が、欲しくなったもんだからね」

「なんですって？」

それ以上、シャラ臭い言草《いいぐさ》があるだろうか。

自由が欲しい――それは、誰の言草であるか。

大きな赤ン坊より、まだ始末の悪い良人を抱え、妻の本職と内職と、八面六臂《はちめんろっぴ》の働きをし

て、時間に縛られ、金銭に縛られ、母性愛の依頼に縛られ、少しは、名家南村家の名に縛られ、多くは、日本の残存的封建性に縛られてる駒子自身が、誰よりも先きに、その言葉を、口にすべきではなかったか。いや、その言葉を、彼女の心のクラヤミでも、アカルミでも、常に、ささやき続けていたのではなかったか。

それを、半分、妻に食わして貰ってるデクノボーが、いうのにことかいて、なんたる言草だ。彼女の先《せん》を越すとは、何事だ。

「自由が、欲しくなったもんだからね」

あまりに、シャラ臭い言で、彼女は、わが耳を疑ったくらいだった。

「ハッハッハ。あなたは、どうして、そう喜劇的なの。愉快よ、まったく」

「なぜ?」

「なぜは、ないでしょう。あア、コッケイ……」

腹をたたく真似をしても、眼はギラギラと、異様に光って、五百助の顔が、蜂の巣になりそうに、詰問の視線が飛んだ。笑いと同時化された怒りは、青い怒りで、かなり兇悪なものである。五百助は、人が好いから、そんなことはわからない。

「僕はね、この頃、いろんな疑問が、起きてきたんだよ。社会に対しても、ウチの社についてもね。それを、つきつめると、結局、個人の自由とか、あるいは、人間の自由……」

と、少し調子に乗った。

「お黙ンなさい!」

ついに、駒子は、爆発した。

「あたしが、近所のハナッタラシに英語教えたり、ミシンかけたり、編物編んだり、南村家の親類づき合いしたり、墓地の付け届けをしたり、身をスリ減らして、働いてる間に、あんたは、一と月も、ブラブラ遊んでたのね。自分勝手に、社をやめてしまいながら、平気な顔で、あたしから、三日目に三百円ずつ、お小遣いを、巻きあげていたのね。そうね、そうね、そうね！」

「金は、君がくれるから、貰っていたんだよ。僕は、退職手当があったから、べつに、欲しくはなかったんだよ」

「退職手当？　あんたは、それまで、ネコババして、あたしに……」

「いや、匿《かく》したんじゃない。つまり、社をやめたことを、君に話しにくかったもんだから……」

いやな沈黙が、起きた。駒子が体中をブルブル震わせ、血の出るほど、唇を咬《か》んでる結果としての、沈黙である。が、突然、

「出ていけ！」

すばらしい、大音声だった。駒子自身が、驚いたほどの声と、言葉の意味だった。ほんとに、無意識で、彼女はそう叫んだのである。しかし、気がついた時に、取消しをする気はなかった。彼女は、それを訂正しただけだった。

「あなた、とても、ご一緒に生活していけませんから、家をお出ンなって……」

五百助は、ジロリと、細君の顔を見た。

「そうですか」

ひどく、重々しく、彼は答えた。そして、ユックリと立ち上って、長押《なげし》の釘から帽子をとると、

「では、サヨナラ。退職手当の残りは、僕の机の引出しにあるぜ」

五笑会の連中

五百助が家を出て、もう、一週間を経た。

三日目、五日目と、駒子は、日を算《かぞ》えてきたが、同じ水曜日が、また回《めぐ》ってくると、少しは、気になってきた。

しかし、タカをくくる気持には、まだ、変りはなかった。五百助のような、無能な、気の弱い男が、そんなにいつまでも、彼女のもとを離れて、暮していけるものではないのである。大方、友人の家でも、泊り歩いているのだろうが、そうそう、続くわけがない。イヤな顔をされたぐらいでは、感じないかも知れないが、お帰り下さいと、ハッキリ宣告されれば、素直に帰る男なのである。

第一、小遣銭が続かない。

彼が出ていった後で、机の引出しを開けてみたら、一万七千余円が、入っていた。酷遇で

有名な東京通信でも、九年間勤めた五百助の退職金に、その額は、少な過ぎる。出社のフリをして、遊び歩いてる間に、飲んでしまった残額であろう。そうとも知らず、三日目に三百円ずつ支給していた間抜けさが、なんとも腹立たしい。

しかし、あの日は、紙入れの中に、いくらも持っていなかった。駒子の入れてやった三枚の紙幣が大部分だった。すると、二、三日で、煙草銭にも、不自由することになる。彼の友人たちも、金のあるのは一人もないから、必ず、立往生ということになる。弱点の多い五百助の最大の弱点は、そこである。

「いや、やはり、家へ帰った方がいいと、思ってね」

大きな手で、頭をかきながら、ノッソリ、庭先きへ現われる姿が、駒子の眼に、アリアリと映る。そしたら、小ッぴどく、トッちめて、将来、かかる所業なきよう、骨身に応えさせてやろうと、待ちかまえてるが、一週間たっても、帰ってこないのが、少し、張合いがない。

――おかしいわ。こんなに、イキの続くのが不思議だわ。

駒子は、アワビ取りの海女でも見てる気になる。勿論、そのうちに、浮き上ってくるとは、確信してるが、ただ、その秘密を解きたいのである。

――ことによったら、大磯にでもいって、お金借りてるんじゃないか知ら。

ふと、駒子は、そうも思った。《大磯》というのは、大磯に住んでる五百助の叔父《おじ》――秋乃の弟のことである。時代おくれの法学者で、一種の変人である。T大名誉教授という肩書はあるが、まったく世を捨てて、好き三昧な生活をしてる。しかし、金は持っていない。昔の著書が、今でも売れるし、近頃は、カストリ雑誌などに、下らぬ雑文を書いて、旧門下生に意見されたりするが、そんな収入は、知れたものだろう。それに、人にネダられて、金を出すのが嫌いで、自分の意志で財布を開ける時は、いやに気前がいいという、根性曲りだから、オイソレと、五百助に援助してるとも、考えられない。その上、肉親愛なぞにとらわれる人間ではなく、五百助とまったく同様に、駒子を遇してくれ、その点は、彼女も、充分に親しみを感じる、義理の叔父なのである。

しかし五百助のことだから、シャアシャアと、金を借りにいって、断られたかも知れないし、ことによったら、そのまま、図々しく、居候をきめ込んでいないとも、限らない。とにかく大磯へつけば、なにか、五百助の消息が、知れそうな気がする。そうでないとしても、かりにも南村家の当主が、家を出て、一週間になるとすれば、親類の長老である大磯の叔父に、一応、御届けに及ぶのが、細君の義務というものだろう。夫婦喧嘩の内容を説明するのは、好もしくないが、あの変人の叔父なら、外の人たちよりも、まだ、気安いのである。

――まア、行くだけ、行ってみるわ。

駒子は、朝のうちに、家事をかたづけ、戸を閉めて、家を出た。家主のところへいって、

「ちょいと、出かけますから、お願いします」

といえば、いつでも外出できるのだから、その点は便利である。

新宿で、土産物を買って、東京駅へいくと、十一時十分の熱海行きに、間に合った。週日なので、座席も空いていた。板張りだった車窓も、いつかガラスになり、そこから、初夏の

淡い青空と新緑が、美しかった。

駒子は、自分の気持が、ひどく浮々してるのに、驚いた。まるで、幸福だった娘時代に、京都へでも旅行するような、愉しい気分なのである。ハミングで、唄でもうたうか、少くとも、ハンド・バッグの中から、チョコレートでも、とり出したい気分である。亭主が家出して、一週間になるというのに、これはまた、どうした心理なのだろうか。

そういえば、出がけに、化粧をする時からして、いつもより、念が入っていたようだ。鏡の中の自分が、ビックリするほど、若く見えた。それから、服も、最近仕立てた、青灰色のダブルチックを着て、紺革のハンド・バッグで、色調を合わせ、せいぜい、スッキリと、年《と》増《し》美《ま》を発揮する努力をしたのも、不思議といえば、不思議だった。まさか、大磯の枯木のようなオジイチャンに、見せたい量見でもないとすると、彼女らしくもない、ムダな行動といわねばならない。

横浜駅に着いた時に、バイヤーだか、平服の士官だか知らないが、奥さんと腕を組んで、窓の外を通りながら、ジロリと、駒子の顔を注視した。どうも、思わぬところに、キレイな花が咲いていた——という表情としか、受け取れなかった。彼女は、すぐ眼を外らしたが、少し、顔が赤くなった。最近、彼女が顔を赤くしたなんて経験は、ちょっと珍らしいのである。

——世間の奥さんは、ご亭主がいなくなると、寂しがるのか知ら。

どうも、彼女は、最初の夜から、一向、寂しくならない。山のような肉塊が、横に転がっていないだけでも、清涼感を感じる。狭い座敷が、ころ合いの広さになる。起きてみつ、寝てみつどころか、グウグウ、朝まで、眼が開かない。こんな、薄情な女だとは、自分でも思わなかったが、それもこれも、間もなく、良人が帰ってくるにちがいない見透しから、真剣になれないのだろう――

大磯の山が見えて、降りる支度をするのが、駒子には、惜しかった。もっと、遠く、はるかなところまで、旅が続けたかった。せめて、アメリカぐらいまで――

心ウキウキで、持参のパン弁当も、食べ忘れたが、その方は、残念でもなく、駅から、線路沿いに、逆行する道を、スタスタ歩いた。大磯は、子供の時分に、父の別荘があって、彼女も、よく地理を心得ていた。その別荘があった付近は、一等地だったが、五百助の叔父の住む界隈《かいわい》は、人家の少いくせに、ゴミゴミした、低湿地だった。駒子の幻想は、ダラグラ坂を降りると共に、下落した。

それでも、松があり、海の匂いがする小道を、何度も曲って、やっと、槙《まき》の生垣《いけがき》に囲まれた、粗末な木戸門の前に出た。叔父の筆蹟で、羽根田　力と、ヒネた字が書いてあるのが、やっと読めるくらい、標札も古びているが、家も、法学博士の住居とも思われない、ヤッツケ普請《ぶしん》で、十五年も前に建てたというから、その頃からして、金に縁のない叔父だったのだろう。

「ご免下さい……」

安ッぽい格子戸《こうしど》を開けると、これは、珍らしい――土間に、数足の靴や下駄が、列《なら》んでいた。奥からも、にぎやかな声が、洩れてきた。客嫌いで評判な家に、こんな人数が集まるとは、前代未聞だった。その代り、駒子の声も聞えないらしく、誰も、玄関に出る者はなかった。

――悪い時に、きたわ。これじゃ、話も、できやしない。

しかし、そのまま、帰るわけにもいかず、裏口へ回ってみると、開け放しの台所口から、割烹着《かっぽうぎ》姿の叔母が、老眼鏡をかけて、香の物を切ってるのが見えた。

「あら、駒ちゃん……どうしたの、こんな、汚いところへ回って?」

叔母は、驚いて、顔をあげた。

「いえ、お玄関で、何度も、声をかけたんですけど……」

「そうかい。今日は、珍らしく、取り混んでね――なに、五笑会の人達だから、面倒はないんだけどね。さア、玄関から、お上りなさい」

「ここから、上らして頂きますわ。お忙がしそうだから、すぐ、お暇《いとま》しますけど……」

「なアに、皆さん、お弁当持ちだから、おコーコだけ出せば、いいんだよ。ちっとも、忙がしいことなんか、ありゃしない。晩には、また、一パイ飲むんだろうけど、それは、その時のことさ」

いつも、気サクな、叔母だった。学者の夫人などという取り澄ましが、ミジンもない女で、女中も置かず、家事一切を、切り回している。もっとも、夫婦二人きりの世帯であるが、そうやって、コマゴマ働きながらも、少しも、労苦の色がなく、どこかに、品位さえ隠れてるのは、彼女が、東京山の手種族の正統であるためかも、知れない。

「台所からなんか、上げて、ほんとに、済まないね。さア、これで、済んだ……。茶の間へ、いきましょう」

叔母の後に従いながら、駒子は、家の中を見回したが、五百助のきているらしい様子はなかった。

駒子はそれとなく、五百助が訪ねてきたかと、聞いて見たが、叔母は、気もない素振りの返事だった。それなら、まず叔母に、五百助の家出を報告しようと思ったが、対手は、人を外らさぬ応対を、それとなく、心得てる女で、

「駒ちゃん、お茶漬でも、一緒に食べようじゃないか。アジの一と干《ほし》の、おいしいのがあるよ」

「はア、でも、おかまいなく……パンのお弁当持ってますから」

「水臭い真似を、するひとだね。まア、いいや。とにかく、食べながら、話しましょう……」

と、それから、屈託のない世間話が始まって、駒子も、笑いに釣り込まれ、用件を、切り出す緒口《いとぐち》を失った。

座敷の方でも、時々ドッと笑う声が、茶の間まで、聞えてきた。

「今日のお客さま、ずいぶん、お賑やかなんですね。叔父さまのご門下の方たちなんですの？」

駒子も、耳を立てないでいられなかった。

「いえ、五笑会を、戦後始めてやるっていうんで、オジイサンたち、あんなに、ハシャいでるんだよ」

「五笑会ッて？」

「おや、駒ちゃんは、知らなかったかね。五百さんは、よく、ご存じだと、思うけれど……。ちょいと、人さまに、お話しのできない、バカバカしい会でね。羽根田が、その会長というわけなの」

「なにか、変ったご研究でも？」

「ホッホッホ。それア、ずいぶん、変ってもいるし、研究っていえば、それにちがいないけど……」

「まア、どんな、お集まりなんでしょう」

「いいから、黙って、聞いててご覧。そのうちに、いやでも、わかってくるよ。なんしろ、羽根田を筆頭に、少し、この辺のおかしな連中が、五人も、寄り合ったんだからね」

と、叔母の銀子は、貧弱な束髪《そくはつ》に結った、自分の頭部を指さす。

「でも、女のお声も、聞えるんじゃありません？」

「ああ、芳蘭《ほうらん》さん——亡くなった実業家の、堀さんの奥さんでね。器用な方で、お能、お茶、南画——なんでも、なさるんだよ。ご主人が、もと、五笑会の会員で、まア、その遺志をついで、入会なすったんだがね。もっとも、女の会員は、芳蘭さんお一人……」

「すると、あの、日本水力の堀さんじゃございません？　あの方なら、五百助と一緒に、お目にかかったことが、ございますわ。十六、七の坊ッちゃまと、銀座をお歩きになってるところを……」

「隆文《たかぶみ》さんだろう？　もう、一人前に、おなんなすったよ。堀さんは、南村のお父さんと懇意だったから、五百さんも、よく知ってなさるわけさ。堀さんに限らず、五笑会の人達は、みんな、五百さんと、顔馴染みでね。なんしろ、古い会で、二・二六事件が起きると、羽根田がひどく憤慨して、こんな会を始めたんだから……」

　ちょうど、その時に、テ、テ、テ、テンと、太鼓の小手調べでもするらしい音が、座敷の方から、響いてきた。

「そオら、始まった……」

　銀子が、クスリと、笑った。

　やがて、テケテンテン、ピーヒャラと、陽気な祭りバヤシの音が、起りかけたが、それは、油の切れた時計のように、いかにも、進行がタドタドしく、大太鼓と小太鼓の音がズレるぐらいは、まだいいとして、鉦が急行で駆け出す後から、笛が、いやに荘重に、気長く追っていく調子は、なんともいえず、ブザマで、滑稽だった。

「これは、いかん！」

　羽根田の叔父の、吐息混りの声は、ひどく、真面目だった。同時に、ハヤシの音が止み、ドッと、笑声が起きた。

「久しくやらんと、こんなもんですかな」

　年配の男の声だった。

「いや、わしは、もう半月も前から、復習しとるのですがね。ご一緒にやると、こうも乱れるとは、思わなかった……」

　これも、中老の声。

「いいえ、あたくしが悪いんでございますよ。先生に、あれほど、手ほどきをして頂いたんですけど、やはり、お能の笛とはちがいましてねえ……」

　と、これは、シャがれたくせに色ッぽい、女の声だった。

「どうも、全責任は、僕の鉦《かね》にあるらしいです。父の真似をして、スッカリ腹に入ってたつもりなんですけど、イザとなると、全然……」

　一番若く聞える、男の声だった。

「お父さんの鉦は、聞きものでしたな。本職のお医者と、どっちかと、思われるほどで……。いずれにしても、惜しい人を亡くしましたよ」

　と、別な老人の声。

「入り易く、学び難いのが、鉦でしょうかな。四色の音が、出るようになっても、全体を締める、あのイキの会得《えとく》が、むつかしい。一応、ほかの楽器をマスターする必要がある、所以《ゆえん》ですよ。その点、亡き辺見君は、有資格者だった……」

　羽根田の叔父が、いつもに似げない、シカツメらしいことを、いっていた。

「先生、辺見さんの鉦ばかり、お賞《ほ》めになりますけど、堀の笛も、なんとか仰有って下さらないと、草葉の陰で、恨んでおりますよ」

　と、さっきの女の声。

「いや、堀君の笛ばかりは、義理にも、賞められない。あんな、不器用な男も、めったになかったですね。それに、ひどい音痴で……。しかし、好きだったな。あれくらい、この道を愛していた人間は、少なかったですよ。そして、ほんとの意味の紳士《ジャンチ・オンム》でしたな、彼は……」

「まア、上げたり、下げたり……」

「五笑会の会員に、悪人がいるわけはないが、辺見君にしても、堀君にしても、粒選りの好漢が、死んでしまって……。昔の例会は、まったく、命の洗濯でしたな……」

一老人の声は、少し、湿ッぽかった。

そういう話声は、座敷から茶の間へ、筒抜けるので、駒子も、五笑会なるものの性質が、おぼろげに、分明してきた。

「懐旧談は、後にして……。では、もう一度、口拍子で、合わせましょう。いいですか――テンテンテンヤ、テンテンヤ、スケテンテン、イヤ、ドドン……」

「まア、お神楽《かぐら》の会なんですの？」

「オカグラなんていうと、叱られるよ。あれは、楽器からして、ちがうんだそうでね。この方は、祭りバヤシとか、和歌バヤシとかいわないとね」

「ああ、バカ・バヤシ……」

「そうなんだよ。その方が、通りがいいよ。第一、利口な人のやる仕事じゃないし……」

せんでしたわ」

「あら、ご免遊ばせ。叔父さまに、そんなお道楽がおありになるなんて、ちっとも、存じませんでしたわ」

「あんたのお嫁にくる前だったからね、五笑会が盛んだったのは。戦争で、会ができなくなって、やっと、何年か振りで、始めたわけなの。また、当分、テンテンヤ、テンテンヤで、うるさいことだよ……。でもね、最初ッから、バカ・バヤシなんかやる会じゃ、なかったんだよ。始まりは、ただ、《笑う会》といってね、ツムジ曲りのジイサンたちが——その時分は、まだジイサンでもなかったけど——美濃部博士事件なんかのモヤモヤを忘れるために、バカ話をする会だったんだがね。ちょうど、顔ぶれが、いつか、五人ときまっちまって、それに、あたしはよく知らないが、人間の笑い方ッてものは、五色しかないんだってね。そんなこんなで、五笑会ッて名が、できたらしいのさ。会員の皆さん、それは仲がよくて——子爵の菱刈さん、辺見病院の辺見さん、三ツ星の技師長だった藤村さん、それに、さっき話した堀さんと、ウチと、みんな、ご商売はちがうんだけど、とても、お話が合うんだね。親類以上のおつき合いになってしまって——辺見さんや堀さんが、お亡くなりになった時の、羽根田のショげ方といったら……。男の友情って、駒ちゃん、なかなか、バカにならないよ」

「で、バカ・バヤシ——和歌バヤシですか、その方は？」

「それは、もう、羽根田の智慧ですよ、羽根田でなければ、そんな愚にもつかないことを、考え出しゃしない。祭りバヤシが、小さい太鼓二つ、大太鼓一つ、笛、鉦で、ちょうど、五人でできるのを、モッケの幸いにして、皆さんに、おすすめしたんですよ。もともと、自分が粋狂で、里神楽のレコードを集めたりしてたもんだからね」

「それにしても、そう急に、ああいう音楽を、お覚えになれるんですか」

「なアに、満足にできるわけのもんじゃないんだけど、とにかく、皆さん、熱心でね。長谷川という、その道の名人にきてもらって、お稽古を始めたの。始めは、なかなか、太鼓なんか、叩かしてくれやしません。太い竹に、ワラを巻いて、それをバチでたたきながら、大きな声で、テンテンヤ、テンテンヤ、イヤ、スケテンテン――いい年をして、まったく、見られたものじゃなかった……」

「でも、叔父さまは、よっぽど、ご上達のようじゃありませんか？　いまの太鼓、そうらしいですわね」

「太鼓も、鉦もやるらしいけど、達者なのは、コーシャクばかりでね」

「でも、結構ですわ、こういう時代に、そんな……」

と、いいかけて、駒子は、自分の置かれた運命を、思い出した。

「へえ、驚いたね、五百さんが家出をしたとは……」

叔母の銀子は、たちまち、笑顔を中絶した。

「なんだって、また、それを、早く切り出さないんだね。そのことで、相談にきたんじゃないの？」

「ええ、それは、そうなんですけど……」

駒子は、大磯まできた用件を、長いこといいそびれたのは、決して、叔母のノンキな態度に影響されたからでないことを、知っていた。彼女自身が、五百助の家出を、ノンキに考えてるためであるが、それを、口に出すわけにいかなかった。彼女は、ちょっと、下を向いた。

すると、叔母は勘ちがいをして、

「どうも、駒ちゃんは、遠慮深くて、いけないね。そんな大事なことを、なぜ、今まで黙ってるのかね。そういえば、すぐにも、羽根田を、呼んでくるのに……」

「でも、せっかく、叔父さまが、あんなに、面白そうに……」

「なアに、たかがバカ・バヤシじゃないか。お待ちなさい。すぐに、連れてくるから……」

「いいえ、よろしいんですの」

「よかアないよ。じゃア、あたしと一緒に、お茶を持って、お座敷へいこう。その時の様子で、あたしが、ちょいと、羽根田に声をかけるから……」

銀子は、急いで、茶器の支度を始め、大磯の菓子の西行《さいぎよう》饅頭を、染付けの鉢に盛った。その菓子器を、駒子がささげて銀子の後に、従った。

茶の間から、客間まで、カギの手の廊下があった。松が五、六本あるきりで、芝が伸び放題の庭から、春蟬の声が聞えた。

「やア……いつ、きたね」

叔父の羽根田力《つとむ》は、駒子を認めると、鶴のように痩せた上半身で、軽く、会釈の動作をした。小さな、小判形の眼鏡と、半白の口髭と、禿げを知らぬ髪とが、戦前の首相平沼を、思い出させた。

「あなた、もう、さっきから、見えてるんですよ」

　銀子が、駒子に代って、答えた。

「そんなら、大いに、コキ使って、台所の手伝いでもさせれば、よかった……。皆さん、ご紹介しますよ。甥の家内の駒子です。こう見えて、なかなか才媛《さいえん》でね。英文学の大家である上に、ヌカミソのつけ方も、堂に入ったものです。ことに、良人を克する腕前にかけては……」

「いやですわ、叔父さま……」

　駒子も、シナの一つぐらい、つくらずにいられなくなった。

「ああ、南村君の夫人……」

「五百助さんの奥さまでいらッしゃいますか」

　一座の人たちは、隔意のない笑顔を、駒子に向けた。

「よく、お見知り置きを、願うんだぜ。天下の聖人と、佳人の集まりなんだからね。まず、そこの小太鼓の前の、瀟洒《しょうしゃ》たる老紳士は、菱刈旧子爵……」

　今日は、ひどく機嫌のいい叔父が、調子に乗って、個別紹介を始めたのは、駒子にとって、むしろ迷惑だった。

　羽根田博士は、駒子に、五笑会のメンバーを、一人一人、紹介したが、その足らざる点を補ってみると、次ぎのようになる。

菱刈乙丸《ひしかりおとまる》（五十八）
旧子爵。旧研究会会員。日本畜犬愛護協会前会長。但し、貴族院議員も、犬屋の親方も、看板だけで、遊ぶことに一生を費したような男。碁、将棋から銃猟、投網、ゴルフ、そして、茶屋遊びなぞも堂に入ってる。羽根田博士が青山に住んでいたころの隣人で、五笑会創立当時からの会員。器用な性質なので、祭りバヤシの楽器は、一応、何でもコナし、腕も一番優れている。今日はカミの締め太鼓を打ってる。干枯《ひか》らびたような、小男であるが、広い額のあたりに殿様らしい品位を強いて見出せないこともない。大島ガスリに、色のやけた単羽織《ひとえ》を着てるのは、近時、手許《てもと》不如意のせいだろう。

藤村功一（六十一）
三ツ星重工業の技師長を勤めたことのある工学士。非常に謹直な、祭りバヤシの外に何の道楽もない男。追放ではないが、戦争責任を感じて、自ら職を退き、現在はある電工会社の顧問をしてるだけ。五笑会の復活を、この男ほど喜んでる者はない。羽根田博士とは高等学校以来の親友で、やはり、創立当時からの会員。今日に限らず、いつもシモの締め太鼓を受け持ってる。稽古熱心だが、腕前はさほどでない。紺のセビロを着ている。

辺見卓（三十五）
最も年少者である癖に、最も老成ぶる男。医師であった亡父の辺見広太から、鉦の手ほどきを受けたことがある。今度、遺志を次ぐと称して、入会を申込んできた。その実、バカ・バヤシを愛するよりも、この会の空気に浸《ひた》って、烈しい世相から逃避したいらしい。戦争に出て、すっかり、弱気になった男。現在、製薬会社の社員だが、時々、今日のように、ズル休みをする。亡父から引き続いて、その会社の大株主だからだろう。渋い好みのセビロに、黒ッぽいネクタイ。

堀芳蘭《ほうらん》。本名トラ（推定四十四、五）
年をいわぬ女。花柳界出身らしい。日本水力の専務の堀大輔《だいすけ》の後妻。良人は創立以来の会員で、笛が下手の横好きだった。そのころから、彼女も良人と共に、時々、五笑会に出席し、会員と馴染みが深かった。ガラガラした性格のくせに、高尚な稽古事を好み、茶道や南画を習ったのも、自分の素姓をかくすタクラミだったかも知れない。しかし、良人の死後、それまで軽蔑していたバカ・バヤシに、興味を持つようになり、同時に、サバサバした中婆さんになった。そして、五笑会復活の話を聞くと、能管の稽古をしたことのあるのを幸いに、自ら笛を志願して、会員に加わったのである。芳蘭というのは、南画の先生からもらった号であるが、手紙を出す時も、必ずそれを用い、本名を書かない。ハデ好きで、今日も、キモノは小豆色に桜の小紋、化粧は厚く、髪もコッテリと、渦巻かせてある。まだ、眼つきも、色ッぽい。多弁で、濁った声だが、歯切れはいい。息子の自慢をする癖がある。

まず、そんな連中の集まりなのである。

「どうぞ、よろしく……」

と、頭を下げたものの、駒子は、あまりにもノンキな、一座の空気が、腹立たしいはどだった。

——なんという、反動人種の集まりだろう。一人だって、現代の知性を感じさせる顔は、見当りはしない。

古びた、赤い麻の緒のついた太鼓や、ヤカンの蓋のような鉦や——そんな原始的な打楽器と竹の笛を、さも大切そうに、前に置いて、畏まってる人々を、駒子は、乾いた眼つきで、眺め渡した。

「駒ちゃんなんかも、これから、ちと、例会に顔を出すと、いいぜ。ベートオヴェン、モツァルトばかりに、音楽の精神があると思うのは、早計だぜ。精神は、むしろ、このハヤシの方が、豊かで、純粋なんだから……」

そんな、へ理屈をいう叔父まで、今日は、軽蔑に値いした。五百助の事件の報告なぞ、やめてしまおうかとさえ考えた。

「あなた、ちょいと、お後で……」

人々に、お茶を配り終った銀子が、良人の耳に、ささやいた。

駒子が、叔母と共に、茶の間へ引き下ると、すぐに、叔父の足音が聞えた。

「なんだ。べつに、急ぐ用件でもあるまい……」

チャブ台に手をかけて、中腰になってるのは、一刻も早く、座敷へ戻りたいからだろう。

「困ったことが、できましたよ、あなた。五百さんが、家出をしたんですッて」

銀子が、声をひそめた。

「ハッハ、五百助がね。もっとも、大ていの亭主は、家出がしたいのを我慢してる世の中だがね」

「そんな、ノンキな沙汰じゃないんですよ。五百さんは、もう、一週間も、家へ帰らないんだそうですよ」

「それア、せっかく、思い立ったのだから、そう急には、帰らんだろう。しかし、心配することはないね。結局は、駒ちゃんのところへ、帰ってくるよ」

叔父は、事もなげに、答えた。早く、太鼓の側に戻りたい一心で、気休めをいうのでもないらしかった。

「あたくしも、そう思うんですけど、とにかく、お耳に入れて置きたいと……」

駒子は、そういう叔父の態度が、うれしかった。

「そんな、一家の私事を、一々、ご報告には及ばないね。いずれ、夫婦喧嘩の高潮した結果だろう……」

「はア、でも……」

対等の夫婦喧嘩と思われることは、駒子の自尊心が、容《ゆる》さなかった、また、そういうことになったナリユキを、自分に都合のいいように粉飾することも、彼女の誇りを、傷つけた。

彼女は、スラスラと《真相》を語った。

「すると、駒ちゃんの方から、出ていけと、いったの？」

叔母は、少し、呆れ顔だった。

「それよりも、五百助がいった言葉を、もう一度、聞かしてくれんか」

叔父の方は、どういうわけか、小首を傾けた。

「と、仰有《おつしや》いますと、あたくしに無断で、南村が社をやめたことを、白状した言葉でございますか」

駒子は、叔父に反問した。

「いやいや……辞職の理由について、五百助が、なんか、警句を洩らしたろう」

羽根田は、今聞いたばかりの言葉が思い出せないので、眉を寄せた。

「あら、警句なんて、いえる人じゃありませんわ。叔父さまのお聞きちがいですわ」

「いや、そんなことはない。エーと、実に、五百助らしくない、秀抜な文句なんだが……。どうも、近頃は、すぐ、もの忘れをして困る」

「なんでしょう？　東京通信社や、近頃の社会そのものに対して、疑問を持つなぞとは、申しましたが……」

「そんな平凡な文句じゃないね」

「その疑問をつきつめていくと、結局、個人の自由とか、人間の自由とかいう問題に——なんて、ガラにないことも、申しましたけど……」

「それでもない。そんな文句なら、新聞論説に、毎日、書いてある。もっと、なにか、非常に端的なことを、いったはずだ……」

「その外に、別段……。ただ、自由が欲しくなったもんだからね——と、いうようなことを……」

「それ、それ！　そいつが、聞きのがせない文句だ」

「だって、叔父さま、近頃は、小学生でも、そういうことを、申しますわ」

「そうなんだ。猫もシャクシも、自由とか、解放とかを、口にしている。明治二十年前後の自由民権時代には、当時のインテリの一部が、自由々々と、叫んだ。そこが、今度の時代と、ちがうといえばちがう。しかし、機械的に、自動的《オートマチック》に、自由という言葉が、扱われた点では、少しも、変りがない……」

「ですから、南村が、そんなことを申しましたのも、機械的、自動的なんですわ。べつに、深い意味はなく、ただ、人の口真似をしたに過ぎないと、思いますわ」

「いや、ちがう。駒ちゃんの頭脳の明晰《めいせき》は、常に尊敬してるが、今度の場合は、大きな見解の相違があるようだ」

「でも、叔父さま、南村は、決して、流行にサキガケる人じゃありませんの。国民服だって、昭和二十年になって、やっと、着始めたくらいで……。つまり、人真似が、スロ・モーなんですわ」

「その代り、ほんとに、国民服が着たくなったのだろうよ……。あの男の意志は、ほとんど、流行に関係がないと、見てよろしい。自由が欲しいという、キマリ文句も、あの男の口から出たと思うと、わたしには、警句と同じほどの鋭さを、感じさせるね」

「そうでしょうか」

「駒ちゃんは、結婚して、何年？」

「九年です」

「わたしは、三十五年間、あの男を見てる……。駒ちゃん、これは、一と月や二た月では、あの男は、帰ってこないよ。あんたも、そのつもりで、準備態勢を整えなければいけない……」


駒子は、四時少し前に、羽根田の家を出た。

「無人《ぶにん》ですから、早く帰りませんと……」

そういって、叔母に別れを告げたが、それはウソだった。家なんか、いくら明けても、かまわないのである。ただ、あの超現代的な、テンテンヤ、テンテンヤを聞いていると、こっちの頭まで、妙になってくるし、また、羽根田叔父の言草《いいぐさ》は、明らかに、人をバカにしていた。駒子のような女に、長居をさせない条件ばかりだった。

――あの面白くもない詭弁さえ振り回さなかったら、いい人なんだけど。

ネゴトのような、五百助の言葉を、ひどく意味があるように解釈したのは、いつもの叔父の悪癖に、ちがいなかった。逆説じみたことをいって、一人で悦に入ってるのは、叔父の持ち前で、毎度、同じようなことを聞かされると、ウンザリしてくる。もっとも、今日は、いつもより、ご念が入って、詭弁道楽とも思えない節もあった。

――すると、やはり、肉親の情かな。

駒子は、人のよくない笑いを、片頬に浮かべた。

しかし、なにか、心に愉しまないものがあって、停車場へいく足も遅かった。ふと、彼女は、海へ出てみたくなった。海の風にも、しばらく吹かれないし、父の別荘のあった西小磯の海岸も、懐かしい気持がした。

照ケ崎の浜へ出ると、真ッ向から、南の風が、吹きつけた。江ノ島も、三浦半島も、箱根の山にも、青々と、輪郭を描いていた。あんまり遠望がハッキリする日は、翌日、雨になると、別荘番のジイヤがいっていたことを、彼女は思い出した。

風はあっても、波はその割りでなかった。シブキも、飛んでこなかった。彼女は、波打ち際を、西の方へ歩き出した。この辺は、真夏になると、ヨシズ張りの海水浴茶屋が、一面に立ち列び、どの別荘でも、行きつけの茶屋を持っていた。駒子の家では《いづ松》だった。甘い麦湯が、うまかった……。

――ふん、バカバカしいわ、そんな追憶。

ブルジョアの家に生まれ、ブルジョアの家に嫁した女の幾割りは、戦争で転落しても、意地ばかり強くなって、感傷は嫌いだった。いや、メソメソすると、飛んでもないことになると、知っていた。

彼女は、西小磯の松林の中の、父の別荘が、どんな風になってるか――という懐旧心に、まったく興味を失った。誰が住んで、どう変っていたところで、彼女の現在と、なんの関係があるのだ――

滄浪閣《そうろうかく》の前浜あたりで、彼女は歩みを返す気になった。そして、回れ右をした途端に砂丘の上から駆け降りてくる、都会風な、若い男女の姿に驚かされた。浜には、野球をしてる子供たちばかりと、思ったのに、アベックの名に相当する、そんな一組が、砂丘の上にいたとは、知らなかった。

「なによ、そんな、グナグナ、決断のないの――あたし、大きらいよ！」

若い娘は、プンプン、怒っていた。お約束の、赤いスェーターに淡青白ギャバのスカート、白いショルダー・バッグというイデタチで、髪も、化粧も、駒子が一見して、有楽町あたりの商売女かと、疑ったほどだった。注意して見れば、おデコのあたりに、ハッキリと、お嬢さんくさい健康さも感じられ、近頃の若い女性は、キノコのように、分類が困難だった。

「だから、僕、行くんなら、行ってもいいと、いったんですよ。ただ、帰りに、ハマへ寄るんなら、海岸なんか散歩なんかしないで、早く、この荷物を届けた方がいいと、いっただけですよ……」

まだ学生ではないかと思われる、キャシャで、若々しい青年だった。これも、アメリカ風のフチの広いソフト、女の羽織裏地のようなネクタイ、ボール箱のような仕立ての上衣に、淡色ギャバのズボン、コードバンの赤靴――いずれも、真新しいのを、身に着けてはいるが、町に散見するアンチャンの風俗と、そう差違は見られない。しかし、顔だけは細く、象牙細工のように、彫りと磨きがかかり、喧嘩やタカリは、とても覚束ない弱さと、上品さがあった。声や、言葉使いも、娓々《びび》として優しく、その上、風呂敷包みの重そうな荷物を持たされて、足の速い娘の後を追っていくところは、むしろ、封建的な女性と似通ってる、風情があった。

「知らないわよ。あんた、とてもトッポイわね。ハマへ遊びにいく意志なんか、全然、ありもしないのに、そんなことといってサ。あんた、今日はピンチなんでしょう。ピンチならピンチと、正直に仰有いな。あたしは、持ってるのよ。ハマで、中華料理ぐらい食べたって、平チャラなのよ」

「飛んでも、ハップン！　いけませんよ、ユリーにチャージさせるなんて……」

「それが、きらい！　そんな、ヘンな形式主義、ネバー・好きッ！」

赤いスェーターの娘は、そう叫ぶと、マタの裂けるような足の運びで、砂の上を歩き出した。青年は、ひどく困ったような顔で、その後に従うが、驚いたことに、女の方が、足が速いのである。

さア、わからない。

駒子には、彼等のモメゴトの正体もわからないが、それよりも、二人の使用する言語が、まったく理解できないのである。英語ならば、相当むつかしいイディオムでも、知っているつもりだが、彼等の口にしているのはまったく、従来の慣用法と異るらしい。一体、それはどこの国の言語だろうか。新時代の日本語が生まれたのだろうか。とにかく、駒子は、まるで意味が通じないので、途方に暮れた。

やがて、二人は、また立ち留まって、新日本語の口論を続けた。もう、面倒くさくなった駒子は、その側を、横を向いて、通り過ぎようとすると、青年が、ジロジロと穴のあくほど、彼女の顔を、のぞき始めたのである。

「あの、もしかしたら、南村のオバサマじゃありません?」

と、ツバの広いソフトに手をかけて、あの女性的な青年が、慣れ慣れしく、走り寄ってきた時には、駒子も、ギョッという流行語そのものの、驚きに打たれた。

「はア、南村でございますけど……」

「やっぱり、そうだったんですね。失礼しました……危く、お見外《みそ》れするところでした」

白く輝く、小粒な門歯を、可愛らしく露わしながら、青年が、話しかけた。女とモメゴトの時のように、口ごもった風は、少しも見られず、舌に油という調子だった。

「あの失礼ですけれど……」

駒子は、どうしても、対手を思い出せなかった。

「あら、お忘れンなったんですか。悲観だなア。いつか、銀座で、お目にかかったじゃありませんか……。僕、堀の隆文《たかぶみ》ですよ」

そういって、青年は、再び、ソフトをとって、礼儀正しく、頭を下げた。

「ああ、あの時の……」

と、いったものの、駒子は、その時を想起するよりも、先刻、羽根田の家で紹介された、異色ある芳蘭未亡人の息子としての彼が、とっさに、頭に浮かんだに過ぎないのである。銀座で会ったのは、もう五、六年も前で、中学の制服を着た、乳くさい少年を、彼女が念頭に留めるわけもなかった。

駒子は、僅かの間に、男の子というものは、こんなにもマセるのかと、呆れながらも、丁寧な挨拶を返すと、

「オバサマも、きっと、羽根田さんへ入らッしゃったんでしょう。僕たちも、これから、お寄りするところです。母と、藤村のオジサマから、土産物をお届けすることを、頼まれましてね。それが、お昼でないと、できない食べ物だもんですから、僕、一時五分の汽車で、藤村のお嬢さんと……。あ、ご紹介しましょう、ユリーさん、ちょいと……」

ペラペラと、一人でシャベると、青年は、若い娘の方へ、手をあげた。

驚いたことに、あれほどのケンマクで、青年と口争いをしていた娘が、ケロリとした顔で、映画女優が舞台へ挨拶に出る時のように、装飾的な歩みを、寄せてきた。

「藤村の百合子ですわ、よろしく……」

ピョコンと、腰を落すだけで、頭は下げない、面白いおジギの仕方。

——まア、あの真面目なお父さんに、こんなお嬢さんが……。

駒子は、シモの小太鼓の前に、端然として坐っていた、温厚の紳士の顔を、もう一度、思い浮かべずにいられなかった。

「いい所で、お目にかかりましたわ。あたしたち、羽根田さんへ、ちょいと、この荷物を置いて、それから、横浜へ遊びにいこうと、思いますの。オバサマも、ご一緒に、いかが？」

娘は、慣れ慣れしく、駒子に話しかけた。

夏の花咲く

五百助が家を出てから、もう、一と月になった。

駒子は、良人《おっと》の寄りつきそうな所は、もれなく、当って歩いた。東京通信社にも、無論、足を運んだ。五百助がいったとおり、家出の一ヵ月前に、社を退いたことが、知れただけだった。社の同僚や、京大同級の友人たちの許も、打診してみたが、全然、立ち回った形跡はなかった。

もっとも、駒子は、そういう先きを訪ねても、良人が家出したとか、お宅に上りませんでしたか、というようなことは、一切、口に出さなかった。そんな運命に落ち、そんなことを聞いて回るような妻と、人に思われたくなかった。また、五百助の将来の信用ということも、多少は、考えないでもなかった。彼女が、それを打ち明けたのは、羽根田叔父夫婦だけで、後は、ただ、巧妙に、人々の口ウラをとって歩いたに、過ぎなかった。

そして、良人の踪跡《そうせき》をさぐる目的も、それを知って、わが家に連れ戻そうというのでは、更になかった。ただ、彼女は、それを知って置きたいのである。知って置いて、良人が困り抜いた結果、ションボリと、わが家へ立ち帰ってくる時まで、待っていたいのである。つまり、眼は放したくないが、手は出したくないのである。

といって、ウーステッドの合服一枚で、出ていった良人が、急に蒸し暑くなった昨今、どんなに汗をかいてるだろうか、ぐらいのことは、考えているのである。ワイシャツも、サルマタも、着たきり雀で、特大型がまだ出回らないとすると、相当、不潔なことになってるだろうと、想像しないのではないのである。行先きが知れれば、そんなものを、ちょっと届けてやりたい気が、全然、しないわけでもないのである。しかし、困らせてやるには、それは控えた方がよかろうと、思い直したりしているのである。

——ほんとに、まア、どこへいっちまったんだろう。

もう、とっくに、帰ってこなければならない、時期である。あらゆる場合を想像しても、今や、良人がヘコたれて、帰路につくべきはずなのである。そういう良人なのである。そんな持久戦力を備えてる良人では、断じてないのである。もしそうだとすると、彼女は、良人を知らなかったことになる。それは、腹が立つ。何よりも、腹立たしい。世界のうちで、南村五百助なる男の正体を、最もよく知ってるのは、彼女でなくて、どうするのか。

その点で、面白くないのは、大磯へ行った時の、叔父の言葉である。

「これア、駒ちゃん、一と月や二た月で、帰ってこないかも知れんよ」

なにを、仰有《おつしや》るのか。大道易者のような、出マカセをいって——と、駒子は冷笑したが、その予言が、マグレ当りをしそうな形勢が、次第に、ひろがってくるのである。

——ちょいと、ほんとに帰ってこない気？

駒子は、眼に見えない良人に、話しかけた。返事は、少しも、聞えなかった。

——ヨウシ！

――そっちが、その気なら、ヨウシ！

駒子が、そういう心理になったのは、無論、良人の無言の抵抗を、想定したからであった。未だに、家へ帰ってこないというのは、まだ、五百助が、ほんとに困っていない証拠である。痩せ我慢とか、面子《メンツ》とかを、ミジンも持ち合わせない良人であるから、窮《きゅう》すれば、シャアシャアと、帰宅しなければならない。

テキも案外やる――という事実を、駒子も、認めないでいられなかった。あるいは、彼女の知らない影武者が、良人の身を護ってるのではあるまいか。そう考えなければ、この事実は、説明できない。同性だか、異性だか知らないが、そんな人物がいたのを、彼女が、まるで知らなかったとすれば、これまた、腹立ちの種でしかない。

要するに、これは、反逆行為である。明らかに、逆意が見られる。同棲九年間、まだ一度も起らなかったレヴォリユウションを、良人が敢えてしたのである。

――ことによったら、あの人、前から計画してたんじゃないか知ら。

出て行け、といわれて、あんなに簡単に出て行ったのが、ウサンくさい。

「そうですか」

それッきりで、帽子をかぶって、出て行ったのは、計画的陰謀の期の熟するのを、待っていたのではあるまいか。用意は万端、整っていたのではあるまいか。一カ月前の退職、手当金のネコババ（もっとも、少しは机の引出しに残して行ったが）なぞを、考え合わせると、そこに、ハッキリと、一本の道が見えてくるのである。

――やったな。

そう考えるのが、行き過ぎとは思えない。

――人を、バカにして！

なにが不足で、革命を起したのか。あらゆる家庭的条件は、あれほど五百助に恵まれていたではないか。一週三十時間労働で、食費住宅会社持ちで、馘首《かくしゅ》絶対なしの従業員が、ストを起したのと、同じではないか。吉田内閣が、ソヴィエットの支持をも欲するという仮定と、少しも変らないではないか。栄耀の餅の皮とは、このことである。

――あたしの我慢も、限界がきたわ。

駒子が、妻の自由とか、女性の人権とかいう言葉に、魅力を感じたのは、決して、昨今のことではなかった。彼女は、《チャッタレー夫人の恋人》という本も、戦前に読んでいた。今更、あわてて、眼をサマす必要はなかった。しかし、なんといっても、日本の一女性として、戦後の変革は、わが意を得たし、新憲法は、都合がよかった。そして、ヒンピンとして、新聞雑誌に伝えられる、勇ましい夫人や娘の行状は、時に、彼女の心のクラヤミに、大きな波を打たせた。ミシンをガシャガシャ踏んでるのが、バカらしくなる時もあった。それを、ジッと堪えさせたのは、実に、五百助に対する博大で、慈悲に富んだ――ともいうべき、彼女の賢母的感情なのである。それが、裏切られたとすれば、

――そんなら、ヨウシ、こっちも考えがある。

と、考えるのが、当然かも知れない。

「今日ア……お邪魔じゃありません？」

堀芳蘭の息子が、額の汗を拭きながら、庭さきへ、入ってきた。

今日で、二度目の訪問である。

「あら、隆文《たかぶみ》さん、入らっしゃい……。いいえ、関《かま》いませんの」

駒子は、ミセス・ルーズベルトのある著書の横文字を、タテに直す仕事から、立ち上った。

「今日は、お誘いに上ったんですけど……」

「どこ？　映画？」

「いいえ、フランスのコスチュームのデザイン展——オバサマのご参考になりゃしないか、と思って……」

「ありがとう、どこのデパート？」

「そんな、公開的な場所じゃないんです。銀座の日仏画堂——招待者だけに、見せるんですよ。僕、キップを手に入れたんです」

「じゃア、午後になっても、大丈夫ね。まア、お上りンなったら？」

「ええ、上ります」

近頃の青年は、遠慮なるものを、しないことになってる。玄関のない家だから、濡れ縁で、靴を脱いだが、赤と紺のダンダラの靴下がめざましかった。

「オバサマ、お仕事中だったんですね。うらやましいなア、僕も、そう、バリバリ、英語がいけると……」

「あら、それほどじゃないのよ。ただ、好きなだけよ……。ユリーさん、その後、お元気？」

「相変らずですね。あの子、どうして、ああ、暴《あら》ッぽいんですかね。手を焼きますよ、僕……。オジサマは、まだ、ご出張ですか」

「ええ、今度は、とても、長いの。半年ぐらい、帰らないかも知れないわ……。隆文さん、お茶あがる？　チョコレート食べて、我慢して下されば、面倒がないんだけれど……」

そんな風に、いつか、駒子が、堀青年に対して、隔たりを失っているのを、読者は、訝《いぶか》ってはならない。

大磯の帰りに、気分のムシャ・クシャもあって、駒子は、若い二人の臆面のない誘いに、つい、乗ってしまった。

横浜で降りて、バスに乗って、南京街《なんきんまち》の汚いバラックへ入って、ワンタンを食べた。そこが、横浜で一番うまいワンタンを食わす家だといって、二人が案内したのである。勘定は、駒子が払った。まさか、子供のような隆文君のフトコロを、傷《いた》めるわけにもいかなかった。すると、二人は、大いに、駒子を徳として、あらゆるオネーサマ的、オバサマ的扱いを、彼女に報いた。

信頼された駒子は、二人から、いろいろのことを耳にした。隆文と百合子が、両方の親の合意と希望で、一種の許婚《いいなずけ》関係にあること、そういう封建性に対して、二人は大きな反抗を企てること、二人はどこまでも、相互の自由を尊重してること、百合子の父親は、実に融通のきかない人物であること、隆文の母の芳蘭女史は、戦前的虚栄と非科学精神の権化であること、百合子は自分の名の日本的感傷性を喜ばず、ユリー・藤村と呼ばれることを好むこと、その他いろいろのこと……。

駒子は、なんでもアケスケに語る二人に、年長者らしい微笑と、好意とを報い、一夜にして、彼等と親しみを深くしたのであるが、オバサマ、オバサマとオダてられることに、そういい気持になってるわけでもなかった。それどころか、彼女は、かつて知らない寂寞《せきばく》感にさえ、襲われているのである。

彼女は、自分の若さというものに、一度も、不安を懐《いだ》いたことのない女だった。まだ、子供を生んだことはないし、欲しいとも思わないのは、彼女が青春をタノんでる証拠であろう。体のミズミズしさにかけては、いつも自信があったが、それ以上に、彼女をデンとかまえさせたのは、良人や友人や、その他の誰よりも、時代に対する知識と感覚の若々しさであった。彼女は、英語という利器で、国の外から入ってくる、精神的雑貨の新品を、いち早く、手に入れた。もっとも、日本の批評家ほど、素早くはないにしろ、女としては、動作がカッパツだった。そして女流小説家や婦人社会運動家が、世間に名の出てるくせに、案外、頭が古いのを知り、隠れた自分に、自信を持った。彼女は、自分が時代の岬のようなところを、いつも歩いてるツモリだったし、事実、それにちがいなかったかも知れなかった。

とにかく、駒子は、体も心も若く、それが、彼女の自信の源だった。亭主をバカにするのも、その辺の意識が、手伝ったのであろう。五百助は、体格からいっても、あまりにも、時代を知らない男だし、駒子の方は、万事、カレンダーと共に、生きてきた女なのである。

そうした彼女が、隆文とユリーの両人と、三時間ほど、横浜の町を歩いただけで、妙に、腰がグラついてきたのである。なにか、二人に、押されちまったのである。そのくせ、彼女は、少しも、二人にカブトを脱ぐ気持はなかった。

――まア、あきれたアプレ・ゲール！

ユリーのワンタンの食べ方なぞときたら、無惨といってよかった。一つとして、二人の態度や行動に、賞《ほ》むべき点はなかった。

それなのに、駒子は、自分よりも若い人間、若い時代というべきものが、厳然と、そこにワンタンを食べてることを、認めないでいられなかったのである。

彼等の不思議な言語、不思議な応対、不思議な男女関係――駒子自身と五百助の夫婦形態も、相当新しいつもりでいたが、ユリーと隆文との仲ほど、異色はなかった。二人は、まだ、フレンド関係ではあるが、全然、尊敬とか、愛情らしきものを、持ち合わせないらしい。駒子は、最初、一パイ食って、五百助に惚れたこともあったが、ユリーには、まるで、そういう気持はないらしい。隆文の方でも、特に、百合子に参ってるという様子は、見出されない。そのくせ、仲が悪いというわけでもない。なにか、二人で、面白そうにやっている。ハッリ、わけがわからない。

しかし、そのタンゲイすべからざる所に、新時代があることを、カンのいい駒子は、キリと、感得するのである。すると、桐の一葉に、秋を知る——そんな寂しさを、感じないでもない。

バカにしながら、心を惹かれるというのは、駒子のような女の宿命かも知れないが、一週間ほど前に、思いもかけず、アプレ・ゲール青年が、この草深い田舎へ訪ねてきた時には、ちょっと、新鮮な驚きを感じた。

「多磨墓地へ、父の墓参りにきたもんですからね、マミイの命令で……」

隆文は、ズカズカと、縁さきまで、入ってきた。横浜の帰りに、聞かれるままに、アドレスを教えたが、まさか、このわかり悪《にく》い番地を、つきとめて来ようとは、思わなかった。その日は、隆文も、学校の制服を着て、昔、銀座で会った時のように、初々《ういうい》しく、駒子に、どんな警戒心も、起させはしなかった。

濡れ縁に腰かけたままで、一時間ほど話して、彼は、帰って行った。しかし、その一時間は、近時、少し退屈な駒子にとって、相当、デがあった。彼女は、横浜の三時間に受けた印象を、充分に補足することができた。

彼女のカンは、外れていなかった。確かに、隆文は、新種であり、新製品だった。頼りないとか、お粗末だとか、薄ッペラだとか、いい加減だとか、図々しいとか、女性的であるとか、いろいろ欠点を指摘できるのであるが、プラスティックやナイロン製品と同様な、新しい光沢と手触《てざわ》りを、感じざるをえないのである。そこは、手芸品の材料を扱いつけてる彼女に、普通人以上の、鑑識が、働くのである。

彼女は、隆文やユリーと交際することに、新時代と接触する面白さを感じ、また、感じ取ろうとした。内心、少し古びてきたらしい自分の感情を、それによって洗濯しようという、ヒケ目や、下ごころが、働いていなかったとも、断言できない。

そんなわけで、此間から十日も経たない今日、重ねて、隆文が訪ねてきたことに、驚きはしたが、迷惑は感じなかった。

「わざわざ、その展覧会のために、あたしを誘いにきて下さったとなると、隆文さんを、ご馳走しても、いいわけね」

駒子は、機嫌のいい声を出した。午飯をどうしようかと、さっきから考えているのだが、この頃は、面倒くさいから、パンばかり食べてるので、家で食事を出すこともできなかった。すると、青年をオゴリつつ、自分も、栄養をとりたくなった。

「うれしいですね、マダム！」

ほんとにうれしそうな、声だった、近時の青年は、年長の女にオゴられるのを、非常に喜ぶということまで、駒子は、研究が行き届いていないから、隆文が子供らしく、可愛いと思った。ただ、今まで、彼女をオバサマと呼んでいたのに、マダムという言葉を始めて使ったのが、耳触りだった。

「じゃア、どうせ銀座へ出るんだから、あの辺で、お食事しましょう……。ちょっと、キモノ着代えるから、待っててね」

駒子は、立ち上ったが、一間しかない家で、カラカミを開けたまま、着代えもできなかった。

「失礼……」

動く壁が、ピッシャリ閉じられた。

大磯へ行った時の最上のドレスには、及ばないが、二番打者ともいうべき、軽快なセパレートを、一着に及んで、もう一度、鏡をのぞいて、

「お待ち遠さま……」

と、カラカミを開けようとすると、——いけない、スソを一尺も閉め残して、いやにスマしてる、隆文の顔が、隙間から見えた。

——さては、のぞかれたな。

あの顔つきは、食わん食わんというやつで、食った証拠であるが、駒子は、べつに赤面もしなかった。それは、結婚九年目の女の厚顔というよりも、対手を一人前と見ていない、認識のためであろう。

「さア、出かけましょう」

ガラス戸を閉めて、裏から出る時に、彼女は、今年始めて、白のサンダル型の夏靴をはいた。

駅までは遠いが、道は、緑の風が吹いた。

「隆文さんの服、変った生地ね」

男だけあって、列《なら》んで歩くと、彼女より二寸も高い彼が、栗色の太いパンツに、なにか麻

くってしまったので、声をかけたまでである。

「はア……」

彼は、そう答えただけだった。

ユリーの話によると、隆文は、母親にセビる金の全部を、服装に入れ上げてしまうそうで、その代り、外には、一銭の浪費もしない。また、帽子、服、靴を、大切にすること、通りでなく、ブラシも自分でかけ、ちょっとシミができると、すぐに、キハツ油でふくそうである。

それほど、服装に関心のある男が、駒子の問いに、反応を示さないのは、おかしい。

「たしか、シャーク・スキンとか、いうんじゃないの」

「はア、そうです」

「今年の流行生地ね。あんた、ずいぶん、おシャレだわね。この頃の大学生ッて、みんな、そうなの？」

「いえ……」

また、半分しか、ものをいわない。

あのオシャベリが、急に、そんなになったのは、なんの理由だろうか。明らかに、隆文はカタくなってるのである。

——あたしと一緒に歩くのが、恥かしいのか知ら。

駒子は、ちょっと、いい気持になりかけたが、いつも、ユリーと歩き慣れてる彼が、そんなハニカミをするとも、思われなかった。

——すると、あれなのね。

シュミーズ一枚になって、知らないものだから、ずいぶん、いろいろのポーズをやってのけたが、それを透き見した彼が、未だに、道徳的動揺を、続けているのであろう。

——フ、フ。そんなこと、気にしなくていいのよ。

駒子が、戦後派を、少し甘く見てるうちに、駅前通りが近づいた。

国電の空いてる時間で、二人は、列んで腰かけることができた。同時に、空いてるがために、人から、ジロジロ、眺められた。

——何と見えるのか知ら。

駒子は、興味を感じた。隆文と自分とは、約十歳、年がちがう。姉が末の弟を、連れて歩いてるとしたら、人の注意をひくはずもないが、してみると——

都心に近づくにつれて、立つ人が殖《ふ》え、二人を注視する人は、減った。有楽町の東口に降りた時には、他人のことはどうでもいい人達が、ゾロゾロ歩いていた。駒子は、なにか、もの足りなさを感じた。

——誰か、見てくれないかな。

こんなチンピラではあるが、他人の目からは、一人前の男と、銀座界隈を歩いてるものと、思って貰いたかった。

「どこでもいいわ、あなたの知ってるところへ、連れてッて頂戴」

彼女は、隆文に寄り添うようにして、いった。

実際、彼女は、戦後の銀座のレストオランなぞ、よく知らなかった。内職用の布地やボタンを、買いにくる時があっても、この辺で食事をする必要があれば、昔なじみの資生堂と、きめていた。このごろは、新興の気のきいた店が、いくらもあるらしいが、あのデクノボー亭主は、一度だって、連れていってくれたことは、なかった。そういう店へ入るのは、やはり、男と一緒でないと、気おくれがするのに――

「そうですね。食事のいい店ですか、それとも、静かに話のできる家ですか？」

隆文は、一人前のことをいった。銀座に出て、明らかに、彼は元気を回復したようだった。

「おいしくッて、それから、静かな店……」

そんなレストオランは、どうせ高いと、知っているが、今日の駒子は、豪遊欲に駆られていた。なにしろ、アテにしなかった、五百助の退職金の残りが、手つかずだ――

数寄屋橋の横断線を渡る時に、隆文は、なんの躊《ため》いもなく、肘《ひじ》をくの字に曲げて、駒子の方へ、さし出した。エチケットというやつらしい。あるいは、それ以上のものらしい、とは思ったが、彼女は、やっちまえという気持で、それに、手を置いた。とたんに、アベックといわれる男女の姿勢ができ上った。

白線を渡りきっても、隆文は、腕を下ろさなかった。駒子も、意志的に、アベック歩きを続けた。しかし、それでも、二人を振り返るような者は、誰もいなかった。十人に一組は、同じような連中がいるからだろう。

また、彼女は、観客の眼をひかぬ役者の哀しさを、感じた。どういうわけで、彼女は、そんなに、演技したいのか。誰を目当ての芝居なのか。

――あのデクノボー、そこらを、歩いていないかな。

彼女は、五百助のことを、考えたのである。電車通りを越して《ペトルーシュカ》と、タテ書きにした看板の出た店に、足を踏み入れる時も、彼女の背は、その意識をハリつけていた。

ローズ色に塗った壁に、灰色と淡青色で、花模様がかいてあるのは、三色版のローランサンといった調子で、その壁と、鉢植えの針葉樹に囲まれた、この一隅は、なにか、ムリに、甘ったるい空気を製造してる傾きがある。銀座一般が、ムリヤリに、戦前のカタチに帰ろうとして、一応、目的を達した時代だから、やむをえない。

「ねえ、オバサマ、割りと、この店、気分がいいでしょう」

隆文は、器用に、オードゥブル用のナイフを動かしながら、話しかけた。

「そうね」

だが、駒子は、もっと贅沢で、もっと冒険的な家を、期待したのだった。これでは、戦後の銀座も、知れたものではないか。外国の小説に出てくる、《ボックス》なるものの空気も、体裁も、まるで、ありはしない。それに、若い男を連れて歩く、アネゴの興味も、この店へ入った途端に、薄れてきたのは、どういうものであろうか。結局、誰も見てない不満なのだろうか。もっとも、ボーイは、気を利かしたツモリで、皿を置くと、足速やに、立ち去ってしまうのであるが――

「僕、大磯で、オバサマにお目にかかれて、ほんとに、うれしかった……」

ナイフから放した指を、卓布の上で組合わせて、隆文は、真正面から、駒子に笑いかけた。媚びのある笑いで、子供が大人に、女が男に対して、こういう顔をする。

「そう？　どうして……」

駒子は、隆文の指を見ていた。細い、白い、ネバネバした、菓子のような指が、しきりに、動いてる、赤いものこそ塗ってないが、切り整えたツメは、明らかに、ツヤ出しが、かけてある。そして、彼女の眼に浮かぶのは、五百助の指である。大芋虫のような、二本指の間にはさまれて、とても小さく見える煙草！　彼女は、おかしくなって、微笑を浮かべたか、隆文は熱心に、

「僕、十六の時でした、オバサマに、始めてお目にかかったの。あれは、大徳の前でしたか、千疋屋の前でしたか……」

「よく、覚えてるのね」

「だってエ……。僕、忘れることが、できないんです。あの時のオバサマ、とてもいいスーツ、着てらッしゃいましたね。ブルー・グレーの……」

「そうだったか知ら」

「とても、魅力的でした。僕、正直にいうと、南村のオジサマがうらやましかった……」

「まア、隆文さん、ずいぶん早熟だったのね」

「十六ッていえば、いろんなことを、考えてるんですよ。大人が、知らないだけなんですよ」

「いやよ、気味の悪い……。でも、それだけの印象を与えたとすれば、光栄だわ」

「あの時分から、僕、年上の女の人が、好きだったんです」

「それア、だって、十六のあなたから見れば、大ていの女は、あなたより年上よ」

「いいえ、二十一になった今でも、その傾向は、強くなるばかりなんです。一種の聖母崇拝じゃないかと、思うんですよ。でも、年上なら、誰でも好きッてわけじゃないんです。僕が、いつも空想してるのは……」

　ボーイが、魚の皿を運んできた。

　隆文が述べる空想の女性は、警察の人相書きのように、細かく調べてあったが、それは、一々、駒子の顔や体つきと、符合した。

「そうなんですよ。オバサマ、小麦色ッていうんですか、マイルドな膚《はだ》ね——とても、優れた感性の表われだと、思うんですよ。それから、チョコレートの色の銀河のような、目立たない、微《かす》かな斑点ね……」

「ソバカスのことじゃないの？」

　駒子は、慌てて、自分の頬に手をやった。

「ええ、まア……。でも、そのソバカスというものがなければ、僕の空想は、壊れてしまうんです。だって、オバサマ、知性の高い女性には、きっとあるんですもの、ソバカスが……」

もし、これが口説文句《くぜつ》だとしたら、あんまり人を食ってるし、本気だとしたら、バカバカしくて対手にもなれないと、駒子は思うのだが、隆文の弁舌は、とにかく、熱心なものだった。

――ソバカスを讃美されたことは、生まれて始めてだわ。

と、彼女は、心で笑ったが、年中、気にしてる自分のアラを、そんな方角から、賞められることは、狼狽に喜びが混った。

一体、隆文のやり方というものが、彼女にとって、まるで、新しい方角だった。こんな方角から、男にものをいわれたことは、彼女は、一度もなかった。五百助と結婚する前に、彼女に恋を訴えた男もあったが、それは、対等の立場、男対女の方角からだった。隆文は、彼女を見上げ、彼女の足許で、あたかも、女の声で、彼女に、なにか、ささやくのである。十八世紀の西洋貴婦人は、こんな風に、小姓から愛をささやかれたのだろうか。

「僕は、そのタイプの女性を待ってたんです。そのタイプのためなら、僕の全生涯をささげる気なんです。幸福ッて、そういうもんじゃないでしょうか」

「そうか知ら。あたしは、隆文さんに調和するタイプは、百合子さんのような人だと、思うんだけれど……」

「ユリーがですか。とんでもハップンでさア。あの子は、ユリー・颱風ですよ。荒れるだけしか、能がないんです。僕は、ガサガサにされちゃうんです、あの子の手にかかると……」

「そんなこと、いうもんじゃないわ。あなたと、同時代人じゃないの。人間は、同時代人と、同等の立場で愛し合うのが、一番、幸福なのよ」

そういって、駒子は、五百助のことを考えた。あの超時代人と、アン・バランスの見本のように結ばれた自分は、論理上、不幸の極限ということになる——

「ところが、僕は、まるで、考えがちがうんです。僕は、同時代人なんて、全然、意味ないんですよ。ロクなやつは、いませんもの。男女同権ッてことも、あんなの、田舎者のいうことです。僕は、女性を崇拝したいんです。そして、僕の全生活を、リードして貰いたいんです。リードされる幸福……僕は、とても、とても、よく知ってるんです。ほんとよ、オバサマ……」

ボーイが、肉の皿を運んできた。

食事を終えて、店を出たのは、二時過ぎていた。ずいぶん、ネバったものである。そして、料理も器だけは贅沢で、勘定を、四千百二十五円とられたのは、是非もないことだったが、駒子には、相当痛かった。

しかし、隆文は、眼を細くして喜んでるのである。讃美する女性に、オゴられるということは、無上の快楽らしい。オゴるということは、彼女の能力の放出なのである。必ずしも、駒子の経済力を、買いかぶってるわけではないが、気前のいいところを見せられた限りにおいて、彼女の能力を、讃美したいではないか。

「僕、とても、うれしかったです！」

真情、面にあふれて、礼をいわれると、駒子も、財布の傷跡を、忘れたくなった。

それから、二人は、日仏画堂へいって、目当ての展覧会を見た。どうやら、去年のモード
も混ってるらしかったが、さすがにパリの名ある店のデザイナーの創意は、駒子を魅した。

その趣味が、いわゆるニュー・ルック的であるよりも、日本在来のイキ好みに近いのに、彼
女は驚いた。

——これは、全然、あたしの内職の参考にならないわ。

明敏な彼女は、そこにあるものと、現在の日本との隔りを、見て取った。

画堂を出ると、後の用はないわけだった。

「オバサマ、もう、お帰りになるの」

隆文は、ひどく、不満そうだった。

「でもね、家を、あのとおり、空けてきてるでしょう」

「そんなら、お送りします、お宅まで」

そういう隆文に、東京駅まで歩いて、別れることを納得させるのに、彼女は、骨を折った。

「オバサマ、今度、いつ会って下さる？」

「オバサマ、手紙さしあげて、よろしい？」

八重洲口まで歩く間に、隆文は、呼吸せわしく、そんなことを、口にした。可憐なほど、

オロオロして、別れる時の近づくのに、悲しみの色を浮かべた。

——危険だわ、これは。

しかし、駒子は、その危険を、もう少し愉しみたい心を、抑えきれなかった。この青年は、どこまでも、彼女の自由になる見込みがあるから、ある限界がきた時に、説得してやることもできるわけだ。彼女の方は、少しも、心を動かしたツモリはないから、どこまでも、自由だった。こういう経験は、彼女も始めてだし、今でなければ、機会は与えられないわけだった。確かに、これは、面白い遊興だった。考えようによれば、新時代が、彼女にヒザまずいたことにもなるし、また世間から見て、彼女が、決して、青春を失ってない証拠にも、なるのだった。

彼女の心が、ポカポカしてきた。

「いつでも、好きな時に、遊びにいらっしゃいよ。お手紙だって、無論……」

そういいかけた時に、河岸通りから、銀座一丁目の方へ曲ろうとする、巨大な人物の後姿が見えた。駒子が、アッと、足を止めた時には、もう、影もなかった。幻覚であろう——五百助が、そんな素早い動作を、するはずがない。

触手

めっきり、暑さが加わってきた。

五百助《いおすけ》は、まだ、帰ってこない。いつかは帰ってくるという確信は、揺がないが、当分はダメであると、駒子も、ホゾを固めずにいられなくなった。幸い、この頃は、《ミセス・ルーズベルト言行録》の下訳の仕事が忙がしく、亭主に対するウップンも、少しは、紛れると同時に、収入も増してきたのは、ありがたいことだった。五百助がいないと、午前中も、仕事ができるからだろう。

確かに、亭主の不在は、細君を解放する。あんなに、シリに敷いた亭主ではあったが、いないとなったら、彼女は、ひどく、身辺の自由を感じた。日本の妻の負担は、それほど重いらしい。

実際、日本では、妻という職業は、ワリが合わない。奴隷的な妻は、無論のことだが、駒子のような支配的細君でも、やっぱり、採算は困難らしい。女王蜂が、働き蜂を兼ねるなんて、昆虫の世界にも、ないことだ。平常、少しぐらい、威張ったところで、何になるというのだ。やがて、五百助が帰ってきた時に、首根ッ子をつかまえて、トッチめたところで、一時の快に過ぎない。それから後に、何が待ってるというのだ。

——この辺で転業するのが、利口かな。

今まで、離婚なぞということは、むしろ、屈辱的に考えていた彼女だったが、亭主のいない二カ月間の現実が、マザマザと教えてくれることの前には、耳を傾けずにいられなくなる。五百助に愛情がなくなったのではない。彼女自身に対する愛情の方が、少し、高まってきただけである。どこの細君にも、あることで、特筆すべき心理ではない。

ただ、隆文《たかぶみ》青年というものがあって、日文夜文《ひぶみよぶみ》をよこす上に、一週一度は、姿を現わす。そして、もはや公然と、恋ごころを訴えるのであるが、それが、彼女の転業の誘いと、さまで関係を持つわけではない。なんといっても、隆文はチンピラであり、乳の匂いが強い。あのお小姓的、献身的なサービスが、風変りで、面白いとはいっても、血が沸くわけのものではない。

彼女が隆文を、よいほどにアシらっているのは、一種のヒマツブシともいえる。また、これから、続々と登場するかも知れない男性の、先頭として、多少の敬意を払ってる、ともいえる。なにしろ、彼女が転業して、自由の身となれば、道は展《ひら》け、野は広い。未来というもののほど、漠々《ばくばく》たるものはない。

自由の方へ！

この誘いは、この頃、彼女の耳に、シゲシゲと、聞える。五百助が夏シャツがなくて、困ってやしないかと考えると同時に、彼女は、改正民法のことも考える。配偶者の生死が、三年以上明らかでない時――という離婚規定があった。これには、二年十カ月ほど足りない。配偶者から悪意で遺棄された時――ともあるが、五百助は悪意で家出したかどうか、それに、彼が駒子を遺棄したというのも、疑問である。彼は、むしろ、遺棄された方ではないか。

――新民法も、そう新しくもないわ。

――その後の様子も聞きたいから、二十八日午後一時に、下記の家へ来車して貰いたい。

万事拝光。

　そういう意味の手紙が、大磯の叔父からきた。麻布霞町の藤村功一宅の地図まで、書き添えてあった。藤村といえば、ユリーの父で、五笑会のメンバーであるのであるから、恐らく、今月の例会が、そこで催されるのであろう。叔父も、肉親の情で、五百助のことは、気にかかるが、五笑会のツイデがあるから、駒子に会う量見になった――という程度にちがいない。それが、ハッキリ紙面に出ているのが、いかにも、大磯の叔父らしかった。

　駒子は、早午飯を食べて、家を出た。行先きが五笑会とくると、おシャレをする気にもなれない。五百助の越後上布を直してこしらえた、ワンピースを着て、足も、白いソックスをはいただけだった。だが、そんな、何気ない装いの方が、駒子のような女には、かえって似合うことを、ご当人は知らないらしい。

　信濃町で、国電を降りて、都電に乗り代えると、小さな車体の隅から、彼女に対《むか》って、帽子を脱いだ男があった。上等なパナマの帽子で、服も、薄色のゴリゴリした麻だった。

「あ、辺見さんでいらッしゃいましたね。先日は、失礼を……」

　駒子は、サッと、彼を思い出した。大磯で紹介された、鉦たたきの男である。

「たいへん、お暑くなりました。今日は、どちらへ？」

　いやに、落ちついて、ものをいう男である。恐らく、彼は、英国趣味なのであろう。この電車の中で、ネクタイをかけてる男は、彼だけで、ステッキをついた手には手袋が白い。

「藤村さんのお宅まで、うかがいます。羽根田の叔父から、手紙が参りまして……」

「おう、それでは、ご一緒に……。わたくしも、例会に出ますところで……。あれから、今日が、三度目でございます」

「お愉しみで、いらっしゃいましょうね。でも、少し、バカらしい気も、なさいません？」

対手《あいて》の年が若いから、駒子も、そんなことがいいたくなった。

「決して……。音楽そのものよりも、あの空気が、わたくしを魅します。今の日本で、最も平和な空気が流れてるのは、あの会でしょう」

「平和といえば、それにちがいありませんけど、ずいぶん、反社会的だと思いますわ。消極的に個人の無事をねがう、隠者趣味だとしたら……」

「わたくしのいうのは、空気のことなんでございますがね……。ところで、奥さまは、英文学にたいそうご堪能《たんのう》だそうですが、ジョージ・メレディスという小説家は、えらい人なのでございますか。わたくしは、文学のことなぞ、まるで、わかりませんが、あの人の《エゴイスト》という小説を、非常に、愛読したことがございまして……」

辺見卓は、議論が嫌いなのか、そんな所へ、話題を持っていった。

辺見は、教養ある男らしかった。

「よくは、存じませんが……」

と、前置きしながら、音楽、美術のことも話し、当面の時事問題についても、ソツのない意見を洩らした。

ただ、彼の教養は、保守的な匂いが強かった。芸術の話をするにも、戦前までの知識が、土台になってるらしかった。駒子が、新しいアメリカ作家の話を持ち出すと、彼は、批判的な答えしかしなかった。

しかし、二人の会話は、よく弾み、墓地下で降りて、藤村の家まで歩く間も、ほとんど、絶え間がなかった。歩きながらも、彼は、決して、駒子の先きを歩かないように、注意していた。そういえば電車を降りる時も、それとはなしに、婦人を扶《たす》けるエチケットを示した。それは、隆文がやる場合のような、大ゲサな身振りを、一切、伴わなかった。この男が、バカ・バヤシをやるとは、信じられないことだった。

駒子は、辺見という男に、ある奥行きを感じてきた。

――この人、よッぽど、シブ好みなのね。

そうして、一人の男性に接すると、すぐ、五百助との比較が、頭に浮かんでくるのは、彼女のこの頃の習性だった。隆文のしなやかな、白い指を、良人のそれと比べたように、彼女は、辺見の豊からしい教養や、礼儀の篤《あつ》さや、それらを包む上品な匂いを、五百助とひき較《くら》べた。

――なんしろ、あのデクちゃんとくると……。

五百助にないものを、同じ年頃なのに、辺見は、残らず備えてるような気がした。教養やエチケットばかりではない。例えば、金というもの――

大磯の叔母の噂話でも、辺見は、相当の収入があるらしかった。芳蘭《ほうらん》女史と彼が、五笑会の二財閥だということだった。駒子は、金の力で育った娘であったから、金と仲よくしたかった。目下、金の方で、彼女にヨソヨソしくするから、腹を立ててるに過ぎない。南村の家へ嫁入る気になったのも、一つには、そこが、困らない家だったからである。富んだ家の夫人となって、好きな英文学にでもフケっていられれば、文句はないのである。ミシンや手芸の仕事にいそしむのが、あに素志ならんや——

「おついでがあったら、一度、お遊びにお出で下さいませんか、不便なところですが……」

汚いところですが、といわないのは、自信のある住宅を、持ってるからだろうか。

「ありがとう存じます。是非、寄せて頂きます。奥さまとも、お近づきにさせて頂けますなら……」

彼女は、教養のある話し対手としても、辺見との交際は、悪くないと思った。

すると、辺見は、ちょっと、感情のある声で、

「家内でございますか。家内は、ただ今、富士見の方へ、参っております」

「と、仰有いますと、お体でも……」

「ええ、もう、一年も、療養を続けているんですが……」

「あのお宅です……」

と、藤村の家の、風情のないコンクリート塀を、辺見が指さした時には、駒子は、まだ、話し足りない気分だった。辺見も、どうやら、同じ様子だった。でも、仕方はなかった。

「やア、ようこそ……羽根田君、きていますよ」

玄関に、藤村夫婦が出迎えてきた。細君は、教師出身ではないかと、思われるほど、真面目そうな女だった。

「おわかりにくい所で、さぞかし……」

「いいえ、辺見さんにお連れ頂いたものですから……」

案内されたのは、二階の客間だった。何の奇もない普請だが、羽根田叔父の家の倍はあり、手入れもよかった。

「男を待たせるとは、怪《け》しからんね」

床の間近く坐った叔父は、例によって、ムダ口が、挨拶だった。時代おくれの、黒いアルパカの上着の胸を開けて、扇子で、風を送りながら、

「この、ランデ・ヴゥというやつは、やはり、機先を制した方が、勝だといいますな。つまり、待たせた方がね。女史なぞのご経験では、いかがなもんです」

と、隣りに坐った、隆文の母に、話しかけた。まだ、会員の顔は、全部揃わず、芳蘭女史と羽根田が、先きに、来ていたらしかった。

「いやですよ。先生、あたしア、そういうことは、一向、不調法ですからね」

大きな井ゲタの上布を着た女史が、口とは反対の、仇《あだ》ッぽい目つきで、答えた。

「ご謙遜で、痛み入る。亡き堀君から、万事、承わってるんですぜ。雪の降る某夜、某所においてて、女史を待ちつつ、堀君が……」

「先生ときたら、ご冗談ばかり……」

と、芳蘭女史は逃げ出すように、駒子の方へ向き直って、

「まア、奥さま、申し遅れまして、なんとも……あの、隆文が、いつぞやは、横浜で、たいへん、ご馳走さまになりましたそうで……」

と丁寧な挨拶を始めたので、駒子は、赤面した。もっとも、横浜でというからには、銀座のことまでは、隆文も、母に話してないらしい。

「まア、あの子ときましたら、奥さま、からッきし、意気地がございませんで、まだ一人で、食べ物屋にも入れないくらいなんでございますよ。なんですか、奥様に英語を教えて頂くんだとか、申して、それは、ハリきっております。どうぞ、今後とも、よろしくお導きのほどを……」

と、いわれて、ひどくクスぐったい駒子を、すぐに、羽根田が救ってくれた。

「駒ちゃん、英語だけじゃいけない。将来の亭主教育も、是非、今のうちから、指導してあげなさい。藤村の百合ちゃんが、助かるからね」

皆が笑うと、羽根田は、いよいよ、図に乗って、

「この、駒ちゃんなる女性は、賢妻と悪妻の、巧みな使い分けを、心得とるですよ。日本女性として、珍らしい存在でね。どうです、その辺の若年寄りも、ちと、指導を願ったら？」

と、辺見に話しかけた。

「はア、是非、ご高教を仰ぎたいと、思ってます」

辺見は、冗談めかして、その実、熱意のある返事をした。確かに、彼は、駒子に興味を感

じているらしかった。

「ところで、菱刈さんは、遅いね。やはり、華族さんというものは、悠長にできてるらしい」

すぐ、話が飛ぶのは、羽根田の持ち前で、細君とも、シンミリした口をきいたことのない男なのである。

「まだ、定刻を、いくらも過ぎてはいませんよ。それに、太鼓が、家には桶胴《おけどう》しかありませんから、菱刈さんが、お宅のを持ってお出でになるんで、手間がとれるのかも知れません」

主人の藤村が、とりなすようにいった。

「じゃア、シラベだけで、四丁目《しちょうめ》のタマでも、ちょいと、いきますか。どうも、腕が鳴って、仕方がない」

羽根田は、子供のように、セカセカした。

「オジサマ、あの……」

堪《たま》りかねて、駒子が、口を出した。

「お手紙を頂いたので、お伺いしたんでございますが……」

「うん、そうそう。駒ちゃんは、その目的で、きたんだッけね。さて、どうするかね。別室でも拝借して、話をするかね」

「はア、そう願えますなら……」

「しかし、駒ちゃんと、倒閣の陰謀をやるわけではなし……会の方々は、親類同様だし、コソコソ話すにも、及ばんね」

「はア、でも……」

「いやね、皆さん、南村の五百助が、家出をしたという、椿事《ちんじ》がありましてね。もっとも、追ン出されたという方が、適切かも知れんが……」

アッと、駒子が思っても、もう、追いつかない。羽根田は、自分が秘密を好まないものだから、駒子の世間態を踏みにじっても、平然としている。

「それは、それは……」

「わたしは、五百助が、一種の休暇をとったのだと、解しとるのですがね。われわれ老人といえども、その必要を認める時が、ないでもないですからな、アッハッハ。だが、こういう場合に、細君たるものは、どうするがいいか。わたしは、一方的な休暇は、面白くないから、細君も、同様に……」

「オジサマ、もう、よろしゅうございますわ」

駒子は、少し、色をなして、叔父の言葉を阻《はば》んだ。自分が、ナブリモノにされてるような、気がしてきたからである。

「いや、駒ちゃん、よく、皆さんのご意見も、聞いてみるがいいよ。まだ、菱刈さんは見えないけれど、皆さん、現在の日本では、粒選りの良識の持主だからね。穏健にして、深刻な意見を、聞かして下さるにちがいない。駒ちゃんも、虚心坦懐《たんかい》に、それを聞く必要があるね……」

駒子は、ドートモナレという気分で、側を見ると、辺見の同情的な視線が、待ち伏せしていた。

「理性ですね――理性ほど、あらゆる家庭のトラブルを、幸福に解決するものはありません。必ずしも、円満に解決しないかも知れないが、決して、不幸な結果は、齎《もたら》さんですな。少くとも、感情が入った場合よりは、幸福な解決が生まれると、わたしは、信じてるのですが……」

熱心な口調で、そんなことをシャベリ出した藤村功一に、駒子は、少なからず、驚きを感じた。この人は、ムダ口一つきかない、謹厳家と思ったのに、イの一番に、意見を吐いたからである。意見そのものは、駒子にとって、なんのタシにもならない、平凡で抽象的なものだが、態度に、なにか、サッパリしたものがあって、彼女に、不快を与えなかった。

――やっぱり、どこか、変ってるわ、五笑会の人は。

「そうは、仰有いますけどね、男と女の間ッてものは、ジョーギやモノサシが、通用しないことが多いんでございますよ」

芳蘭女史が、ちょいと、抜き衣紋《えもん》をする仕草と同時に、口を開いた。

「それはね、女史、原始的な計器を持ち出すからなんで、精密なゲージにかければ、計算できないことはありませんよ。勿論、それは、科学的正確であって、絶対的正確とはいえんにしても、わたし等は、哲学するために、生きてるわけではないから……」

藤村は、ひどく、真面目な口調だった。

「なんだか知りませんけど、理屈なんてものは、一時抑えでね。そんなもんに、コッてるのは、殿方だけですよ。神代の昔から、女ごころッてものは、それはそれは、いうにいわれない、奥の深いもんでしてね。八人の子をなすとも、女に気を許すな——というタトエがありますけど、あれア、そこのことをいったもので、なにも、女の悪口じゃないと、あたしア、思いますよ」

芳蘭女史も、本心から、ものをいってるとみえて、譲る気色はなかった。ただ、藤村より、態度が落ちつき払って、テキパキしてるだけである。

「それは、女の気持が、複雑怪奇であることは、わたしも認めますよ。けれども、医学や心理学で、説明のつかないというものではない。少し難解なものは、精神分析学にかければ、これはまた、ひどくハッキリしたことをいいます。科学の対象として、女の方が、むしろ簡単ではないかと、わたしは……」

「ダメですよ、藤村さん、あなたみたいな堅人が、そんなことを仰有っても……。やはり、この道は、場数を踏んで、いろいろの経験をなさらないとね。あなたは、奥さんばかり、ご研究になって……」

「いや、それでいいのです。研究というものは、多岐にわたるのが、一番いかんのです。わたしは、一人を掘り下げて……」

「いや、面白い。ご両所とも、充分なる論拠を持たれて、主張を闘わすのだから、われわれも、非常に啓発されるです。どうだい、駒ちゃん、大いに参考になるだろう?」

羽根田は、二人をケシかけるようなことをいって、悦に入った。

やがて、遅刻の菱刈元子爵も、座に加わったのに、バカ・バヤシは忘れたように、男女本質論を続けてる藤村と、芳蘭女史――そのどっちにも味方するような、羽根田博士の差出口は、いつ果てるとも、知らなかった。

駒子は、五笑会の性質を、いくらか理解した。バカ・バヤシと同じく、そんな論戦も、彼等のヒマツブシと、思われた。ただ、世間の人のヒマツブシより、いくらか熱心であるちがいが、あるだけだった。彼女は、自分の問題が、そんなヒマツブシの材料にされるのに、不快を感じたが、辺見だけは、一切、口出しをしないので、好意を持たずにいられなかった。

「そこのお若い先生、一言なかるべからずだね」

なぞと、羽根田から、水を向けられても、

「いえ、僕のような若輩は、謹聴させて頂くだけで……」

彼は、品よく逃げて、その代りに、優しい微笑を、駒子に送った。この二階は、わりと通風が悪く、羽根田も、菱刈も、上着を脱いでしまったが、辺見だけは、服装を崩さなかった。時々、ポケットから、真ッ白なハンカチを出して、汗を拭くが、その度に、オー・ド・コロンのほのかな匂いが、駒子の鼻さきへ、流れてきた。

大磯で紹介された時には、時代おくれのジイサンだけの仲間と思って、軽蔑していたが、こうやって、熟視してみると、確かに、彼は、五笑会のピカ一だと、駒子は思った。また、五百助の家出のことを聞いてから、彼の微笑が、一段と優しく、親しみ深くなったことも、彼女は、見のがさなかった。

——少し、保守的だけれど、それが、この人の品格と、不可分なのね。

辺見を見てると、駒子は、昔の自分の階級に戻ったような、気がしてくるのが、不思議だった。そして、上流といわれる女たちのタシナミ——つまり、一度か二度会ったにすぎない人に、過度な好意を示さない限界ギリギリで、彼女も彼に、微笑の視線を、送り返した。すると、また、そのワクの中で、わかってますよというような反応が、彼の表情から、読み取れた。そういうヤリトリがなかったら、彼女も、ズルズル・ベッタリに、この二階で、時間を過ごす必要もなかった。

「ところで、駒ちゃんも、これだけ名論卓説をうかがったら、よほど、覚悟ができたろう。まア、少し、気を長くして、良人の帰りを待つより仕方がない……」

と、羽根田の声に、彼女は、ビックリした。ちょうど、その時、もの想いにふけっていて、人々がどんなことを話していたか、まるで、聞いていなかったのである。

「はア……」

彼女は、アイマイな返事をした。

「そうときまったら、こちらは商売を始めるよ」

羽根田は、爪のさきで、太鼓の皮を弾き始《はじ》めた。調子を見るためらしいが、もう帰れ、という仕草ともとれた。

「オジサマのご用は、それだけなんでございますの」

駒子は、ムッとして、思わず、そういってしまった。人の前で、家庭の恥をシャベられた上に、下らないお談議まで聞かされて、それで用済みとは、あんまりだと、彼女は思った。

――わざわざ、人を呼びつけて置きながら。

彼女は、ツンツンして、座を立った。危く、辺見にまで、挨拶なしで帰るところだったが、彼の方から、階段の降り口まで、見送ってきた。彼は末座にいたので、その動作も、人目に立つほど、不自然ではなかった。

「奥さま、失礼しました。いずれ……」

低い声だが、《失礼》のなかに、情がこもっていた。ことに、《いずれ……》という短い言葉が、内容豊富に、階段の薄暗い壁へ、反響した。

「ありがとう存じます」

駒子の返事も、それに劣らず、力と意味に充ち、打てば響くという趣きがあった。しかし、形式上、二人の会話は、誰に聞かれても、断じて、ヤマしいものではなかった。人間は――ことに、文化人というものは、言葉使いに、いろいろ細工をするから、漢字制限を受けた小説家ほど、苦痛を感じない。

とにかく、それで駒子の機嫌は、まったく直った。階段を、勇ましく降りて、玄関の方へ歩いたが、そのまま、靴をはいて帰っては、あまりに、非礼だった。女は、少くとも、女に対して、仁義を忘れてはならなかった。

「奥さま、たいへん、お邪魔をいたしまして……」

彼女は、茶の間のあるらしい方角に向って、声をかけた。

「あら、もう、お帰りでいらっしゃいますか」

藤村の細君の声が、奥から聞えた。そして、静かに、人の気配がしたが、同時に、ドタバタと、暴《あら》い足音が、反対の方角から、聞えてきた。

「南村のオバサマ?」

肩の端まである、大きなエリのホーム・ドレスから、露《あら》わな腕を、ニューッと出した百合子が、大声を出しながら、現われた。

「まア、なんですねえ、静かにお歩きなさいな……」

同じ時に出てきた藤村夫人が、早速、娘をたしなめた。しかし、ユリーは、聞く耳持たぬという表情で、

「オバサマ、今日入らッしゃるッて、さっき聞いて、待ってたところ……ちょいと、お話あるの」

大柄の花模様の胸に、ムンズと、腕を組んだところは、どう見ても、女子の姿勢ではなかった。

「そう? でもお客さまで、お忙がしいのに、そう長くお邪魔しては……」

「平チャラよ。そんなこと。どうせ、今日は、テンテンヤ・デーで、ウチの者は、迷惑なの

よ。ちっとも、関《かま》やしないわ。それに、あたしの部屋は、別天地だから……」

「ほんとに、ごゆっくり、遊ばせよ」

と、藤村夫人にまでいわれて、駒子も、振り切れなくなった。

「是非、お話ししたいことがあるの。入らッしゃいよ、さア」

ユリーは、ひどく、命令的だった。


「昔、兄貴の部屋だったのよ」

と、ユリーが案内したのは、離れ風に庭につき出た四畳半だったが、その乱雑ぶりは、ひどかった。ムリに、出窓にとりつけたカーテンは、手アカだらけ、タタミにじかに置いたデスクの上は、ホコリだらけ、壁に《タイム》や《ライフ》の写真版や三色版が、ベタベタ張られ、その上に、大磯で見た白いショルダー・バッグが、ブラ下っていた。およそ、趣味のない部屋で、従って、少女趣味もなかった。フランス人形だとか、宝塚スターのブロマイドとかが、一つも、見られないのである。

「お兄さまが、おありになるの」

「もう、結婚して、家を持ってるの。男は、シャクだわよ、サッサと、独立しちまうから……」

そういって、ユリーは、デスクの前の古びた籐椅子に腰かけたが、客が用いる椅子は、どこにもなかった。仕方なしに、駒子は、出窓に散らばった雑誌を片寄せて、腰を下した。

「いかが?」

ユリーは、赤丸印の煙草を、差し出した。

「ありがとう。いいの」

良人が家に残していった煙草を、駒子は、この頃、喫《の》み習っているのだが、今は、手を出す気持がなかった。ユリーも、強いては勧めず、自分が一本をくわえて、ライターで、火をつけた。二筋の太い煙が、鼻の穴から、噴き出した。

「煙草のんでも、叱られない?」

駒子は、自分の少女時代と、ユリーの行状を、比較しないでいられなかった。

「叱るわ。だけど、ドン・ケアよ」

彼女は、平然と、煙草の灰を落した。デスクに、灰皿まで用意してあるのだから、公然の秘密というやつだろう。

「ユリーさんたち、いい時代に生まれたわね」

駒子は、皮肉と本音とを、半分ずつ混ぜた。

「そうでもない。これから、戦い取るのよ、いろいろ……。まア、そのうちの一つだけどね、今日は、オバサマに、お願いがあるの」

彼女の言葉使いは、横浜へ行った時よりも、よほど、ザッになっていた。素足を組んで、駒子の前に、ブラブラさせる態度も、親しみともとれるし、なにか、挑戦的なものを含むようにも、思われた。

「なんのことか知ら?」

　駒子は、警戒を微笑のうちに、ひそめた。

「あのキャンデー・ボーイのこと……」

「何ボーイ?」

「オバサマ、古いな。隆文さんのような青年のことよ、包装ばかりコッてるから……」

「あア、なるほど」

「甘いっていう意味もあるわ」

「ホッホッホ。あんたがた、ずいぶん、いろんな言葉、発明するのね」

「発明じゃない。新しい慣用法を与えるだけよ」

「どっちでもいいけど、そのキャンデー・ボーイについて、どんな話があるの」

　すると、ユリーは、紅《べに》のついた煙草を、灰皿でもみつぶしながら、

「オバサマ、お願いだから、あの人、引き受けて下さらない?」

「隆文さんを引き受ける?」

　駒子は、判断に迷った。

「ええ、オバサマになんとかして貰わないと、あたし、全然、持てあますのよ」

　額に八の字を寄せて、ユリーは、嘆息の声を洩らした。

「でも、あたしが隆文さんを、どうこうする、義務があるの?」

　駒子の声は、微笑を含んだ。

「ズルイ！　だから、大人は嫌いよ。オバサマは、今、あの人をジャらしてる最中じゃないの。《ペトルーシュカ》へ連れてったり、散歩したり……」

ハハアと、駒子は、思い当った。このお嬢さん、本心では、焼いて、そして、スネていらっしゃるのだ。それなら、ご心配はいらない。隆文サンなぞ、必需品というわけではなし、いつでも、返上の用意があるが、それにしても、銀座のことなぞ、どうして、ユリーは嗅ぎつけてるのだろう——

「あんた、なんでも、よく知ってらっしゃるのね」

「それア、もう……。あの人がオバサマに出す、手紙の文句でも、オバサマに話す言葉の内容でも——全部よ」

「ほんとか知ら。ユリーさん、テレヴィジョン持ってるの？」

「そんなものなくったって、わかるわよ。あの人、みんな、あたしにシャベっちゃうンですもの」

ユリーは、事もなげに答えたが、駒子の方は、ポカンと、口を開く外はなかった。どうも、これは、不可解である。大磯で、彼等の新日本語を聞いた時と、同じく、まるで、意味が通じない。あんなにユリーの悪口ばかり、列べていた隆文が、恋の秘密を、残らず、彼女に打ち明けてるとは——

「手紙の文句だって、あたしが考えてあげたのを、ずいぶん、使ってるわ」

ユリーは平然と、そういい足した。

いよいよ、五里霧中――駒子は、もう、二人から、故意の侮辱を受けてると、判断する外はなくなった。

「まア、一体、あんたがたは、なんなの！」

と、激昂して、言葉まで、舌足らずになったが、隆文とユリーの関係を、解釈に苦しむ真情も、自《おの》ずと、ほとばしった。

「オバサマ、落ちついてよ。事態は、とても、カンタンなのよ。あの人とあたしは、フレンドであり、オバサマは、あの人の恋人というだけのことなのよ。あの人とあたしは、仲がいいけど、断然、恋人にはなれないの。両方で、全然、もの足りないの。それに、二人は、恋人であってはならないのよ。なぜって、あたしたちは、イイナズケっていう封建性と、絶対、戦わなければね。それで、あたしたちが、いつまでも、よいフレンドであるためには、オバサマのような人の出現が、是非、必要だったのよ。あたしたち、救われたのよ！」

「そんなら、それで、いいじゃないの。引き受けるのなんのって……」

「いいえ、それを、確認して頂きたいの。つまり、あの人と結婚して……」

鮎料理

それから十日を過ぎた、今日になっても、駒子の驚きは、消えなかった。

――なんという娘だろう。あれが、戦後娘のサンプルとでも、いうのか知ら。

ユリーの言語、態度、服装が、普通でないぐらいは、最初からわかっていたが、頭や心臓までがあれほど途方もない、新製品だとは、彼女も考えなかった。

「結婚ぐらい、ワケないじゃないの、オバサマさえ、その気になったら……」

ユリーは、まだ、五百助の事件を知らないはずなのに、そういうことを、平然と、いってのけるのである。

結婚ということを、隣りへ遊びにいくほどに、気軽に、考えているらしい。

「ホッホッホ。あたしと隆文さんと、いくつ、年がちがうと、思ってるの？」

と、駒子が、笑えば、

「十ぐらいじゃない？　ちょうど、いいわよ。そんな夫婦、この頃沢山あるわ。いまの青年は、みんな、年上の女を望んでるの。あたしだって、二十ぐらいちがう良人でなくちゃ、面白くない。すべてに能力持っててくれなくちゃ、男と思えないじゃないの」

と、大真面目で、返事をする。

すると、今の若い人たちは、同時代の対手を、信頼することができないのだろうか。戦争の暴風に、若い芽を吹き飛ばされた心が、そういう不自然を、求めさせるのであろうか。それなら、一見、ハナやからしい、この新時代人も、同情すべき不具者の群ではないか――と、駒子がソクインの情を、起しかけると、

「フレンドは、やっぱり、フレンドとして、愉しいわよ。あの人結婚したって、あたし、ズッと、仲よくするわよ。時には、踊ったり、キャンプに行ったり……」

なにがなんだか、わからない。フレンドというのは、単なる異性の友人として、清潔な交際をするだけの目的でも、ないらしい。そこの範囲は、ひどく、ボヤけている。

悪く考えれば、あれもこれも実用向き、恋愛向き、遊戯向き等のあらゆる男性を、一そろい、備えておきたい、という風にもとれる。

どこに、女の本心があるのだか、サッパリわからない。女の本心そのものが、あるのやら、ないのやら、それすら、見当がつかない。

そういえば、隆文だって、同じことだ。駒子に、心のすべてを献《ささ》げつくしているというなら、また彼女も、考えようがあるが、何事も、洗いざらい、ユリーに打ち明けた上に、ラブ・レターの文句まで、チエを借りるというのでは、一体、彼の本心というものが、どこに存在するのであるか。これまた、本心不在の組ではないか。

——あの人たち、処置なし子供《アンファン・テリイブル》なのよ。ただ、それだけよ。

駒子は、強いて、そんな結論をつけようとした。そうでも結論しなかった日には、クラゲのように捉えにくい、この新時代人に、どこまで引き回されるか、知れたものではない。

やはり、彼女には少し保守的な男の方が、ウマが合うと、思われた。

その少し、保守的な男から、パリパリした舶来紙に書いた、手紙がきた。色は白、二つ折りにすると、淡セピアの裏紙がのぞいた、同じ紙質の大型封筒に納まるやつで、英国のゼントルマンが使用する品と似ているから、恐らく、戦前の買溜めであろう。

文句は、至って短く、隆文の恋文の十分の一もない。

——また、英文学のお話なぞ、伺わせて頂きたく、今度の日曜、友人茂木君の稲田登戸別荘へ、お誘い申上げます。同君は、小生親友ですが、御実家の御知己でもあるそうで、是非、御来車を願っております。茂木夫人は、洋風の川魚料理を差上げるとか申し、大ハリキリでございます。十一時に、茂木君の車が、渋谷駅前にお迎えに出るそうで、小生も同所で、その時刻に、お待ち申上げています。

それだけである。

英文学、友人夫婦同席、川魚料理——イヤらしいことは、一つも書いてない。誰に見せたって、恥かしい手紙ではなく、招きに応じたところで、誰からも非難される性質のものではない。

それにも拘《かかわ》らず、駒子は、ある危険な匂いを、その上品な手紙からかいだ。その匂いは、藤村の家で、辺見のハンカチから匂ってきたものと同じである。つまり、オー・ド・コロンの匂いである。ゼントルマンは、それ以外の香料を用いないぐらいは、駒子も知ってるが、その匂いが、彼女の急所に触れるのである。危険は、彼女のナカにあるので、その手紙に、罠が隠されてあると、考えるわけではない。

もう一つ、彼女を躊躇させるものは、茂木夫婦のことであった。辺見の手紙にあるとおり、茂木家は、彼女の実家の斎藤家の古い知辺《しるべ》だった。もっとも、亡き父親同士の交際で、辺見の友人である今の当主には、駒子も会ったことはない。ただ、その男がノラクラ息子であり、アメリカへ、長いこと留学して、戦争中に帰ってきたが、戦後、何か事業を起したのが当り、バイヤーと結び、ひどく景気がいいことは、耳にしていた。こちらが、微禄《びろく》してしまったのに、そういう男と顔を合わすのは、気がヒケるというものである。

それに、男ばかりならまだいいが、茂木夫人というものが、ちょいと、気になる。どんな女だか、知らないが、お高くとまられて、見下されでもした日には、駒子のような女は、一週間ぐらい、血の道が起ってしまう。

しかし、その夫婦が同席するということが、辺見の誘いに応ずる、唯一の口実になるのである。まだ二度しか会ったことのない辺見と、単独のランデ・ヴゥをするのは、面白くない。とすると、これは、好機会といわねばならない。

そして、彼女は、別荘だとか、パーティーだとか、車の迎えとか——そういうものに、ちょいと、郷愁を感じないでもない。曾て属していた階級の呼び声を、久振りで聞いたような気もする。

——ドッチニシヨオカネ。

と、指を折って算えたら、行く目が出た。

晴れた日曜の午前で、渋谷駅前の混雑は、忠犬ハチ公の像も、吠え出しそうだった。白い帽子、白い半袖シャツ、白いブラウスの強い反射が、ピカピカして、汗の匂いが、どこへいっても、鼻を打った。

「あ、奥さん……」

その混雑のなかで、小柄な駒子を、遠くから発見した、辺見の眼力も、普通ではなかった。彼の方が、先着していたのである。駒子が、定刻十分前にきてしまって、何か、心を見透かされるような、心配をしていたのに、辺見が、それ以前に待っていたというのは、悪くない気持だった。

「お言葉に甘えまして、図々しく、伺いましたわ」

彼女は、思い切って単純な、白い木綿《もめん》のサン・ドレスを着た体を、かがめた。始めて訪ねる家に、失礼とは思ったが、もう、彼女のヨソイキの夏服も、辺見の前に、同じものばかり着て出れないとすれば、残るところ、これ一着である。また、富める茂木夫婦の前へ出ても、スポーティな服なら、ちょいとゴマカシがきくという腹もあった。

「いいえ、かえって、ご迷惑とも思いましたが、茂木君の家庭は、極くノンキですし、静かな、涼しいところですから、ゆっくり、お話ができるので……」

辺見は、此間会った時よりも、気軽な調子で、答えながら、白いヘルメットを、頭へのせた。

彼も、今日は、白ずくめの服装で、珍らしく、ネクタイなしのカラを開き、半ズボンから膝小僧を出し、白いストッキングをはき、クツだけが、卵色の革だった。英国紳士も、夏は暑いのであろうか、それとも、夏の田舎行きの服装なのかも知れぬが、街頭の風俗とちがうところは、上着をきていることだった。そして、上着も、半ズボンも、純白の木綿であることは、駒子と申合わせたようだった。麻より木綿を愛する、熱帯植民地の外人の風習に準じたのであろうが、他人の目からは、同じ布地で夏服をつくった、仲のいい夫婦と、見られないこともなかった。それを、二人のどちらもが、意識することになると、空腹にシャンパンを飲んだほどの効目はあった。

「車は、向う側の角に、待っていますから……」

辺見が、群集をかきわけて、歩き出した。海に行けないで、玉川あたりに泳ぎにいくために、会社線の入口にゴッタ返す人の波を、二人は、二疋のミズスマシのように、通り抜けた。向う側に、二、三台の車が、駐まっていた。そのうちで、白緑色に塗った、長い図体のは、外国人でなければ、目下、乗れないような車であるから、駒子は、通り過ぎようとすると、

「や、待たせたね」

辺見は、運転手にそう声をかけてドアを開けた。運転手は、慌てて飛び下りて、帽子を脱いだ。

「さ、どうぞ……」

今度は、辺見が駒子に、帽子を脱いだ。

「ちっとも、遠慮のいらない家なのですから、どうぞ、そのおつもりで……」

恐ろしく、乗心地のいい車で、まるで、雲が飛んでくように、音もなく、辺見の声が、よく聞えた。

「はア、でも、少し図々しいとも、思いますわよ」

駒子は、軽く笑った。こういう場合に、悪く堅いことをいうのは、彼等の階級の札儀でな

いことを、知っていた。

「いや、今日は、大いに、ご馳走さしてやりましょう。茂木は、目下、非常にイージイに、富を獲《え》ているのですから、分散を計ってやるのが、功徳なのですよ」

「そういう社会主義でしたら、お手伝いできるかも知れませんわ」

そんな冗談を、駒子も、口にする気分になっていた。

「しかし、奥さん、マネーというものも、不思議な力がありますね。所有者によって、まったく罪悪的にもなるし、反対に、マネーそのものに、品位を与えてやることさえできる……」

「ホ、ホ、ホ。あたしなんか、少し下品なマネーでもよろしいから、所有したい方ざンすわ」

駒子の言葉に、いつか、昔のナマリが出てきた。五百助を対手に、荒々しい口をききつけている間に、そんな言葉を、忘れてしまったのである。

「いや、奥さんのような方こそ、富に品位を与えうる資格が、充分、おありんなるんですよ。ほんとに、僕は残念だと、思ってますよ」

羽根田博士からでも聞いたのか、辺見は、駒子の現在の生活を、知ってるような口振りだった。

駒子は、少し、恥かしかったが、悪びれる必要もなかった。そして、辺見の言葉は、お世辞と知りつつも、心をクスぐった。

「まア、この暑いのに……」

車が、コンクリートの長い橋を渡る時に、カンカン照りの河原に、黒豆を播《ま》いたようなハダカや、浅い水の上のボートなどが、窓から、眺められた。それらは、少しも、涼しさを感じさせず、そして、貧乏くさい景色だった。駒子は、その人々と、同じ仲間である自分を、忘れた。

橋を渡って、やがて、車が右折した。運転手は、注意深く、カーブを切ったのであるが、子供が出てきたために、少し、蛇行になった。その動揺で、相当の間隔を置いていた一人の席が、近くなった。辺見の露わな膝小僧が、駒子のスカートに触れる時があった。二人は、暫らく、黙っていた。やがて、駒子が、足が疲れたという風を装って、自然なやり方で、身を退《ひ》いた。悪い気持ではなかったが、浸り込むのは、恐ろしかった。

しかし、二人の心と心は、渋谷駅を出る時よりも、ずっと近くに、坐っていた。車が、鋪装道路から野道へ出て、果樹園や青田の景色と変るに連れて、その接近も進んだ。

また、河原が見えてきた。

「あの山の上なんですよ、茂木の家は……」

辺見が、左手のコンモリした丘を指すために、身を寄せた。

もと、ドイツ人の建てた家だというが、どちらかといえば、英国風のコテージで、玄関の様子も、サッパリしていた。

運転手が、警笛を鳴らしたから到着は知れてるわけだが、辺見は面白半分、ポーチに置いてあるチャイムを、何遍か、たたいた。

明らかに、彼は、ウキウキしていた。

「入らっしゃアい……。早かったね」

女中と、同時に、夫婦が、迎えに現われた。茂木は、上着なしで、蝶型のネクタイを結び、顔も、体つきも、松井翠声という漫談家に、ソックリだった。良人より、二寸ぐらい背の高い夫人は、アロハのようなものを着て、白いショーツを穿き、まるで、アメリカ人のような勇ましさで、駒子に右手を差し出した。

「ミセス・南村、ほんとに、お久振り！」

そういわれても、駒子は、会った記憶がないので、マゴマゴして、手だけを振った。

「さア、こっちへ、入らっしゃい。いくらか、涼しい」

茂木が、小さな体を、大股に歩んで奥へ案内した。薄暗い中廊下に、靴の音が響いた。この家には、スリッパというものがなく、駒子も、一つしかない白靴を脱いで、内皮の破れを見せることなしに、済んだ。

すぐ、広間へ出た。二つの大きな室が、サルーンとも、食堂ともつかず、打ち抜いて、使われてるらしかった。そこを通り抜けて、広いテラスへ出ると、眼の下に、河と鉄橋が見え、幅の広い風が、吹き抜けていった。

「まア、いい景色……」

駒子は、思わず、つぶやいた。大磯にあった実家の別荘は、古風な日本建築で、こういう別荘生活は、彼女も知らなかった。テラスに列べてある、みごとな、竹製の椅子類だけでも、彼女の眼を奪った。

「ちょいと、失礼させてね。台所、見てくる……」

夫人が去ると、茂木も無言で、奥へ引っ込んだ、紹介も、挨拶も、一切抜きで、アッケないほど、淡白なものだった。それにしても、駒子は、夫人が先刻彼女にいった言葉が、気になった。

「辺見さん、あたくし、どうも、ここの奥さまに、お眼にかかった覚えが、ないんですけど、学校で、クラスのちがう方だったたか知ら……」

小声で、駒子が話しかけた。

「アッハッハ、あれが、あの女の初対面の挨拶なんですよ。誰に対しても、ああいうことをいう女なんですよ。ここのうちの家風は、よほど変ってますから、そのおつもりで……」

辺見は、面白そうに笑った。

「ミセスは、コクテール、なにがお望み？」

茂木が、小脇にシェーカーを抱えて、入口に現われた。そして、ボーイのように、慣れた手つきで、正面の食器棚から、何本も、酒壜をとり出した。

小さな鮎を、オリーヴ油で揚げたと見えて、黄金色に反りかえってるのを、茂木は、塩を

ふりかけてから、指でつまみながら、

「これだけが、ここの鮎なんだよ。柳の葉ッて、いうやつかな。後の料理には、長良川のを、探さしたがね」

と、無雑作に、メニュの説明をした。

「や、うまいよ、このフライ……」

「ほんとに、結構ざンすわ、奥さま」

辺見と駒子は、魚用フォークを、正直に使っていた。

「そう？　メイドが、揚げたのよ。あたしは、川魚料理なんて、ほんとは、好きじゃないんだけど、肉は、食べないようにしてるもんだからね」

茂木夫人も、手づかみで、魚を食べてから、鑵詰のジュースを、大口に飲んだ。

「お肉、お嫌い？」

「いいや、肥《ふと》る心配をしてるんですよ、うちのブロンディは……」

と、茂木が代って答えると、《オウ、ユウ……》なんとか叫んで、夫人が睨めた。

すべてが、米国式だった。夫人も、アメリカで女学生生活を送ったというが、まるで、コダワリということを、知らない女らしく、亭主よりも背が高いことも、角張った顎と、大きな口のために、駒子より三割方、醜く見えることも、一向、意識にないような、鷹揚で、淡白な態度だった。その代り、日本語を知らないような、乱暴な言葉使いをしたり、駒子が学校で習ったようなテーブルの行儀は、まるで、抜きにしていた。食事中に、煙草をのんだり、頰杖をついたり、そして、ジュースや氷水ばかり、ガブガブ飲んだ。

良人の茂木氏も、同様で、駒子の実家の話なぞは、ほんのちょいと触れただけで、べつにその因縁で、彼女を歓迎する様子はなかった。彼は、現在だけに興味のある人間らしく、訪ねてくれた人と、愉しく時を送らなければ損だ、という風があった。また、新興成金のように、自分を誇る様子がない代りに、つかんだ幸運を手放すまいと、努力する風も見えなかった。ジャンジャン金が使いたい、坊ッちゃん臭ささえ、感じられた。

「君、まだ、オカグラやってるのかい?」

丸々と肥った大鮎のムニエールが運ばれた時に、茂木が、辺見をからかった。

「君だって、サキソフォン吹いたことが、あったじゃないか」

「あれは、ちがうよ。第一、君みたいに、夢中にならなかったよ……。奥さん、おかしいですね、あんな古臭いものに、夢中になって……」

駒子は、中立的に笑ったが、ほんとは、辺見にバカ・バヤシを止めて貰いたい方だった。

「うちの子供は、喜ぶよ、あのダンス……」

茂木夫人が真面目に口を入れたので、皆が笑った。そこで、子供の話が出たが、この夫婦は、家政婦をつけて、二人の子供を、逗子《ずし》にやってあるとのことだった。この別荘は、夫婦たちのタノシミのために買ったので、和洋折衷《せっちゅう》の代々木の本宅では求められない、さまざまのエンジョイメントを、ここで充たすのだそうだった。

――ほんとの夫婦本位ね。

駒子は、腹の中で考えた。

新鮮なサラダは、山盛りだったが、後はジンジャー・ブレッドのようなものが出ただけで、午飯は終った。ゴテゴテと、ご馳走が出るのかと思った駒子は、そのカンタンさに驚いたが、人を招いても、大ゲサにしないところが、アメリカ式なのかと、思い直した。しかし、果物は、メロンだの、アレキサンドリアだの、よく冷えたのが、多量に出た。

「ところで、お二人は、ゆっくりし給えね」

コーヒーを飲むと、茂木が立ち上った。

「おや、君たちは、どこかへ行くの？」

辺見が、驚いて、訊いた。

「二時から、あたしたちの仲間のトーナメントがあってね。今日は、どうしても、ミイがカップとる番よ。朝から、支度して、待っていたの」

茂木夫人も、いかにも愉しそうに、広い半パンツの下半身を眺めた。

人を招いて置いて、自分たちはゴルフに出かける――ずいぶん失礼な話だが、そんなことは、彼等の念頭にないらしかった。

「ひどいね、僕らは、オイテキボリかい？」

辺見が、口をとがらせた。

「まだ、暑いからな、午睡《ひるね》でもしていくさ。僕たちのベッド・ルームを、開放するよ」

その言葉が、駒子の顔を赤くさせる効果を持ったが、茂木自身は、何気ない風だった。

「よし。留守番賃に、冷蔵庫《アイス・ボックス》をカラにしてやるぞ」

辺見は、ハシャいだ声を出した。どうやら、彼は、オイテキボリに、感謝を見出したらしかった。

「ほんとに、どこを開けても、関《かま》わんよ。メイドも、自由に使って……」

そういって、茂木は、奥へ引っ込んだ。

「悪いですわ、お暇《いとま》しましょうよ」

駒子が、辺見にささやいた。

「いいですよ、先刻もいうとおり、独特の家風なんですから。でも、あなたが、お急ぎのようでしたら……」

どこまでも、辺見は、紳士臭かった。

「べつに、急ぎもしませんけど……」

駒子は、そうなると、ヘンに淑女臭いことも、いいたくなかった。

「見給え。まるで、忙がしい日のキャディだよ」

茂木が、自分と細君のクラブ・バッグを両肩にかついで、入口に姿を見せた。夫人は、青いサン・グラスをかけ、白い野球帽のようなものをかぶって、長いハダカの足を突っ張った姿は、まったく、アマゾン的だった。

「では、失礼。ゆっくりね」

辺見と駒子が、主人のように、彼等を玄関まで見送らねばならなかった。そこに駒子たちの乗ってきた緑色の自動車が、待っていた。相模《さがみ》ゴルフ・コースへ、ラクに行けることが、この別荘を買った理由の一つだと、先刻も、彼等が語っていた。

「バイバイ……」

それで、一対《いっつい》が行き、一対が残った。

「女中さん、水とウイスキーと、それから、コカ・コーラがあったら、持ってきて下さい」

辺見は、自分の家のように、勝手な注文をした。

テラスは、日が近くなってきたので、二人は、北側の室内に、座を移した。窓際の大きなソファに、列んで腰を下すと、木蔭で冷やされた川風が、上半身を洗った。

「お酒、あがりますの」

駒子は、五百助が二本のウイスキーを明けた日のことを、思い出した。べつに、泥酔もしなかったが、彼女が、文句をいったら、グッと睨めた。その眼つきが常にない殺気を帯びていたのは、やはり、酔っていたのだろう。今年は、焼酎ばかり飲んでいたが、その臭気を、彼女は少し嫌い過ぎはしなかったか――

「ええ、食後に、ほんの少し……。消化にいいですよ。あなたも、こうして、あがったら……」

辺見は、ウイスキーを少し入れたコップに、冷えきったコカ・コーラを注ぎ入れた。

「酔わないか知ら？」

「大丈夫ですよ」

駒子は、洋酒の匂いが好きであったが、五百助に対抗上、アルコールを呪っていた。今日は、飲んでみたい気がなくもなかった。透明なココアのような、その清涼飲料も、彼女は、名を聞くだけだったので、好奇心が起きた。

「あら、おいしい……」

口当りは、ひどくよかった。

「でしょう？　アメリカのウイスキーは、そうして飲むのが、一番らしいです」

辺見は、自分のコップにも、口をつけてから、ハンカチで口を拭った。オー・ド・コロンの匂いが、立ち迷った。

「ところで、その後、ご主人のご消息は？」

彼は、将棋を始める男が、まず歩をつくような、ものいいをした。

「さア、どうしてますか。メチールにでも、やられちまったかも、知れませんわ」

駒子は、なにか、残酷なことが、いってみたかった。先刻から頭にある、良人の面影を、石を投げて、追ッ払うためにも――

「それよりも、奥さまのご容態は、お変りありませんの？」

「さア……」

辺見も、駒子と、同じようなことをいった。もっとも、これは、メチールというわけにもいかない。

「もう、半年も前から、平熱に下ってるのですから、あっちにいる必要もないわけですが、なにか、いいことでもあるんでしょう」

辺見は、面白くもなさそうな、笑い方をした。聞きようによれば、寂しい笑い声でもあった。

「あら、そんなに、およろしくなってらっしゃるんですか」

「ええ。今は、病気の療養よりも、別居の目的が、主かも知れません……」

また、辺見は、寂しい声を出した。


辺見卓の語るところによれば、彼等の夫婦生活は、最初から、恵まれなかった。

嫁は庭先きから貰え――母親のそういう方針に従ったのが、そもそも、マチガイの源《もと》だったと、いうのである。彼の細君は、辺見病院に出入りの魚問屋の娘だった。女学校は出ていたが、万事が下町好みで、知的な教養というものがない。長唄は、自分でもやるが、ピアノのコンサートへでも連れていくと、居睡りをする。日本映画は夢中のくせに、欧米のトーキーには、眼もくれない。洋装が大嫌いで、ズロースをはくと、頭痛がするという。

母親の眼が誤らなかったのは、早起きと掃除好きと、セッセと、蟻のように働くことと、それから、亭主よりも姑《しゅうと》を大切にする、義理堅さだけである。辺見としては、家政婦と夫婦になったようで、一向に、情愛が湧かない。つい、冷たい顔をすると、今度は、ヒガミを起す。自分のような無学な女は、気に入らぬのが当然だから、モダンさんをメカケに置いたらどうだ、というようなことをいう。

メカケなぞは、紳士道にもとるから、置く気はないが、百年の不作を嘆く心の声は、いかんともし難くなった。そのうちに、彼女が肋膜炎になり、転地を命ぜられた時には、正直なところ、ホッとした。彼女の方でも、牢屋を出た気持になってるらしく、病気はメキメキと持ち直したが、一向、手紙もよこさない。どうやら、実家へもどる覚悟らしく、思われる
——

「あたしも、これ以上、結婚を継続することは、罪悪ではないかと、考えているんです。全然、愛を持ち得ない二人が、夫婦という名で呼ばれることは、不合理でも、不道徳でもありますからね……」

辺見は、ひどく、真面目な顔をした。

「それは、そうですけど、奥さまのお気持は、どうなのか知ら。愛情はおありんなるのだけど、それを注ぐ道がふさがれてるというのかも、知れませんわ」

駒子は、未知の辺見夫人よりも、自分の場合の方が、頭にあった。

「たとえ、多少の愛情があったところで、性格や教養のズレで、全然、見当ちがいの方向に表わされるとしたら、無よりも、悪いことになりますよ。僕は、時々、イライラして、泣きたくなる時がありましたよ」

「それは、わかりますわ」

彼女の場合は、ジレったくて、泣くよりも、火山のように爆発したくなるのである。

「性格の調和、教養や趣味の一致――夫婦として、欠くべからざる条件ですね。茂木夫婦を、ご覧なさい。あの人たちの教養は、高くないが、よく一致してます。手をつないで、ゴルフに出かける二人を見て、僕は、とても羨ましかったですよ。僕も、僕と精神的なゴルフを愉しむ対手が、欲しいのですよ。一個の男性として、僕にも、そう叫ぶ権利がないのでしょうか。もっとも、今までは、それは、単なる空想でした。その寂しさを、忘れるために、僕は五笑会へ入会したりしましたが、しかし……」

少し保守的な男が、主義を忘れたかと思えるほど、熱してくるし、ウイスキー・コカコーラの酔いが、次第に回ってくるし、――駒子も、多少、ボーッとした気分に、ならざるをえなかった。

といって、彼女が、もう辺見に心を傾けたと思うのは、早計だった。彼女のような女が、一人の男を恋するには、フランスの宮廷料理ほどの豊富な献立が、必要なので、性格と教養の一皿盛りぐらいでは、舌も腹も、承知するわけがなかった。性格と教養の調和と一致なんてことを、クドクドしく持ち出したのは、辺見の量見が、甘いというものである。そんなものは、ほんとに一人の男を恋する女にとって、アクセサリのようなものでしかない。男は、そんな小さな宇宙ではない。紳士よりも、森番の方がモテるというのは、その証拠ではないか。

駒子が、陶然としてきたのは、辺見の魅力というよりも、辺見の属する階級の魅力からだった。この家は、辺見の自宅ではないが、辺見と同じく、富める者の家であった。そして、ひどく西洋臭い家だった。駒子は、それを好むのである。それが、現在の日本の栄華であるからである。貧家の女も、栄華を好むが、駒子のように、一度その味を知って、痩せ我慢で、辛抱していた者ほど、強い魅力は感じない。

——贅沢って、悪くないな。

この家の設備と、家具と、食器からわき出る空気の味のよさ！　いちいち勘定して使う金の情けなさ！

「いかがです？」

辺見は、見慣れない、西洋煙草の函《はこ》を出した。ユリーが勧めた赤丸印なぞより、ずっと高級品らしく、駒子も、つい、一本を手にした。即座に、辺見が、ライターを点じた。

この頃、少し、煙草の味もわかってきたところで、その上、環境はいいし、彼女は、匂いのいい煙りを、思い切って、腹の底まで吸い込んだ。

すると、頭がボンヤリしてきた。ウイスキーの酔いも、手伝ってるらしい。悪い気持ではないが、辺見の話しかける声も、夢うつつに、遠くなる。

「お気分が、悪いですか」

辺見が、驚いて、彼女をソファに臥《ね》かしてくれたまでは、覚えているが——

ふと、気づくと、額が冷たく、濡れたハンカチが、かかっていた。辺見は、保冷瓶の水を、自分のハンカチに浸したのであろう——オー・ド・コロンの匂いが、プンプンする。ハンカチは、眼まで覆っているから、彼女が気がついたことは、彼に知れぬらしい。

手が、温かい。脈を見るフリをして、辺見が、彼女の手を握り締めてるのである。彼女は、タヌキ寝入りをすることにした。

「駒子さん……駒子さん……」

手に力が入ってくると、彼の顔が大映しのように、近づいてくるのが、ハンカチの隙間から見える。間一髪！　そこで、意気地なくも、顔が退却する。と思うと、また、未練がましく近づいてくる。何度、同じことを、くり返すのか——

「ウ、ウーン……」

じれったくなった彼女は、意識回復の芝居をした。

悪い日

駒子は、悪いところを、見てしまった。

あの時の辺見は、サーカスの道化よりも、動作が滑稽だった。ヘッピリ腰をして、唇をとがらせて、鼻の頭に汗をかいて——それで、目的の動作を遂げるなら、まだわかってるが、すぐそこまできながら、彼の唇は、スゴスゴと、退却するのである。臆病なのだろうか。それとも、なにか考えてるのだろうか。どっちにしても、同じ動作を、根《こん》よく、三度もくりかえした時に、駒子は、危く吹き出すところだった。あんなに、男性が滑稽に見えた時は、曾《かつ》てなかった。

——男ッて、あんな、愛嬌のあるものだったか知ら。

遊廓というものが、まだあった時分、その付近に、必ず、思案《しあん》橋とか、思案柳とかいうものがあって、遊びに行こうか、止めようかと、フラフラ迷う地点になっていたそうだが、男は、一般に、そういう習性があるのだろうか。

——でも、五百助には、そんなところがなかったわ。

そうだ。あの男は、迷うという心理も、動作も、知らなかったようだ。といって、決断とか、決行とか、そんなものの気色も、曾て見せたことのない男だったが——

とにかく、一度でも、男が滑稽に見えたというのは、よくないことだった。その後、辺見が取り澄まして、過度に紳士振ったのが、かえって、いけなかった。彼が道化である上に、偽善者である印象まで、受け取ってしまった。往路とは反対に、駒子は、あまり口もきかずに、新宿まできて、彼と別れた。もっとも、帰りは、小田急に乗って、ひどい混雑に揉《も》まれたのだったが——

しかし、よく考えてみると、辺見のような男は、あの階級に、珍らしくなかったのだった。紳士ではあるが、あまり、頼みにならない男のことである。つまり、二代目型というやつである。親の残した富で、立派な教養だの風采《ふうさい》だのを、獲得しただけに、それを失う一切の危険に、立ち寄るまいとする。自分を守ることは、よく心得てるが、女を愛することは、まるで知らない。そういう男の細君になったら、災難である。K実業家の息子が、そうだった。M男爵の長男が、似たものだった。辺見の細君も、彼に愛想をつかして、富士見高原から、帰ってこないのではないか――

駒子は、茂木の別荘へ行った時に、昔、自分の属していた階級の匂いを感じて、ボーッとなったと同時に、忘れていた悪臭も、思い出して、鼻が曲りそうだった。そのいやらしさは、内部にいたものだけが、よく知っていた。

――人間らしい人間、男らしい男。どこにいるんだろう。

男が道化に見えた時の優越感なぞ、決して、女の本望というわけではない。後味は、かえって、苦く、寂しい。

だが、そんな駒子の気持を、辺見が知っていよう道理はなかった。

彼は、むしろ、あの日のために、自信と火の手を、強めたらしかった。次ぎの機会というものを、待ち設け、彼女にセッつく様子さえ見せた。

それは、手紙のかたちで、表わされた。例のパリパリした舶来紙の封筒が、しきりに、彼女の許に、舞い込むのであるが、文句も、だんだん長くなって、隆文の手紙に、負けなくなった。ただ、隆文のように、手放しのアコガレや、恋の訴えは、少しも書いてなく、何事も、遠回しに、品よく、且つ、後日に何かの証拠物件とならぬよう、細かい字句の注意を払っている跡があるから、勢い、長文になるのを、免れないのであろう。

それが駒子のカンに触ってくるのも、また、やむをえないことであった。

――ホレたらホレたと、なぜ、率直にいえないんだろう。もう、刑法にふれるわけじゃあるまいし。

そして、彼女の眼に、あの時のヘッピリ腰と、退却する唇とが、アリアリ映ってくることも、是非がなかった。

駒子のような女には、少し保守的な男が、本来、波長が合うのであるが、なぜ、この派の男共は、揃いも揃って、意気地なしなのだろうか。少し保守的であることは、現在の相場では、自由主義の別名であり、素姓もそのものズバリであるが、なんと、いつも、不景気な面つきをしてるのだろうか。戦前は左翼に叱られ、戦時中は軍部に睨まれ、自由主義者がちょいとモテたのは、戦争直後の半年ほどだけではないか。年中アチコチに突き飛ばされて、フクレ面をしてるだけでは、女性の関心をひかぬのも、当然の運命だろうか。

そこへいくと、隆文は、ハッキリ過ぎるほど、ハッキリしていて、求愛の勇敢さは、女性的な顔や声に、似てもつかなかった。

「オバサマ、ちょっとだけでいいから、手に触らせて」

この頃は、そんなことを、平気で口に出すばかりでなく、駒子の手の甲を、壁を塗るように撫ぜ回し、後で、ホッペタに押しつけたりする。

「こら………」

叱ってやったところで、少しも辟易の色は見えない。

悪いことに、彼は、五百助が失踪して、駒子が一人でいることを、親たちから聞き知ったと見えて、最近は、態度が、だいぶ積極的なのである。それとも、ユリーと合議の結果、夏期攻勢でも始めたのであろうか。彼等のすることは、辺見とちがって、何事も、思い切りがいいから、子供と思って、侮れないところがある。

とはいっても、駒子は、二人の男から、そうしてツケ回されることが、悪い気持というわけでもなかった。これも、解放の恩沢というもので、真間の手古奈《てこな》とは時代がちがっていた。

そのうちに、秋風が立った。

といっても、駒子の住んでる田舎の話で、都門を入れば、焼くような酷暑であったが、彼女は、辺見から、矢の催促の手紙や速達を、断りきれなくなって、大森山王の彼の家を訪れるために、身支度を始めていた。

お化粧も、念入りというわけではなかった。もう、渋谷駅で待合わせた時の半分の、興味も、残っていないのである。恋愛もバナナと似たものであって、食べ頃がむつかしいのであろうか。辺見が、あんな滑稽な動作をしなかったら、今頃は、彼女の心も、黄色く熟していたかも知れないのに——

「ご免下さい……」

女の声が、聞えた。子供服の注文にでもきた、近所のオカミさんかと思って、

「はい」

愛想よく、駒子が縁側へ出ると、

「まア、うれしい、奥さま、ご在宅で……。ほんとに、サンザ、道に迷いましてね、ヤットコセで、探し当てたんでござンすよ……」

芳蘭女史である。月が変ったので、薄物をやめて、結城《ゆうき》の単衣にしたのだろうが、小肥りの体に、暑苦しそうな上、土産物を抱えて、遠道をしたので、カッカと、上気しているのである。

「こんな田舎へ、ようこそ……。さア、どうぞ、お上り遊ばして……」

「お出ましのところでございますか。決して、お手間はとらせません。ほんの、十分間ほど……」

さすがに、眼が速く、駒子の化粧と衣服を見てとったが、敢えて、遠慮はせず、ズカズカと、上り込んでくる。

「いつも、いつも、ご不沙汰ばかり……お変りなく……何より……一度、お礼に伺わなければと……いいえ、あなた、隆文が、ショッチュウ……まことに……」

すべて、言葉を半分のんでしまう挨拶だが、それでいて、意味は、完全に通達した上に、余韻まで残す。

こういう挨拶ばかりでなく、人物も、駒子には苦手で、べつに尊敬も感じないのであるが、押されてくるのを、いかんともし難い。仰々しい土産物まで出されると、必要以上に頭を下げてしまう。

「お暑いものですから、つい、火種を切らしまして……」

茶の支度をしようと、立ち上ると、

「いいえ、奥さま、それよりも、お冷やを一ぱい……その方が何より……」

「さようでございますか」

先様の仰有るとおりに、汲み立ての井戸水を運んでくることになるのも、すべて、機先を制せられてるからである。一つには、階級の転落者というヒケメもあるのだろう。また、中婆さんという、女の世界の軍曹的存在に対して、年増女の初年兵に過ぎない駒子が、気オクレを感ずるのでもあろう。

「ほんとに、閑静な、よいお住いで……。でも、お一人では、どんなにか、お寂しくていらっしゃいましょうね」

客は、駒子を未亡人扱いにして、見下すようなことをいった。

はばかりながら、一人ぐらしが、一向、寂しくない女なのであるが、客にタテつくよりも、程よくアシらって、早く帰って貰いたい量見から、駒子は、

「はア、いろいろと、なんですが……」

と、アイマイな返事をする。

すると、芳蘭女史は、イヤに大きく肯いて、

「そうでござンしょうとも。あたしも後家でござンすからね。よく、わかりますよ。その当座はね、ことに、お寂しいもんで、こう、部屋の中が広くなっちまったようで、見渡すかぎり、空気ばかり――これから、一生、空気を対手にくらすのかと思うと、ホロリと致しましてね……」

「それほどでもございませんけど……」

「それは、お宅さまは、死別れというのじゃありませんから、あたしどもとは、おちがいに

なりましょうけどもね。それにしても、お位牌があるわけじゃなし、お墓参りができるわけじゃなし……かえって、お気が紛れないんじゃないかと、思いますよ」

と、女史は、どこまでも、駒子をヤモメとして、カタづけたいらしい。五笑会で、何を聞いたか知れないが、或いは、駒子を、五百助に捨てられた、憐むべき女とでも、思ってるのではなかろうか――

「ほんとに、女というものは、主人がいなくては、水の切れた朝顔同然、花の咲く時節はござンせんからね。まして、奥さまなぞは、まだお若くていらっしゃるんだから、毎朝、やさしく、如露《じょうろ》で水をかけてくれる人手がござンせんと――ホッホッホ」

イヤなことをいう女である。新憲法はもちろん、大正十四年の民法改正も、知らない女らしい。駒子としては、挨拶の言葉も、出ないわけである。

「寂しさを忘れるのは、まア、風流の道が、一番でござンすがね。謡曲を遊ばすとか、南画をお習いになるとか――しかし、このお稽古事と申しますものは、なんによらず、オイソレと、上達しませんのでね。それに、生まれつき、筋のいい人でござンせんと……」

「そうでございましょうね」

「ですから、奥さまなぞは、やはり、もう一度、身をお固めになるのが、早道でございますよ。決して、悪いことは、おすすめ申しません……」

「ありがとう存じます」

駒子は、微笑した。

「なんなら、一人、お世話申しあげましょうか。ご存じの辺見さんでございますがね。あの方は、ご夫婦運が悪くて、今の奥さまを……」

なんで、この草深い所へ訪ねてきたと思ったら、さては、辺見に頼まれて、口説き役を引き受けたのか——と、駒子は合点した途端に、この中婆さんが、ひどく、間が抜けて見えてきた。

「奥さま、失礼ではございますが、あたくし、道徳的にも、法律的にも、まだ、人の妻なんでございまして……」

駒子は、必要以上に、人の妻であることを、力説したのではなかったか。少くとも、必要以上に、想像を回《めぐ》らして、芳蘭女史の来意をソンタクした結果、そのような、大ゲサな宣告をしてしまったのではなかったか。

「ただ今、家にはおりませんけど、南村五百助という者が、あたくしには……」

と、新派芝居的な口上をいいかけて、彼女も、少し反省した。そんな、レッキとした亭主だったなら、こうした嘆きもあるまいにと——。しかし、言葉のハズミというものは、どうも、仕方がない。

すると、芳蘭女史は、ニヤリと笑った。そして、座布団をズラすような身振りと共に、

「これは、これは、失礼なことを申上げまして……。ほんとに、なんという至らないことを……いうことを欠いて……オッホッホ……つい、早ノミコミを致しましてね……幾重にも、ご勘弁下さいましよ……」

「あら、奥さま、そんなに仰有るほどのことでは、ございませんわ」

少し、いい過ぎたかなと、駒子は、後悔した。

「いいえ、てまえの不調法なんでございますよ。不調法ではございますがね、奥さま、そんな、立派な口をおきき遊ばすなら、てまえの方でも、少し、うかがいたいことがございましてね」

と、女史は、体をハスにかまえた。

「あら、なんでございましょう?」

「シラをお切りになっちゃ、いけません。てまえどもでは、セガレに英語を教えて頂きたいと、申上げたかも知れませんが、なにも、色恋の手ほどきまで、お願いした覚えはござンせんのでね……」

と、言葉つき、眼つきも、おもむろに、地金を現わしてきたのである。

「まア、驚きますわ……」

これは、駒子が、呆然とするのが当然であろう。

「お驚きになることア、ないじゃござンせんか。いくら、ご亭主に逃げられて、寂しいからって、なにも、年端もいかない、ウブな子供にチョッカイ出すにア、あたりませんよ。一体、いくつ、年がちがうと、思ってるんですね」

ここまで、聞いてるうちに、駒子は、マラリアの発作がきたかのように、ブルブル、体が震えてきた。

「あんまりなことを、仰有います……なにを理由に、そ、そんなことを……」

「今更、お隠しンなったって、手おくれですよ。当人の隆文が、あたしにそういったんだから、確かでさアね。もう、すっかり、奥さんに丸めこまれて、結婚さしてくれのなんのと、ノボセ上ってるんですよ。よく、そこまで、迷わせたもんでさアね」
「それは、隆文さんが、勝手に……」
「そうはいわせませんよ、奥さん。あんたが、水を向けなけれア、こんなことになりアしませんからね。あの子には、藤村の百合子さんという、立派な許嫁がある身なんですよ。なんですか、みっともない、男日照りがしやアしまいし……」

女同士の喧嘩ほど、殺風景なものはないが、それが、年増と中婆さんのタテヒキとなったら、論外という外はない。それを忠実に描写することは、反動的、好戦的傾向となるおそれさえある。

芳蘭女史は、帰った。

恐らく、心中、凱歌を揚げつつ、駒子の家を去ったに、ちがいなかった。というのも、駒子が、まったく、無抵抗という状態だったからである。

五百助に大音声を揚げて、家出を命じた時の彼女とは、別人のようであった。亭主には、あれほど、ペラペラと、マクし立てる彼女が、芳蘭女史に対しては、舌が麻痺して、喉が乾いて、ドモリ現象を呈するのである。外観上、それは、身に覚えある罪をナジられた者と、同様なので、芳蘭女史は、ますます、勝に乗った。すると、駒子の方は、いよいよ、失語症的反応を現わすのである。

気の強い駒子が、そんなことになるのは、不思議なようだが、気が強いために、そうなったのである。つまり、普通人の倍以上くやしくて、神経系の伝導と命令が、混乱したのである。あらぬ疑いも、くやしいが、海千山千の芳蘭女史の弁舌というものが、実に語彙に富んでいて、応援にイトマないばかりか、はなはだ野卑《やひ》であって、駒子のような教養の高い女には、自分も野卑にならぬ限り、太刀打ちができないのである。

――くやしいッ！

彼女が帰った後でも、駒子は、心中で、そう叫び続けた。腹の中は、煮えくりかえるようである。土産物の果物籠を、庭へ投げつけてみたぐらいでは、なんの役にも立たない。くやし涙が、ポロポロと出るという経験を、彼女は、身に浸みて味わった。

――もう、キャンデー・ボーイなんか、寄せつけるこッちゃない！

いくら、そう思っても、後の祭りである。

とにかく、五百助が家出してから、彼女は、最初の苦い目に会った。今までは、少し、よい日が続き過ぎたようである。亭主を追い出して、なにもかも工合がいいとなったら、穏当《おんとう》を欠くであろう。

しかし、くやし涙に暮れてる間に、彼女が、ほんのちょいと、五百助のことを考えたのは、事実である。苦しい時の神頼みというわけではない。形からくる連想作用に過ぎなかった。つまり、芳蘭女史にいいまくられて、口がきけなくなった彼女と、平常、彼女から同様の目に会ってる五百助と、ちょっと様子が似てたからであろう。

——ほんとに、どこへ行っちまったんだろう。冗談じゃないわ。

彼女は、久振りで、その嘆声を洩らした。

やがて、くやし涙も、一応、乾くと、彼女は、ふと、辺見との約束を思いだした。芳蘭女史の邪魔と、後のもの想いとで、すっかり、時間を過ごしてしまった。時計を見ると、四時を回っている。もう、彼女は、辺見を訪ねる気も失ってしまった。ただ、捨てても置けないので、駅前の公衆電話からでも、不参を伝えねばならなかった。

「いや、時間なぞは、少しも関わんです。なんとか、都合をつけて、お出で下さいませんか」

受話器に響く、辺見の声は、嘆願の調子があった。

「はア、ありがとうございますが、なんですか、午後から、少し、頭痛が致しまして……」

駒子は、口実をいってるのではなかった。あんまり、口惜しがって、血が頭へ上ったらしい——芳蘭女史が帰ってから、前頭部が、ズキンズキンする。

「え？　お頭痛？　それア、いけない。熱は？　お気分は？　え？　電話が遠くて、聞えません……」

辺見は、イライラしてる風だった。

「そう……それなら、いいですが、あなたのお声が、たいへん、憂鬱に聞えるんです。なにか、あったんじゃありませんか」

驚くべき、直覚である。恋する人の敏感さであろうか。駒子は、ちょっと、済まないように思った。先刻《さつき》、芳蘭女史が彼の代役にきたなぞと、考えたのは、駒子の誤解で、女史の目的は、息子と彼女の仲を割くためであったことは、もう、自明だった。

どうしても、駒子の家へ見舞いにくるという辺見を、思い止まらせるために、彼女は骨を折った。その代り、明日にも、気分がなおり次第、彼の家を訪ねるという口約は、避けることができなかった。

「では、ご機嫌よう……」

電話を切る時に、彼女は、われながら、自分の声の寂しさに、気づいた。これでは、辺見が、直覚力を発揮するわけだと思った。話が長くなって、二通話、料金をとられたのが、恨みでないとすると、やはり、彼女は、芳蘭女史から受けた打撃が、響いてるのである。

もう、誰も、日の短くなったことに驚く、季節だった。夏めいてるのは、人の衣裳だけで、桜の葉に黄色が混り、樹影は長かった。湿った夕風の中に、法師蟬の声が、気忙《きぜわ》しかった。

――つまらないな。

進歩的な法律が与えられ、古い習慣は音を立てて崩れて行き、ちっとやそっとのことをしたって、誰も文句をいわない世の中であるのに、駒子は、どれだけの幸福に、巡り合ったというのか。駒子自身の心のなかに、古いもの、弱いもののカスが、残っているからなのか。いや、五百助とこうなったからは、対手次第で、ずいぶん、一生を賭ける恋のサイコロを、振ってみたい用意はあるのに、一人で、バクチはできないではないか、一人では――

——あんまり、尚《こ》みが高過ぎるのか知ら。少し、規格を落してみるか。

そういう量見では、寂しさの消える道理はなかった。

バタバタと、背後から、靴音が聞えた。

「オバサマじゃありません？　ああ、よかった……やっぱり、そうだった」

隆文は、呼吸《いき》を切らして、汗をかいて、

「今、駅へ降りたところなんです、お宅へうかがおうと、思って……」

と、タダならぬ様子だった。

「………」

駒子は、返事をしようか、しまいかと、思案せざるをえない。キャンデー・ボーイを、絶対近づけまいと、決心したばかりのところで、そう容易に、心境を変えられない。

「怒ってらっしゃるでしょう、オバサマ……。わかります、わかります。済みません。申訳ありません……。まったく、なんとお詫びしていいんですか……」

ミルク色の上着に、波を打たせて、隆文は、お辞儀をくりかえす。

「なんしろ、無智なんですからね、うちのママとくると。無智で、低級で、ガリガリで、手のつけられない心臓で、エチケットなんて、放出物資かなんかと、思ってるんですからね。まったく、ひでえ女ですよ、あれは……」

と、芳蘭女史が聞いたら、卒倒しそうなことばかり、列べる。

「今までだって、僕ア、どれだけ、ママのお蔭で、恥かしい目にあったか、知れやしません。

でも、今度のようなことは、なかったですよ、無茶ですよ、今度は……。僕ア、家事審判所へ訴えても、争うつもりです。親子法か、婚姻法か、どちらかの侵害ですからね。成年の子が（先月二十五日から、僕は法的な独立人ですよ）婚姻するには、親の同意を要さない。いわんや、恋愛をやですよ。それを妨害すれば、僕の人権を……」

「隆文さん、どうして、わかったの、お母さんが、あたしの家へ入らッしたこと……」

　やっと、駒子は、口をきく気になった。

「早く知ってれア、無論、とめちまうんですけど、それが出た後でわかったんです。足ちがいで、ユリーから、知らしてきたんですよ。なんでも、藤村のお父さんには、そのことを、通じてあるらしくッてね……」

「そう、それで……。でも、もういいのよ、そのことは。誤解する人には、勝手に誤解させとくのが、あたしの主義なんだから……。ただね、隆文さんとは、今までのようなお交際《つきあい》を、続けない方がいいと、決心したの」

　駒子は、わざと、冷たくいい放った。

「そんな、オバサマ、不合理な話ッてありませんよ。なぜですか。それじゃア、まるで、うちのママの封建性に、降服するようなもんじゃありませんか」

「いいえ、お母さまの意志に、従うのじゃないのよ。あたしの——なんていうのか、主体性において、あなたを拒否したくなったのよ」

「そんなの、ないですよ、オバサマ。そんなら、僕ア、なお不服ですよ……。オバサマは、

「僕、お嫌いにおなりになったの？」

「そういうわけじゃないけど、隆文さんの空想が、あたしにとって、危険になってきたのは、事実よ。おわかりになって？」

「わかりません。空想なんて仰有るけれど、僕は……」

「まア、歩きながら、話しましょう」

駒子は、本通りに立ち止まってるのが、気がヒケてきた。

里芋の葉が揺れる、畑道になっても、隆文は、シツコク話し続けた。今日は、自分の家へ彼を連れていきたくないので、反対の方角を選んだ駒子は、次第に、知らない道に迷いそうで、心細かった。

「あなたとは、世代も、年齢も、生活程度も――なにもかも、ちがうのよ。結婚なんて、考えただけでも、おかしくなるわ。それに、ハッキリいうわよ――あたし、あなたを尊敬してないの」

こういえば、少しは、反応があるかと思ったら、対手は眉一つ動かさずに、

「その代り、僕がオバサマを、尊敬してますよ。恋愛に尊敬が必要だとしたら、それでいいじゃありませんか――片一方が尊敬してれば……」

「そういう気持は、女の側になくちゃアいけないのよ」

「そんな考え、古いですよ。なぜ、逆では、いけないんですか。一人の女性を崇拝して、奉

仕して——一生をささげることに、男の幸福が見出されると、信じては……」

隆文は、大真面目だった。

なるほど、日本も、上代の母系制時代には、そういう夫婦愛の形式があったかも知れず、それがもう一度、くりかえされる兆候があるなら、面白いことだと、駒子は考えたが、眼の前の隆文の顔を見ると、バカらしくなった。

「そういう時代がきたら、女は幸福にきまってるけど、それまで、とても、生き延びられそうもないわよ。隆文さんも、観念論はやめて、ユリーさんの持ってるもののなかに、魅力を探し出した方がいいわ……。さア、帰りましょう。日が、沈みかけてるわ」

「待って下さい。僕は、今日、どうしても、決着をつけたいんです。オバサマの愛が得られなければ、家へは帰らないつもりなんです。あんな、失礼な真似をした、ママに対しても、そうすることが、必要なんです」

隆文は、歩みを返そうとする駒子の前に、立ちふさがるような、動作をした。

「ホッホッホ、隆文さんも、見かけによらない勇気を、持ってるのね。お母さまに反抗して、生活できる能力でもあるの？」

ちょっと、駒子にイタズラ気が起きた。いってみれば、芳蘭女史に対する復讐であるが、隆文の火の手を煽って、どんな現象を呈するか、見てやろうという気持である。

ところが、敵もさるものであって、

「恋は、あらゆる勇気と能力を、与えてくれますよ。オバサマ、許してね……」

と、いったと思うと、駒子の胸に、蔓性《つるせい》植物のように、手を巻きつけて、ヒタムキの行動を起した。

とたんに、駒子は、強い不潔感に襲われた。隆文が、もう女を知ってるという直感である。彼女は、本気で、彼の手を払いのけようと、闘ってると、

「おい、お安くねえな」

一人の怪漢が、ヌッと、木蔭から現われた。

背の小さい男で、浴衣のような格子《こうし》ジマのシャツに、黒いズボンをはいてる。そして、汚れたタオルのようなもので、頬かぶりをした上に、青いサン・グラスをかけてるので、人相はわからない。

「あんまり、見せつけるなってことよ。これが、わからねえのか、これが……」

ズボンのポケットから、何やら、チラと覗かせて見せた。短刀であろうか、ピストルであろうか――

たちまち、隆文は、アメリカ映画で見るように、両手を高く上げた。

「よし。女も、手を上げろ……。新聞で、知ってるだろう、おれは、アベックを見たら、タダで置かねえ男だ。東京からこっちへ、河岸《かし》を変えてきたんだ……」

声は、キンキンして、一向、凄味はないが、こういう目に、生まれて始めて遇《あ》った駒子は、体が氷と化したような、震えを覚えた。

「お金、あげますよ……」

隆文が、高ッ調子に、叫んだ。

「金だけじゃ、勘弁しねえが、まア、出すだけ出しな」

隆文は、片手をあげたままで、片手を上着のポケットへ入れ、二、三枚の百円サツをつかみ出した。駒子は、むしろ、隆文の勇気に感心した。口をきくだけでもむつかしい、トッサの場合なのだ。この頃、彼のような裕福な学生は、盛り場で、タカリという目に遇いつけてるなぞとは、勿論、知らなかったのである。

彼は、紙幣を手渡しする一瞬間に、故意に指を放した。ヒラヒラと、紙幣が舞い落ちた。

「バカ！　慌てるンじゃねえ」

怪漢は自分の方が慌てて、紙幣を拾い集めようとする隙に、隆文が、疾風の勢いで逃げ出した。畑道を、毬《まり》のように飛んでいく姿が、見える。駒子は、自分も、隆文の故智にならおうと、走り出す姿勢に移ったが、

「おい、娘！　おめえは、逃さねえぞ」

怪漢の手が、ブラウスの袖をつかんだ。

「乱暴しないで頂戴。持ってるもの、なんでも、あげるから……」

観念したら、平気で、ものがいえるようになった。或いは、怪漢から《娘！》と呼ばれたことで、やや緊張が解けたのかも知れない。ただ、所持のものをやるといったものの、電話をかけるための小銭だけで、腕時計さえ身につけていないことに、気づいた。

果して、怪漢は不満だった。

「ちぇッ、この娘は、いい加減、シケてやがんな。ほんとに、十二円しかねえのかよ」

彼は、金をとらずに、ハンド・バッグを返してよこした。

「じゃア、仕方がねえ。その代り、ちょいと、おれと、アベックしな」

隆文よりも、動作が野蛮だった。手首をつかんで、連れていこうとする先きは、この付近に多い杉林の中らしい。こうなると、駒子は強かった。しきりに揉み合ってるうちに、パシンと音がして、怪漢が地にたたきつけられた。恐ろしい力で、頬をなぐられたのである。まさか、駒子の仕業ではなかった。

駒子を救ってくれたのは、配給所の平さんだった。シベリア帰りで、いつも、ムッツリと、不愛想な男だったが、あの腕力には、駒子も驚いた。一撃で、怪漢を蛙のように、地面はへバらせたのである。

もっとも、怪漢といっても、平さんの前に、ペコペコ頭を下げたところを見たら、まだ、十七、八の少年だった。タオルの覆面も、サン・グラスも、どこかへスッ飛んで、顔がまる見えとなったが、頬が円く、眼がショボショボして、こんな悪事を働く人相とも、思えなかった。

平さんが、前よりも軽く、もう一度、ひッぱたいたら、

「済ンません……済ンません」

といって、少年は、ポケットから、隆文の金をとり出して、素直に返却した。その時に、ポロリと、木の根ッコのようなものを、とり落したが、どうやら、それは、先刻、駒子が、短刀かピストルと、想像したものと、同一物らしかった。

駒子は、少し、バカらしくなってきて、少年を駅前交番に連れていくという平さんを、宥《なだ》める役に回った。

「おめえの面は、よく知ってる。下沢の者だろう。こっちの部落へ入ってきて、こんなワルサしやがると、今度は、承知しねえぞ」

また一つ、殴られて、少年は追い帰された。

駒子の住んでる上沢の、ここは、ギリギリの外れだったたし、夕闇は湧いてきたし、平さんは、村道へ出るところまで、送ってきてくれた。

ほんとに、無口な男で、二十分ぐらい歩く間に、

「このごろのガキほど始末の悪いものはねえ。ロシヤの子供の方が、どいだけ可愛いか、知れねえ……」

と、ひとり言のようなことを、呟いただけだった。

足が速くて、駒子には、追いつけないほどだった。もう、誰もかぶっていない戦闘帽の、汗で黒くなったのを、正しい位置にかぶり、国防色のシャツと、ヒモのついた兵隊ズボンを身につけた体つきは、どう見ても、戦時中の姿だった。馬や、革具の持ってるような臭いが、彼の体から流れてきた。駒子は、あのいやな時代を思い出し、顔をしかめたが、半さんまでいやにはならなかった。五百助とは反対に、コチコチと、瘠せて見える体格だが、あのすさまじい腕力が潜んでいると思うと、いかにも精悍な男性を、感じないでいられなかった。

「どうも、ありがとうございました。なんと、お礼申しあげていいやら……」

村道へ出た時に、駒子が腰を屈めて、別れを告げると、

「なアにさ……」

彼は、立ち止まりもしないで、スタスタと歩み去った。その方角に、黄色い残照と、一片の新月があった。


翌日、駒子は、ピースの十箱入りを持って、配給所へ出かけた。少年が、流行犯罪のマネゴトをしたと知れても、救い主には、一応の礼をすべきだと、考えたからである。

「昨日は、お蔭さまで……」

薄暗い、倉庫のような建物のなかで、平さんは、昨日と同じ服装で、テーブルに向っていた。

「止しなよ、奥さん、そんなこと……」

平さんは、てんで、礼物を顧みようとしなかった。遠慮でも、虚飾でもないらしく、ほんとに、自分の行為を無価値に考えてる様子だった。声に、懶《ものう》い調子があり、聞きようによれば、悲しげでもあった。駒子が、得意の弁舌で、辞退できないように、いいくるめると、

「そんな、面倒くせえンなら、貰っとかア」

と、赤い顔をしながら、紙包みを受け取って、パンと、机の上に投げ出した。駒子は、おかしくなった。そして、三十を過ぎてるらしい平さんが、一面、相当の恥かしがり屋であることを、見てとった。

彼女は、年増女の優越感のようなものを懐いて、配給所を出ようとすると、平さんの声が、

追ってきた。

「奥さん、ちょっと……」

忘れ物でもしたかと、彼女が引き返すと、

「お宅は、旦那が、暫らく留守なんだってね。当分、帰ってこねえの?」

「ええ、そう……」

駒子は、平さんが、よくそんなことを知ってると、驚いた。もっとも、何事も、すぐ伝わってしまう、土地ではあったが――

「それじゃア、その手続きをしてくれなくちゃ、困るよ。旦那の分の米を、黙って持ってくのは、いけないね」

平さんの赤黒い顔が、事務的な冷たさで、駒子の方を直視していた。

それについては、駒子も、いろいろ、いい分があった。少くとも、配給の二重取りをするために、そんなことをしたのではなかった。しかし、そう思うにも拘《かかわ》らず、駒子は、平さんから、一本食ったという感じがした。

「済みません。今度から、あたし一人分だけ、頂くわ……」

素直に、そういって、彼女は配給所を出た。

――変ってるわ、あの人。シニックなのね。

普通の人間なら、贈物を受け取った後で、あんなことが、いえるものではない。公私を混同しない男でも、次ぎの機会まで待つのが、人情だろう。恐らく、平さんは、贈物を貰うことを余儀なくされたウラミで、彼女にシッペ返しをしたのではないか。そこまで考えなくても、あの場合、ああいうことがいえる冷たさと、キッパリした気持が、彼女には、面白かった。

家へ帰ってくると、母屋のオカミさんが呼び止めて、留守にきた速達を渡した。隆文からだった。そして、暫らく、縁側に腰かけて話してるうちに、オカミさんの口から、平さんの身の上話が出た。

「あれア、珍らしい一コク者だから、配給のこととなったら、容赦なしでね。それに、ツムジも、少し曲ってるだよ」

と、母屋のオカミさんは、平さんの性行を、あれこれと話した末に、ツムジが少し曲った原因として、彼の応召中に、細君が男をこしらえて、姿を消した事件を挙げた。この部落の中農の息子だった彼は、シベリア抑留から帰って、そのことを知って以来、農学校まで出たのに、フッツリと、畑仕事をやめ、配給所員となって、寝泊りも、そこでするようになった――

「そんなこんなで、気が立ってるんじゃねえかって、評判なんだがね。昔は、あんな男じゃなかったんだから……。まア、奥さん、なるべく、逆らわねえようにしときなよ」

駒子は、家へ帰っても、平さんの印象が拭いきれなかった。農民型の、赤光りのする、骨張った顔が、率直な憂愁を帯びて、眼に浮かんだ。事実、平さんは、そんな表情をしていたかどうかと思うのだが、その映像を消し難かった。それは、なにか、清らかな感じだった。

ふと、気がついて、彼女は、隆文の速達ハガキを、読んでみた。昨日の帰りがけに、どこかの局で書いたらしい、ボール・ペンの走り書きだったが、文意は、彼女一人を残して逃げた弁解だった。交番に訴えようと思ったが、駒子の名が出ては悪いから、止めたなぞとも、書いてあった。

——心配しなくてもいいのよ、誰も、坊やを騎士だとは、思ってやしないから。

ハガキは、風に舞って、庭へ落ちた。

それから、彼女は、今日は辺見の家へ行く約束だったと、思い出した。時間は、まだ、充分にあるが、どうにも、気が進まなかった。

——昨夕のような場合に、辺見さんでも、やっぱり、役には立たないわ。

少し保守的で、教養のある男が、魅力を欠いてきたのは、驚くほどだった。

——もし、五百助だったら？

これは、わからない。人と争ったことのない男だから、暴漢にも、手を出さないかも知れない。もっとも、彼と一緒に歩いていたら、暴漢は巨体に恐れて、出てこないとも、考えられる。だが、貴婦人は、紙の鎧を着た騎士では、満足しないのである。

——すると、あたしの騎士は、配給所所員だけなのか知ら。

駒子は、おかしくなって、キュウキュウと、身を揉んで笑った。どうやら、ヒステリー臭い発作だった。

彼女も、孤独になってから、百十数日目であった。女性は男性が想像するほど、ノドの乾きを感じないものだそうだが、駒子は、われから、この機会に、清冽《せいれつ》な一杯の水を求めているのだから、あんまりジラされると、調子が狂ってくるのであろう。

——とにかく、こんな状態を、いつまでも続けるのは、堪えられないわ。早く話をつけに、姿を現わしたら、どう?

彼女は、眼に見えない五百助に、そう叫びかけた。

自由を求めて

さて、南村五百助《いおすけ》のことであるが——

すでに、家出以来、百十数日を経た今日まで、いろいろのことがあったにしても、彼が、重い病にもかからず、職寄こせ運動にも加わらずに、某所に生存していることは、確実なのである。某所といっても、赤い旗の翻えってるような、遠い地区ではない。東京都内である。

なぜ、そんな、思わせ振りなことを書くのか。べつに、あんな役立たずの男に、モッタイをつけるわけではない。現在の五百助のことから、語り出したら、誰も、それ以前の彼の心境や行動に、興味を持ってくれなくなるからである。五百助の話は、やはり、あの日から、始めなければならない。いや、も少し、さかのぼっても——

「出ていけ!」

細君から、そう命じられて、どんな素直な、気のいい亭主でも、ノコノコ、家を出ていかれるものだろうか。

「そうですか……」

彼が、ジロリと、細君を一瞥しただけで、わが家を飛び出したというのも、多少のコンタンがあったからである。

いかなるコンタンであるか。

それは、この機会を利用して、彼自身の自由と解放を求めた――とでも説明すべき、コンタンであろう。もちろん、極端に不精で、また、一種の忍耐力にも富んでる彼が、決然として、自ら立つとか、自己革命を起すというようなことは、生涯のうちに、望まれそうもない。しかし、細君という彼の支配者が、突然、鎖《くさり》を切り放して、さア、お前の自由だと、宣告した場合に、まだグズグズしてるほど、奴隷根性に、なり下っていなかったのである。それならば、ご免を蒙《こうむ》りまして――というのが、彼の心境だったのである。

亭主の方から、家を出るとか、細君を捨てるとか――これは、容易ならぬ悪徳であって、彼のような不精者に、できる仕業ではない。彼は、諦《あきら》めていたのである。そこへ、偶然の機会が降ってきたに過ぎない。

彼が細君を迷惑に感じ出したのは、戦後のことである。なにもかも、戦争がいけない。家が零落して、細君が働き振りを示し出したら、とたんに、迷惑な女性に変化してきたのである。庭の掃除をしろとか、井戸水を汲めとか命じられるのを、苦にするのではない。場合によっては、細君の背中を流すことも、細君の靴をみがいてやることも、決して、嫌わない男なのである。ただ、細君がそういうことを命じたり、ガミガミと呶鳴りつけたりする――その気持が、迷惑なのである。

それは、カサにかかった気持である。一方的、強権的、弾圧的な気持である。彼は、ノシかかられる重みを、常に、細君から感じなければならなかった。しかし、それが愛情というものと、交換物資の役割をするのだったら、彼は喜んで忍耐したであろう。つまり、昔の女髪結《かみゆい》の夫婦形態であったら、なにも文句はいわなかったのである。ところが、その愛情すらも、戦後型となって、遅配や欠配が多くなった。

男女の同権、婚姻の平等――結構である。賛成である。五百助は細君虐待なぞは、あまり好まない男で、何事も、アイコデヨヤサと、行きたいのである。勝ち負けということは、考えない。敗戦維新のもたらした、法的な夫婦の新関係を、決して、不都合には感じない男であるが、同時に、戦前の旧習の裏返しに対しては、迷惑至極と思うのである。

駒子が、次第に、封建的亭主のような傾向を、帯びてくるのである。五百助を、奴隷のように扱うことが、間々、起こるのである。五百助の人格も、人権も無視するような、言語や態度を、度々、示すのである。なるほど、彼女は内職で、生活費の半額を稼ぐであろう。だが、その全額を稼いだ、戦前の多くの亭主が、細君に恩を着せたと同様、もしくは以上に、そのことを、五百助に向って、誇示するのは、少くとも、数学を忘れてるではないか。

五〇対五〇、すべて割カンで、行きましょう。愛情も、尊敬も、オランダ勘定に従うのが、民主主義的夫婦というものだろう。それなら、話はわかってる。だが、駒子は、五百助一人のみに、デモクラシイを実践させようとする、傾きがある。迷惑と、いいたくなるではないか。もう一つ、五百助が迷惑なのは、そういう駒子の戦後的変化が、果して、彼女の本心から発動したか、どうかという点にある。

本心ならば、仕方がない。九年も連れ添った、女房である。悪病にかかったからといって、サヨナラはできない。だが、彼女の仕打ちを見ていると、多分に、大政翼賛会的なところがある。あの連中が騒いだのは、本心ではなかった。理念というやつである。理念なぞは、本心のカカトの皮のようなものに、過ぎない。それを、ムシって、大騒ぎする。理念騒ぎは、あの時で懲りたはずなのに、昨今、また蒸し返してやってる。駒子は、どうも、世間の風潮を、家庭に持ち込んでくる、形跡がある。迷惑ではないか。

一体に、戦後は、家庭というところが、住み悪《にく》くなってきた。五百助の家なぞは、たった二人きりで、子供も、姑もないのだから、比較的、簡単であるべきだのに、そういかない。いや、簡単であるために、かえって、ザブザブと、新時代の波に洗われるのであろうか。ここへ、移転してきてから、家庭の雰囲気というようなものが、急激に、消失してしまった。どう考えても、五百助は、駒子の家へ間借り生活をしてるような、気がしてならない。男というものは、五百助のようなノホホンな男でも、わが家の寛《くつろ》ぎという願望を、胸のそこに秘めてるのである。それなしに、ロクな働きもできぬ、弱虫なのである。

——社の寮に入る方が、寝坊ができるだけでも、トクかな。

そんなことを、もう一年も前に、考えていたのである。しかし、それだけの理由で、彼は家を出たのではない。

細君からの自由——それは、四ツの原則的自由の外に、五百助にとっては、大きな五ツ目の要求であったが、小さな六ツ目や七ツ目も、ないではなかった。

例えば、勤め先きの東京通信社に対する、不満である。彼は、駒子に秘して、社をやめてしまったが、仕事がいやになったからではない。社内の空気が、戦争中と同じような暗さで、我慢ができなくなったからである。

五百助を入社させてくれた、幹部のK氏が、戦争責任で社をやめた時から、彼は、東京通信社に疑問を持ち始めたのである。K氏は、誰が見ても、自由主義者で通る人で、坐っていた椅子がワクにかかるというなら、是非もないことだが、社内の者まで、彼を戦犯扱いにするのが、面白くなかった。軍人や役人と、一番よく酒を飲み合った連中が、責任地位にいなかったために、生き残って、去ったK氏を罵《ののし》り、そのイキのかかった五百助のような社員を、白眼視するのも、不愉快だった。

最もいやなのは、社の新幹部たちが、戦時中以上に神経質になって、外国電報の入る度に、態度を変えるといったような、曲芸を演ずることである。便乗どころではない。それが、社内に反映して、いつもビクビクした空気が漲《みなぎ》ってる。

その他、鈍感な五百助には、よく正体のつかめない不快さが、沢山あるのだが、とにかく、彼は社が窮屈な穴蔵のような気がして、飛び出さずにいられなくなったのである。

窮屈なのは、東京通信社ばかりではない。東京生活一般が、ひどく面倒くさいことになったのである。物質的にも、精神的にも、個人の生活がこんなにむつかしくなった時が、今まであったろうか。

世間が物騒だから、警官を増したらいいといえば、再軍備論者だと、思われる。平和、平和と叫べば、代々木のマワシ者かと、疑われる。なんにも、口がきけやしない。黙って往来を歩けば、赤い羽根だの、白い羽根だのが、寄ってくる。署名をして下さいと、セガまれる。それを振り切って逃げ出したところで、広告放送のキイキイ声が、しつこく追いかけてくる。往来を舞台とまちがえたサンドウィッチ・マンが、行手の邪魔をする。もうちっと、人を、静かに、自由にさせてくれないものか。

一パイ飲みに入る。酒があまり高いから、焼酎を飲むべく、余儀なくされる。客の誰も、景気のいい面はしてない。店の主人も税金で首が回らない。そこで、話は税のことばかり。税の高い話は、もう話し飽きたと見えて、払い遅れた時の利子税、延滞金の恐ろしさ。やっと納税しても、ヘマをやれば、過少申告加算税、重加算税ッてえやつが、あるんだとサ――と、怪談でもやってるような、ヒソヒソ声。これじゃア、酒がうまい道理がない。

国家も苦しいだろうが、個人が、こうイタめつけられては、やりきれない。国家、社会、家庭と、総がかりで、個人をイジめる。五百助のような鈍感無気力な男でも、少しはムキになる。なんとか、次元の異った生活に、アコガレを持つ。そこへもってきて、女房から、〝出ていけ！〟と、命じられたのである。

そこで、五百助は、一陣の風に吹かれた羽根のように、大気のなかに舞い出でたのであって、コンタンといっても、その程度だから、人形の家の女主人公のような勇ましさとは、少し、意味がちがうのである。

それに、彼は、まだ、駒子を愛している。迷惑な女ではあるが、憎悪すべき存在とは、考えていない。彼のような男が、女を憎むというのは、ヨクヨクの場合であって、家出を命じられたぐらいで、愛想をつかすわけにいかない。ただ、自分が出ていくと、後で彼女が困りはしないかとウヌボレて、念のために、ジロリと、一瞥を残したのであるが、すべての形勢は、その懸念を、打ち消した。

「では、サヨナラ……」

退職手当残金の在り場所まで、教えて置いたのだから、今は、心残りがなかった。彼の心は平静であり、足の歩みは悠然としていた。近所の人が見ても、いつもの出勤の時の様子と、少しも変らなかった。

「お出かけですか」

「やア……ハッハッハ」

母屋のオカミさんに、荒物屋の角で遇った時にも、彼の態度は、鷹揚を極めていた。

空も、よく晴れていた。この土地も、冬はやりきれないが、初夏とくると、一年中の最好季節である。色づいた麦畑の間を、ノッシノッシと歩いてく彼に、祝福をおくるように、匂いのいい微風が、吹き続けた。

停車場へきても、いささかも、躊躇の必要はない。まだ、定期の期限は、切れていない。改札係も、顔を知ってるから、検《しら》べても見ない。いつもの如く、ゆっくりと、ブリッジを上り、ゆっくりと下る。そして、一向、時間を気にしないで、古びた棚板のような腰掛けに坐ってると、日増しのヨウカンのような形の国鉄電車が、ゴーと、入ってくる。

これも、一つの熟練であるが、少しも慌てないで、適当な位置に歩み寄っていけば、ピタリと、出入口が、目前に止まってくれる。空気ドアというやつで、先方から開いてくれるシクミになってる。

好調の日は、ちがったもので、ちょうど一人分だけ、座席が明いていた。電車も、これくらいの混み方が、人道的であって、ラッシュ・アワーというのは、多少、ポツダム宣言違反でもあろう。

気分が平静だから、居眠りをする。終点まで、眠り続けてもいいし、途中で眼が覚めたら、降りても関わない。社へ出勤するのと、ワケがちがう。退職してから一カ月、擬装出勤をしていた間の不安さは、今や去ってない。

国鉄電車もまた、愉しいではないか。暴走するとか、しないとか、考える必要があるだろうか。この上に、明るいサービスなぞ、沢山ではないか――

「新宿ウ！　新宿ウ！」

その声を聞くと、五百助の腰が、自然に、もち上った。出勤のフリをして、遊び歩いた期間に、できた習慣らしい。

新宿の大通りを、戦艦大和のように、五百助の体が、微速航進していく。人混みへくると、彼の巨大さが、目立つのである。体ばかりでなく、顔の立派さも、人目をひくのである。駒子が、一パイ食ったのも、確かに、この太い眉と、大きな眼玉の壮観さに、あったのだろう。今日は、解放の喜びに膨《ふく》らんで、体も、顔つきも、一段と、輪郭が大きく見える。十一時に、朝飯をタラフク食ったので、まだ、腹は減らない。従って、洋食、中華料理、トンカツ、蒲焼、洋菓子、和菓子、シルコ、アンミツのすべてに渡って、街頭に陳列されたものを、冷視して、過ぎ去るのである。鷹揚に、見えざるをえない。

また、放出のギャバ生地、久振りの浴衣地、それから、半値に下った革のカバンや、ラバ・ソルの赤靴なぞ、買わんか買わんかと、人に迫ってくるのだが、彼は、根ッから、買わない。金がないからであるが、自体、駒子が買ってくれるものを、身につける習慣が、浸み込んでる。だから、もの欲しそうに、ウインドの前にたたずむ衝動が、一向に起らない。

彼は、悠々と、歩道を行進するのみである。まるで、自分の縄張りを巡回するボスのように、大手を振ってる。この街のどこも、知り尽したような顔つきを、駒子が見たら、不審に思うだろう。実際、彼が社の帰りに飲み歩いていたのは、きまって銀座界隈であって、宿場的繁華街へは、どこへも、足を向けなかったのである。ところが、亭主の行動を、常に、細君の想定下に収めるのは、むつかしい。社をやめて、出勤を装った、この一月間は、知らない土地の方が、気が休まる感じで、浅草や上野もウロついたが、定期券の関係上、新宿下車が、最も多かったのである。時間をツブすために、映画を見たり、軽演劇を覗《のぞ》いたり、お蔭で人気役者の名や顔や、戦後の流行語なぞを覚えた。およそ、彼は芸能の方面に、無知識であって、大河内伝次郎というのは、翻訳家かと思っていたほどである。新宿の軽演劇《青風船》というのも、最初はキャフェかと思って、立ち寄らなかったくらいである。

その《青風船》も、《ムカシノ》以下各所の映画館も、彼は、少くとも一度は、軒を潜《くぐ》ってる。また、西側の新興街、南北の裏通り、怪しげなサクラ新道なぞというところまで、一通りは、歩いてる。毎日、正午から六時過ぎまで、ムリに時間をツブしたのだから、多少の〝通〟にならざるをえない。

今日は、どの横丁にも曲らず、大通りを追分まで歩いてきたのであるが、習慣に従って、映画でも見ようかと、看板を覗いてるうちに、ふと、量見が変った。

その映画館の五階でやってる、《ニョロ・ニョロ・ショウ》というのを、一見したくなったのである。なにが、ニョロ・ニョロなのだか、知らないが、内容はわかってる。今まで、どうも気恥かしくて、一度も入場したことがなかったのに、解放の心理というものは、恐ろしい。

切符を買うために、紙入れを出した時に、五百助も、ハッと、わが身に返らざるをえなかった。茶色の革の裏側に、冷厳な現実というやつが、睨めていたのである。

——三百円か。

つい先刻、駒子が入れてくれたばかりだから、数えなくても、わかってる。決して、余分に入れてくれるような、女ではない。昨日までは、退職手当のうちから、千円紙幣を一、二枚ずつ引き抜く身分だったが、昨夜キレイに費《つか》って、後を補充して置かなかったのが、不覚だった。家を出るなら、せめて一万ぐらいの準備が、必要だったと、いま気がついても、後の祭りである。

「どうなさるんですか？」

テケツの女が、突き飛ばすような、声を出した。いつまでも、紙入れを覗いてる客なぞは、軽蔑に値いするのだろう。

「いや、貰うんだ、一枚」

こうなって、引き下れるものではない。すなわち、百円二枚を出して、五十円のおツリ——所持金の半額という大散財である。

駒子が見ていたら、いい気味と、いうだろう。つまらぬ浮気心を起したとたんに、冷水をかけられたようなもので、コンクリートの階段を上る足も、重かった。エロ・ショウの天国へ導く通路とも思えぬ、険しく、汚れた階段で、それが四ツもあるのだから、脂肪肥りの五百助には、呼吸《いき》が切れて、やりきれなかった。

だが、上りつめたところに、普通の映画館と変らぬ、廊下風景が展け《ひら》、人混みの雰囲気が、生暖かく、陽気に流れてきた。

——なんとかなるさ。

急に、五百助の憂鬱が消え去った。いつも、こうである。彼も、時には、憂鬱や心配の虜となるが、一時間と、続いた験《ため》しがない。生理的に、不快の持続に堪えられぬらしい。そして、村雨のように、晴れていく心がなんの理由も伴わないので、当人もキマリが悪いらしく、《なんとかなるさ》という言葉を、呪文のように、唱えるのである。それくらいで、なんとかなる、今の世の中ではないが、駒子という賢妻を持ったお蔭か、今までは、どうやら、なんとかなってきたのである。だが、今日からは、事情がちがう――

「はい、こちらから……」

案内女が、側のドアを開けてくれた。内部は、ひどく暗く、その暗さのなかに、妙義山のシルエットのように、立見をしてる人々の頭や背が、黒かった。恐ろしい、入りである。ムンムンと、盛夏のような熱気が、立ちこめている。その癖、山寺へ行ったように、シンとした静寂が、場内を占めている。こんなに行儀のいい観客を、見たことがない。能楽堂以上である。ただ、その静粛振りに、カタズを飲むといったような、緊張があって、気はラクでない。

人垣の間から、舞台が半分ほど見える。なにか、幕を引き絞って、中心に幻燈のようなものが見える。ハダカの女が、甕のようなものを、担いでる。ちっとも動かない。お客と同じように静粛そのものである。

幻燈のような舞台は、何遍か、変った。その度に、なにかの画集で見覚えのある構図が、現われる。先刻は、アングルの水汲み女だったが、今度は、歌麿の鮑《あわび》取りである。どれも、似てるのは、構図だけであって、印象は、ひどく見当がちがう。赤い腰巻の赤というものは、木版画の赤と、似てもつかない赤であるらしい。白い膚というけれど、おでん鍋のユデ卵のようであり、照明を浴びて、いやに、ピカピカ光っている。

それはいいが、一向にエロでないことが、五百助には、不服だった。彼も、別にワイセツな人物というわけではないが、全財産の半額を投じて、入場した以上、少しはギョッとする経験を、味わいたかった。世間で評判のストリップ・ショウが、ハンカチの箱についてる石版画と変らなくては、意味がなかった。しかし、周囲の客が、画面が変る度に、カタズを飲む気配を起すには、驚いた。

やがて、その名画アルバムが終って、場内が明るくなった。同時に、静粛が破れ、人波が動いた。空いた座席を狙うための動揺である。誰も、舞台に近い座席を、目指す。いい年配の男が、鼠のように床をはって、最前列の空席を奪った行動は、塹壕《ざんごう》を思い出させた。

五百助も、やっと、端の席にありついた。すると、幕が開いて、今度は、無言劇のようなものが始まった。どこかのガード下のような装置であって、深夜の風景らしい。パンパンとパンパンが、喧嘩をする芝居であって、お互いに衣裳を、ムシリ取り合って、裸体に近くなる。お上品な名画集より、いくらか刺戟的である。しかし、特に、エロというわけのものではない。

——おれは、ハダカに興味がないのだろうか。

五百助は、真剣になって考えた。そういえば、彼は、細君のハダカというものを、どうしても、思い出せなかった。新婚旅行は湯ケ原だったし、赤坂の家の湯殿は広いので、混浴もしたし、昨年の夏は、湯銭の倹約上、台所で行水《ぎょうずい》をつかったたし、駒子の裸体に眼を触れた機会は、沢山あったわけだが、まるで記憶に残っていない。皮膚が、あまり白くないぐらいの、漠然たる印象しかない。

しかし、異性の肉体を、一望のうちに収めてみたいという要求を、他の男と同じように、五百助も持っていた。そういう要求を、細君に提出しては、気の毒と思って、控えていたから、記憶がないのかも知れない。それなら、今日は、やたらにハダカを見せられたのだから、大いに満足していいわけなのに、どうも、納得がいかないのである。これは、裸体そのものが無価値であるのか。それとも、裸体といえない裸体であるためだろうか。乳頭部に、タバコの銀紙のようなものをハリつけていたり、腰部に、洋風エッチチュウのようなものを纏《まと》っていたり、装飾的な裸体であるせいだろうか――

「もし、もし、失礼ですが、あなたは……」

その時、後から、彼の肩を叩く者があった。

「やっぱり、ナミさんでしたね。驚いたな、ナミさんが、こんなものを、観にくるとは……ハッハッハ」

と、話しかけたのは、四十そこそこの背広男であるが、何人《なんびと》であるか、サッパリ見当がつかない。しかし、五百助のことを、ナミさんと呼ぶからには、有楽町の飲み屋《お力》の定連であろう。そこのマダムが、南村を略して、《ナミさん》と呼ぶので、顔馴染みの客は、それにならっているからである。一つには、この巨漢を、新派悲劇の女主人公と同名で呼ぶのに、興味を感じるらしいのである。

「やア、これは……」

五百助は、いい加減に挨拶していると、ちょうど、隣りに空席ができて、その男が、得たりと移動してきた。

「いつかは、ほんとに、ありがとうございました。あれを、お返ししようと思って、何度も《お力》へいくんですが、この頃、ちっともお見えにならんそうで……」

なんのことだか、五百助には、わからないが、近頃は新宿方面を主にして、有楽町をごぶさたしてるのは、事実である。

「いずれ、お後で、そのことは……。しかし、ナミさん、ストリップも悪かないでしょう。あたしはプロ野球にいかない時は、これを見ることにしてますがね。精神が、高揚しますよ。まア、あの子のカラダを見てご覧なさい。あたしア、うれしくなるね。ニッポン人、うちの女房――みんな、忘れちまうんだ、テリー・寺松のカラダを、見てるとね」

そのテリーとか、テリヤとかいう女が、張出し舞台を、これ見よがしに、ハダカの胸を張り、腰をクネらせて、歩いてくるところだった。いや、これは、みごとな体格で、背は五尺七寸タップリ、過不足ない肉づき、一直線の脚――日本人放れがしてると同時に、西洋人放れもした膚の色と光沢があって、バリー島あたりの美人を、連想させる。顔も、南洋型の目鼻立ちで、野性に富んでる上に、戦後的な異国趣味をも、満足させた。実に、日本は不思議な国であって、必要とあれば、従来なかった、かかる鑑賞的肉体を、どこからか、探し出してくる——

「まったく、タイした体格でさア。あたしは、ダンスや音楽は、てんで、わからない。芝居の筋なんかも、どうだっていい。ただ、あのカラダを見てれア、飽きねえんで、つい、居続けをしちまうんですよ」

《居続け》というのは、一回分が終っても、まだ残って、同じ演目を見ることだそうである。なるほど、カラダという天然芸術品は、容易に、見飽きのするものではあるまい。だが、それほどの打ち込み方だから、場内が、水を打ったような静粛さであることが、五百助にも、頷けてきた。その男と同じく、四十前後のオジさんが、客席に充満してるのも、なにか、彼の理解を助けた。

——でも、僕は、一五〇円、損したよ。映画のセコンド・ランでも、見て置けばよかった。

五百助が、財布のことを考えてる間に、いつか、舞台は、フィナーレの踊りになった。

一回の終りで、五百助は、多くの客と共に、立ち上った。とても、《居続け》をする、元気はない。

「じゃア、失敬します……」

と、まだ、誰だか思い出せない男に、別れを告げると、

「ちょッ、ナミさんは、気が短いね。あんたが帰るなら、あたしも帰るよ」

彼は、不精無精、五百助のあとを、ついてきた。そして、四ツもある階段を一緒に下って、

往来へ出ても、まだ、別れようとしない。五百助も、少し、気味が悪くなってきた。

「立ち話も、できないね。ちょっと、その辺で、休みましょうや」

彼は、先きに立って、大通りを突ッ切ると、戦災前からある、古い喫茶店の軒を潜《くぐ》った。

——おれは、勘定を払わんぞ。

仕方なしに、椅子に腰を下した五百助は、腹の中で、そういうことを考えた。平常は、金のことなぞ、念頭にない男であるが、境遇の変化が、もう、精神に影響し始めたのだろう。

「ショート・ケーキ二つと、コーヒー……」

彼は、ボーイに注文すると、五百助の方に向き直って、

「いや、ナミさん、あの時は、まったく、済みませんでした。いくら、酔っていても、あなたに迷惑かけたことまで、忘れやしませんよ。ところで、あたしは、こういう者です。お互いに、顔は知っていても、名乗り合うのは、今日始めてですが……」

と、紙入れから、名刺を出して、五百助の前に置いた。高山——という姓だけ読んで、名も住所も、気にとめることなしに、五百助は、名刺をポケットに入れたが、礼儀上、自分の名刺も、差し出さなければならなかった。

「へえ、ナミさんの名は、古風なんですね。お住いは、下沢ッてえと、あれは、たしか、武蔵間《はざま》で降りるんですな。あたしは、西荻ですから、そう遠かアない。一度、遊びに行っても、いいですか」

「いや、それが……」

五百助は、宿無しになった自分に気付いて、少し、慌てた。今日から、人に訪ねられることも、手紙を配達されることもなくなった、身分なのである。多少の寂しさが、ないでもない。

「それアそうと、あの時のお立替《たてかえ》ですね。勘定は勘定で、キチンとしたいのが、あたしの性分で、失礼ですが……」

高山は、五百助の名刺をしまった紙入れから、数枚の百円紙幣をとり出した。

「なんですか、一体……」

「いや、これは、受け取って頂かなけれア、あたしの男がスタります」

高山が《お力》で勘定を払う時に、スリにでも遇ったのか、財布がない。それを、五百助が見ていて、代りに払ってくれたというのである――

そういえば、そんなことがあったようだが、五百助は、とっくの昔に忘れていた。

「この金を、あんたにお返ししようと思って、別に、うまくもない、あの家の酒を、何遍も飲みにいったんですよ。いえ、あの家は、あの晩が始めてで……ただ、あんたのナニさんという名は、なんしろ、目立つお体だから、すぐ覚えちまってね……」

定連ならば、いくら記憶の悪い五百助でも、顔まで忘れるはずはなかった。それで、筋道は通ったが、目の前に列べられた五、六百円を、どうすべきであるか。

これだけあれば、ニョロ・ニョロ・ショウにとられた一五〇円を、たちまち穴埋めした上に、今晩明日の飯代を払って、余りがある。家出して、まだ半日も経たないのに、思わない金が降ってきたのは、天の与えるところにちがいない。まことに、旱天《かんてん》の水である。喉から手が出るほど、欲しい。

そうは思いながら、不思議と、手が出ないのである。アドルムでも飲んだように、神経がシビれてるのである。五百助は、別に、痩せ我慢や、虚栄心の強い男ではなかった。欲しいものは欲しいと、平気でいえる男だった。それが、どうしたものか、今日に限って、気オクれがするのである。思い切って、手が出せないのである。もっとも、人にオゴった金を、返して貰った経験は、一度もないが、今日、その皮切りをやっても、一向差支えない理由がある。どうも解《げ》せない話であるが、金の威力というものを、一度も知らなかった五百助が、今日始めて、開眼《かいげん》を受けて、そのために、やっと、普通人の金に対するコダワリを、知り始めたのでもあろう。

とにかく、彼は、その金が、受け取れないのである。

「いや、いいですよ、そんなもの……」

低く、悲しい声だった。

「いいことアありませんよ。あたしの身にも、なって下さい。人様に立替えて頂いたものを、そのままにアできませんぜ」

と、高山も、行きがかり上、強いことをいう。

すると、五百助が、クルリと、横を向いた。テーブルの上の金を見ないための動作らしい。彼として、精一杯の努力なので、悲しみと、緊張味に、あふれていた。

「おや、怒ったんですか……。こいつア、弱ったな。なにも、あたしア、悪気があったわけじゃ、ないんだがな……。じゃア、こうしましょう。この金は、あたしが、引ッ込めます」

彼は、紙幣をかき集めて、紙入れに納《しま》い込んだ。五百助は、ついに、首を垂れた。

「その代り、ナミさん、今度は、あたしのいうことを、きいて下さい。ちょいと、神田まで——妙なところに、馴染みの天プラ屋があるんです。つきあって下さい。これまで、断るっていうんなら、今度は、あたしが怒りますよ……」

二つ列んだショート・ケーキは、まだ手もついていないのに、彼は立ち上った。


タクシーは、水道橋のガード下を潜って、三輪町の電車通りを走ってると、

「その角を曲って、右側……」

高山が、座席から命じた。

門構えで、シモタヤくさいが、脱税料理屋でもないらしく、麗々しく、天プラの看板が出ていた。建築も、戦後にしては、丁寧だった。

「ここのオヤジは、もと、魚屋でね。タネだけは、本筋です……」

通らしいことをいって、高山は、玄関の格子戸を開けた。とたんに、香ばしい揚げ油の匂いが、鼻を打った。入口のすぐ前に、揚げ鍋と、立食い場が設けてあるのである。

五百助は、腹の虫が、グウと鳴った。先刻から、空腹を感じ出して、残してきたショート・ケーキが、眼にちらついてならなかったのである。肥ってるせいか、じきに腹が減り、喉が乾く男であるが、今日の空腹は、重苦しい不安を、伴っていた。それを充たすには、銭

を出さなければならない。さもなければ、高山のような、馴染みもない男から、オゴって貰わなければならない。どっちも面白くない。五百助は、人をオゴル方が、好きな男だった。

　高山は、揚げ台の前に坐らず、奥の座敷へ通った。オカミというほど、年とっていないオカミが、注文を聞きにきた。

「今夜は、ウンと、ご馳走して下さいよ。こちらは、十人前ぐらい、平気だそうでね」

「あら、ほんとに、いいお体格……。どこかのリングで、見覚えがありますわ」

　床の間の前の五百助は、迷惑な顔をしていた。高山が、ヒイキの拳闘家でも、飯を食わせに連れてきた——そんなカッコウに、なってしまったではないか。

　天プラが出る前に、料理が運ばれた。スノモノとサシミが、二人前ずつ、五百助の前に置かれた。これは、侮辱ということにならないのか。

　不思議なことに、平常は働いたことのない神経が、充血してくるのである。自尊心なぞというものを、いつ、持ち合わせていたのだろうか——

「どうしたんです、ちっとも、あがらんじゃありませんか」

　高山は、しきりに、酌をし、料理をすすめた。酒の方は、グイグイと受ける五百助が、料理には、容易に手を出さなかった。どうやら、ヒガんだ孤児の心理が、この巨漢を支配してしまったらしい。

　しかし、空腹に浸みる酒は、かえって、食欲を刺戟した。それを、ゴマかすために、彼は、酒ばかり呷《あお》った。従って、急速に、酔いを感じてきた。

——食わんぞ！　食わんぞ！

心の中で、彼は、大声をあげていた。眼が据わり、鼻から、大きな息を吐いた。

そこへ、天プラが、揚ってきた。エビや、アナゴや、ギンポが、山盛りになって——

よく飲んだもので、夏時間の十七時ごろから、ヒッソリと、町なかの夜気を感じる時間まで、ビールから日本酒と、何本、カラにしたか、覚えはなかった。

高山は、とうに、ロレツが回らなくなり、自分の商売のブローカーの話やら、家庭のグチやら、しきりに並べ立てたが、半分は、意味が通じなかった。そのうち、ゴロリと餉台《ちゃぶだい》の横に、ノビてしまった。

五百助の方は、一度、フラフラと酔いかけたが、酒量を持ってる悲しさで、ある程度を越すと、いやに、酔いが停滞を始めた。彼は、泥酔がしたかったのである。泥酔して、すべてを忘れたい——なぞと、センチな沙汰ではなく、少くとも、目前の天プラに手を出す勇気を、鼓舞《こぶ》したいと思ったが、結局、ダメだった。高山が、前後不覚になってしまったから、この隙にと思ったが、やはり、手が出なかった。子供の時に、母の秋乃から受けた訓戒の言葉が、ヒョコンと、頭へ飛び出してくるのだから、意地が悪い。

ふと、腕時計を見ると、十時を過ぎていた。液体で充たされた腹は、食欲と関係なしに、張ってきた。

「君、君……」

彼は、高山の体を、揺り動かしてみた。

「ウ、ウーン……富士見町へいこう」

わけのわからぬことをいって、彼は、また、眠り続けた。五百助は、もう、ここを立ち去るべき時だと、感じた。彼は、ベルを押した。オカミが、現われた。

「僕は、帰りたいンだがね……」

「あら、高山さんたら、こんなに、お酔いになっちゃって……。よろしゅうございますわ。車を呼んで、お送りしますから……」

「そうかね、じゃア、勘定……」

そういい終って、《シマッタ！》と、心に叫んだ。つい、習慣が出てしまったのである。

「いけませんわよ、そんなこと。後で、高山さんから、叱られます」

オカミの返事が、救世主の声よりも、尊かった。

匆々《そうそう》に、彼は、天プラ屋を、飛び出した。ホッとした気持で、空を仰ぐと、昼間の晴天と、打って変って、雲が低く、赤く、燈火を映していた。梅雨が、目の前に迫ってる、時期だった。

彼は、無意識に、水道橋駅まで、道を急いだ。そして、改札口で、足を釘づけにされた。

――おれは、家へは帰れないのだ。

いつまでも、構内に立っていられなかった。駅から見ると、お金の水の方角に、線路に添って、暗い坂があった。その暗さが、彼を招いた。コンクリートの崖の上が、線路になっていた。向う側は、なにか、大きな建物だが、燈火一つなかった。通行人は、まったくなかった。彼は、とりあえず、コンクリートの壁に向って、立小便をした。すると、灯を明々《あかあか》とつけた下り電車が、頭の上を走っていった。間駅止まりだろうか。立川行きだろうか——

暗い坂を、トボトボ上っていくと、中腹に、《旅館》と書いた、四角い軒燈が出ていた。焼跡に建てた、小体《こてい》な二階屋だが、窓から洩れる灯が、オアシスという感じだった。

——ウン、ここへ泊ればいい。

五百助は、軒燈の下を潜ろうとしたが、また、足の釘づけに遇った。

どう安く見たって、一泊五、六百円は、とられるだろう。朝飯抜きにしたって、彼の所持金では、及ばざること遠しである。

——やめた……。

彼は、また、歩き出した。

まったく、人通りのない道で、坂を上りつめても、街燈の光りが、寂しい八の字を、描いてるだけだった。その光りで四辺を見回すと、どうやら、その地点は、被災区域と、焼け残りの境界になってるらしく、一方は、大きな邸宅や病院の建物が、黒々と聳《そび》えてるが、神田の下町を見下す側は、塀だけ残った草原だった。

彼は、焼跡に添った道を、歩き出した。すると、左側に、風変りな建物があった。赤い箱のような正面《ファサード》に、円柱が列んで、《婦人図書館》と書いた標札が、下っていた。

——ここは、女の領分か。

しかし、扉は閉まり、一つの残燈が灯ってるだけで、男性が軒下を借りても、苦情が出そうにもなかった。彼は、広い石段を上り、円柱の蔭に、ヤレヤレと、腰を下した。

わずかな歩行だったのに、百里の道をきたような、気がした。

――これア、たいへんな事業だぜ、自由を求めるってやつは。

家を出る時は、景気がよかったが、たった半日の間に、すっかり、元気が消耗してしまった。これでは、長い先きが、思いやられる。自由を求めて、不自由な目に遇ったんでは、意味ないことになる。多少奴隷的待遇を忍んでも、駒子のもとに帰る方が、合理的かも知れない。

――なアに、ちょいと謝れば、いいのさ。ほんとに怒ってるンじゃない、今日の怒り方は……。

五百助も、相当、図々しいところがあって、駒子の気質や、心理状態を、知らない顔で、見抜いているのである。

ただ、今日帰るのがいいか、明日の朝にするかは、問題を含んでいた。これから、駆け出せば、水道橋駅で、間駅止まりの最終に間に合うかも知れないが、あの遠い道を歩いて、わが家の戸を叩いても、果して、開けてくれるかどうかは、疑問だった。もう、蚊が出てるから、あの付近で、一夜を明かすことになったら、コトである。どうせ、野宿ときまったら、市内の方が、無事であろう。それに、一夜の苦行をして、もう懲りましたといえば、駒子の怒気も、早く解けるだろう――

彼は、ここで夜明かしをする決心をしたが、コンクリートの床の固さが、次第に、尻へ伝わってきた。それに、煙草がカラになってしまったことに、気がつくと、かえって、喫みたくて堪らなかった。とても、眠れそうな気色はない。

もう、だいぶ、夜が更けた様子だが、五百助は、石の円柱に背をもたせたまま、いつまでも、眠れなかった。

ふと、彼は、微かな、人の足音を、聞いた。図書館の向う側に、焼け残りの石塀と、扉のない門があり、まっ黒な闇がのぞいてるのだが、その中から、二つの人影が、現われたのである。

背広を着た男と、ワン・ピースの女とであった。無帽で、折鞄を下げた、その若い男は、最初、門から、外を窺って、人通りの有無を確かめてるようだった。それから、女を招いた。靴音を立てぬ歩き方で、女が、門から出てきた。事務員か、店員か、そんな風の服装だった。

二人は、あたりに人がないと見ると、一本の樹になったように、合体した。まるで、西洋人のように、手慣れた仕草で、そういう新風習を行った。

万物停止の時間は、なかなか長く、やっと、枝が離れ、蔓《つる》が解けた。

「じゃア、明日ね」

と、男がいった。

「ええ、明日……」

女が、答えた。

そして、男が、思い切りよく、水道橋の方へ歩き出すと、女の方は、小走りの靴音をさせて、駿河台の方の闇に、消えた。

――なアんだ、あの連中か。

五百助も、丸の内に勤めていた関係上、かかる一対には、皇居広場で日常茶飯になっていた。従って、戦後の性道徳が、どうこうという問題は、べつに考えなかった。それよりも、自分の今夜の体験から、すぐ近所に旅館があるのに、それを利用できない今の二人に、同情らしいものさえ湧いた。いずれ、神田付近に職業を持ってる二人だろうが、金回りの悪い連中に、ちがいなかった。深夜、焼跡の灰の上で、恋を語らねばならぬのは、春の猫のようで、気の毒になるのである。

だが、五百助は、もっと、差し迫った問題があった。一夜を明かすために、もっと、居心地のいい場所を求める必要があり、今の二人が、ある暗示を与えてくれたのではなかったか。

彼は、勇を鼓《こ》して、扉のない門の中へ、入ってみた。地積は、案外に狭く、すぐ下は、崖になって、足のさきに、草が絡《から》まった。しかし、そのどこかに、人をして憩《いこ》わしめる場所が、隠れてるにちがいない。

ポケットを探ると、煙草はなくても、ライターがあった。火をつけて、あたりを見回すと、一段低くなった場所に、コンクリートの入口のついた、防空壕があった。彼は、その中へ下りた。

これは、見つけものだった。内部の土は、よく乾燥し、中央に、一枚のムシロさえ、敷いてあった。

彼は、ゴロリと、その上に寝転んで、ライターの火を消した。どこかに、香料の匂いが、漂っていた。今の女の移り香であろう。そんなことを考えてるうちに、彼は、前後不覚に眠ってしまった。

「どうしたの？　時間よ」

と、駒子が、揺り起す。

「もっと、寝かしてくれ給え。社は、もう、やめたんだからね」

「なにをいってるの。起きて頂戴、さ、早く……」

乱暴な女である。五百助の体を、波のように揺り動かし、挙句の果てに、髪をつかんで、首を吊しあげた。

「ひでえことを、するんだなア、君は……」

と、眼を開いたら、まだ、まッ暗である。そして、土の臭いが、プンとする。

「なにが、ひでえンだ。てめえこそ、なんだってンだ。人のヤサへ、黙って、入りこみアがって……」

闇の中で、大きな声がする。五百助のすぐ側にシャガんでいる、男の声である。異臭が、強く、鼻を打つ。

なにがなんだか、わからない。しかし、切り抜いたように、矩形の薄明りが見えるのは、防空壕の入口であることを、五百助は意識した。

「てめえだな、この頃、おれのヤサを荒すのは。おれが帰ると、きっと、なんか、つまらねえものが、落ちてやがる。フザけやがって……。てめえは、仲間のジンギも、知らねえのか」

「はい……」

五百助は、思わず、そういってしまった。寝呆け頭で、情勢はよくわからないが、無人と思って入り込んだ防空壕に、ここをわが家とする何人かがいて、彼が深夜に帰宅すると、五百助という侵入者を発見したらしい。しかし、このごろ、彼の家宅を荒したというのは、五百助の与《あずか》り知らないことだった。

「ここは三月も前から、おれが入《へ》えってるんだ。ここの崖に住んでる奴等に、聞いてみろ。誰だって、知ってらア。てめえは、大方、青カン野郎だな。ノガミあたりから、這い出してきやがったんだろう」

「済みません」

とにかく、謝罪しなければと、五百助は、暗黒の中で、頭を下げた。

しかし、なんという、不快さであろう。われ知らず、溜息が出る。所有権——こんな場所にまで、その確立と主張がある。五百助が感じる、社会生活の煩いは、たいがい、この所有権というやつの、過度の意識と、過度の行使からきている。彼は、所有権という文字に、嘔気のようなものを感じていたのである——

「済ンませんと、思ったら、グズグズしてるな」

「はい」

「出ていけ！」

これは、驚いた――一日のうちに、二度も、同じ言葉を、聞かせられるとは。

「オジさん……」

五百助は、声の調子から対手の年齢を察して、このように、懇願的に呼びかけた。

「そういわないで、一晩、置いてくれ給え。僕は、家を追い出されて、困ってる身なんだ……」

「追い出された？　誰によ？」

「女房に……」

夜が、白んできた。

五百助は、夜霧にあたることもなく、防空壕で、無事に一夜を送ることができた。女房に追い出されたといったら、暗中の男は、急に態度が変って、宿泊を許してくれたばかりでなく、五百助が欲しくて堪らない煙草まで、分けてくれたのである。ただ、彼が、一向、眠ろうとせず、女――または細君なるものの、本質論を始めて、五百助を悩ましたが、それくらいのことは、宿料として、我慢すべきだった。

「女に、気を許しちゃ、なんねえぞ。女を見たら、ドロボーと思えば、まちげえねえぞ。奪《と》るばかりで、呉《く》れることを知んねえからな、女ってやつは……。おや、夜が明けたぞ。とうとう、おめえと、語り明かしちゃった……」

どうやら、その男も、細君から痛い目に遇った経験を、持ってるらしかった。だが、明るい光線で、二人が顔を見合わせると、二人とも驚いた。その男が、六十ぐらいの老ルンペンで、腐ったような作業服を着た風体が、あまりに見窄《みすぼ》らしいのに、五百助は驚いたが、その男の方では、五百助の優しい声に似合わぬ巨体と、整った服装に、一方ならず、ビックリした様子だった。

「旦那……よかったら、やりねえ」

朝の煙草を、彼は、五百助に差し出したが、言葉つきまで、改まっていた。それは、空罐《あきかん》の中に拾い集めた、喫いかけ煙草ばかりだった。五百助は、知らずに、昨夜、だいぶ、それを愛用したのであるが、驚きはしたものの、ツバを吐く気持にはならなかった。上流に生まれたのに、彼は、潔癖を持たない男だった。

「ありがとう」

彼は、比較的長いのを、選り出したが、それは、いわゆる洋モクだった。

「オジサン、この方を、やってるの」

と、モク拾いの意味で、実物を示しながら訊くと、

「それもやるが、選り好みはしねえよ。まア、拾い屋ってやつだ。なんでも、拾っちまうよ……オッと、もう、商売の時間だぞ。今日は眠いけど、仕方がねえ。人が起きねえうちに、街を歩かねえと、仕事にならねえんだよ」

と、彼は、防空壕を這い出したので、五百助も、それに続いた。すると、老ルンペンは、勝手知ったるわが家のように、夏草の茂りをかきわけ、積んだ石をとりのけると、水道の鉛

管の尖《さ》きが、チビたようになって、水が滴《したた》っていた。彼は、その水で、丁寧に顔を洗い、ウガイまでした。それから、ドンヨリ曇った東の空に向って、ポンポンと、手を打った。

「ところで、おめえさんは、どうする？」

彼は、彼にならって顔を洗ってる五百助に、話しかけた。

「なんなら、ここで、寝てっても、いいんだぜ」

「ありがとう。しかし、今朝は、家へ帰って、女房に謝ってみようかと、思ってるんだ」

「そうかい。そいつア、考え物かも知れねえぜ……。だが、おめえさんの好きなようにするさ……じゃア、サヨナラ」

少し、ヨチヨチする足もとで、崖を下っていく老人の後姿に、五百助は、もう、友情を感じていた。

なぜだろう？　一宿一飯（メシの代りにタバコだったが）の恩を、知ったのだろうか。どうやら、悪妻の経験のあるらしい彼に、同類のヨシミを感じたのだろうか。それらもあるらしいが、その外に、なにか、惹かれるものがあるようだった。それが、何物であるかを知ったのは、もっと、後の話だった。

――さて、どうする？

と、彼は、ブラブラ、水道橋駅まで歩いてきてから、思案をした。というのも、昨夜の飲み過ぎのおかげで、まだ、空腹を覚えないからだった。腹が空けば、駒子のつくる味噌汁と温かい飯の魅力で、家に帰りたくなったろうが、むしろ、こんな早朝に帰路につくことを、彼は気にしていた。

なによりも、彼は、眠かった。そして、午睡の場所を求める目的で、国電に乗って、信濃町駅で降りた。定期券区間なので、擬装出勤の間にも、ここで降りて、外苑で、ボンヤリ時間を送った経験があった。今朝も、それに倣《なら》う気になったのである。

早朝のことで、外苑を歩いてる人といえば、足速やな、出勤者ばかりだった。彼等は、近道するために、外苑を通り抜けてるので、速度も、方向も、五百助とはちがっていた。彼は、職のない自分を意識し、キマリの悪さと同時に、なにか、次元のちがった世界に、足を踏入れた面白さも、感じた。

絵画館の裏へ入ると、そういう人通りもなかった。曇天の下に、樹木が茂り、別世界のように、静かだった。彼は、ベンチの上に、仰向きに、寝ころんだ。

——ここで、一眠りしていこう。それから、家へ帰ったら、ちょうど、時間がいいだろう。

帽子を、顔にのせて、足を伸ばすと、一分も経たないうちに、彼は、熟睡に落ちた。

どのくらい眠ったか、知らなかった。しかし、夢を見た記憶はあった。駒子が、夢の中で、しきりに彼に詫びるのである。

「今までは、みんな、あたしが悪かったのよ。あなたが出ていったら、すぐ反省したわ。夫婦ッてものは、勢力の均衡ではなくて、調和だったのね。つまり、斉唱じゃなくて、合唱よ。わかったわ……。これからは、別人の如く、あなたを大切にするわよ」

「いや、それほどにしてくれなくても……」

そう答えた時、眼が覚めた。

だいぶ、眠ったらしいが、曇天なので、時間の見当がつかない。あたりを見ると、隣りのベンチに、東京見物らしい中年の夫婦者が、仲よく、アンパンを食べてる。樹の茂みの下には、学生風な若い二人が、ズボンとスカートの足を列べて、なにか、話し込んでる。もう、正午か、それとも、それを過ぎたか。

――そろそろ、家へ帰ってもいい時間ではないか。

彼は、腕時計を見て、正確な時間を知ろうとした。ところが、手首はカラである。顔の上にのせた帽子もない。

驚いて、ベンチの上下を探してみたが、帽子も、腕時計も、影はなかった。上着の内ポケットへ手を入れてみると、革の紙入れがなくなっていた。ズボンのポケットの中のライターだけが残っていた。

――やられた！

油断のならない、世の中である。残金の全部と、定期券と、時計と、帽子――彼の体から、取り外しのできるものは、たいがい、持っていかれた。

帽子は、戦前に買ったボルサリノだが、もう古びてるから、惜しくない。腕時計が、諦めきれなかった。ヴァシュロンとかいう、世界的な高級品だそうで、死んだ外交官の伯父のスイス土産だった。駒子も、その価値を知っていて、あのタケノコ時代にも、これだけは、手離さなかった品物である。

——これア、もう、いかん！

五百助は、運命の扉が、バタンと、音を立てて、閉ざされたのを感じた。

夢の中で笑っていた駒子は、もう、牙《きば》を鳴らし、タテガミを振り乱して、彼に飛びかかろうとしていた。すべての弁解は、無用だろう。酔余、悪所に泊り、勘定のカタにとられたもの良人の言葉を、断じて、信用しないだろう。彼女は、あの腕時計を失ってまで、外泊したと断定して、疑わないだろう。いつも、三百円ずつ、小切って、小遣銭を渡すのは、辛うじて飲むことはできても、断じてアソぶことのできない限界に、良人を釘づけにする謀略であるぐらいは、五百助だって、知らぬことはなかった。おまけに、昨日の今日——それでなくても、詫びのむつかしいところではないか。

——もう、家へは、帰れないことになった……。

使いに出て、金を落した、ママコの少年のようなものである。大きな体に小さい心——暗《あん》澹《たん》として、叱責《しっせき》を怯《おび》える気持に、変りはなかった。そして、定期券がない。切符を買う金もない。家へ帰る足を、奪われたことになる——

五百助は、一日を、外苑で暮した。

絵画館裏から、水泳場前、角力場付近と、居所は移動したが、結局、外苑の中を出なかった。移動したのは、水飲み場を探すためであった。所々に、噴水式の水飲み場があって、そこで、ガブガブ、水を飲む必要があった。酔ざめの水どころではない。空腹を忘れるためである。昨夜のアルコールが、体内を去ったら、俄然、腹が減ってきたのである。昨日、おそい朝飯をたべてから、一粒も、飯というものを、食べていない。人一倍巨《おお》きい体は、それに相当する食欲を、伴うのであろうか。彼は空腹のために、頭がクラクラし、精神がボンヤリし、時間も、場所も、自分の行動も、夢心地だった。

いつか、日が暮れていた。いつか、彼は、外苑を出ていた。電車や、トラックや、町や、橋が、幻のように、彼の側を流れた。そして気がついた時には、昨夜の防空壕の前に立っていた。壕の外に、昨夜の爺さんが、坐っていた。

「やっぱり、帰《け》えってきたな……。多分、そうだろうと思って、晩飯食わずに、待ってたよ……」

その道に入る

五百助は、老ルンペンの食客になって、五日間を送った。

文字どおりの食客である。つまり、食そのものの厄介になったのであって、食器も、寝具も必要とする、生活ではない。住居は、いくら、爺さんが所有権を主張しても、彼のものというわけではあるまい。

食は、固い饅頭のようにウドン粉をこねて、焦げ目をつけて焼いたのが、多かった。どこかで、そんなものを、売ってるらしい。

「食いな」

爺さんは、ボロボロの新聞紙に包んだそれを、作業服のポケットから、出してくれるのである。自分は、外で何か食ってきて、いわば、土産というわけである。石のように固いが、ユックリ噛んでると、多少の味がある。それを二つ食って、壕の外の水道の水を飲むと、どうやら、一度の食事をした気分になる。

驚くべきことに、爺さんは、たった一度ではあったが、一塊りのオランダ・チーズを、持ってきてくれた。味は、少し酸っぱくなっていたが、結構、食べられた。

「なアに、買ってきたわけじゃねえ。おれア、拾い屋だよ」

爺さんの話では、この界隈は、進駐軍関係のハウスやホテルがあって、食品の残物から、空罐、空壜、時には、古シャツや古靴まで、拾えるのだそうだ。どこで拾うのかと聞いたら、ゴミ捨て場ということだった。すると、そのチーズの出所も、ほぼ想像がつくが、五百助は、気にしないことにした。

爺さんは、いろいろのものを拾ってくるらしいが、食べ物やタバコ以外は、防空壕へ持ってこなかった。どこか、近所に、処分をするところが、あるらしかった。他にも、爺さんのような連中が、この崖に穴を掘って、住んでるようだった。それを五百助は、早朝に、便を足す時に、発見した。空地の隅々に、排泄作用を営む場所があったが、爺さんは、それを用いるのは、人目につかぬ早朝か夜間にすることと、用後に、必ず土をかけて置くことを、五百助に命じた。爺さんは、シャバの人間に嫌われぬ心得も、衛生を重んずることも、知ってるようだった。

三日目に、雨が降った。爺さんは、午後の大部分を、壕内で、五百助と共に送った。

「おれは、本宅があるんだが、ワケがあって、三月前から、ここで暮してるんだ。そのうちに、本宅が明いたら、おめえも一緒に、連れてってやってもいいよ。モグラじゃあるめえし、こんな穴蔵住いを、いつまでもしちゃアいられねえからな」

爺さんは、誇りに充ちて、言った。

住宅を持ってるとすると、彼は、根からのルンペンではないのだろうか。でも、昨今、急に、拾い屋になったとも、思えない節がある。妙なことをいう男だが、とにかく、世間と変った世界の住民にちがいない。五日間、一緒に暮しながら、五百助の名もきかなければ、自分の名も告げない。これから、どうするなぞと、一言もいわない。まして、食客に恩を売る様子なぞは、ミジンもないのである。


日増しに、わが家とわが妻が、遠くなっていく。決して、思い出さないわけではない。家へ帰って、タラフク飯を食って、布団の上に、ノビノビと寝てみたい希《ねが》いは、いつも、胸にある。だが、一夜が明ける度に、わが家の敷居が、高くなってくるのである。駒子に詫びを入れる困難さが、倍加するように、考えられるのである。五百助のように、気の弱い男の心理は、一般の戦後人にとって、理解が困難であろう。

それよりも、彼は、爺さんに対して、気が済まないのである。駒子に家計を助けて貰うことには、ビクともしなかった男だがこの貧しい老人に、三度の食事（二回の時が多いが）の世話になるのは、ひどく、申訳なく考えるのである。

五日目の朝になって、彼は、堪《たま》りかねた。

「僕にも、働かして下さい、オジさん」

「働くッて、なにが、できるんだよ」

「オジさんと一緒に、なんか、拾って歩くよ」

「シロートに、そう、ラクに拾えるもんじゃねえが、荷持ちぐらいなら、やれるだろう。じゃア、蹤《つ》いてきねえ」

だが、いざ、出かけようとして、困った問題が起きた。帽子こそないが、五百助の合着《あいぎ》の背広姿が、ひどく堂々として、商売の邪魔になるのである。拾い屋も職業である以上、職業服を必要とするのである。

「どうも、おめえは、体からして、バタ公には向かねえように、できてやがる……」

爺さんは、嘆息をもらしたが、結局、五百助の上着とワイシャツを脱がし、それを防空壕の奥の石の下に匿《かく》した。汚れた下シャツと、土だらけのズボンの姿になった五百助は、多少、階級を転落した感を与えたが、爺さんと連れ立って、往来を歩くと、どこかの用心棒が、コソ泥でも引ッ立てていく風景としか、見えなかった。

早朝の町は、どこも、まだ眠っていた。三崎町から神保町、駿河台と、爺さんの足は、熟練した漁師が、川岸を歩くように、正確に進んだ。そして、漁場の前に、ピタリ、と止まるのである。戸を閉ざした大小の出版社の前に、荷造り用の木ワク、ムシロ、縄、包装紙などをが、必ず、散乱していた。それを、手早く、拾い集めて、五百助の持っているズダ袋の中へ、納《しま》い込むのである。

「一昨年あたりは、この倍も、三倍も、拾えたものだが、この頃は、本屋も、すっかり、不景気でな」

しかし、駿河台の坂を上る時には、爺さんは、忽ち、モク拾いに転じた。ここは、進駐軍関係の人が往来するから、よい煙草が落ちてるのだそうである。でも、爺さんは、モク拾いの道具は、持っていなかった。あれは、専門家が持つもので、兼職の彼は、それを避けるのが、ジンギなのだそうである。それから、地見屋といって、往来に落ちてる遺失品を拾うのも、彼の兼職の一つだが、戦前は、みな専門家ばかりで、人の領分を犯さぬ秩序が、整然と保たれていたそうである。

「いい世の中だった、昔は……」

五百助は、いわば、爺さんの助手として、働きに出たので、ズダ袋を担《かつ》いで歩けば、任務が果されるようなものだった。それは、決して、ツライ仕事といえなかった。街は、廃墟のように静かであり、起きてるのは、交番の巡査ぐらいだから、べつに、恥かしい気持も、起らなかった。

しかし、明大前を通り、進駐軍専用ホテルの見える坂下に出た時に、爺さんの鋭い一言が、彼の耳を射た。

「おい、おめえの足もとに、いい洋モクが、落ちてるじゃねえか」

鋪道の曲り角に、三分の一も喫ってない、一本の太い煙草が捨てられていた。

「早く拾いなよ、ボヤボヤしてねえで……」

それが、拾えないのである。ム、ム、ムと、異様な反応が、胸へコミあげてきて、手が出ないのである。

モク拾いの姿は、彼も、至る所で見ている。べつに、卑しい所業とも、考えた覚えがない。それなのに、いざ、自分がやってみようとなると、ム、ムと、くるのである。やはり、五百助も、生まれ落ちた上流意識が、どこかに、コビリついてるのであろうか。いや、戦後の転落生活から見ても、これは大飛躍を要する行為なのであろう。

瞬間ではあるが、五百助は、青い顔をした。彼は、そういう肉体の反射と、それから、ある倫理的命令との間に立って、闘っていたのである。

――断じて、行わねばならぬ。

爺さんは、五日の間、彼の生命を支えてくれた、恩人である。その恩人が、あらゆるものを拾ってるのに、自分がモク一つ拾えないとは、何事だ。もし、このモクが拾えないとすれば、自分の意気地なしを証明するのみならず、この親切な老人を、辱かしめることになる――

一、二、三！

彼は、顔を反けながら、地面の煙草を探った。そして、爺さんのやるように、急いで、ポケットの中に、納《しま》い込んだ。

やってしまえば、何のこともなかった。断じて行うほどのことでも、なかった。すべて、皮切りというものは、その例に洩れぬだろうが、五百助の場合は、特にそうだった。神が、この無能力な男に、ノンキという天恵を、与えているのである。坂の途中で、彼は、自発的に、第二のモクを拾った。

だが、この最初のモク拾いは、五百助の新生活の皮切りでもあった。その日は、屈強な荷担ぎを連れてるために、爺さんの収穫は、平日に倍したので、お金《かね》の水へくると、彼は五百助にいった。

「じゃア、おれは、荷をサバいてくるから、先きへ帰って、待っていな。今日は、銀シャリを食わしてやるからな」

その言葉に詐《いつわ》りはなかった。一時間後に、爺さんは、大きな握飯を紙に包んで、防空壕に帰ってきた。その味のうまかったこと！　少しは、五百助のカセギも加わった、飯粒だった。

それから、毎朝、五百助は、爺さんと一緒に、カセギに出た。

もう、こうなったら、この生活に入ろうと、覚悟をきめたのではあるが、一面、彼が、拾い屋という職業に魅力を感じ始めたせいもあった。

モク拾いなぞは、人が捨てたものを、拾い上げるのだから、問題はないが、店頭に置いてある木ワクや、箱や、ムシロなぞを、無断で頂戴してくるのは、果して、合法行為であろうかと、最初、五百助は、疑問を持ったのである。

「ねえ、オジさん、あれア、つまり、カッパライというやつかね」

ニヤニヤ笑って、彼が、爺さんに、質問したことがあった。

「飛んでもねえ。なにを、いうんだ。おれ達ア、そんな悪いことは、しねえぞ。外へオッポリ出しとくものは、誰の持物でもねえんだ。早くいやア、落し物なんだ。持っていかれるのを覚悟の前で、外に置いてある品物なんだ……」

爺さんの説を整理すると、所有者が真に所有権を主張したい品物は、必ず、戸の内側に納《しま》わなければならない。それは、爺さんの独断ではなく、社会の習慣である。戸の外側に出した品物は、すでに所有権がアイマイになってると、解釈していいので、そこに、拾い屋という職業が、成立し得るのである。その証拠に、拾い屋が仕事をした後で、所有者が気づいても、警察に訴えたという例は、曾《かつ》てない。また、現行を見つかったところで、精々、呶鳴られるぐらいが、関の山である。つまり、社会は不文律的に、拾い屋の職業を、認めているのである。カッパライやドロボーと、まったく、選を異にするのである——

「なるほど、世の中は、思ったほど、窮屈じゃないんだね」

五百助は、非常に、愉快になったのである。呼吸もできないように、コセコセした、東京生活にも、このようなユトリがあるとは、意外だった。中華民国では、盗みは盗まれた者の不覚、フランスでは、姦通《かんつう》は姦通された者の落度《おちど》という、大国的な風習があるそうだが、日本の社会も、一概に、島国根性とばかりもいえない。場所によれば、こんな自由の風が吹いてる——と、なにか、肩身の広い気持に、なってくるのである。

五百助は、あれこれと、思いを回《めぐ》らせば回らすほど、所有権の解放を味わう拾い屋という職業に、魅力を見出してくるのであるが、いよいよ、その道に入るとなれば、どうしても、今の姿では、ウツリも悪く、能率も上らない。どの生活にも、制服がある。拾い屋になるなら、爺さんのような服装をしなければいけない。といって、どんなボロ服でも、買うには、金が要る。

「じゃア、おめえ、その背広を売って、ナッパ服を買えば、おツリがくらアな」

と爺さんが教えてくれた。


ところが、五百助の背広を、爺さんが、仲間のバイ人に、売りにいく前に、ちょっと、変った事件が起きた。

「こういうものは、どれくれえバイがきくか、よく調べとくもんだ」

さすがは、年の功で、爺さんは、防空壕の外へ出ていって、五百助の脱いだ背広を、よく点検した。地質はいいが、寸法が大き過ぎるのが、キズである。しかし、小さ過ぎるのよりいい。まア、七、八百円には、いくかも知れない——という鑑定であったが、そういうことを喋りながら、爺さんは、一々、ポケットを裏返して、在中物を、とり出した。畢して、五百助が忘れていた、油の切れたライターが、出てきた。高山の呉れた名刺や、真っ黒になったハンカチが、出て来た。しかし、もう、その辺で、種切れである。大切な品が、残ってるはずはない。

「おい、これア、なんだ!」

突然、爺さんが、異様な声を揚げて、上着の裏の小ポケットから、クシャクシャになった紙屑を、つまみ出した。なんだではない。紙幣である。

「大、一コ(千円)じゃねえか、おめえ……」

爺さんは、声を震わせている。

五百助には、全然、記憶のない金である。或いは退職手当で飲み歩いてる間に、酔っ払って、しまい忘れたのかも知れない。駒子は、よく良人の洋服を調べる女であるが、名刺入れの小ポケットまでは、眼が届かなかったのであろう――

「こんな大金を、もってえねえことをする男だ、おめえは。だから、女房に追い出されるような目に、遇うんだぞ……。だが、この金があったら、なにも、服を売るには、及ばねえな。これで、ナッパ服を買えばいいんだ。その背広は、とって置きねえ。なんかの役に立つから……」

と、爺さんは、千円紙幣のシワを伸ばして、五百助に、手渡そうとした。

「オジさん、それア、君のもんだ。君が、拾ったんだ」

五百助は、卒然として、拾い屋の精神に、想到した。発見した者が所有するのが、原則である。それに違反するくらいなら、彼自身が、この世界に留《とど》まる意味はない――

「飛んでもねえ。仲間うちは、別だよ」

爺さんは、堅く、辞退したので、長い押問答が起きたが、結局、彼は、妥協点を見出した。

「じゃア、こうしよう――この金を、おれの本宅の立退料に、使わして貰おうじゃねえか。本宅が明いたら、二人で、そっちへ移ることにするが、おめえは、いつまで住んでても、関わねえんだよ。半分は、おめえの家ということにするよ。なんしろ、屋根もあるし、床も張ったるし、ここことは、住み心地がちがうんだ……」

それから、爺さんは、彼の最近の身の上話を始めた。彼は、三カ月前まで、神田と本郷を結ぶ、大きな橋の下に、小屋を建てて、住んでいたのであるが、細君が階級的向上心を起し、良人の意気地なさに愛想を尽かして、彼を追い出したので、やむをえず、この防空壕に入り込んだのである。しかし、橋の下は、拾い屋の市場になってるので、彼は、毎日、旧居を訪れ、細君と顔を合わすが、とても、ヨリをもとに戻す気持はないらしい。そして、千円の立退料をくれれば、家を出てやるとまで、宣言してる――


降って湧いた金の始末は、それで決まったが、五百助の背広服の方も、売らずに済んだというのは、もう一枚、千円サツが出てきたわけではなかった。事実、五百助は、彼の背広が、宝の小槌でもあるような気がして、入念に、ポケット探しを続けたのだが、タモト・クソ以外の発見はなかった。しかし、爺さんが、大いに、五百助の意気に感じて、橋の下の市場で、血眼《ちまなこ》になって、ボロの山を掻き回した結果、進駐軍の廃品らしい作業服の上着と、スフらしい国産の古ズボンを、探し出してきたのである。仲間値段で、タダ同然に、爺さんが買ってくれた。

青鼠色の木綿の上着は、アメリカ人に負けない五百助の巨軀に、うまく合ったが、国防色のズボンを穿いてみると、モモヒキのように窮屈で、脛が、半分、露出した。

「大きいのを、選ってきたんだが、やっぱり、いけねえかな……。まア、待ちな、おれが、なんとか工夫してやらア」

爺さんは、巧者な手つきで、ビリビリとズボンの縫目をほぐし、裾《すそ》をまくり上げて、半ズボンのような体裁に、直してくれた。そして、いずれ、本宅へ帰ったら、針も糸もあるから、本縫いにしてやると、いった。

「オジさんは、昔、洋服屋かね」

「なアに、シャツの下受けよ。店は、とうとう、持てずじまいだった……」

「でも、そんな腕があるなら、拾い屋をしなくても、よさそうなもんだがな」

「ハハ、おかアしくッて……」

爺さんは、全然、五百助を対手にしなかった。

だが、その服装をしてみると、五百助の人物は、ガラリと、変ってしまった。もう、南村五百助という市民は、社会から、抹殺されたともいえる。そして、いやに体のいい、一人のルンペンが、生まれたともいえる。面白いことに、爺さんが彼を見る眼つきが、急に、親しみを加え、彼自身さえも、サッパリと、別人になった、気持なのである。それは、駒子が大磯へいく時に、最上のドレスを着て、心理に影響を及ぼしたよりも、遥かに強力な、衣裳の哲学であったらしかった。

「これで、おめえも、ネス（素人）じゃアなくなったかな。どうだ、祝いに、丁、キスでもひくか？」

「キス？」

五百助は、驚いた。

「酒のことだよ。これから、ちっと、おれ達のチョーフ（符牒）を、覚えなくちゃいけねえ。おめえは、だいぶ、酒はイケそうだが、どうも、いままでのようなナリをされちゃア、おれ達のいく所には、連れてけなかったんだよ。ウカウカすると、ハリ倒されちまうからな。今日からは、もう大丈夫だ。さア、出かけようじゃねえか……」

爺さんが、立ち上ったが、五百助は、危く、背広を防空壕に置き忘れようとして、注意をされた。そういうものは、皆、南京袋にしまって、人目につかぬ場所に匿さぬと、用心が悪いのである。


行先きは、神田駅付近のマーケットだった。

午後三時頃の小川町通りを、昔のアメリカ映画のハムとチビのような、大小二人のルンペンが歩いていくのを、人々は微笑して、見送るが、爺さんは、どこに風が吹くかという、調子だった。それが、まだ、五百助に真似られぬ芸で、まして、道々、モク拾いを忘れぬ心構えなぞは、遠く及ばないのである。拾い屋というものは、いつ、いかなる場所においても、職業的意識を失っては、商売が成り立たぬらしい。

横通りへ曲って、しばらく歩くと、案外早く、国電ガード添いのマーケットが、見えてきた。爺さんは、細君と別れてから、いつも、ここへ食事にくるのだそうである。

マッチ箱を列べたような、マーケット風景は、五百助も、新宿あたりで見慣れてるが、店頭の飲食物と、その値段札と、それから、客や通行人の顔つき、風つきには、いささか、度肝を抜かれた。駅の周囲には、東京のどこにもある、小ギレイな喫茶店や、小料理屋も目立つのに、二筋になったこのマーケットの通路だけは、付近の世界から、まったく隔絶された、暗い、しかし、勢いのいい泥流の溝とも、思われた。事実、異臭も、鼻を打った。動物性の油の臭《にお》い、澱粉を焼く臭い——決して、それだけではなかった。

夕飯時に早いので、どの店も、客は少なかったが、その少い客の全部が、マトモな服装の者は、一人もなかった。全部が、爺さんや五百助と、同じような風体だった。通行人さえも、普通の市民を、見かけなかった。そして、通行人は、例外なしに、店内の客から、ジロリと、強い視線を浴せられた。

五百助は、恐怖を感じて、なるべく、道の中央を歩いた。すると、コワい目つきは、店内ばかりでなく、狭い路上の行きずりに、正面から、光ってきた。彼は、対手と体を衝突させないように、度々、身をカワした。ところが、そういう対手の方から、先きに、道を譲ってくれるのが、不審だった。なかには、彼に、尊敬的な視線や、明らかな目札をさえ、おくる者があった。彼は、かえって、気味が悪かった。

「みんな、おめえを、どこかの身内の者だと、思ってるらしいぞ、おめえは図体がでけえ上に、いやに、眼玉がグリグリしてやがるからな」

爺さんが、彼にささやいた。

肉ウドンとキツネ・ウドンの店、蒸しパン屋、ダンゴとマンジュウ屋、シチュウ屋、ヤキトリ屋、ヤキソバ屋——店々の品物を、爺さんは、いちいち覗き込むが、容易に、店内へは入らなかった。

「ナジミの店はあるが、一通り、見ておく方が、利口なんだ。おれ達ア、器用に、金を使わなくちゃいけねえ……。ところで、おめえの腹工合は、どうだ。ひどく、腹が空いてるようなら、すぐに一パイやった方が、トクなんだ。倍は、早く回っちまうからな。そうでなかったら、このシチュウ屋へ、寄っていこう。うめえのなんのって、こんなシチュウは、浅草にもねえよ。それに、精がつくんだ、こいつをやると……」

一間《けん》あるなしの間口に、ハミ出すような、ブッつけのテーブルと縁台——板は、油で黒光りになってる上に、ソバのカケ・ドンブリに似た大きさの容器が、二つ、運ばれた。鉛色の、シナシナしたサジを添えて。

「冬ぶんは、こいつを食うと、一日、体が温まるから、不思議だよ」

爺さんは、相好を崩して、フーッと、サジの中のものを、吹いた。

ひどく熱い、ドロドロした濃汁である。五百助は猫舌だから、すぐには食べられず、中味を掻き回してると、豚の肉塊らしきもの、明らかなコン・ビーフ、鶏骨、ジャガ芋、人参、セロリの根等が、サジにかかってくる。材料としては、戦前の安洋食のシチュウより、ずっと上等である。それに肉の分量が、すこぶる多い。その他、罐詰品らしいトーモロコシの粒、グリーン・ピース、銀紙のハリついた欠けチーズ、マッシュルームらしきキノコまで入ってるのだから、いよいよシャレてる。少し解せないのは、小豆みたいなものと、ウドンの切れッ端しが、混入してることである。もっと不思議なのは、赤丸印西洋煙草の包紙の断片らしきものが、泳いでることであった。いかなる味付けの目的だろうか。

「どうでえ、うめえだろう」

爺さんにいわれて、一サジ含んでみると、ネットリと甘く、油濃く、動物性のシルコのようで、なんともいえぬ、腹の張る味だった。駒子が、ブッフ・ア・ラ・モード・エスパニョールという、長い名のフランス料理をつくって、ひどく失敗した時の味と、どこか似ていた。

しかし、とにかく、爺さんのいうとおり、栄養価の高い食物には、ちがいなかった。そして、戦前には絶対になかった、実質的で、体裁をかまわぬ料理であることも確かだった。材料の素姓や配合は、まったく顧みるヒマがないといった、食物であり、なんでもかんでも寄せ集めて、熱で処理したという料理だった。そうだ、これは戦後シチュウだ。つくづくと、敗戦の味がする——

一パイを食べ終ると、五百助は、甚だしく満腹した。それで、値段は、フリ十だという。二十円である。こんな安価な食物は、他にあるまい。よく、それで、商売になると、疑ったら、爺さんは、材料の出所を、説明してくれた。つまり、此間のオランダ・チーズと同様に、進駐軍宿舎や外人ホテルの残物らしい。気前のいい国民に進駐されて、日本人は幸福ではないか。

「さア、今度は、威勢のいいやつを……」

爺さんは、隣りの焼酎屋へ、五百助を連れこんだ。チュウは一パイ三十円だが、爺さんは、腹の張ってる時に、そんなものを飲むのは、損だといった。そして、バクダンというものを注文した。これを二ハイ飲むと、地球がヒックリかえるという。

地球は無事だったが、五百助は、かつて知らなかった世界へ、スッポリと、自分がハマり込んでいくのを、感じた。このマーケットの空気と、食物と飲物の味が、駒子と共に住んでた世界から、まったく、彼を引き放してしまったようである。もう、もとの出口にけ、戻れないかも知れない――

都会の谷間

七月の初旬に、五百助と爺さんは、やっと、焼跡から橋の下へ、引っ越すことができた。思えば、長い一月あまりだった。梅雨で、拾い屋の仕事も、半分しか、収入がなく、防空壕の中は、水が流れ込み、やりきれない生活が始まって、爺さんも、必死と本宅明け渡しを、細君にかけ合ったが、立退料はとっても、容易にミコシを上げず、やっとのことで、最近、本郷の医療機械屋の炊事婦に住み込んだそうで、爺さんは、雀躍《こおど》りして、移転をすることになった。ところが、意地の悪いもので、その日に、カラリと、梅雨が晴れたのである。

移転といっても、トラックに関係はなく、二人が、めいめいに、自分のズダ袋を背負えば、済んでしまうのである。もっとも、雨で仕事にアブれてから二人は、よく自炊をやったから、拾い物のヤカンや鍋皿の類は、殖えていたが、縄で縛って、片手に提《さ》げて、歩けない分量でもなかった。

「忘れものはねえだろうな」

爺さんは、もう一度、防空壕の中を覗いた。なかなか、綿密なものである。

それから、二人は、駿河台の一の通りを歩き、お金《かね》の水橋を渡り、右へ曲ると、河岸の柵の鉄棒は戦時の金属回収で、キレイに取り払われてるので、崖下へ降りるのも、まことに自由であった。おまけに、人通りがあると見えて、叢《くさむら》の中に、おのずから道があり、その先きには、梯子までかかっていて、五百助の巨軀を乗せると、ミシミシいったにしても、戦後のアナボコ道路と、どちらが危険というわけでも、なかった。

五百助も、この谷間に人が住んでることを、中央線で通勤してる時代に、眼にとめないでもなかったが、戦後の住宅払底の現象として、驚くに値いするとも思わなかった。ただ、少し殺風景な気持はしていた。悪くいえばゴミ捨て場の中に、人間が住んでるようで、もうちっと、工夫はないかと、思っていたのである。ところが、今、爺さんの後について、深く、谷間へ降りていくと、電車の窓から見たのと、ひどく、印象がちがうのである。

第一に、環境が幽邃《ゆうすい》である。こんなに、樹木が多く、草が青く、水が近く、人を瞑想に誘う閑寂の気が溢れてるとは、思いも寄らなかった。同じ風景を、見下すのと、見上げるのとでは、これほどの差異があるのかと、感心する外はなかった。

そして、橋の下の土地が、広々と、百坪を越す面積を持ってるのも、意外であった。傾斜があるのがキズであるが、これだけの前庭を控えた家屋が、東京都内に何軒あるだろうか。

その空地の最上部に、橋を高い屋根とし、崖を風除けにして、数軒の人家が建っていた。人家である。決して、それ以外のものではない。その中から、清潔な、白いエプロンを着た、都内のどこにでも見かけるおカミさんが、バケツを提げて出てきて、爺さんを見ると、ニッコリ笑った。

「まア、今日、お引越し？　よかったわねえ」

と、礼儀正しく、祝詞を述べるのである。

「オヤジさん、帰ってきたかい」

「よかったなア、ほんとに。あんなカミさんがいなくなって、オヤジさんが帰ってくるなんて、今日は、日がいいよ」

中年の男が出てきた。十五、六の娘が出て来た。子供が出てきた。犬も出てきた。谷間の安全をはかるべく、犬が飼ってあるのである。

爺さんが、ここの住民に好感を持たれてるのは、五百助にも、すぐわかった。橋の下の開拓者であることを、爺さんが自慢してるのも、ウソでないかも知れなかった。

「また、お世話になりやすよ……。時に、今度ア、男のカミさんと、一緒に住むことになってね。この人だ。可愛がってやって、おくんなさい……。おめえ、なんて名だっけな」

爺さんは、この時始めて、五百助の名を知る必要を、感じたのである。

「南村五百助……」

正直に、彼は、名乗った。すると、皆が、ドッと笑った。名がおかしいのではなく、爺さんが、男のカミさんと冗談をいったことが、今頃、響いてきたのである。

「ずいぶん、デッけえな、このオジさん……」

と、男の子が、五百助を見上げた。

「あたしア、末松貞吉といって、一番、西の外れです」

復員服の中年男が、挨拶した。

「すぐお隣りの、鈴木ですよ。うちの人は、道路局に勤めてるから、留守ですがね」

白いエプロンのおカミさんが、お辞儀をした。

時間が早いので、この部落七軒の主人たちは、家にいない者が、多かった。

「じゃア、一つ、掃除でもするかな……。おや、カカアの奴、洗いざらい、キレイに持ってっちまやアがったな」

爺さんは、ちょうど中央にある、わが家の中を、覗き込んだ。約三畳ぐらいの面積があって、つき当りは橋台の石垣が、露出してるが、残りの三方は、手際悪くても、巌丈《がんじょう》に板を打ちつけて、壁をなし、傾いてはいれど、屋根もあり、床も張ってある。この建築に際して、爺さんは、リンゴ箱三十二個を用いたといったが、河に面したガラス入りの窓や、入口の板戸なぞは、素人細工とは見えず、恐らく、例の早暁の拾集品を、とりつけたのであろう。ただ、なにぶんにも、窓が小さく、開閉がきかず、採光と通風に難点がある上に、戦後の新築とも思えず、板がまっ黒に煤《すす》け、床に敷いてあるゴザさえも、ひどく時代がついてるのが、不審だった。

だが、穴居生活から、久振りに、屋根の下に入った二人は、満足を通り越して、昂奮さえ、感じていた。

「さア、おれが掃くから、おめえ、雑巾かけてくんな」

掃除道具は、カミさんも残していったので、五百助は、バケツを持って、教えられた水汲み場に下りた。傾斜面の下の方に、共同の流し場があって、地中からハミ出した土管から、トウトウと、水が流れてる。五百助は、下水かと思って、バケツに受けるのを、躊躇したが、よく見ると、無色透明――且つ、戦後の水道特有の匂いがする。

この水は、拾い物だった。

爺さんが、終戦直後、彼の小屋を建てるために、この谷間に目をつけたのは、単に、北に崖を背負った、南下りの地所というだけの条件ではなかった。長いルンペン生活で、彼は、水の重要さを、よく知っていた。ここの崖には、徳川家康が発見して、黄金水と名づけた、湧泉があるのである。お金の水の地名も、そこから起っている。それは、雑草の中に埋もれて、誰一人汲む者もないことを、爺さんは、講談で聞き知ってるので、小屋を建てる前に、まず、湧泉を探りにきたところが、すこぶる簡単に、それを発見してしまった。しかし、それが黄金水ではなくて、戦災によって破壊された水道管の余水であることを、殺菌剤の臭気で、気づいたのであるが、歴史的名泉でなくても、文句をいう理由はなかった。彼等もまた、都内各所の水飲み場で、水道の水を飲み慣れている人間である。それに、水量が豊富な点は、天然湧泉以上で、そこに、土管をハメ込み、防火用水槽の廃品で、水受けをつくると、風流で、近代的な泉のほとりが、できあがったのである。

水の次ぎに、重要な条件は、土地が乾燥してることであるが、お金の水橋の広い橋床の下は、永年の間、雨を知らず、土は灰のように、湿気がなかった。

そういう慎重な選択の後で、爺さんは、橋の下の中央に、彼の小屋を建てたのであるが、半年も経たぬうちに、家を求める術《すべ》のない人々が、続々と、彼の模倣を始めた。右隣りの鈴木一家が、最初の移住者だった。爺さんは、親切に、小屋の建て方を、指導してやった。彼等は、爺さんの小屋の隣りに、同じような小屋を建てた。そうすると、一方の板壁だけは、開拓者の家のそれを、利用することで、手間が省《はぶ》けた。次ぎの移住者は、先きの移住者の板壁を利用し、手間と資材を省くことによって、自然に、七軒の長屋が、できあがった。それ以上建て増すと、橋の下からハミ出して、風雨を受けるし、また、対岸の国電駅のフォームの人々から、注視を浴びる惧《おそ》れがあって、彼等は、新移住者を拒むと共に、それを機会として、生活共同体の確立と強化を計った。

まず、共同便所の設立と、隣組組織による、広場や水汲み場の清掃輪番制度が、定められた。これは、谷間の生活を衛生的にするばかりでなく、警察や区役所から文句をいわれるスキを与えないために、必要なのである。次ぎに、住民の大部分が、拾い屋であるために、職業的な向上と合理化を計った。つまり、拾うばかりでなく、加工生産も始めた。ワラやムシロは、ここで木灰にして、農家へ回した。その他の品物の整理も、ここで行って、それぞれの問屋に運び、仲買人の搾取を避けた。

そういう段階になってくると、爺さんは、次第に、出る幕を失って、ただ《顔》として、住民に立てられるに過ぎなくなったが、それでも、彼は、人々に愛された。気の強い、見栄っ張りな女房の尻に、いつも敷かれていた、同情もあったろう。

その晩、爺さん（彼の姓名は、長谷川金次というので、小屋の入口に、チャンと、墨で書いた標札が出ている）の家で、会食が行われた。

「済まねえな、こんなことをして貰って……」

焼酎四合壜《びん》一本、焼きスルメ、ゆでソラ豆、それに、爺さんと五百助のために、大握飯六個——いずれも、ご近所から、逆に、引越し祝いとして、頂いたのである。来客は男五人、皆、食事は済ませて、一パイ飲むだけのために、集まってきた。女主人の高杉方は、不参だが、沢山の香の物を、提供した。

「オヤジさん、もう、あんなカミさんは、二度と、家へ入れねえようにしなよ」

という、左隣りの荻谷《おぎや》君は、二十代の独身者だが、妻帯者である右隣りの鈴木の主人まで、

「ほんとに、おカツさんときちゃア、おれ達まで軽蔑するんだから、やりきれねえ」

と、シャバに憧れて、谷間を出ていった、爺さんの細君のことを、憤慨する。

一番年若そうな鈴木が、細君と赤ン坊があり、文学青年のように髪を長くした川野も、夫婦者だが、中年の末松や江馬が、荻谷と同じように、独身なのも、面白かった。右端に住んでる高杉一家は、戦争未亡人で、娘と二人暮しである。

その中で、勤労者生活をしてるのは、道路局人夫の鈴木だけで、後は、拾い屋や、自由労働者といった仕事の持主だが、不思議と、誰も、気弱な、好人物性を顔に表わしてるのを、五百助は、見てとった。そして、話の様子では、誰も、戦後の没落者であって、爺さんのようなヴェテランは、一人もいなかった。

「あんたも、以前は、ラクに暮してたんだろう。手を見れア、わかるよ」

江馬が、一番早く酔って、五百助に話しかけた。

「ええ、まア……」

「だが、おめえさんは、仕合わせさ。オヤジさんと一緒でなかったら、こんないい場所にア、入えれねえからな」

と、末松が口をきいた。聞いてみると、この次ぎの橋下にも、この土手添いにも、似て非なる部落があるが、建築も、居住者の素姓も、格ちがいであるから、あまり交際をしないということだった。

四合壜がカラになる頃には、人々も、高声で話し始めた。一番広いといわれる爺さんの小屋でも、男七人が入ると、タバコの煙だけでも、ウットウしかった。それに、燈火が、古インク壜に石油を入れ、栓の中心に糸束を通したもので、ホヤはなく、ライターを燃し続けるのと同じだった。家の中が、黒く煤《すす》けるのも、このランプのせいらしかった。

「オヤジさんの留守に、ヘンな野郎が、柳の木の向うに、一軒、オッタテやがってね。こっちの地内ともいえねえから、黙ってるが、あんなのは、早く追っ払った方がいいな」

と荻谷が、気勢を揚げた。

「そういうなよ。こっちは、七軒も団結してるんだし、それに、こんな強そうな人が、仲間になったんだから、心配することアねえや」

と、江馬が、五百助を顧みた。どうやら、五百助の気受けは、悪くないらしかった。


谷間の住民は、非常な早起きだった。

国電の始発が、ポーッと、向う岸で汽笛を鳴らす頃には、彼等の誰もが、泉のほとりで、洗顔を済ませ、そのうちの多くは、立ち迷う川霧の中に、黒い影を滲ませながら、上の道路へ登っていくのである。朝飯前の仕事というと、ラクなように聞えるが、拾い屋に出るにしても、職業安定所の行列に加わるにしても、食事を後にして、人に先んじねばならなかった。

小屋の外の七輪や、壊れたカマドで、朝の炊煙をあげるのは、勤めを持ってる鈴木か、女世帯の高杉の家だけで、拾い屋は、仕事を済ませた八時頃に、神田マーケットか自宅で、朝飯をとるのが、例になっていた。

五百助は、ひどいノミに悩まされて、安眠できなかった。蚊は、駿河台の防空壕ほどいないが、地面が乾燥してるせいか、ノミの繁殖は驚くべきもので、夕立ちのシブキのように、床板の上を跳ね、五百助という巨大な肉塊に、殺到した、これは、地ノミというやつで、普通のノミとはちがうというけれど、痒《かゆ》い点では、少しも異らなかった。

およそ、朝寝坊の男が、そのために、早暁に飛び起きて、心にもない、谷間の散歩なぞ、試みたのである。

「お早ようございます」

高杉未亡人が、共同便所から出てきた。三十七、八だろうが、モンペを穿き、引詰め髪で、戦時風俗そのままだから、ズッと、老けて見える。目鼻立ちは、そんなに悪くない。

「ノミのひどいところですな」

五百助は、素直に、感想を述べた。

「でも、シラミはおりませんよ、絶対に……」

彼女は、誇りを傷つけられたように、ツンとして、立ち去った。

ギイと、音を立てて、共同便所の扉が閉まった。誰が工夫したのか、扉にオモリがついて、自動的に閉まるようになっていて、開け放しの不体裁を演じない。内部も、一ケツではあるが、陶製の便器が付属している。もちろん、買ったものではあるまいにしても、建物の位置や構造と共に、衛生的な意図が、汲みとれる。不便を忍んでも、長屋から、できるだけ遠距離に置いたこの建物は、公衆電話のボックスそのものの体裁であり、ただ屋根というものを欠いてるのは、手間を省《はぶ》くと共に、換気を完全にするためであろう。

便所の周囲も、広場全体も、当番が掃除するのだろうが、塵一つ、見えなかった。そこを横切って、五百助は、鋼鉄の橋脚を潜り抜け、河上に進んだ。急に、草が多くなり、露がシトドだった。川柳の巨木があり、灌木が茂り、汚れた河水も、朝霧に包まれ、緩いカーブを描いて流れるところは、昔、小赤壁と謡われた頃の面影を、偲ばせた。

草の中に、白い山羊の姿が見えた。こんな所に、誰が飼ってるのかと、訝《いぶか》られたが、そのずっと先きに、ムシロと竹と木枝で、まだ真新しい、カマボコ小屋というべきものが、ポツンと、一軒立っていた。とても、橋の下の家の建築の比ではなかった。

その中から、五百助ぐらいの年齢で、汚ない、草色の軍用シャツを着た男が、出てきた。そして、鋭い目つきで、いつまでも、五百助を睨んだ。

「やア……」

こういう場合に、黙って、ソッポを向くというようなことが、五百助には、できないのである。

対手は、勝手がちがったように、キョロ、キョロして、暫らく、口をきかなかった。やがて、

「あんたは、橋の下の人だろう?」

「そうだ」

「そんなら、いっとくが、この土手は、君たちの専有物じゃないんだから、通行の自由ぐらいは、許して貰いたいな」

理屈っぽい、声だった。昨夜、爺さんの家へ集まった連中と、まるで異った人種らしい。坊主刈りにした頭と、日に焼けた顔と、ガッチリした短軀とが、ひどく日本人的であり、日

本的闘志に燃えてるという印象を与える。

「どうも、僕には、わからんな。僕は、昨日きたばかりの新米でね」

五百助は、持前のユックリした調子で、答えた。

「そうか。それじゃア、問題にならん」

その男は、気が抜けたように、カマボコ小屋に、戻ろうとした。

「これ、君が飼ってるの?」

五百助は、モリモリと、青草を食べてる山羊に、眼をやった。

「山羊飼っちゃ、悪いか」

「悪いことは、あるまい。第一、これア、可愛いい山羊だ。乳が、出るかね」

「出るから、飼ってるんだ」

「君が、飲むの?」

「そうだ。おれの食糧だ」

「うまいことを、考えたな。自炊の世話がなくて、いいよ」

五百助は、ほんとに、感心した。土手に生えてる雑草を、食糧化するのと変らない、名案と思えた。草が、山羊の体を通過して、新鮮で、栄養価の高いミルクと化すのだから、こんな、うまい考えはない。それに、不器用で、不精な五百助にとって、火もおこさず、食糧が手に入るということが、うらやましくてならない。彼は、何度やっても、飯がうまく炊《た》けないので、爺さんに叱られてばかりいるのである。

「いや、草ばかりじゃ、乳は出んよ。やはり、オカラぐらいはやらなければ……」

その男は、苦笑した。黒い顔に、白い歯が出ると、見かけによらぬ愛嬌が、顔に漂った。少しは、五百助に対して、警戒心を解いた様子だった。

「君の小屋は、どうだい？　ノミは出ないか」

五百助が、訊いた。

「出るもんか。DDTを、撒いとる」

「文化的だな、君は。しかし、便所には、困るだろう」

「なに、水道橋の公衆便所が、遠くない」

「水は？」

「土手に、清水が湧いとるよ。徳川家康の発見した、黄金水かも知れん」

十分間ばかり、立ち話をしてる間に、五百助は、だいぶ、この男と心易くなった。昨夜、話題になった闖入者《ちんにゅうしゃ》は、この男のことにちがいないが、そう悪い人間とは考えられなかった。

五百助も、拾い屋として、どうやら、一人前に近くなった。この頃では、金次爺さんと一緒に、カセギには出るが、儲けは、現金で、手に入るのである。目星しい品物は、毎日、出張してくるバイ人に売り、木灰製造の作業も手伝って、その分配金を貰い、まず一日百五十円から、時として、二百円になることもある。

その金を、全部、食物に費してしまうのは、どうも、やむをえない。爺さんと共同自炊も、米は二日に一度、後はウドンや芋が多いのだが、それでも、配給を受けない悲しさで、金額が嵩《かさ》む。もっとも、橋の下の人々で、米穀通帳を持ってるのは、道路局人夫の鈴木一家だけで、後は皆、ヤミ米を買ってる。しかし、配給を受けないことに、彼等は、どこか、誇りを感じてる点が、ないでもない。自力で生きてるので、国家の世話にはならぬという、誇りでもあろうか。

とにかく、金が残らないのは、困ったものである。

「今のうちに、毛布の出物でもあったら、買っときなよ」

と、爺さんはいうが、なかなか、手が回らない。五百助は、寝具というものを一つも持たず、昨今は、寝苦しいほどの暑さで、その必要はないが、冬に備えることを、爺さんは、警告するのである。

寝具どころか、一番、困ってるのは、下着類である。これは、駒子の想像どおりで、合シャツでは暑いのを、我慢して働くから、酸ッぱいほど、汗臭くなってしまう。その洗濯は、泉のほとりで行うが、干してる間、サルマタもないというのは、不憫《ふびん》なことである。爺さんが見兼ねて、市場のボロ屑の中から、五月の節句の吹流しの古布を、選り出して、越中をつくってくれた。シャツ職人だから、腕はいいが、染まりそうに赤く、また青いエッチュウというのも、異様なものだった。

もう一つ困るのは、入浴の問題だった。湯島と駿河台に、銭湯があるのだが、シマイ湯の頃に出かけても、番台の者から、文句をいわれ勝ちなのである。谷間の住人であることを、

風体から感づくのか、誰も、不快な待遇を受けた経験がある。血の気の多い荻谷なぞは、

「なんだ、おれ達ア、ケンタ（乞食）じゃねえぞ」

と、大喧嘩をして、帰ってきたそうだが、女たちには、そんな真似はできない。男の連中も、やはり、湯にいくのは、億劫がる。

五百助は、深夜に、泉のほとりで、水を浴びることにしてるが、冬には、むつかしい芸当だろう。他の連中は、時に、盛装して、遠方の銭湯へ出かけるらしい。

盛装といえば、住人の誰もが、それぞれ、一着の晴着を持ってる。ことに、独身の青年たちは、帽子から、ネクタイ、背広、靴——と、相当、流行を追った一揃いを、欠かさない。彼等は、それを身につけて、映画を見たり、ポッポの街へ出かけたりする。どう見たって、橋の下の住人とは思えない、姿である。五百助の背広を、なんかの役に立つから、売るなと、爺さんが勧告した意味が、この頃、彼にもわかってきた。

早朝から、仕事に出るだけに、午過《ひる》ぎになると、五百助も、すっかり、体が明いてしまうことが、多かった。

彼は、まだ、ポッポの街へ出かけたい衝動も、感じなかった。彼のような巨体が、それに比例する体欲を伴うと考えるのは、偏見である。肥満は、必ずしも、アブラぎった内容を、意味しない。むしろ、欲情の痩せを立証する場合もある。彼も、その方は、以前から、サッパリした男であった。駒子の彼に対する軽蔑も、多少は、その問題に関係があったかも知れない。

といって、彼も、不具者というわけでもないから、時には、体がボッテリと、重くなったりしないものでもないが、そういう場合には、谷間の樹蔭《こかげ》を求めて、草の上に仰臥《ぎょうが》するのを、常としていた。

今日も、それを、行ってるところである。

なにぶん、低い場所であるから、いかにも、空を見上げるという、感じがする。七月の青空が、透《す》き徹《とお》った青葉に縁どられて、遠く、高い。雲もまた、白く、幽《かす》かである。

——駒子のやつ、どうしてるかな。

強い瞳と、ツンと反った鼻が、眼に浮かぶ。ソバカスのうちで、最も大きな、三つの斑点も、見えてくる。その顔を、ジッと眺めて、いろいろ判断してみるが、困った表情でないことだけは、確実である。金は稼ぐし、オバケやドロボーを怖がらない女だし、亭主がいないといって、特に、不自由の様子はない。落ちつき払って、亭主が頭を下げて帰ってくるのを、待機してる顔つきである。懲らしめの大吐言《こごと》と、倍加する支配権の拡張を、待ち構えてる表情である。

それもいい。細君の尻に敷かれるということは、外観ほど、苦痛なものではない。重圧の下で、いろいろイキをつく工夫が、ないこともない。封建制というものの下にあった、江戸町人生活を見たって、わかるではないか。だから、いつ帰ってもいいようなものだが、ただ、あの《勝ち抜く》気持だけは、これを機会にやめにして貰えないか。亭主征服の理念だけは、撤廃して下さらんか。あれだけは、夫婦に不必要なものだ。第一、僕は敗戦亭主として、常に、白旗を掲げているのだから――

だが、大空に浮かぶ駒子の顔は、容易に、ウンとはいわなかった。

――じゃア、もう暫らく、別れていようか。僕は、平気なんだ。ここの生活は、そんなに悪くはないんでね。

負け惜しみではなかった。防空壕時代は苦しかったが、ここへきてから、彼は、水を得た魚のような、生活の適応を、感じているのである。

誰も、彼を拘束しない。谷間の住民は、五百助の真の血族ではないかと思われるほど、気弱で無気力で、好人物が揃ってる。その上、あんなに彼を悩ました《社会》というものが、高い崖の上へ、退却してしまった。この谷間には、個人の群だけが、生きてるのである。うるさいことが、一つもない。地代が要らない。家賃が要らない。水道代が要らない。お祭りの寄付が要らない。それから、

――税金が要らない！

これだけは、五百助も、今、気がついて、跳び上るほど、嬉しくなったのであるが、その大発見の喜びも、俄《にわ》かの人声で、惜しくも中断された。

「イオさん、こんなとこにいたの？　早く、きてよ！」

と、鈴木のおカミさんが、血相変えて、飛んできた。

「どうしたんですか」

「喧嘩だよ。荻谷さんが、山羊飼ってる奴と、取組み合いをやってるよ。あいにく、男の連

中、みんな出かけちゃって、加勢もできないんだよ。あんた、すぐに、きておくれよ……」

「いや、僕は、ダメなんだ、喧嘩は……」

五百助は、灌木《かんぼく》の茂みの方へ、尻込みした。

「そんなことといってる場合じゃないッてば……」

おカミさんに、袖をつかまれて、五百助は、やむをえず、橋の下の広場へ、帰ってきた。

なるほど、二人が、土煙りをあげて、縺《もつ》れ合ってる。

「何か、貴様ッ」

「何を……」

山羊を飼ってる男は、小柄であるが、柔道の心得があると見えて、しきりに、腰技をかけようとするが、荻谷青年が、ひどいヘッピリ腰なので、半分、釣り込んでは、餅につき、徒らに、顔を真っ赤にしてるだけである。

「その辺で、やめにしたら、どう?」

五百助は、ニコニコ笑って、声をかけた。

「おう、君か。怪しからんぞ、君は。あれほど、君に頼んで置いたのに、わしが、この道を通ろうとしたら、この男が、妨害をするじゃないか……」

山羊の男が、五百助を睨みつけた。

彼の小屋から、水道橋方面へ行くには、土手伝いに、どうやら、道があるが、聖堂方面へ出るには、橋の下の部落の前を通らないでは、方途がないのである。そこで、彼は、五百助に、通り抜けの了解を求めたのであるが――

「いや失敬した。僕が悪いんだ。皆に話すことを、すっかり、忘れちまって……」

五百助は、大いに、責任を感じた。

「あやまる奴が、あるかよ、イオさん。こんな野郎、癖になるから、おれがヤキを入れてやらア」

五百助を見て、急に、気の強くなった荻谷は、対手の油断を見すまして、ポカリと、頭へ一撃を加えた。

「やりよったな、貴様ッ」

もう、手がつけられない。殴る、蹴る、噛みつく――前歴史的な男性の本体還元である。牙と爪の復活である。

「アレエ、なんとかして……」

鈴木のおカミさんが、悲鳴をあげた。女の方が、確かに、文化的である。五百助も、これを見るに忍びなくなったが、仲裁をするにも、暴力が必要なハメに墜入って、幾度か躊躇の末、遂に、ヤンワリと、彼の背と尻とを、争う二つの肉体の中心点に、接触する運動を起した。彼としては生涯最初の腕力行使である。

ところが、摑み合う二人の体が、パッと割れたと思うと、石塊《いしころ》のように跳ね飛んで、広場の傾斜を転がり、神田川へドブンと落ちる筈が、橋脚の鉄骨のお蔭で、やっと、助かったという結果が、起きたのである。

「イオさんは、まったく、すげえ！」

「何人力ッていうのかな。おれたちが、十人かかったって、とても、敵うもんじゃねえ！」

あの事件があってから、谷間の住人たちは、五百助を超人扱いにして、待遇を改めた。あの現場を見たのは、当事者の外に、鈴木の細君だけだが、ただ、話を聞いて、誰も、そういう信仰を懐いて、疑わないのが、不思議であった。

もっとも、喧嘩した二人は、あの後で、青い顔をして、完全に生気を失ってしまった。もう、取組み合いどころでなく、唯々諾々と、五百助の勧めるままに、和解をしたのである。そして、以後、山羊を飼う男が、橋の下を通行する自由を、認めると同時に、彼が焼酎一升を、部落に寄付することで、オトシマエがついた。

五百助としては、自分に、腕力を振るった覚えがないので、それを誇る気も起きないのは、当然であった。それどころか、あの二人が、彼の重い体に跳ね飛ばされた時には、彼の方が驚いて、キュッと、心臓が痛くなり、ペコペコ、二人に謝ったのである。ところが、そういう意気地なさが、奥床しさとして、人々の眼に映るらしいのである。あれだけ強いのに、ちっとも顔に出さないのは、ほんとに強い証拠ではないか、というので——

平和な谷間に、犬が飼ってあるのも、世の中が物騒だからだった。凶状持ちらしい男が、一晩泊めてくれなぞと、侵入してくる時がある。犬よりも、十人力の五百助の方が、優れた用心棒である。彼は人々に信頼を受けた。駒子や、通信社の同僚に、あれほどバカにされた五百助だが、ここでは、相当、人が尊敬してくれるのである。

「イオさん、お茶が入ったよ」

そんな風に、小屋々々に呼び込まれて、いろいろ打ち明け話も聞くので、谷間の住人の素姓も、すっかり判ってしまった。

金次爺さんを除いては、すべてが、復員者か、戦災者ばかりだった。戦前は、普通の生活をしていたので、グチも多いが、人情は涸れていなかった。川野夫婦のところの男の子は、実子ではなく、浮浪児を拾い上げたのだそうだ。保護所を、すぐに逃げ出す浮浪児が、ここでは、もう一年半も、落ちついてるのである。

また、鈴木の家の出産の時には、産婆を呼ぶのに、一苦労したそうである。場所をいえば、産婆はきてくれない。深夜、主人が、迎えに行った時には、ウソをいって、連れてくる途中、決死の覚悟で、場所を打ち明けたら、ひどく驚いて、ブルブル震えたそうである。出産の後で、三百円の礼を出したら、前よりも一層、驚いたそうである。

「ねえ、あたし達だって、シャバの人間と、どこも、ちがやしないのに……」

と、鈴木のおカミさんが、五百助の同意を求めた。

少しも、異常な世界ではなかった。ただ、隔絶した世界であるだけだった。もっとも、郵便屋だけは、サンタ・クロースのように、公平だった。お金の水橋下と書いただけで、彼は、谷間深く、降りてきてくれるのである。それが、唯一のシャバとの通路だった。

乱世

人々が、大切にしてくれるので、五百助も、いい気になるというわけではないが、持ち前の怠け癖が、この頃、頭をもちあげてきたのは、事実だった。

食うだけ、働けばいい生活で、それも、毎日銀シャリという栄華を、望みさえしなければ、朝の街を一回りするだけで、一日の計は立ってしまうのである。この頃は、彼も、百円ぐらいしか稼がない。よけい稼いでも、意味ないのである。拾いモクで、煙草代は要《い》らないし、冷水浴で、湯銭も要らないし、トコヤに行かず、新聞は読まず——金というものは、芋や干ウドンを買う時だけに、必要である。

そんな粗食でも、目立つほど痩せもしないのは、よほど、彼の体に、脂肪の蓄積が多かったからだろう。或いは、精神の安定が、健康に好影響を及ぼしてるのかも知れない。彼は、通信社に勤め、駒子と生活してる頃と、比較にならない、心の自由と安定とを、感じているのである。

確かに、駒子よりも、五百助の方が、所期の目的に、早く、到達したように、思われる。彼としては、ここに至るまで、何一つ、努力したわけではなく、最初、家を出る時からして、妻の命令に従ったに過ぎないのであるが、運命の導くままに、転々してるうちに、ふと、自分が、夢見ていた国に、到着したような、気がするのである。

こんなに早く、こんなに近く、彼のエデンの園を発見しようとは、夢想もしなかった。あまり、ラクに発見したので、果して、これがホンモノであろうかと、疑心暗鬼も起こるのであるが、とにかく、彼の空想と、はなはだしい隔りはない気がするのである。この谷間では、時代と社会の支配力が、非常に弱められ、個人がラクラクと呼吸してるのは、争えない事実なのである。ホンモノではなくても、それに似たものだったら、まア、我慢すべき現代ではないか。

五百助は、大体において、満足し、感謝すると共に、怠惰心を起し始めたのである。楽園と勤労は、両立しない。彼が、二時間労働制を守って、後は、谷間で、ブラブラ遊んでいるのも、エデンの園の憲法に、添いたいからだろう。

「イオさんも、欲のない人だね」

その点でも、彼は、人々から、買い被られてる。金銭にアクセクしない人間と、思われてる。彼も、金は欲しいのである。時には、神田駅マーケットで、バクダンの一杯も、傾けたいのであるが、働くよりも、酒の虫を殺す方が、ラクなのである。不精という性癖は、抜くべからざるものであって、たとえ水素爆弾で脅迫しても、効果はないだろう。

いつも、谷間で、ゴロンゴロンしているが、紙屑の新聞や雑誌も、読み飽きてしまう時がある。樹蔭に寝転んで、雲を眺めるのも、退屈になる時もある。そんな時には、駒子と口喧嘩した思い出さえ、懐かしくなる。つまり、話し対手が欲しいのである。

ふと、彼は、山羊を飼う男を、訪れてみたくなった。

妙なところへ、小屋を建てたもので、橋の下から、樹木の茂った地帯までは、どうやら、小径もついているが、大きな柳の垂れ下った先きは、絶壁に近い傾斜で、そこに、猫の額のような、狭い平面を求めて、ムリに、居住を定めたらしい。橋の下が一等地、二等地は敬天堂分院下あたりになっているが、その中間に孤立する、地利の悪い場所を、わざと選んだとしか思えない。

五百助は、何遍か、草に滑りそうになって、やっと、カマボコ小屋の前に出た。いつか、木片を打ちつけて、ムシロの部分が、多少隠され、根ッからのカマボコともいえなくなっているが、この辺の自由家屋は、常に、この進化過程を辿っていくのである。

「やア……いるかね」

五百助は、友人のアパートでも、訪ねるような、声を出した。

答えはなかった。しかし、この暑いのに、入口のムシロを下し、中でゴソゴソ音を立てるのは、不在でない証拠である。

「誰だ」

ずいぶん、時間が経ってから、ムシロが捲くられて、鋭い声と、鋭い眼が、五百助を射た。

五百助は、まだ、姓名を名乗ってないから、ニヤニヤ笑って、立っていた。

「なアんだ、あんたか……」

対手が、ちょっと、見迷ったのも道理で、このところ、トコヤに不精をきめてる五百助は、ヒゲ・ダルマのようであり、かつ、昨今、際立って、浮浪人の臭いが、身についた彼は、たとえ駒子に会ったところで、すぐには、感づかれないほどになってる。

「ちょいと、遊びにきたよ。入ってもいいか」

彼は、持ち前の気軽い調子で、話しかけた。

「うん、関わんが、少し暑いよ」

その男は、ガタガタ音を立てて、二カ所の扉を開けた。シトミ戸式に、上へ開いて、ツッカイ棒を支《か》うのだが、非常に通風がいい。外観に似合わず、床も張ってあり、ムシロの裏に、ズックや、黒い建築紙まで用いて、防湿に油断がなく、リンゴ箱を積み重ねて、棚風にした一面は、食器類が、整然と列んでいる。橋の下の小屋より、遥かに文化的であり、むしろ、キャンプの天幕内を思わせた。

「これア、結構な、お住いだね」

五百助は、挨拶でなく、そういった。

「なにが、結構なもんか。わしは、狭い居住に慣れとるんだが、あんただったら、一口で、窒息してしまうよ」

そういえば、狭いという欠点はある。金次爺さんの小屋の半分しか、容積がない。

「君ア、あまり、朝の街で、一緒にならないね。どっちの方を、回ってるの？」

五百助は、対手も拾い屋ときめて、話しかけた。

「いや、わしは……」と、いいかけて、対手は、急に話を変えた。「それより、あんた、山羊の乳の新しいのを、ご馳走しようかね」

「うまいね、これア……」

ミルクというものは、久振りだった。おまけに、ビール壜に入れて、崖の湧き水に冷やしてあったのだから、口当りがいいのは、当然である。この男のすることは、万事、浮浪人放れがしている。

「よかったら、みんな、飲んで下さい。わしア、毎日やっとるんで、少し、鼻についてきてね」

彼は、ゼイタクなことをいった。

「どうも、君の生活は、高級だね。小屋の中は、こんなに整頓してるし、DDTは撒いてるというし……」

と、五百助は、アルマイトのコップを、床の上に置いた。

「そういうあんただって、大いに悠々と、自適しとるじゃないですか」

「そうだね。これで、もうちっと、小遣銭があれば、僕は、文句がないんだが……」

「ところで、あんたは、知識階級出身じゃないですか。言葉の端で、すぐわかるが……」

「いや、インテリというほどでも……」

「ドゥ・ユウ・スピーク・イングリッシ？」

「ノウ。習ったことは、ドイツ語も、習ったが……」

「そら、ご覧なさい。立派な、インテリだ。こんなところへ、落ち込むには、いうにいわれん事情が、あったんでしょう」

「君だって、大学ぐらい出たんじゃないの」

「大学じゃないが、ある学校を出とるです。しかし、その学校は、最早、日本に存在せんので……」

　彼は、悲しげに、側を向いた。

「まア、いいさ。とにかく、ここの生活は、そんなに、悪くないよ。午後は、僕ア、毎日、遊んでるんだが、時々、遊びにきてくれ給え。南村五百助ッていうんだ、僕の名は……！」

「や、これは、申し遅れて、ご無礼……。わしは、土佐の生まれで、加治木健兵という……」

　と、スラスラと、名乗りかけた彼は、急に、シマッタという表情で、

「しかし、目下は、中村太郎というのが、通称です。どうか、そう呼んでくれませんか。橋の下の人たちにも、本名はいわんで下さい。頼みますよ、南村さん……」

　と、しきりに、気をもみ始めた。

「心配しなくてもいいですよ。僕ア、必要なことも、喋らないので、細君に怒られてばかりいた男だ……」

「ありがとう。あんたを信頼します。いや、この間の喧嘩のサバキといい、人品骨柄といい、あんたがタダ者でないことぐらい、わかっとるです。あんたが、身を落されたには、定めて、

日本人として、血涙を搾り、骨が砕けるような、深刻な理由が、おありのことと思うが……」

「なアに、僕ア、ただ、女房に追い出されただけで……」

「うまく、逃げますな。何事も、今は、伺いますまい……。しかし、南村さん、あんたは、日本の現状を、どう思いますか。一体、これでいいのでしょうか、わたしたちの祖国は……」

と、彼は、俄かに、語調を更《あらた》めた。

「どう思うッて、まア、こんなところだろう」

「こんなところッて、どんなところですか」

「いや、敗戦国ッてものは、古来、こんなもんじゃないですかな」

と、五百助は、いやに達観したような、口をきいた。実をいうと、あまりハッキリした感想を、持ち合わせていないのである。国家のことを、考えないではないが、敗戦以来、南村五百助個人のことに追われ、しかも、その考えすら、そう切実ともいえなかった——

「そうですか、なるほど、フーム……」

加治木健兵は、どういうものか、ひどく、考え込んでしまった。彼の顔は、明らかな農民型であり、巌丈な頬骨と、狭い額と、赤光りのする皮膚とが、素朴と一本気を、アリアリと示しているが、太い静脈を、膨らませてまで、もの想いに沈んでる様子は、いい知れぬ悲しさを、人に感じさせた。

「なアに、なアに……それは、神様の考えなさることだ。人間は、国民は、この現状に、満足してはならない！」

彼は、突然、奇声を揚げた。タイヤの穴から、空気の迸《ほとば》しるような、烈《はげ》しい勢いだった。

「どうしたんですか、君……」

「いや、敗戦にも、種類がある。カルタゴも、敗けた。ドイツ帝国も、敗けた。平家も、会津藩も、みな敗けた。しかし、その敗け方は、同一ではありません。敗戦国は、せめて、立派な敗け方をすべきです。天に対し、世界に対し、戦勝国に対し、恥じることなき敗け方が、あるのです。敗れて乱れず、悪びれず、過ちを過ちとして改め、罪を罪として服し、同時に、起死回生の大勇猛心を養う——これが、ほんとの敗け方です。しかるに、日本の現状は、どうですか。この東京の民心は、何事ですか。これア、敗戦以下ですよ。少くとも、内乱の敗戦ですよ。真に、国敗れたことを知ったならば、こんなザマはできん筈です。わしア、百万の戦争犠牲者に対して、合わす顔が……」

加治木は、眼をパチクリさせたと思うと、黒い棒のような腕で、顔を横ナグリに擦《こす》った。

どうも、こういう議論になると、五百助の苦手で、通信社に勤めてる時も、同僚の話がむつかしくなると、ソッと、席を外していた男である。しかし、今日は、対手の加治木が、熱涙まで眼に浮かべてるのに、知らぬ顔もできず、どっちつかずの合槌でも、打つ外はなかった。

「やはり、その、昏迷虚脱で……」

「その言葉が、いかんのですよ。国民を、甘やかすのです。南村さん……あんたは、度量が大き過ぎるですよ。もう、ミズリー号調印から、何カ年経ったと、思うのですか。この腐敗と混乱を、いつまで続ければ、いいのですか。あんたは、この東京の街に、いかなることが横行してるか、ご存じですか。見て下さい。是非、一度、見て下さい。わしが、ご案内しますよ。百聞一見に如かず――あんたも、必ず、認識を更められるにちがいない。その上で、わしから、お願いがあるのだが、それは後のことにして、どうですか、これからすぐに、出掛けては……」

加治木健兵も、モノズキな男で、本気になって、東京の《暗黒面》を案内しようという。五百助は、生来の不精で、暗黒面も、輝ける面も、あまり、見たいとは思わないが、人の勧めを、ムリに断れない男なので、とにかく、蹤《つ》いていくことにしたが、

「そのヒゲ面は、いけませんな。まるで、ガダルカナルの日本兵だ」

と、出がけになって、加治木が、文句をいった。そして、リンゴ箱の棚から、安全剃刀《かみそり》を出してきて、これで、剃《そ》れという。

黒い芝のように伸びたヒゲを、長いことかかって、剃り終ると、今度は、ルンペン臭い服装がいけないという。

「背広というものが、一番、目立たん服装なのだが、持っておらんですか」

持っていないこともないから、それに着替えると、見ちがえるようだと、驚いたのは、加治木ばかりでない。鈴木のおカミさんや、高杉の後家さんが、

「まア、イオさん、立派な紳士になっちゃって、どこへ出かけるッていうのさ」

と、ヘンな笑い方をした。

実際、久振りに、背広を着た、五百助の姿は、堂々として、谷間の風物と、およそ不調和だったが、八月初旬の暑さに、合服に身を包む当人の苦しさは、誰も知らなかった。

「ネクタイだけは、勘弁して下さい」

彼は、自分で洗濯した、シワだらけのワイシャツの胸を開けた。

「じゃア、出発します」

加治木が、先きに立って、土手の道を歩き出した。人の服装に文句をいう彼は、半袖の開襟シャツに、国防色のズボンを穿いただけの軽装であるが、人目に立たないという点からは、これが、一番流布的な夏の東京風俗かも知れない。

ハシゴを登って、往来に出ると、シャバの風が吹いていた。事実として、それは、鉄やガソリンの臭いのする、西南の風なのであるが、五百助は、社会の空気というものの臭いを、マザマザと、嗅いだ。毎朝、仕事に出る時は、決して、こんな気持はしないのであるが、どういうわけかと、訝《いぶか》られた。結局、久振りで、背広を着たためと、解釈する外はなかった。

「さて――と、どこから、ご案内するかな」

加治木は、ひとり言をいって、往来に佇んでいたが、やがて、水道橋の方へ歩き出した。

「なるべく、手間のかからん所に、して下さい……。しかし、君は、あの谷間に住んでいて、よく、そんな場所を、知ってるんだね」

五百助は、坂を下りながら、話しかけた。

「わしア、恐らく、新聞記者以上に、東京の裏面に通じとるですよ」

加治木は、いささか得意の面持ちだった。

「君、一体、商売は何ですか。なんか、夜のカセギでも、やってるんじゃないの？」

と、五百助が、ニヤニヤ笑いかけると、

「バカいわんで下さい。わしを、ノビ（泥棒）かタタキ（強盗）とでも、思っとるのですか。今に、わかりますよ、今に……」

水道橋から、都電に乗った時に、加治木健兵は、後楽園の野球や、競輪のスタディアムを、睨みつけて、

「ドヤツも、コヤツも、敗戦を忘れとる」

と、呟いたが、その電車が、終点の繁華街へ着いてからも、射るような視線を、八方に、送っていた。

「まだ、時間が早いので、標本的な奴がおらんが……」

国電駅前の広場は、この付近の住宅地から、買物に出てきたらしい細君連や、乗車を急ぐ商人体の男たちの姿が、多かった。ノソノソしてるのは、彼等二人ぐらいのものだった。

加治木は、五百助を促して、長い陸橋を渡り、駅の西側へ出た。そこは、ガラリと、様子が変っていた。すべての家が、戦後の新築で、店の表面だけ体裁よく、ゴマかした建築であ

るが、商品は店頭に溢れ、ヨシズ張りの鋪道に、活気が漲っていた。

「うん、チョイとしたのがおる……」

加治木は、赤い字で《麻雀》と書いた家から出てきた、二人の学生風の男に、眼をつけた。

「ヤだ、ヤだ……全然、目が出ねえや」

と、一人がいった。そして、大柄の流行ネクタイを垂らした、白シャツの肩に、ヤケな仕草で、制服の上着を、背負った。

「でもヨウ、おめえがヨウ、テンパイした時にヨウ……」

もう一人は、アロハ模様の半袖シャツの胸をハダけ、くわえ煙草の口の周囲に、見事なニキビが、吹き出していた。二人とも、学帽がズリ落ちそうに、長く髪を伸ばし、靴は赤革の上等品だった。

加治木が、五百助に目配せをして、二人のあとを、尾行し始めた。

五百助も、近頃の学生を、こうやって、眼近く、見たことはなかった。あまり、学生らしくない二人なので、ニセ学生ではないかと、思ったほどだった。二人のどちらもが、およそ、知識や学問と、縁の遠い顔立ちだった。もっとも、五百助の学生時代にも、あらゆる点で、学問する必要のない学生が、相当いた。植木屋か、染物屋になる方が、頭脳や気質的条件からいって、はるかに幸福だと思われる学生もいた。しかし、あの頃は、大学の卒業証書が、月給の額を保証したから、ムリして学生になる理由もあったが、今は世の中が変ったではないか。彼等は、何を苦しんで、あの不恰好な角帽をかぶりたがるのだろう――

二人は、横丁へ曲った。

急に、道が狭くなり、迷路臭くなった。飲食店や古着屋なぞが、軒を列べていた。その中の一軒から、女アナウンサーのような声が、高々と、しゃべっていた。学生たちは、その中に入った。奥行きの長い店内に、馬蹄型の卓があり、周囲に人が群がっていた。

「なんですか、これは？」

五百助が聞くと、

「知らんのですか。ビンゴですよ。敗戦国民のくせに、こんなことばかり、やっとる……」

加治木は、プンプン、怒っていた。

しかし、この新遊戯だか、新賭博だかのシカケを、五百助が、充分に理解しないうちに、二人の学生は、往来へ飛び出してしまった。非常に、飽きっぽい性分らしい。加治木は、五百助を促して、その後に続いたが、

「見ましたか。子供が一人、やっとったですぜ」

と、苦《にが》い顔をした。十二、三の少年が、一人前の顔をして、卓に坐っていたのを、五百助も、気づいていた。

ビンゴ屋にいた間に、相談でもできたのか、学生たちの足は、目的地に向う速さを、加えてきた。もっとも、途中で、彼等は、アイス・キャンデーを、一本ずつ買った。それを、ペロペロ舐めながら、細い路地を、わが庭のように通り抜け、やがて、一本筋のバラック街に出た。どこもバラックであるが、この一劃は、特にバラックそのものの、粗末で、低い、そ

して、古びた小家屋の連なりだった。時間が早いためか、ほとんど、人通りはなかった。どの家も、貧弱ながらに、飲食店風の構えをしているが、料理の匂いは、一向に流れてこないで、反対に、ジメジメした溝泥《どぶどろ》の臭気が、鼻を打った。

「フン、やはり、ここへ来おった……」

加治木が、カンを誇るような言葉を洩らした時に、二人の学生は、テレ隠しのような、流行唄を鼻声で洩らしながら、その一軒へ、姿を没した。

「なんですか、ここは？　玉の井のような所ですか」

と、五百助が聞いた。

「もっと、ズッと、下等です。今の学生が、どんな所業をしとるか、あんた、参考のために、一見せんですか」

加治木は、隣りの店へ、悠々と入った。

「あら、いらッしゃい。ずいぶん早いのね」

シュミーズ一枚の女が、午後三時というのに、歯ブラシを使いながら、奥から出てきた。

「遊ぶんじゃない。これだ」

加治木は、双眼鏡を眼にあてる、恰好をした。

「だって、今頃、お客ありゃしないわよ」

「いや、今、二人入ったんだ」

「あら、兄さん、眼がハクいんだね」

それから、二人は、狭い土間で、ビールを飲んでいると、五分ほどして、女が出てきて、加治木の耳もとに、なにか囁いた。

「この女のあとを、蹤《つ》いてッてご覧なさい」

小さな声でいって、加治木が、五百助の膝をつついた。

何が何だか、わからなかった。靴を脱がされて、奥へ上ると、汚い二畳ぐらいの部屋で、窓から、裏の草原が見えた。その横に、ハシゴが立てかけてあって、女は、それに上れと、眼で合図した。

上は、五百助が、くの字にならないと、頭がつかえる、屋根裏だった。女が、後から登ってきた。そして、上だけ押入れになってる隅の襖を開けて、五百助の半身を、荷物のように、突き込んだ。正面の壁に、小さなガラスが嵌め込んであり、そこから、隣店の一室が、真下に覗かれた。二個の臥像が見えた。男の方は、ネクタイをしていた学生だった。もう、ネクタイも、シャツも、身につけてはいなかった——

「どうです、ちっとは、驚いたでしょう」

翌日、会った時に、加治木は、まっ先きに、そういった。

「そうだな。しかし、ああいうことは、特に、敗戦の現象とは限らんと、思うな、マルセーユあたりには、昔からあったと、いうじゃないですか」

事実、五百助は、昨日の《見世物》に、汚れた、ゴミゴミしたものを、感じただけで、衝動なぞは、受けなかった。鈍感な男というものは、仕方がない。

「それなら、一歩を譲って、ああいう不埒な学生がいることについて、あんたは……」

「でも、僕の学生時代だって、相当なものでしたぜ」

昭和七、八年頃だったか、エロ・グロ時代というものがあり、学生も、烈しく、その影響を受けた。五百助の級友で、悪所の女から小遣銭を巻きあげて、得々たる男もいた。昨日の学生なぞは、それから比べると、明治の書生以来の悪習に従ってるというだけで、罪が軽いのではないか。もっとも、遊興料を、あまり値切り過ぎると、知らずして、あんな目に遇《あ》うということだが、それは、むしろ同情すべき運命だろう——

「どうも、あんたは、泰然自若としとるね。それでは、今日は、もうちっと、変ったところを、ご覧に入れよう」

加治木は、五百助の不感症を、ヤッキとなって、療治したいらしい。

「いや、もう、結構だな。第一、君に、そう金を使わしては、気の毒だよ」

五百助は、ほんとに、そう思った。昨日だけでも、加治木は、五、六百円の金を、費してる。

「そんなことは、気にかけんで下さい、わしは、いささか考えがあって、あんたに、現代の世相を見て貰いたいのです。志は天下国家にあり——そのために、使う金です」

何のための金かは、知らないが、カマボコ小屋の住人が、金を持ってることからして、不思議である。昨日も、彼は、ポケットから、無雑作に、紙幣を摑み出した。だいぶ、持ってるらしい。ドロボーではないと、当人はいったが、果して、信が置けるかどうか。しかし、五百助は、シャバにいた時もそうであったが、あまり、友人の選り好みをしない方で、この怪人物の素姓なぞを、気に病むことはなかった。

「じゃア、お言葉に従うとするがね、やはり、背広は着て歩かんと、いかんのかね」

五百助は、昨日、合服が暑くて困った。どうも、今では、進駐軍人夫服の方が、着心地がいい。それに、せっかく、いいモクが落ちてると、気づいても、背広を着てると、手が出せない。万事、気分が窮屈である。背広は、窮屈袋である。自由の境涯に、ふさわしくない。

「しかし、ルンペン姿じゃ、人が対手にしてくれんのでね。それに、あんたには、将来、モーニングだって、着て貰いたいと、思うとるのだから……」

と、加治木は、また、不思議なことをいった。


その日は、浅草へ連れていかれた。

最初、ラッパ座のストリップ・ショウに案内されたが、五百助は、すでに新宿で経験済みであるから、一向、驚かなかった。それから、お産映画というものも、見せられたが、これは、よく新聞に出ている、惨劇の報道写真のようなものに過ぎなかった。

「どうも、あんたは、何を見せても、驚かん男だな」

加治木は、文句をいった。

「だって、君、こんなものは、今の東京人の誰でも、知ってるんだろう」

「そう。その、誰でも平気でいるという事実——それが、驚くべきことじゃないですか。だが、そういうんなら、ちと、方面を変えましょう」

　加治木は、足を速めて、興行街を通り抜けた。それから、だいぶ歩いたが、浅草の地理に暗い五百助には、どこの界隈だか、サッパリ、見当がつかない。ただ、罹災地の面影が、多少、街の表に浸み出してきて、所々には、空地も見えた。新築の家は、たいがい、旅館の看板を出していた。昔、この辺は、安価な商人宿が多かったが、今、建ってるのは、料理屋風の体裁で、真ッ赤なペンキで、温泉マークを描いた看板を掲げ、御休憩何百円と、大書してあったりした。

「みんな、ツレコミ宿ですぜ。東京、至るところに、これがある。あの三本の赤い湯気が、その標識です。あのマークが、戦後の風紀を、如実に物語っとるです。なんという世の中に、なったものかね。南村さん、わしア、国民全部が、サカリがついたような気がして、ならんがね……」

　加治木は、往来のまん中で、慨嘆した。やがて、旅館も見当らなくなると、シモタ屋街になり、歯科医院などの看板が、眼についた。

「この歯医者が、あんた、温泉マークの後始末を、つけるんですぜ……」

　加治木が、ヘンなことをいった。

「そういう場所では、甘い物でも、沢山食うのかね」

「バカいっちゃ、いかんですよ。歯医者の看板出して、ダタイやっとるんですよ」

　五百助は、おかしくなった。抜歯の技術ということを考えて――

そのうちに、加治木は、五百助を外に待たせて、ある喫茶店へ入っていった。

「ちょっと、変ったものが、あるらしいです。さア、いきましょう……」

やがて、姿を現わした彼は、シモタ屋街を横に折れた。そこも、外観はシモタ屋街であるが、税金を払わぬ目的の下に、温泉マークを出さぬ家が、多いということだった。

そういう家の一軒で、五百助は、バカバカしいものを、見せられた。室内で、上半身だけ、競輪選手の服装をした女が、動かない自転車のペダルを踏む姿を、マジマジと見物するのである。

「どうです、今度は、呆れたでしょう」

と、加治木は自信をもっていったが、五百助は動じなかった。

「さアね、お産映画と変らんじゃないか、子を産まんだけで……」


そのまた、翌日である。

「ほんとは、夜がいいのだが……」

上野駅から、西郷銅像広場へ出る石段を、登りながら、加治木がいった。しかし、夜更しをすると、朝の仕事に出られないという口実で、五百助は、夜の乱世見物を、断ったのである。実際は、昼間にしても、連日の見物が大儀でやりきれないのだが――

「いいですか。よく、活眼を開いて、世相の末端を、見て下さいよ。勿論、この刈藻《かるも》と乱れたる世の中を、一瞥《ひとめ》で、見渡すことはできない。政治家が、官吏が、商人が、大学教授が、いかに悪質テンヤワンヤを演じとるかということを、一々、見て歩くことはできない。しかし、医者が脈を見て、病気をさぐるように、末端から本体を究めることは、不可能でないです。末端の一端を通じても、百鬼夜行のアサましい現代を、キャッチできるのです。この間から、あんたに、だいぶ末端を見せて歩いたのに、サッパリ感じてくれんというのは、わしア歯痒《はが》ゆうてならんね。今日は、なんとか、気合いを入れて下さいよ」

と、加治木は、少し、ジレてきた様子だった。

しかし、五百助としては、エコジになって、鈍感を装ってるのではない。生来が、無神経なのではあるが、それよりも、加治木の見せてくれる乱世の諸相が、すでに《文明春秋》とか、《週間明日》とかいう雑誌で、一読したようなことばかりだからである。乱世の新聞雑誌が、乱世の報道に頗る熱心であるのは、従軍気質がまだ抜けないからだろう。一人が、今歩いている、上野公園にしても、ノガミとやらいう名で、両三年来、どれだけ書き尽されたか知れない。同じような、ゴミゴミと、汚ならしい記事ばかりで、五百助も、そういつまでも、感動していられないのである。実は、今日はノガミ見物と聞いて、内心、ウンザリしていたところだった――

「この辺、夜は、立入禁止になっとるですが……」

と、加治木は、清水台の赤いお堂を、さも犯罪の巣窟《そうくつ》のように、睨みながら、歩みを進めた。日盛りなので、木蔭を求めて、諸所に、ルンペンが、午睡をしていた。五百助も、今は彼等の仲間だから、気味悪いとも、不潔とも、感じる理由はなかった。

「おウ、やっとる、やっとる……」

突然、加治木が、小声で囁き、眼で、お堂の裏手の木蔭を、示した。
十三、四の浮浪少年らしいのが、シャツの袖を捲《まく》り上げて、腕をつき出してると、中年の汚い風体の男が、注射の針を打ってるところだった。
「ヒロポンですぞ」

加治木が、説明した。しかし、少年の眼は、クリクリと、健康そうに輝き、小学校の校医から、チフスの予防注射でも受けてる時と、異らない風景だった。

「子供が、ああいう悪習に、淫《いん》しとる。これなぞは、最も重大な《末端》の一つですぞ」

と、加治木は、イキまいた。

——でも、僕が、親父に隠れて、煙草を喫い始めたのは、幾歳だったかな。

五百助は、そう考えただけで、なぜか、毒の匂いを嗅ぐことができないのである。

墓地の石塔の間や、線路看板裏の、奇想天外な人間の住居も、大同小異の橋の下のわが家を考えれば、驚くに足りなかった。

ここで、パンパンが殺されたとか、かしこで、モヒの取引きが行われるとか、その地点を、一々、指さされたところで、アッケラカンと、白昼の公園は、何事もなかった。

奇妙な技術家が、客待ちしてるという、公衆便所は、ただ、臭いだけ。

そして、そこに見える交番の巡査が、パンパンを取締まってるうちに、パンパンが好きになって、公僕をやめて、パンパンの客引きになった——というような話になると、五百助は、自分もその位置に立ったら、そんなことになりはせぬかと、共鳴をさえ、感じてくるのである。

「どうも、南村さんは、困った人だね。もう、ピンときても、よさそうなものだが……。後は、池の端だが、どうします？」

さすがの加治木も、五百助の不感症に、少し、手を焼いてきたようだった。

「いや、もう、結構ですよ。そろそろ、橋の下へ、帰りましょう」

五百助は、首の汗を、掌で拭った。

「しかし、これで、打ち切りにしては、百日の説法屁《へ》一つです。もう一度、浅草へいきましょう。あすこは、実に、奥行きが深くて、この間の見物なぞは、ほんの垣覗き程度ですよ」

「そうかも知れないが、こう暑くては……」

厚い人肉の外套を着込んだ、五百助の苦しみを、石のような筋骨型の加治木には、察しがつかぬらしい。

「暑いぐらいは、我慢して貰わんと――これア、天下国家の問題ですからな」

一本、キメつけられると、二の句がつげない、五百助だった。

「これから、ブラブラ、浅草まで、歩いていきましょう」

「歩くんですか」

「いや、酔狂に、散歩をするんじゃないです。このノガミからエンコ――つまり、浅草の間は、一直線の道が無数にあって、浮浪人、犯罪者は、常に、両地帯を往復しとるのです。従って、その通路には、さまざまの痕跡が、残っているのです。ちょっと、一目ではわからんが……。さ、道々、わしが、説明しましょう」

加治木は、疲れを知らぬように、先きに立って、歩き出した。仕方なしに、五百助も、重い靴を、引きずった。

上野駅の前に出ると、一見して、ノガミ人種と知れる男女が、群をなしていた。しかし、さすがに加治木は、誰でも知ってるようなことには、説明の労をとらず、広場を、足速やに、突っ切ってしまった。

横通りへ入っても、彼は、黙々と、歩き続けた。やがて、区役所かも知れない、コンクリートの建物の前へ出ると、彼は、ふと、何か思いついたように、

「南村さん、あんた、だいぶお暑そうだが、一風呂、浴びてみませんか」

と、ノンキなことを、いい出した。

風呂と聞くと、五百助は、わが意を得るのである。このところ、泉のほとりの水浴ばかりで、アカが溜って、閉口してるのである。幸い、今日は、背広を着てるから、銭湯で文句をいわれる心配もない——

加治木は、近所の店で、一本のタオルと、小さな石鹼を、買ってきた。

「じゃア、ごゆっくり……」

「おや、君は、入らんのですか」

「わしは、外で、待機しとるです。あんた一人の方が、印象が深いでしょう」

彼は、腑に落ちぬことをいったが、五百助は、べつに、気に留めなかった。

裏通りの、ありきたりの銭湯で、戦後に、建てたらしく、小ヂンマリしている。水色の不

透明ガラスの引戸を、ガラリと開けると、二、三人の客しかいない、流し場が見える。もう、四時近いのに、こんなに空いてるのは、やはり、世の中が落ちついて、銭湯地獄の時代が、去った証拠であろう。銭湯や理髪店だけは、次第に乱世を遠ざかりつつあるのではないか。

「入らっしゃい……」

番台のオヤジの声も、愛想がいい。

脱衣カゴに、威勢よく、服やシャツを投げ込んでいた五百助は、ふと、吹流し製のエッチュウに思い及び、ハタと当惑したが、幸い、誰も見ていないので、手早く、ズボンの下に、それを匿《かく》した。

そこで、堂々たる丸裸となって、洗い場へ降りると、今度は、浴客のすべてが、一様に、眼を上げた。なんしろ、珍らしい巨体である上に、ポチャポチャと、白桃の皮を剝いたような、掻き傷一つない、美しい肌が、目立つのである。駒子よりも、裸になると、色が白いので、

「男のくせに、曲線美ね、あんたは……」

と、愛憎二つならぬツネリ方をされた覚えも、昔はあったのである。

浴槽の湯は、まだ汚れていず、五百助の体が入ると、たちまち、豊富な水量となって、なんともいえず、いい気持である。入浴だけは、ひどく好きな男で、戦後の没落から、わが家に湯殿も持てぬ身分となったのを、いつも、駒子に嘆いていたほどだから、身に沁みて、嬉しいのである。

それから、洗いにかかると、実に、キマリの悪いほど、アカが出た。最後に、駿河台の銭

湯へいって、一月有半ときては、黒蟻のようなものが、ボロボロ落ちるのも、当然であろう。だが、それだけに、サッパリと、いい気持になって、ふと、考えたことは、何の理由で、この気分のいい銭湯へ、加治木が彼を、案内したかということである。どうも、一向に、《末端》らしい臭いがしない。或いは、ここが、板の間稼ぎの本場ででもあって、それを実見させる目的だろうか。しかし、三人の浴客のうち、二人は、すでに帰ってしまったが、脱衣場の五百助のカゴを、遠目で覗いても、なにも異状はない。一人残ってるのも、品の悪くない隠居風な老人である。

――加治木君、カンちがいしたな。

五百助は、そう思って、今度は、髪を洗い始めた。シャボンの泡に塗《まみ》れて、ゴシゴシ擦って、やっと、カランの湯で洗い落して、顔を上げると、驚くべき異変が起きていた。

最初、五百助は、錯覚に襲われた。

――しまった。これア、入口をまちがえたらしい。

つまり、女湯の方へ、過って、飛び込んだと、考えたのである。しかし、少し、気を鎮めて、周囲を見ると、隠居風の老人が、平然として、シナびた背中を、拭いているところで、べつに、彼の過失とは思えなかった。してみると、ゾロゾロと、一串《ひとくし》の白いダンゴのように、四人も、裸形を列《つら》ねて、流し場に現われた、彼女等の方の重大なる風俗違反と、いわねばならない。

「ちょいと、おリンちゃん、その流し桶とってよ」

「不精だわね、あんた……。はい」

「憚《はばか》りさま……。今日は、お風呂、すいてていいわね」

「ほんと。あんまり混んでると、羞かしくて、ロクに、お化粧もできやしないわ」

確かに、五百助の同性ではない。赤や緑に塗った、小さな金ダライに、石鹸、糠袋《ぬかぶくろ》、洗粉の壜その他、コマゴマしたものが入ってるし、頭を見ても、電髪、内ロール、夜会巻等に、黒々と、結い上げているし、顔も、今日は白粉気がないが、アリアリと、化粧焼けが見えるし——これは、べつに百回の推理を働かせる必要もなく、女性である。オンナである。

そのオンナが、いかにして、平然と、番台を通過して、オトコの領分へ侵入したのであるか。温泉場ではあるまいし、旧市内で、かかる奇怪なことが、行われてるのであろうか。

——なるほど、これは、少し世の中が乱れてる。きっと、時間が早いので、女湯がまだ開かず、それで、こっちへ入ってきたのだろうが、それにしても、こんなメチャなことは、戦前にはなかった。

と、五百助も、いささか、度肝を抜かれたのである。というのも、彼は、育ちがいいためか、風紀に関することだけには、紳士的なタシナミを持ってる。その上に、ひどく、気が小さいのである。細君でもない女と、裸形のままで、相対するなんて、およそ、趣味に反するので、胸はドキドキ、頭はガンガン——身の置き場にも、窮する始末だった。

女たちは、悠々と、浴槽の中に、四つの首を浮かべた。中には、大胆な視線を、五百助めがけて、送ってくるのもある。

「レン子さん、昨夜、よかった？」

「ダメ、ダメ。大シケよ。どうして、この頃は、みんな、オケラばかりなのか知ら」

「夏枯れっても、この頃は、ひど過ぎるよ。これじゃア、モク代にもなりアしない……」

「せめて、彼氏にしたいような人でも、コゲてくれれアいいんだけど……」

その女は、五百助に、ナガシメらしいものを、送った。

「贅沢いうんじゃないよ、ハッハッハ」

彼女等は、一斉に笑った。その声が、不思議だった。誰も、笠置シヅ子のような、濁《だ》みた、太い声なのである。

その時に、隣りの女湯から、パンパンと、流しの音と、高々とした話声が聞え、次いで、相和する笑声が起きた。

――おや、おかしいぞ。

五百助は、二重の疑問に包まれた。女湯が閉まってるどころか、大勢の客がいることと、それから、彼女等の笑声と、男湯にいる女性たちの笑声との、明らかな相違――隣りが純金だとすると、こちらはメッキという外はない、価値の隔りに、ついてである。

確かに、素姓怪しき、女どもである。彼女等の職業が、接客業者であることは、会話からも、見当がつくが、男湯に侵入してくる勇気と、破壊的行動に至っては、驚嘆を通り越して、不可解になってくる。

五百助は、もう一度、浴槽に入ってから、湯を出たいのだが、彼女等が四人も占拠してる中へ、割込む大胆さは、思いも寄らぬことだった。彼は、ひたすらに、体を縮め、洗い終った顔を、何遍か洗った。

そのうちに、彼女等は、また、ダンゴのように繋がって、浴槽を出た。よほど、団体行動が、好きな連中である。そして、カランの前へ陣取る時も、一列をなし、ズラリと、背を列べた。

「さア、タオルお貸しよ」

二番目の女が、一番目の女の背を流し、三番目のが、二番目の背に、シャボンを塗り始めた。そうやって、交互に、背を洗い合うのである。五百助は、古い絵草紙で、盲人の入浴の戯画を見たことを、思い出した。

ふと、気がついて、彼は、空いた浴槽へ飛び込んだ。ホッとして、ペンキ絵の松島風景を眺めていたが、やはり、彼女等のことが、気になるのである。好色心ではなく、好奇心が、どうも、抑え難い。そこで、ひそかに、首を回転してみると、彼女等は、すでに背流しを終り、各自に体を洗ってるところだったが、その姿態は、いかなる深窓《しんそう》の令嬢よりも、慎み深かった。あの声や、言語と、似てもつかない用意で、隠すべきところを隠し、浮世絵的曲線で体をクネらせながら、シャボンを使っていた。

だが、彼女等の一人は、腰鏡の前に坐り込み、ブラシで、顎から鼻下へ、シャボンの泡を立てたと思うと、やがて、ゾリゾリと、安全カミソリを使い始めた。これは、女件として驚くべき所業だが、五百助は、彼女のノド骨の太さが、稀有なものであるのを、発見した。気をつけて見ると、彼女等のすべてが、その点で、大同小異であった。異様の感に打たれた彼は、不謹慎とは思ったが、今度は、彼女等の胸部へ、探索の眼を走らせた。

——ヤ、ヤ！

そこに、何物もないのである。扁平足のアシノウラよりも、もっと、隆起を欠いてるのである。

とたんに、五百助は、ゾッと、寒気を感じた。なにか、毒ガスでも吸い込んだような、気味悪さで、一刻も早く、この怪奇な浴槽を、脱出したくなったのである。

彼は、急いで、浴槽を出て、体を拭きにかかった。

「あら、旦那、立派なお体ねえ、あたしに、拭かして頂戴よ」

イヤに柔かな手が、背に触れた途端に、彼は、ヒャアと、悲鳴をあげて、脱衣場へ跳び上った。


どうして、シャツを着て、ズボンを穿《は》いたか、まったく、夢心地だった。勿論、靴のヒモを結ぶ余裕なぞは、持ち合わせなかった。

往来へ出て、サーッと、冷たい風に吹かれると、五百助は、始めて、人心地がついた。浴後の爽快どころではない。悪魔の谷から、やっと逃れ出た、旅人の心地だった。

——やれやれ、助かった！

しかし、ナマコのような、柔かく、粘ッこい指で、背を撫ぜられた触感は、まだ、シャツの下に、残っていた。彼は、身震いして、それを払いのけようとした。

もう、ノガミなぞは、真ッ平だった。すぐに、電車に乗って、お金の水へ帰りたかった。

あすこには、健康な、平和と、天然の秩序が、人を待ってる——

彼は、もと来た道を、一散に、歩き出した。

「オーイ、南村さん、ここだ、ここだ……」

横丁の小さな氷屋の中から、加治木の大声が、呼びかけた。

「やア、君か……」

「どうしたのですか。あんた、顔色を変えとるじゃないですか」

加治木は、店へ入ってきた五百助に、椅子を与えた。

「いや、どうも……」

「氷水でも、飲みなさらんか」

「それより、サイダーか、ラムネか、胸の透くものを、飲まして下さい」

五百助は、二日酔いでもしてるようなことを、いった。

「ところで、所感は、どうでした？」

加治木は、五百助がコップを干すのを待って、問いかけた。

「驚いたです……」

呟くような、弱々しい声だった。

「ホホウ、これは、これは……。あんた、やっと、驚いたですか」

加治木は、不審そうに、五百助の顔に、見入った。

「乱世です。確かに、乱世です。まったく、驚きました。今でも、ショックが、去らないくらいです……。だが、一体、あれは、何者ですか。少くとも、男なんですか、女なんですか？」

正体もわからないで、そんなに、恐怖を感じてる五百助が、加治木には、解せなかった。

「ハッハハ、これア、驚いた……。あんた、着物を脱いだ実物を見ても、見当がつかんですか」

「ええ、ハッキリとは……」

「あれが、ノガミ名物のアレですよ。夜、出動する前に、毎日、あの浴場へくるんですよ」

といわれて、血の回《めぐ》りの悪い五百助も、ハッと、思い当り、すべての謎が、解けたような気がするのである。

「あ、そうですか。ウーム、なるほど……」

しかし、戦慄すべき後味は、かえって、増すばかりだった。なんだか、もう一度、湯に入って、サッパリしたい気持である。

「だが、南村さん、今のお言葉は、ウソでないとすると、いやしくも国を愛する者が、黙視して、いいでしょうか」

加治木が、急に、態度を更めた。

「乱世と、いったことですか。それア、もう、太鼓判を捺《お》しますがね、しかし……」

「しかしも、何もない。ただ、断行あるのみじゃないですか」

地下の人

「では、あんたに、すべてを包まず、申上げるが、わしは、以前、海軍におった者です。そして、祖国に対して、申訳のない大失敗を演じた、人間なので……」

と、加治木健兵が、五百助に、身の上話を始めたのは、彼のカマボコ小屋近くの柳の下だった。上野からの帰途、夕飯を食べに寄った小料理屋でも、彼は、それを話そうとして、話せなかった。人の耳を、恐れるのである。そして、結局、谷間のうちの離れ小島である、ここが、屈強の場所ということになったのである。

もう、日は暮れて、谷間の闇は濃く、土手の上の進駐軍アパートから、投光器の反映が、ほのかに、語り手の片頰を、明るませた。

彼は、太平洋戦争に従軍した。すべての職業的軍人が、国家と国民に対して、七席生まれても、償うべからざる敗戦責任を、負ってることを述べ、それから、それに加算される彼自身の罪について、語り出した。

「あんたは、素人だから、ソロモンの海戦が、どれほど、この戦争に重大な結果を及ぼしたか、ご存じないかも知れん。しかし、あの時から、攻守地を転じ、わが国は、勝機を失ったといって、よろしい。尤も、最初は景気がよくて、わが伝統の夜戦が、着々と成功し、こいつア、やはり無敵海軍かと、考え直した時もあったですが……」

彼は、その時、大尉で、ある駆逐艦の水雷長だったが、ちょうど、サヴォ島沖海戦あたりから、不思議な現象が起り始めた。夜戦であるに拘らず、敵の砲弾や魚雷が、俄然、百発百中の弾着を発揮してきたのである。日本海軍では、フクロのように、夜目のきく人間を養成したが、その能力は知れたもので、とても、敵の正確さに及ばない。これは、こちらの艦にスパイが乗り込んでいて、なにかの信号でも与えるのかと、疑う外はなかった。しかし、いくら厳重に調べても、そのような事実はない。彼は、遂に、敵艦には神様が乗り込んでると信じるようになった。そして、その神様を殺すか、生捕るかの外に、勝利の道はないと考え、艦長と大激論の末、無謀な突撃を企てたのだが、それは、結局、瞬く間の沈没を招いたに過ぎなかった。

彼の船の乗組員は、大部分、戦死したが、彼は、一夜漂流して、無名の一小島に泳ぎ着き、原住民に救われたが、後に、その島に、撃沈された輸送船の陸兵数名が漂着し、彼等と共に、長い孤島生活を送ってるうちに、終戦を迎えた。もっとも、彼は、海軍の名誉を考え、軍属と身を詐《いつわ》り、名も詐った。そして、英海軍に救出されて、終戦の冬に、やっと帰還はしたものの、彼は、中村太郎の偽名を続けなければならなかった。彼の実名は、戦死者として、戸籍から除かれていた。

「軍人として、敗戦の責任は、勿論、感じとったのですが、日本へ帰ってから、サヴォ島沖夜戦の敵の神様が、実は、電探機であることを、知って以来、わしア、祖国に対し、あの艦の乗組員に対し、わが一生を献げて、お詫びをしても、まだ足りんと、思うようになったです……」

　加治木健兵は、涙に声を曇らせた。

　それから、加治木健兵が、いかなる月日を送って、今日に至ったか――その説明は、具体的でなかった代りに、抽象的であることには、度を過ぎたくらいだった。

「わしは、無論、本籍のある役場に出頭して、生存確認の手続きなぞは、とらなかったです。戸籍上、わしは、すでに死んどる。わしの名は、地下に葬られとる。わしは、厳密な意味では、もう、日本人ではない。少くとも、日本の法律によって、支配される人間ではない。なぜといって、死者には、刑法も、民法も、適用されんですよ。亡霊を縛れるものなら、縛ってご覧なさい……。わしは、広大無辺なる、一種の自由を獲得してることに、気づいたのですな。そして、この自由は、断じて、私してはならない。これこそ、わが大失敗のお詫びに、祖国と同胞に献げなくてはならない……。そこで、わしは、いかにして、贖罪をすべきかの研究を始めたのですよ……」

　彼は、無比の健康と根気を資本に、カツギ屋やブローカーをやって、窮乏遺族に金を贈ったり、浮浪児を助けたりしたが、そんなことをしていては、大火事に竜吐水《りゅうどすい》を注ぐようなものだと、気がついた。これは、ドッと、日本にマトまった金が流れ込む工夫をしなければ、民は救われない。彼が、東京のあらゆる面を探って、結論として得たものは、《貧乏》である。人々の最も渇望してるものは、道徳でもなければ、文化でもない。まず、《金》である。

自由のカネの声が聞きたいのである。されば、自分の贖罪の的は、国を富ますことにありと、堅く、決心した——

「そのうちに、わしは、三人の同志を、発見したのですよ。同志というより、同類というべきですかな。なぜといって、彼等も、わしと同じように、戸籍的亡者なのです。そして、同じように、憂国の妄執の鬼なのですからな。日本全国を調べたら、生きてる戦死者の数は、相当のもんらしいですがね。それはともかく、三人の同志は、敗戦責任貫徹同盟というものをつくって、目下、着々として、ある事業を画策中なのです。わし達も、この間まで、それぞれ、一戸を構えて、堂々と、市中を飛び回っていたですが、何分にも、事業の性質が、人目を忍ぶ必要があるので、断然、地下に潜る決心をしたのです。なアに、もともと亡霊は、地下の存在なんですから、当然の運命ですよ……。三人は、必要の場合は、秘密のアジトに集まることにして、各所に散りましたが、わしは、この谷間に目をつけたです。ここなら、文字通り、地下であって、頭の上を、電車や人間が通る……」

加治木は、長々と、彼の過去を語り、やがて、語調を一転して、

「ところで、南村さん、あんたも、お見受けするところ、どうやら、亡霊の一人らしい。必ずしも、生きてる戦死者でないにしても、世を忍ぶお身の上であることは、一見して、明らかです。その上、あんたは、現代稀れに見る、大人物……いや、ご謙遜には、及ばん。わしの眼玉に、狂いはないです。そこで、あんたにお願いというのは、是非、わし等の一味に加わって、一肌脱いで頂きたい……」

さて、五百助は、困った。

「加治木君、僕ア、大人物なんて、そんな……」

「西郷隆盛は、自らを英雄と呼んだことは、一度もないです」

「それに、僕ア、女房に追い出されて、こんな生活をしてるんで、決して、そんな……」

「ハッハハ、大石内蔵之助の故智を、ちょっと、模様を変えて、用いましたな」

加治木健兵が引用する、歴史的人物は、ことごとく講談的であるが、それよりも、頭から、五百助を、自分の信ずる型にハメ込んで、疑わないのが、閉口である。よほど、自信の強い男にちがいない。

「だが、ご安心下さい。あんたは大者、わしは小者――わしが、ベラベラ、自分の秘密を喋ったからといって、あんたも、義理を立てて下さるには、及ばない。いや、何も、うかがいますまい……。そんなことより、南村さん、今の社会が、乱世に際してることは、あんたも、認めて下さいましたな」

「それア、もう……」

ナマコが肩を這ったような感触――あの風呂屋の記憶は、忘れるどころか、まだ、その辺が、ムズムズしてるのである。

「それでは、この辺で、出廬《しゆつろ》して、頂きましょう。わしも、すでに、二顧ぐらいの礼は、払ったつもりです」

「どうも、困るな……。僕ア、乱世であることは、確認しますが、それをどうするかなんて、そんな、大ソレた考えはないし、それに、事業の能力とくると、全然イケません。ひどく、不精なタチなんで、細君も、それを一番……」

「結構ですな。そこが、わしのあんたに惚れたところなので……。あんたに、チョコマカされては、かえって、わし等が困るのです。悠然と、何もせんで、控えて下されば、よろしい。必要な時には、こうして下さいと、お願いしますよ。平常は、ただ、わし等の心の的、象徴であって下されば……」

そう聞くと、ラクな商売のようで、五百助も、ムゲに、断るのを、差し控えたが、

「しかし、君たちの事業ッて、一体、なんですか。カストリ密造か、私設専売局のようなことですか」

と、声を低めて、訊ねる必要はあった。

「さア、それは、今のところ、ご存じない方が、あんたのご利益かも、知れませんぞ。いずれ、イヤでも、お耳に入れなければならん時が、くるでしょうが、象徴的人物には、なるべく、安全な位置にいて頂いた方が、国家のためですからな。しかし、ちょっと、申上げて置きたいのは、カストリやヤミ・タバコ製造のようなことを、いくら大規模にやったって、日本の金が、左右に動くだけであって、国富には、何の関係もないから、わし等の本旨に、反するですよ。わし等の事業が、外貨獲得を目的とすることだけは、ご承知置きを願いたい……。南村さん、説明は、もう、この辺でいいでしょう。わしの期待するのは、イエスの一言だけです。つまり、これです……」

暗中に、加治木の手が伸びてきて、五百助の手を固く握った。五百助は、べつに、それを握り返したつもりはなかったが、

「や、ありがとう！」

加治木は、突然、喜びの声をあげた。

翌日から、加治木の五百助に対する態度が、ガラリと、変った。変り方としては、決して悪くなかった。山羊の乳を、いくらでも飲ましてくれるなぞは、末事であって、拾いモクでない煙草を、回してくれるばかりか、機密費と称して、百円紙幣十枚の束を、渡したりするのである。

谷間の住人に、なんのための機密費だか、見当もつかぬ始末だが、金があれば、朝の仕事に出かける必要もないので、ブラブラ、遊んでいられるのが、何より有難い。これが、他の世界だったら、五百助の無為徒食は、すぐ、人に怪しまれるのだが、この谷間では、誰のオセッカイも焼かぬ美風があって、個人主義の天国なのである。金次爺さんなぞは、五百助が地見屋をやって、大金の入った財布でも拾ったと、睨んでいるが、一切、知らん顔をしている。

五百助は、朝から、ヒマであるから、自然、加治木健兵のカマボコ小屋を訪れる機会が、多くなる。彼は、決して、いつも在宅してるわけではない。むしろ、不在の時が、多いくらいである。どこで何をしてるのか、わからない。しかし、そんな時でも、五百助は、勝手に、カマボコ小屋へ入る自由を許されてるので、別荘へでもきた気になって、午睡《ひるね》を貪る時もあ

る。また、小屋からオカラを運んで、山羊に食わせてやったりする時もある。彼は、動物が好きである。

ある日、彼は、山羊と遊んでるうちに、雨が降り出してきたので、濡れさせるのが、可哀そうであるから、小屋の廂《ひさし》の下に、つないでやった。その廂の下が、間に合わせの山羊小屋で、夜は、そこに寝ることになってるらしい。

五百助は、雨を避けるために、自分も、加治木の小屋の中へ、入った。橋の下の家は、屋根の上に、もう一つ、橋の天蓋があるから、雨の心配というものがない。その代り、雨の音を聞くこともできない。

久振りで、軒を打つ雨声を聞いてると、なにか、心がシンミリしてくる。

——駒子の奴、ひとりで、ノウノウしてるかな、それとも……。

ふと、思いがけない妄想が、五百助の頭をかすめた。彼女が、近頃流行のボーイ・フレンドというものと、相携《あいたずさ》えて、人生を愉しんでるという想像である。彼は、一度だって、妻に対して、そんな疑いを持ったことはない。ヤキモチを焼くのは、かえって、駒子の方であった。彼としては、人生の初物であるが、どうも、イヤな味である。だが、新憲法は、細君に恋愛の自由を与え、五百助自身もまた、駒子に文句をいう資格がない。ヤキモチの黒い煙は、クスぶるだけで、赤い焔にならない。彼は、しまいに、ウーンと唸った。

その時に、山羊が、声高く、メーッと鳴いた。山羊は、なかなか利口な動物であって、加治木や五百助の姿を見ても、メーッと鳴くが、それには、甘えた調子がある。今の声は、尖ってる。見慣れない人影でも、発見した時の声である。

そのうちに、ボサリと、小屋の背後に、何か落ちた音が、聞えた。

雨に濡れながら、小屋のうしろを見回ってみると、べつに、異状はない。

ただ、草の上に、茶罐のような鉛色の円筒が、落ちている。よく、町の人が、土手からゴミを捨てるが、また、やったのかも知れない。しかし、どこも錆びていない、上等な茶罐であるから、五百助も、拾い屋根性で、それを、加治木の小屋へ、持って、帰った。

そして、再び、駒子に対する妄想を描きながら、病気になったウワバミのように、横臥して、唸り声を発しているうちに、泣寝入りの子供の、不憫な寝顔になった。

どれくらい、眠ったのか――

「やア、留守をして、済まんです……」

加治木の声で、眼が覚めた。

薄汚れた作業服を着てる彼の姿は、べつに、濡れた様子もなかった。いつか雨も止んだらしい。

「君がいないもんだから、午睡をしちまって……」

「いや、結構です。あんたが、小屋にいてくれる方が、安心なんです」

「ところで、君は、細君あるの?」

五百助は、突然、妙なことをきき出した。眠ってる間に、駒子の夢でも、見たのだろう。

「あんなもの、バカバカしくて……」

これはまた、サッパリした返事だった。

「別れたの？」

「始めから、持たんですよ。わしア、軍人でしたからね。戦争中に、軍人の人気を利用して、ムヤミと、結婚した仲間が多かったが、わしア、断然、楠正行の心境でね。独身のために、現在の地下生活も、どれだけ、便利だか知れん……。それに、わしア、あまり、女を好かんですよ」

「すると、この間の風呂屋の方ですか」

五百助も、こんな冗談がいえる親しさを、この友人に持っていた。

「バカいわんで下さい……」

と、顔を赤くした彼は、ふと、小屋のすみに転がってる鉛色の円筒に、眼をつけて、

「おや、それは？」

五百助は、一伍一什《いちぶしじゅう》を話した。

「そうでしたか。あんたがいてくれて、よかったですよ。わしの在宅を、充分に確かめてから、投下すればいいのに、どうも、軽率でいかんね」

彼は、円筒に貼ってある、セロハンの封印を剥がし、蓋を開いて、中から、折り畳んだ紙片を、とり出した。五百助は、横眼でそれを覗いたが、文字ではなく、簡単な記号が、鉛筆で書いてあるだけだった。

「ウーン、そうか。それでは……」

彼は、なおも、ひりと言を呟いたが、ちょいと、腕時計を眺めると、

「南村さん、今夜は、あんたに、第一回の出馬を、願わねばならん。しかし、困ったな——あんたは、あの背広より、もっと、上等なのを、持っておられるんですか」

と、セカセカと問いかけた。

「無論、あれっきりですよ」

「仕方がない。とにかく、あれに、着替えて下さい。それから、理髪店に行って……」

青い夕闇の谷間から、舞い出した二匹の蝙蝠《こうもり》のように、五百助と加治木は、聖堂橋の石段を昇った。

こういう場合にも、加治木は、少しも油断せず、前後に気を配り、異状なしと知ると、即座に、通りかかりの白線タクシーを、呼び止めた。

「御徒町……」

ドアを開けて、素早く、乗り込む態度も、もの慣れている。いつも、タクシーを利用してる男にちがいない。五百助とくると、家出後は勿論のこと、タクシーに乗る金があれば、飲んでしまうので、メートルの読み方も知らない。

とにかく、加治木は、不思議な男であり、今夜は、一体、これから何をするのか、更に、明かしてもくれないが、五百助は、仮りにも《象徴》という勿体ない名を頂いた手前、根掘り葉掘りは、慎まなければならないのである。

「ここで、結構……」

加治木が、車を留めさせたのは、通行人の混み合う、御徒町駅の付近だった。それから、彼は、ガードを潜って、向う側の町を一巡して、別のガードから、また、高架線の西側に出て、暗い裏通りを歩いてるうちに、あり触れた、二階建ての日本家屋の前で、やっと、足を留めた。真直ぐにくれば、わけはないのに、ご苦労な話である。

階下は、荒物屋で、路地を入ったところに、格子戸があり、《彰義出版社》と、木札が出ていた。

加治木は、無言で、格子戸を開けた。すぐ、右に階段があって、彼の後に続く五百助の重量に、ミシミシと、大きな音を立てた。

「オス……」

加治木は、閉ざされた襖の外で、声をかけた。

「オス……」

中から、同様の返事があると、襖を開けた。

八畳ほどの日本間に、事務用の椅子とテーブルが列び、一人の男が、白いワイシャツの腕まくりをした姿で、こっちを向いた。

「異状なし？」

「異状なし！」

コダマのような問答が、済むと、加治木は、五百助に、その男を紹介した。

「同志の林です。わしと同様に、どうか……」

林と呼ばれた男は、五百助のことを、すでに聞き知ってるとみえて、

「軽輩であります。ご指導を願います」

と、直立不動の姿勢をした。

「今日、わしのところへ、連絡したのは、高橋だろう？　留守中に、連絡筒など落しては、危険だな。折りよく、長官に拾われたから、いいようなものの……」

加治木のいう《長官》とは、五百助のことらしい。

「あいつは、どうも、ソソッカしくて、いかんよ。長官から、一度、お達示を願わなければ……」


そこは、彼等のいわゆるアジトらしかった。出版社の看板は出ていたが、べつに、それらしい特徴も、室内に見当らなかった。もっとも、出版しない出版社の数は、目下、夥《おびただ》しいものだから、これで、結構なのだろう。

「ところで、貴様、どこか、いい洋服屋、知らんかな。《長官》の服装が、どうも……」

と、加治木が、林に話しかけた。

「なるほど、だいぶ、これは……」

二人して、ジロジロ、汗染みた洋服を、見上げ見下されるので、五百助も、キマリがよくない。

それも、道理で、二人は、先刻《さつき》から、押入れを開けて、スーツ・ケースを引き出し、すっかり、身支度を整えたのであるが、加治木なぞは、ガラにない、薄地フラノの新型背広に、エンジ色ネクタイなぞを結び、見違えるような男振りとなったのだから、五百助の服装を、一層、貧弱に考えたのだろう。

「よし。洋服屋の方は、了承だが、今夜の間には合わんぞ。仕方ないから、ネクタイ、靴下、靴等を、備品で、改装して頂こう」

驚いたことに、押入れの中に、いくらも、そういう品物が、入っているのである。まるで、芝居の衣裳屋のように、高級品、安物、なんでも揃っている。

洋服とワイシャツに、アイロンをかけられ、新しいネクタイを結び、上着のポケットに、ネクタイと共柄のハンカチなぞを、覗かせると、五百助も、堂々たる体格のお蔭で、どうやら、相当の紳士らしく、見えてきた。

そこへ、カツ丼が三つ、運ばれた。

これから、キャバレへでも行きそうな、三人の紳士が、カツ丼を抱えるのは、不似合いであるが、加治木と林は、学生の食事のように、健康な食欲を示した。彼等が、平生、美食をしていない証拠であろう。五百助に至っては、銀メシであることだけでも、忙がしく掻ッ込むのに、充分の理由があった。一番先きに、丼をカラにして、タクワンをバリバリやってるところは、笑止ともいえた。

「今日の行動は、これから、ある場所にいって、ある外国関係の商人と、会見することなのですが、あんたは、ある物資の持主に化けて、頂きたいのです。いや、決して、ご迷惑はかけません。品物は、事実、わし等が持っとるし、あんたは、別段、口をきいて頂く必要はない。口をきかれると、かえって困る。黙って、ただ、椅子に坐って、わし等が合図をした時に、首で、頷いて下さればよろしい……。それだけのことで、非常に、天下国家のためになるのです」

番茶を飲みながら、加治木がいった。

いくらノンキな五百助でも、なにか、この依頼は、ちと気味が悪い。

「しかし、君たち自身が、持主であっては、なぜ、いかんのですか」

「そこですよ、長官、わたし等の悩みは……」

と、林が、答える後から、加治木が、

「わし等三人の同志は、長年、厳格な軍紀で縛られたせいか、揃いも揃って、風采と態度がコセコセした、下僚的人物に見えるのでしてな。いつも、それで損をするです。ことに、今度のような、大きな取引きに、わし等が持主といっても、対手が信用せんですよ……」

「口をきかなくてもいいなら……」

と、結局、五百助は、承諾した。どんな品物の所有者に化けるのか、その方の不安よりも、折衝に自信がないから、逃げていたらしい。

いつか、晩夏の夜も、トップリ暮れていた。時間を待って、わざと、雑談に耽っていた二

人も、九時半を過ぎると、

「さア、出かけましょう。だが、南村さん、先刻もいうとおり、イエスとノウの合図は、わし等がするから、その通り言って貰えばいいが、万一、面倒なことを問いかけられて、ハッキリした返事を、避けなければならん場合も、ありましょうな。そういう時には、わし等は、何も合図をしません。そうしたら、《委《くわ》しい話は、この次ぎにして……》と返事して下さればいいですよ、では……」

加治木は、先きに立って、階段を降りた。三人とも、各自の靴を、持って降りて、土間で、穿き変えた。五百助の分が、最も上等で、新品でもあった。

それから、彼等は、広小路へ出た。大きな百貨店の窓は暗く、街燈も少く、鋪道の上に、茸が生えたように、女たちの群が、立っていた。しかし、もう、加治木は、一顧も与えずに、ズンズン、その中を通り過ぎた。すでに五百助が、乱世を認識した以上、そういう《末端》に、拘泥する必要がないのであろう。

彼は、それよりも、タクシーを探すのに、眼を皿にしていた。やっと、一台をとらえて、乗り込むと、

「銀座……」と、命じて、「さア、今夜は、大いに飲むかな」

「そうだな。まだ、二軒は、歩けるだろう」

林も、運転手に聞えよがしに、合槌を打った。銀座が目的地らしいが、遊興に出かける風に、装ってるらしい。三人の風体を見れば、景気のいいブローカーみたいだから、ウソとも

思えないだろうが、加治木等が、なにかにつけて、航跡を昏《くら》まそうとする用意は、驚くべきものがある。

降りる時も、わざと、明るい、町角を選び、それから、暗い裏通りを、どう歩いたか、五百助にも、見当がつかぬほどだった。やがて、ネオンの輝きが、一つも見られない横通りにかかると、

「この付近は、銀座で、最も贅沢な、個人的クラブや、バーが多いですよ」

と、加治木が、ささやいた。

二人は、そこで、足を留めて、人を待っていた。間もなく、まるで、待ち伏せしたような正確さで、一人の男が、暗い河岸の方から歩いてきた。

「異状なし？」

「異状なし！」

加治木と、その男は、低い声で、問答した。

「高橋君です……」

加治木が、紹介した。なるほど、この男も、筋骨型の小男で、見栄えがしなかった。

やがて、高橋が先導して、数軒先きの小さなビルの前へ行った。表入口は、防火扉が降り、小さな側入口も、ピッタリ閉じられていた。その扉を、高橋が、コツコツ叩いた。

「どなた？」

ガチャリと、扉が開いたが、三寸ぐらいである。鎖が、かかっていて、それ以上、開かな

い。

「茂木さんと、この間、来た者ですが……」

高橋が、小声で答えると、エプロンを着た中年の女が、隙間から、ジロジロ、彼らの様子を眺める。

やがて、無言で、扉を開けてくれたが、勿論、案内なぞはしない。ここへくる者は、皆、勝手を知ってると、きめ込んでる顔つきである。

エレヴェーターもない、小ビルである。高橋が、先きに立って、階段を昇り始めた。掃除は、行き届いてるが、敷物もない、貧弱なコンクリートの階段である。どの階も、シンとして、人気がない。なにやら、彼らが探偵で、深夜に、犯人の巣にでも、踏み込むような気持がする。しかし、その、シンと閉ざされた、各室の扉の奥に、果して、人気がないのだろうか。なぜなら、三階の廊下に面した一室を、高橋が、コツコツたたくと、中から、タキシードを着た、ボーイ頭《がしら》風の男が現われて、彼らを見て、怪訝な顔をした。

「茂木さんと、会う約束があるんですが……」

と、高橋がいうと、

「この上です」

不愛想に、その男が答えて、バタンと、扉を閉めてしまった。

その様子で見ても、このビルの中には、世間に知れない、クラブのようなものが、一つならず、設けられているらしい。

四階へ上ると、高橋は、一度きた記憶を、新たにしたとみえて、ツカツカと、一つの扉口へ進んだ。

今度は、白い服に、黒の蝶ネクタイをつけた、デップリしたボーイが、現われた。

「さア、どうぞ、お入り下さい」

話が通じてあると見えて、丁寧に、頭を下げて、導き入れた。

そこは、そう広くない一室だが、酒戸棚とカウンターをとりつけて、バー風に改造した跡が見え、総革の大きな肘掛椅子や、ソファが列んでいた。

「じきに、お見えになります……。お飲物は？」

今のボーイが、テーブルに寄ってきた。

加治木や高橋は、もの慣れない調子で、顔を見合わせてばかりいたが、五百助は、ハハア、これは饗応だと、考えて、

「そうだね、ハイボールでも、くれ給え」

それは、悠然として、いかにも板についた態度だった。彼としては、戦前、ホテルやクラブのバーに出入りしていた時の気分を、無意識に、取り戻したに過ぎないのだが、ボーイは、明らかな尊敬を、彼に示して、カウンターの中に去った。

この室内には、ボーイと、品のいい一人の女給しかいないが、レースのカーテンのかかった窓から、明るい隣室が、透けて見えた。二組ぐらいの男たちが、それぞれのテーブルを囲んで、トランプをやっていた。

「ポーカーやっとるです、一回何万という勝負らしいですよ」

と、高橋が、ささやいた。

スコッチらしい匂いのハイボールを、飲みながら、五分ほど待ってると、隣室のトランプの一組が、一区切りついたとみえて、話声が聞え、小切手らしいものを書いてる姿も見えた。どうやら、そのうちの一人は、日本人ではないらしかった。

やがて、一人が、青竹色のシングル・タイを、小意気に結んだ、上着なしの姿で、活潑な足音を、こっちの室へ、響かせてきた。

「やア、失敬。待たせましたね……」

その顔は、五百助も、加治木も知らないが、読者は、すでにご承知である。駒子と辺見を、登戸の別荘に招いて、鮎料理の洋食を馳走した、茂木夫婦の亭主の方なのである。あの時と同じように、楽天的で、且つ、抜目のない表情を、満面に湛えながら、短い体を、テーブル近くに、寄せてくると、立ち上った高橋と加治木に、軽く、握手をした。

「お約束どおり、持主を、お連れしてきました。こちらが、その……」

高橋が、五百助を紹介すると、彼は、ニッコリ笑っただけで、椅子から立ち上りもせず、片手を差し伸べた。生まれつき、尻が重いから、そうなるのだが、ちょっと、裕福な人間の焦らない態度に見えるから、不思議である。

「わたし、茂木です。始めまして……」

「やア、よろしく、どうぞ……」

五百助は、姓名を、名乗らなかった。これは、ウカウカ、そういうことをすると、加治木たちに叱られる惧れがあったからだが、茂木の方から見ると、今日の取引きの性質上、慎重で、強気な売手の態度に、見えたかも知れない。しかし、もし、五百助が南村という、ちょっと変った姓を名乗ったら、茂木も、駒子のことを憶い出して、どういう話を始めたかも、わからない。それが、キッカケとなって、五百助が駒子の消息を知り、いかなる行動を起さないとも、限らないのであるが、機会は飽気なく、彼を素通りしてしまった。

「ところで、ホワイトを、お持ちだそうで？」

茂木が、そう訊くと、テーブルの下の加治木の足が、五百助の靴を、一度だけ、踏んだ。イエスの信号である。

「はア」

「一号、二号、三号のうちで、何を、多量にお持ちですか」

五百助が、忽ち、返事に窮すると、高橋が、即座に口を出した。

「二号が三本あります。後は、ペーと、一号です」

「皆、一ポンド壜《びん》ですか」

と、茂木が、五百助の方を見た。加治木の足が、また、一度だけ踏んだ。

「そうです」

「品物は、確かでしょうね」

「勿論です」

加治木の足が、ひどく強く踏んだから、五百助も、強く答えた。

「見本を、見せて頂けますか」

「見本でなく、実物を、お目にかけますよ」

高橋が、代って答えた。

高橋は、ポケットから、日本薬局方のレッテルの貼ってある、紫色の壜をとり出した。

「封を切りますよ。よろしいか」

念を押して、茂木は、平べったいキルクを開け、中から、キラキラ輝く、白い結晶を、指さきで、抓《つま》み出した。

「なるほど……。出所は、たしか、海軍病院でしたね」

「そうです」

五百助が、信号によって、答えた。

「値段は、一本、二百万円でしたね」

その値段を聞いて、ビックリしたのは、誰よりも五百助自身である。こんな、硼酸みたいな薬品が、なんと、ベラボーな高値を呼ぶのであるか——

「いや、百五十万円で、よろしいです。もし、わし等の条件を、容れて下さるならば……」

と、加治木が、突然、口を出した。

「条件とは？」

「まず、その薬を、国内で転売して頂かぬことです」

「それは、わかってます。此間、申上げたとおり、近く出る船があるから……」

「第二に、支払いは、外貨で頂ければ、それに越したことはないが、さもなければ、バーター・システムで――つまり、あなたが、日本で売りさばこうとしてる商品を、支払い額だけ、提供して頂ければ……」

「面倒なことを、いいますね。勿論、こっちも商売だから、買って下さるのは、有難いが、おかしなビジネスですな。輸入品が氾濫してるのに、なぜ、あなたは、そんなことを、お望みになるんですか」

茂木は、五百助に向って笑いかけた。これは、イエスともノウとも、返事ができないので、加治木も、信号の方法がない。

「いや……委《くわ》しいことは、いずれ、後で……」

五百助は、ニヤリと、笑った。加治木が、ホッとしたように、顔を撫ぜたが、万事、彼の指示どおり動いて、少しも、ヘマを演じない五百助に、尊敬を新たにしてる様子だった。

「じゃア、受け渡しは、明日の午後九時、ここで、やりましょう。あなたの方は、現物を揃えて下さい。わたしは、キャッシで半分、後は品物として、リストをつくって置きます。OKですか」

「OK！」

茂木と五百助が、握手をした。

それから、酒になった。

黒キャビアだとか、オリーヴだとか、ちょっとした下物《さかな》も出て、彼等は、ハイボールを重ねた。

「あなたは、外国に行かれたことがあるでしょう。どうも、ご様子が……」

茂木は、五百助に、飛んだ買い被《かぶ》りをした。

「いや……アッハハ」

その頃は、五百助も、いい気持に酒が回って、大きな腹を揺《ゆす》って、高笑いをした。

「どうですか。あっちの部屋で、ポーカーを、一緒にやりませんか。日本の紳士を、友人に持ちたがっている連中がいるんですがね……」

ふるさとの唄

都門に、秋風が吹き出したのに、五百助《いおすけ》の身辺は、春の花が咲く陽気だった。金が、ザクザクと、入ってきて、費《つか》う途《みち》に困る始末である。服装も、敗責同盟から、素晴らしい、新型の背広を、二着も、支給されて、別人のような、伊達男振りである。金の方は、加治木が呉れた分だけでも、一カ月では、費い切れない額だった。

「君等が、利益分配をやらんのに、僕だけ貰うわけにはいかんよ」

五百助は、最初、それを断った。加治木の話では、彼等同志三人は、儲けた金を生活費以外に、手をつけようとせず、事業資金として運転し、次第に、資本を蓄積して、講和成立後、合法的な貿易商社として、世に打って出ようというのである。そういう健気な計画を聞いて、五百助だけが、甘い汁を吸うわけにいかないではないか。

「いや、あんたは、同志以上の人です。そのあんたを煩わして、この間の取引きが、成功したのは、艦隊司令長官に大砲を撃たしたようなもので、まことに、相済まんのです。いささか、謝意を表さして下さい」

加治木は、どうしても、金を引っ込めなかった。

その時に、五百助は、この間の薬が、何であるかを、訊いてみたが、

「いや、あんたに累を及ぼさんために、正体は、いわんで置きましょう。とにかく、悪い薬で、あんなものは、国内に置かん方がいいのです。その他にも、軍解体の際から、現在の日本には無用な物資が匿《かく》されてるのを、知ってますが、ドシドシ処分して、金に換えた方がいいですな」

と、彼は、昂然と、いい放った。日本人に悪いものなら、外国人にもよくないにきまってるが、彼等の頭は、戦時中と、変らないらしかった。

だが、五百助は、加治木から金を貰う必要は、なかったのである。あの晩、夜半を過ぎて、橋の下に帰ってきた彼のポケットは、蛙を呑んだ蛇のように、紙幣束《さったば》で、膨らんでいた。五万円以上の金額だったろう。彼は、それを、ポーカーで、儲けたのである。

ビジネスは不得手だが、トランプでも、花札でも、五百助は、不思議と、腕前がよかった。腕前というより、彼の性格が、賭事に適しているのだろう。彼の鈍感は、ハッタリに似た、

不敵な手を打たせ、彼の巨体は、対手の度胸を圧して、彼は常に大きく勝ち、小さく負けるのである。ことに、ポーカーのような遊びでは、半分が神経戦であって、あの晩のような初対面の対手ばかりの時には、五百助の生理的条件が、大いにモノをいうのである。そして、細君にもフラれるような、女運の悪い男には、賭博運が微笑みかけるのが、世の常であって、彼は、最後まで、ツイた勝負を続けた。

とにかく、今や、彼は、少しも、金に困らぬ男になった。なんという、運命の転変であろう。谷間の人々を集めて、わが家で大宴会を開いても、金次爺さんに小遣いを呉れてやっても、一向に、金は、減る様子がないのである。

こうなると、五百助の心境も、変らざるを得ないので、もちまえの遊び癖が、五月のタケノコのように、伸びてきた。

駒子という監督者がいないのが、何より、いけない。好きなだけ朝寝をしても、夜更けに酔って帰ってきても、谷間の人々は、五百助に忠告するどころか、かえって、尊敬の度を加えるのである。働かないで、いよいよ、金持になるというのは、やはり、《イオさん》が、タダの人間でない証拠だと、見るのである。谷間における五百助の声望は、上るばかりで、当人も、少しいい気になり、旧浮浪児のター坊に、靴を磨かせたり、高杉未亡人の娘に、肩を叩《たた》かせたりする。

これでは、居心地がよくて、いくら金ができても、橋の下を出る気にならないわけである。実際、彼は、良い港に流れついたものであって、こんなに、彼に適した生活環境は、外に考えられない。いやなこと、面倒なことは、サラリと捨てて、現代日本人の誰にも望まれない自由を、享受しているのである。欲をいえば、駒子が量見を改め、従順な妻となって、この谷間で一緒に暮してくれたら、と思うぐらいのところである。

考えてみると、彼が家を出てから、トントン拍子の感があって、少しも駒子の予期したような苦労を、嘗《な》めていない。外観的には、ミジメな目に遇っているが、当人の心は、悠閑を極めている。昨今は、まったく、戦前の彼の境遇に返ったような、野放図な気持になりかけてるのだから、始末にいけない。

彼は、毎日、銀座へ出かける。

金さえあれば、昔馴染みの銀座が、一番、性に合うのである。銀座も、戦後は、すっかり変った。しかし神田駅マーケットや、新宿の桜新道より、少しは、よい酒と、よい料理がある。贅沢の質は変ったが、それでも、贅沢の匂いぐらいは、しないこともない。彼は、《花輪車》というレストオランで、飯を食ってみたり、《亜光》という店で、装身具をヒヤかしてみたりして、昼の銀座の時間を、送ってる。そういう戦後紳士の服装にふさわしく、彼もまた、パステル・カラーの新調服を着て、新しい赤靴を穿いてる。帽子も、ハワイのアンチャンがかぶるようなのを、買い込んだので、一見して、二世のバイヤーといった、威勢のよさである。

今日も、彼は、四時頃から、銀座へ出かけたが、体裁ばかりのフランス料理を食っても、徒らに、腹が張るばかりだし、といって、一人で、関西料理屋へ上ってみても仕方がないなぞと、腹の中で、ゼイを列べた結果、男ボーイばかりの、あるバーへ飛び込んで、二、三杯のウイスキー・タンサンを飲んだ。

少し、いい気持になって、夕方の雑踏の中を、数寄屋橋から四丁目の方へ、歩いていくと、なにか、ザワザワと、背後で、人が騒いでるようだったが、べつに、気にも留めなかった。そのうちに、明らかに、パンパンと知れる娘が、二、三人、横丁へ駆け込む姿が、見えた。

——パンパン狩りかな。

珍らしくもない、といった風に、彼は漫歩を続けた。

すると、イキナリ、背後から、彼の腋《わき》の下に、手を突っ込み、グッと、腕を抱く者があって、

「お願い！　このままで！」

と、話しかけられたのには、さすがの五百助も、ギョッとしないでいられなかった。

恐ろしく、ハデな洋装をした、若い女である。まっ赤な服地に、まっ白なレースのワンピースを着ている。腕のつけ根まで、肌を露出さし、白いショルダー・バッグが、そこへ掛ってる。ピッタリ寄り添ってるので、顔はよくわからないが、あまり品のよくない電髪をした頭が、眼の下に、縺《もつ》れてる。どう見ても、堅気の女の風体でも、挙動でもない。

女は、無言で、五百助と歩調を合わせながら、まっ直ぐに、歩いていく。

——どうも、図々しい、パンパンだな。

五百助も、偶《たま》には、そういう女から、声をかけられたことがあるが、二、三歩、後を追ってくるぐらいが、普通であって、このような、烈しい押し売りには、遇ったことがない。近

頃は、この社会も、不況だと聞くから、かかる大胆な戦術を、試みるのであろうか。パンパンと、腕を組んで、銀座を歩くのは、不体裁であるが、それを振りきって、ケンツクを食わせるような勇気も、冷酷さも、五百助は、持ち合わせなかった。

――なに、買いさえしなければ、よろしい……。

彼も、無言で、歩みを進めていくと、四丁目交叉点の一筋手前の町角で、その女の方から、腕でカジをとって、横通りへ左折した。

――どこへ、連れていく気かな。この界隈に、ホテルはない筈だが……。

喫茶店や、小料理屋ばかり列んでいる町を、女は、一切、口をきかず、側目も触らずに、ズンズン、歩いていく。そして、四丁目を歩み切ると、また、大通りの方へ曲るようなフリをして、ひそかに背後を、振り顧《かえ》った。

そして、彼女は、一呼吸《ひといき》ついたように、ホッとした素振りで、堅く組んでいた腕を、解いた。

「ありがとう、オジさん……助かったわ」

開業匆々の女であるのか、声に、邪気がなかった。

「いや……。しかし、驚いたよ、不意に、腕を組まれちゃったんでね……」

「ご免なさい。でも、ああしないと、キャッチにかかるのよ。アベックで歩いてれば、大丈夫なの。あたし、そんな女じゃないけど、先刻《さっき》、外人に話しかけられたところを、ポリに見られちゃったから、これア、イケない、と思ったのよ。それだけでも、吉原病院へ連れてかれちゃう人が、ずいぶん、あるっていうから……」

「そうか。まア、無事でよかった……。じゃア、これで失敬するよ」

五百助は、そういって、二、三歩、大通りの方へ進むと、その女が、追ってきて、

「待ってよ、オジサン……。ちがったら、ご免なさい。もしかしたら、南村のオジサマじゃないか知ら？」

これは、突然、腕を組まれたより、もっと度肝を抜かれた。

「ええ、そう。だが、君は……？」

「いやだわ、お忘れンなったの。藤村の百合子よ、フフ」

そういわれて、始めて、女の顔を熟視する気になった五百助は、三年ほど前に、まだ、セーラー服を着ていた彼女の、童女的な丸顔を、すさまじい濃化粧の奥に、やっと、描き出すことができた。

「百合ちゃんか……。驚いたね」

彼も、少し、苦い顔をした。古い日本語で、興覚め顔という、表情である。

「オジサマこそ、驚いたわ。まア、スゴい服、着てらっしゃるじゃないの。靴も、帽子も……」

イヤな少女である。旅館の客引きみたいに、五百助の服装を、頭から足の先きまで、ジロジロ点検している。

「オジサマったら、とッても、スマートにおなりンなったのね。見ちがえちゃったの、無理ないわ。今、何してらっしゃるの。聞かしてよ」

「何って。べつに、その……」

「やっぱり、オジサマは、どこか、偉大だったのね。うちのパパやママは、オジサマが、きっと、困ってらっしゃるだろうって、いってたけど、あたしは、オジサマの生活力、信じてたわよ。オバサマに追い出されても、平気で、出ていくなんて、きっと、自信のある男性にきまっているって……」

「おや、君、そんなことまで、知ってるのかい」

五百助は、頭を掻きたいのを、我慢した。

「なんだって、知ってるわよ。オジサマのご存じないことでも、なんでも……」

彼女は、いやに、意味ありげな、ものいいをした。

「まア、いいや。それより、君は、すばらしく、マセちまったね。女ッて、そんなに早く、レディになるもんかなア。だけど、銀座なんか、あんまり、ウロウロしない方が、いいぜ。今みたいな目に、遇うからな」

「平チャラよ、あれくらい……毎ン日、一度は、銀座へきてるんですもの。今まで、どうしてオジサマに、遇わなかったもんかなア。オジサマは、いつでも、そんなスタイルで、銀座を愉しんでらっしゃるでしょう?」

ユリーは、尊敬の眼で、五百助を見上げた。

「いや、ちょいと、飯を食いにきただけだよ……。じゃア、僕は、もうちっと、ブァつくから、君は早く帰った方がいいぜ。なんなら車、拾ってあげるけど……」

五百助は、早く、この娘をマイて、現在の境遇が、羽根田の叔父なぞの耳に入ることを、避けたかった。

「いやッ！」

ユリーは、男の子のように、首を振って、

「どこかで、ご飯食べましょうよ。そうすれば、あたし、とッてもいいお話、オジサマに聞かしてあげるわ……」

六丁目裏の、ある関西料理の支店に、五百助は、ユリーを連れ込んだ。正確にいえば、彼女に、連れ込まれたのである。

「ここの家、鯛のカブト蒸しが、おいしいのよ」

十九歳の令嬢が、銀座の割烹店の通であるのは、驚くべきことである。

焼け残った家で、赤く塗った一力壁も、天井板も、古びていた。階段から、一番遠い、四畳半に通されたのは、二人が、アベックと見立てられたせいかも知れない。

女中も、一度、お酌をしただけで、姿を消した。

「オジサマ、人を、そんな、子供扱いにしないでよ」

ユリーは、サイダーのコップを、側へ除けて、五百助を睨んだ。盛り合わせの前菜をサカナに、彼が、手酌で飲み始めたことに対する、抗議である。

「おや、君、酒飲むのかい」

「飲むわよ、日本酒ぐらい……」

と、彼女は、杯洗《はいせん》にサイダーを明けて、コップをつき出した。

「驚いたね。後で、酔っ払っても、知らないよ」

仕方なしに、五百助は、酌をしてやった。それを、大口に、ガブリとやると、急に、眼の色を、イキイキさせて、体を斜めに、色ッぽい微笑を、送ってきたのには、五百助も、後世恐るべしと、考えた。

「今度は、あたしに、お酌させてよ。オジサマ、お強いんでしょう。ジャンジャン、飲みましょうよ、今夜は……」

「君、誰に仕込まれたんだい。お父さんは、たしか、お酒は一口もあがらない、マジメな方じゃなかったかな。一体、君が、毎日、銀座をウロついていることなぞ、ご両親は、ご存じなの？」

対手が、あまり無軌道なので、五百助も、ガラにない口調が、出てくる。

「知らせる必要、ないじゃないの。もっと、お小遣いくれれば、アルバイトなんかにきやしないわよ」

「君、銀座へ遊びにくるんじゃないのかい」

「今月は、アブれたけど、先月一ぱいは、社交喫茶で、稼いだわよ。フルフル、面白かったわ。お金はとれるし、男性のウィーク・ポイント（弱点）は、全然、ハッキリしちゃうしさ」

「家に、内証でかい。よく、知れないもんだね」

「近頃の親ときたら、マゴマゴしているからね。第一、バレたって、あたしの体を、あたしがハッて、稼ぐんだから、あたしの自由よ」

五百助は、眼をパチクリさせて、暫らく、黙っていた。ふと、気がつくと、ユリーのコップ酒は、もう空になっていた。まだ、酒の味のわかるわけもないのに――

「もう、その辺で、やめた方がいいな。飲むなら、お猪口にし給え……。ところで、君には、たしか、フィアンセ（許婚者）があった筈だね」

「うん、あのイカレ・ポンチ、まだ、つきあってる。でもね、オジサマ、彼氏について、一条のお物語――それが、オジサマに重大関係があるのよ。まア、一パイ、ついでよ……」

五百助は、わが妻の消息を、はからずも、耳にすることになった。家出以来、最初のことで、さすがに、餉台《ちやぶだい》へ、身を乗り出さずにいられなかった。

シタリ顔のユリーは、娘に似合わぬ弁舌で、面白おかしく、駒子と隆文のイキサツを、彼に語ったのである。

「……というわけなのよ。オジサマ」

「へえ、そんなことが、あったのかい……」

五百助も、意外の面持ちで、腕を組んだ。

しかし、対手が隆文青年とくると、ムラムラと、嫉妬を起すというわけにいかない。それに、惚れてるのは、隆文の方であって、わが妻は、退屈凌《しの》ぎの火《ひ》弄《あそ》びをやったらしい形跡があるから、尚更である。むしろ、妻の無事を知って、安心したくらいである。

「面白いでしょう、オジサマ、ちょいと、この頃の小説みたいで……」

「しかし、君は、面白いどころじゃないだろう」

五百助は、許婚者に裏切られた、ユリーの身に、同情の必要を感じた。場合によれば、細君の代りに、謝罪の意を表していいと、思ったのである。

「なぜよ。あたしは、オバサマに、隆文さんを愛して下さいって、お願いしたくらいよ」

「え？」

「あたしは、もう、ボーイには、飽きちゃったのよ。あたしの求めるのは、マンよ。肉体的、精神的、経済的に、一個のマンでなければ、あたしの女性の中心に、響いてこないのよ。あたし、もう、成熟した女性なんですもの」

どうも、ユリーのいうことが、五百助には、わからない。《チャッタレー夫人の恋人》という本も、読んでいないから、女性の中心とは、いかなる地点であるかも、見当がつかない。しかし、そうも白状できないから、

「まア、あまり、響かせん方が、無事だろう」と、年長者らしいことをいって、「ところで、現在は、どんな風になってるの、駒子は、君の頼みを聞いて、隆文君と、仲よくしてるの？」

あの女は、なかなか、人の頼みなんか、頷《き》く女じゃないがね……」

「そうよ、だから、隆文さんが、いよいよ、逆上しちゃって、あたしのところへ、泣きつい

てきて、困るのよ。もっとも、ムリはないわね。ライヴァル（競争者）が、出てきちまったんだから……」

「へえ、また、ボーイが現われたかい？」

「ところが、今度は、マンなのよ。少くとも、経済的には、完全なマンなのよ。オジサマ、ご存じでしょう？　五笑会の新人よ、亡くなった辺見院長の息子さん……」

「ああ、あの男……」

「あの人が、オバサマに、すっかり参っちゃったの。辺見さんは、奥さまがおありンなるけど、肺がお悪くって、長く転地してらっしゃるでしょう。それに、あんまり、夫婦仲が、よくなかったんですって。そこへ、オバサマってものが、現われたわけなのよ。今度は、オバサマの方でも、対手が、隆文さんのような、イカレ・ポンチじゃないし、教養はあるし、その上、オジサマは、お留守だし……」

「おい、わざと、途中で、話を切るなよ」

五百助も、態度が変ってきた。

「ね、あたし、なんでも知ってるでしょう。だから、オジサマにオゴらせる権利あるのよ」

と、ユリーは、図に乗ったことをいったが、実は、彼女も、ことごとく、隆文からの又聞きなのである。隆文青年は、恋の妬みと、女性的性格から、駒子のあらゆる行動を探偵して、剰《あま》すところがなかった。

「そこで、オバサマも、今度は、自主的に行動をお起しンなって、辺見さんと、多摩川方面へ、ドライヴなすったり……。ええ、とても長いドライヴで、お昼前から、夏時間の七時頃までだっていう話だから、どうしても、ご休憩の時間が、相当、あったわけよ」

それを聞いて、五百助は、浅草で見た、赤い温泉マークを、憶い出した。そして、カマの湯が、沸き立ってくるような気配を、胸の中に感じて、杯の方に、さっぱり、手が動かなくなった。

「フム、それから？」

「それからが、ちょいと、ヘンなのよ。そのドライヴの時に、何があったか知れないけれど、それから、オバサマが、急に、辺見さんを、ウェストし始めたの」

「何をしたって？　日本語で、いいなさい」

「あら、オジサマ、野球知らないの？　ウェスト・ボールって、いうでしょう……。でも、惜しいじゃないの。辺見さん、とても、いいカモなのよ。オバサマ、欲がないわね」

「いや、考え深いんだ……」

五百助は、ホッと、息をついた。

「でも辺見さんは、とても、悲観なすって、この頃は、五笑会へも、出席なさらないんですって……。もっとも、それには、何か、オバサマから、致命的な宣告を受けたらしい、形跡があるんだけど……」

「駒子なら、やるよ。あの女は、男の首を締め上げるのが、好きでね……。すると、隆文君も、辺見君も、みんな、撃退されて、目下、駒子も、閑散というわけか、アッハッハ」

「ところが、そういかないのよ。最後に、ムテキに凄いのが、現われたのよ。マンもマン——スーパー・マンよ」

「どうも、君の話は、大ゲサだな。新興成金でも、駒子に目をつけたというんだろう」

「ちがうわよ！　生《は》え抜きのプロレタリアで、引揚者で、お宅の村の配給所の事務員——隆文さんは、その男に会ってるの。体は、オジサマほど大きくないけれど、超人的な腕力を持ってるんですって。オバサマを襲った悪漢を、その男が投げ飛ばしたら、ブーンと、十メートルぐらい離れた畑へ、落下したそうよ。スゴいじゃないの。全然、肉体派ね」

「だが、力があるぐらいじゃ、駒子は、惚れないよ」

「そこが、オジサマの時代感覚のズレよ。それア、ただ、力持ちだけじゃ、意味ないけど、それが、精神的なものと結びついて、とッても、純粋な、圧倒的な、新しい、セックス・アッピールとなって、女性の中心に、響くのよ。インテリでも、貴族でも、金持でも、そういう満足を、女性に与える能力はないわ。森の中に発見されるような、肉体でなければ……」

どうも、ことの成行きが、五百助の腑に落ちなかった。戦後の女性の心理は、高等数学よりも、難解であって、例えば、ここにいるユリーにしたって、どういう気持で、そんなことを喋るのか、まったく、見当もつかない。世間の男は、戦後、生まれ変ったように、女性を理解し、尊重するようなことをいってるが、果して、あれは、本音なのだろうか——

「すると、その配給所の男というのは、好男子なんだろう」

彼は、せいぜい、そんな凡庸の見解しか、下せない。

「それが、燻製のニシンのような、顔なんですって」

「わからんよ、そういう話は……」

もう、サジを投げる外ない。彼は、運ばれた、松茸と鱧《はも》の煮物を、ムシャムシャ、食い始めた。しかし、いい気分では、決してない。

「でも、オバサマも、あたしたちとは、世代がちがうから、やっぱり、観念戦後派でね。じきに、反省しちゃうから、ダメよ。その男にも、また、ウェスト・ボール投げるように、なっちゃったの」

「なアんだ、まだ、話の続きがあったのか……」

「もっと、もっと、あるのよ。……すると、今度の男は、辺見さんみたいな、紳士じゃないから、パイされたからって、おとなしく引き退《さが》らないわよ。逆に、攻勢に出てきて、オバサマの跡を、追っ駆け回すようになっちゃったの。なんしろ、ターザンみたいな男でしょう、そうなると、スゴいわよ。オバサマも、今度は、青くなっちゃって、夜は、家に寝ないで、母屋の大家さんのところへ、泊りにいく騒ぎなんですって……」

「ほんとかい」

「じゃア、隆文さんに、聞いてご覧なると、いいわ……。隆文さんや、辺見さんも、そのことで、とても、心配して、この頃は、いかに、オバサマを保護するかって問題を、二人で、相談するようになったくらい……」

「どうも、へんな話だね」

「だって、隆文さんとしては、とても、その男の腕力には敵わないから、辺見さんに助けを求めにいったのは、自然でしょう」

「そうかな。まア、どっちでもいいや。それより、駒子は……」

五百助は、そういいかけて、ハタと、言葉に窮した。わが妻が、彼女の意志で、他の男と恋愛することは、いい気持ではないにしろ、それを妨げる気は起らなかったが、男から脅やかされてると、聞くと、不思議に、グッとくるものがある。といって、追ッ取り刀で、妻の危急を救いにいく気持は、なかなか、起きない。腕力に対しては、腕力を振るわねばならないが、決して、その方の自信が、湧いてこない。谷間で、喧嘩の仲裁をした時には、彼の計算外の結果が、起きたに過ぎない。また、ウカウカ、彼女を助けにいって、反対に、彼女から叱られる惧《おそ》れが、ないこともない。彼女の勘気は、解けたという証拠がないのである。どうしたら、いいか。とにかく、面白くない気持である――

「百合ちゃん、ここの酒は、まずい。席を変えよう」

彼は、突然、立ち上った。

外へ出ると、ユリーは、五百助の腕に、手をかけた。夕方の時と、同じ姿勢であるが、もう、夜はトップリ、暮れて、ネオンの光りが、鮮かである。

「オジサマ、ちょいと、踊っていかない？」

小娘のくせに、裏声なぞ、使ってみせる。

「嫌いだよ、ダンスは……」

ひどく、ツッケンドンに、彼が、答えた。珍らしいことである。

「じゃア、どこかで、休んできましょうよ。あたし、まだ、お話があるのよ」

「駒子のことかい？」

「いいえ、あたし個人の問題……」

「そんなら、今夜は、よせよ。そろそろ、帰らないと、君の方の電車、なくなるぜ」

「あら、狡い！　先刻、飲み直すって、いったじゃないの」

五百助も、今夜は、ムシャクシャして、大いに飲んでやりたいのだが、ユリーというコブが、邪魔でしようがない。なんとか、追ッ払いたいが、こう熱心にタカられると、逃げ出す隙もないのである。

並木通りの《バー・マドリッド》の前を通った時にも、スペイン風な、そこの入口に、飛び込みたいのを、やっと、我慢した。こんな小娘とバーで飲んだって、酒のうまい道理がない。彼の趣味は、平凡であって、少女を誘惑することも、大年増に甘えることも、まったく、興味がない。

「今夜は、僕ア、もう家へ帰るよ」

万策尽きて、彼がいった。

「そう、じゃア、あたしも、新橋から、都電に乗るわ。オジサマは、どこから？」

と、案外、素直に、彼女は承知した。

「僕は、国電だ」

「すると、オジサマのお住い、どこなの。教えてよ」

サテ、五百助が困った。まさか、お金の水橋下とも、いえない。

「その……神田方面のあるアパートだがね」

彼は、詳しく質問されないうちに、足を速めた。

灯の乏しい並木通りの鋪道を、二人は、暫らく、無言で歩いた。

「そうね、こういう暗いところの方が、あたし、かえって、話しいいわ」

突然、ユリーが、湿った声を出した。

「オジサマ、あたしと、結婚なさる気持ない？」

「なんだって？」

五百助は、鋪道に、跳び上った。

「あたし、早く、結婚しちまいたいのよ。もう、あたし、子供扱いは、真ッ平――広い、自由な、大人の社会へ、泳ぎ出さなくちゃ……」

「だって、君には、隆文君がいるじゃないか」

「あんな、生活力のない人、ダメよ。それに、許嫁なんて、絶対反対！　あたし、オジサマぐらいの年配で、オジサマのような体力と、経済力と……」

「だが、僕には、駒子ってものがあるからな」

五百助は、われ知らず、そういう言葉が口から出たのに、ビックリした。

「平チャラじゃないの、そんなこと。オバサマはオバサマとして、愛して、あたしはあたしとして、一緒に家庭を持てば……」


翌朝、いつもより、もっと寝坊した五百助は、十時過ぎに、泉のほとりで、顔を洗った。

彼は、眠れなかったのである。秋のノミも、猛烈であったが、計らずも、耳にした妻の消息が、彼の心を騒がせた。久しく、忘れていた、わが家の記憶が、アリアリと、思い出され、あの濡れ縁に腰かけて、駒子を脅迫してる、見知らぬ男の顔まで、眼に浮かんできた。

――ちょいと、様子を見にいってやろうか。

立川行きの電車は、向う岸を走ってる。乗りさえすれば、わけはない。しかし、彼の妻は、世の常の女性ではなく、過度に、自主性に富んでいるから、

「誰が、助けてくれと、頼んだの？　誰が、あんたの帰宅を、許したの？」

と、真ッ向から、叱り飛ばされる心配も、多分にある。困っていても、そういう言を、吐く女である。ほんとに、彼女が困ってるのなら、五百助帰れと、新聞広告でも、出すだろう。その点は、また、シャアシャアした女でも、あるのである。

そこで、駒子のことなぞ、一切、忘れようと、努めるのだが、ナマジ掻き立てられた望郷心は、そう簡単に、収まるものではない。すべての良人は、原始時代に狩猟に従った名残りで、家を外にして、何かの獲物を欲するのであるが、同時に、帰巣本能というべきものがあって、時至れば、必ず、家と妻とに帰向せざるを得ない、習性を持っている。五百助といえども、その例外に立つことは許されない。

――そうだ、ユリーと、あのままで、別れるのではなかった。

彼は、ふと、後悔に襲われた。

駒子の消息を、ユリーは、あんなに詳しく、知っているのだ。せめて、彼は、今後の妻のニュースを、引き続き知りたいのだが、それを伝えてくれるのは、ユリーだけなのである。ところが、彼女は、往来なかで、突然、結婚の申込みなぞをするものだから、彼は、アワを食って、新橋駅へ、駆け込んでしまった。

――あれは、冗談だったかも知れない。駒子をフレンドにして、自分を本妻にしろという申込みからして、気紛れである。本心ならば、その反対を、希望する筈だ。

彼には、戦後娘の心理なぞ、わかりもせず、興味もなかった。ただ、そんな冗談を、真に受けて、慌てて逃げ出した結果、次ぎに会う時と場所を約束することを、失念してしまったのは、返す返すも、残念だった――

彼は、珍らしく、気分が、イライラした。朝飯を食う気もしないで、谷間を、ヤタラに、歩き回った。彼は、一人で、ものを考えたかった。それなのに、加治木が、眼敏《めざと》く、彼を見つけて、近寄ってくるのである。

「やア、あんたの起きるのを、待っとったですよ。快報があるから、聞いて下さい。この間の取引きで、タンマリ金が入ったから、船を一隻、手に入れたですよ。今度は、文房具、工具、電気機具なぞを積んで、高橋君が船長になって、近く、出航の予定なんですが……」

五百助は、外貨獲得も、祖国の繁栄も、どうでもいい、気持だった。ただ、加治木が、早く立ち去って、彼を一人で置いてくれれば、他に望みはなかった。

「あんた、熱でもあるのではないですか。少し、表情が、ボンヤリしとるですな。ムリせんで下さいよ」

正直な加治木は、五百助の健康を気遣いながら、やっと、彼の小屋に帰った。

ヤレヤレと、五百助が、柳の木の下に、腰を下すと、今度は、金次爺さんが、忍び足という恰好で、近寄ってきた。

「イオさんや。どうも、家の中は、隣りが壁一重で、話ができなかったが……」

と、前置きして、意外なことを語り出した。

爺さんのおカミさんが、本郷の医療機械屋へ住み込んだものの、シャバの生活が窮屈で堪らなくなり、また、谷間へ帰ってきたいと、申込んできたのだそうである。勿論、爺さんと同棲して、昔のヨリを戻したいというのだが、五百助が、立退料を出しているので、半額の五百円を返却するから、なんとか、話し合いをつけてくれと、いってきた――

「なに、イオさん、決して、お前さんを、追い出すわけじゃないんだよ。お前さんが、その気なら、三人で、一緒に暮してもいいんだがね。それよりも、お前さんが、一軒の主人になれる話が、あるとすれア、その方を勧めた方が、お互いのタメだとも、思うんだが……」

その話というのが、また、意外だった。

「東の端の高杉さんだがね。今度、あすこの娘が、住み込みの働き口が見つかって、後は、あのお母さん一人になるんだ。あの後家さんも、見掛けは老けてるが、あれで、まだ、三十六なんだよ。イオさんより、一つ上なだけなんだ。どうだい、イオさん、いつまでも、独り身でいるより、あの後家さんと、一緒にならないかい。年上の女房ッてやつは、それア、亭主を大切にしてくれるし、それに、あの家は、一番新しくッて、ノミも少いし……」

「爺さんッ、やめてくれ、そんな話は！」

五百助が、大きな声を出した。爺さんも、悪い時に、話を持ち出したものである。平常なら、ニヤニヤと、ご機嫌になった五百助かも知れないのに――

「イオさん、おれが悪かった。怒らねえでくれよ……」

爺さんは、シオシオとして、去った。

どうも、胸糞が悪くて、いけない。谷間の静寂もなにも、ありはしない。彼は、作業衣のままではあったが、街へ出て、一パイ、ひっかけたくなった。

土手の小径をたどり、更に、高いハシゴを登って、やっと、往来に這い上ろうとすると、真ッ赤なスカートが、眼の前に、燃え立っていた。

「やっぱり、ここに住んでたのね。昨夜《ゆうべ》、尾けてきたの、知らないでしょう……。さすがはオジサマね、とッてもスリルのある生活してらッしゃるわ」

ユリーが、ひどく、面白そうな顔をしていた。

あらくれ

駒子は、困った――

すべては、身から出た錆と、いっていえないこともないが、こんなヒョンな破局を迎えようとは、夢にも思わなかったのである。

彼女が、配給所の平さんに、興味を持ったのは、皇族がサンマを食いたくなったというような、好奇的食欲ばかりではなかった。そうかといって、ユリーが想像するように、森の牧神の毛モクジャラな脚に、心を惹かれたわけでもなかった。

駒子は、やはり、女の道の遍歴者として、平さんという、一風変った男性の前に、足を留めたのである。もっとも、彼女の考える、女の道というのは、貝原益軒の地図とは、様子がちがってるらしいが、それにしても、平さんが、五百助の後に、最初に現われた男性だったとしたら、彼女も、最小の食欲すら、感じなかったろうと、思われる。

英文学をカジる奥さんと、配給所のオッサンとでは、所詮、ムリな取組みである。

しかし、彼女は、それ以前に、遍歴の旅を、始めていた。デクノボー亭主を、出発点として、年下の戦後息子――クラゲのように、柔軟で、且つ図々しい隆文君を知ったし、また、保守的で、教養ある紳士――バナナのように、匂いばかり高くて、一向に、歯応えのない辺見卓を知った。両方とも、一長一短はあるが、彼女の心身を傾倒させるには、よほど遠かった。

遍歴者としての彼女が、少し、業を煮やしてきたのである。いつまで経っても、平山凡水、気に入った絶景が現われない。敗戦国には、真性男子が種切れになったのかとまで、思い詰めたのであるが、そこへ、ノッソリと、配給所員が、顔を出したのである。

駒子は、平さんのなかに、五百助も、隆文も、辺見も、全然持っていないものを見た。少くとも、そう思った。彼女は、火の性であるし、且つ、精神の安定を欠いてる最中であるから、映像が、多少、拡大されたことは、やむをえない。

彼女が、平さんに興味を感じたのは、暴漢から救ってくれた礼をいいに、配給所を訪れた時のことだった。

彼は、進物の煙草に、少しも、欲を示さなかったばかりか、逆に、五百助の主食配給のことで、文句をいった。平常の駒子なら、負けずに、対手をやりこめたろうが、不思議と、一本参った気がして、

「済みませんでした……」

と、謝ったのである。謝って、いい気持だったのである。大きくいえば、平さんの人格に触れた気持が、したのである。

家に帰ってから、彼女は、平さんの同情すべき過去と、真摯で、烈しい性格について、いろいろ噂話を聞いて、一層、彼に対する興味を深くした。そして、一人の配給所員から、一人の男性として、平さんが、心に映るようになった。これも、民主主義の感化と考えられるが、それよりも、隆文から辺見へと、精神的なツマミ食いをした後口が、大いに、影響したのである。

といって、駒子は、平さんに惚れたというわけではない。三十にもなった、近代女房が、

そう簡単に、人に惚れるものではないが、男への興味や好意という程度だったら、処女には想像もつかないほど、チョクチョク、芽を出すものらしい。それを、自分で刈り込んだり、自然に立ち枯れになったりするので、人目につかぬだけの話である。

だから、本来なら、駒子が、いくら、平さんの変人振りと、超人的な腕力に、興味を掻き立てられたところで、進展性はなかったのであるが、一日、平さんが、自分から、駒子の家を訪れなければならぬ事情が、起きたのである。

「奥さん、おれが、悪かったよ。お宅の旦那さんの分は、外食券をとっていねえんだから、配給するのが、ほんとなんだってさ。主任が、そういってたよ」

平さんは、僅かばかりの外米を、袋に入れて、持ってきた。あの後から、駒子は、五百助の分の主食を、辞退していたのである。

「いいのよ、平さん、どうせ、あたし一人じゃ、そんなに、食べきれないんですから……」

彼女は、事実を答えたが、平さんは、頑として、主張をまげなかった。結局、彼女は、米を受け取ったが、その代価と共に、有り合わせの菓子と紅茶を、平さんに、提供した。

「平さんは、配給所に泊ってるんですってね。ずいぶん、不自由でしょう」

そんな言葉を、キッカケとして、濡れ縁に腰かけた平さんと、彼女との間に、いろいろ、話が交わされた。

平さんは、口不精らしく、ベラベラ喋らない代りに、ウンとか、アアとかいう返事のうちに、好もしい、重厚さがあった。駒子は、次第に、平さんに親しみを感じ、ブシツケとは思ったけれど、細君に裏切られた彼の過去に、同情的な口吻《こうふん》を、洩らさずにいられなくなった。

「命カラガラ、帰ってきたのに、そんな……」

「女って奴は、ヌスットだよ、奥さん……」

平さんの声は、静かだったが、表情は悲しかった。この頑強な男を、霧のように包んでる憂愁の出どころが、駒子に、わかったような気がした。

「そういったもんでもないわ。あたし、せいぜい、心がけて、いい奥さん、探してあげるわよ」

「いや、それにア、及ばねえよ……」

そんなことを話してるうちは、まだ、よかった。駒子は、ふと、平さんが着てる陸軍作業衣の背が、大きく綻《ほころ》びてるのを気づいて、同情を起した。

「ちょいと、お脱ぎなさいよ、ミシンかけてあげるから……」

平さんは、照れて、容易に承知しなかったのも道理で、やっと、それを脱ぐと、下シャツなしの上半身が、現われた。それは、駒子も、驚きの目を瞠《みは》るほど、隆々たる筋骨で、肌の色も、顔ほど黒くなかった。

手早く、ミシンをかけて、駒子が、作業衣を渡すと、

「ありがとう。奥さんは、親切な人だな」

平さんは、重厚を通り越して、感情的な返事をした。

それから、まだ、一度や二度、駒子が平さんに、ちょいとした親切を、示したことが、あ

ったかも知れない。例えば、オカズの余りを、自炊してる彼に、届けてやったというようなことである。

とにかく、平さんの駒子に対する態度が、次第に、変ってきた。ある時は、いやにハニかんだり、またある時は、ひどく、ツッケンドンな口を、きいたりする。そして、一度も、駒子の顔を、マトモには見ないのである。平さんは、三十いくつかで、そんな、子供ッぽい仕打ちをする、年でもない。

——よっぽど、ウブな人なのね。

駒子は、平さんのそうした様子が、可愛くもあった。勿論、彼女は、平さんが自分に対して、どういう気持を懐《いだ》き始めたかぐらいは、チャーンと心得てる。その点にかけては、処女も、中年女も、すばらしい電探機を、所有している、時々、ウヌボレという操作上の過誤を、犯すにしても。

平さんから、惚れられるということは、駒子として、迷惑ともいえなかった。女を呪ってる男に、そういう反応を起させたのだから、悪い気持がする筈はない。一体、五百助がいなくなってから、ヤタラに、男が彼女に心を寄せるのは、どうした風の吹き回しかと、疑っていたところであるが、平さんで三人目の男に惚れられたとなると、彼女の優秀な知性も、多少、怪しくなってくる。僅か半年間に、三人もの男に惚れられるというのは、タダコトでない。自分も気づかなかった、絶世の魅力でも、潜んでいないことには——

それに、平さんの惚れ方が、悪くない。隆文のように、図々しく、ネバるわけではなく、辺見のように、ヘッピリ腰の怯懦《きようだ》もない。何もいわないで、ただ、懊悩《おうのう》に暮れてる様子が、見える。その癖、胸の底に燃える火は、一番、熾烈なのではないかと、推定される。

ただ一つの欠点は、平さんが、彼女と同じ階級の言葉を話さず、同じ世界の風習を知らないということだが、これも、考えようによっては、かえって、彼女の興味を唆《そそ》るのである。もう、階級や教養の差違を問われる、世の中ではない。

——それよりも、人間だわ。

彼女は、因習や外観に囚われる、戦前女性でありたくはない。わが心と行いは、常に、大いなる自由の翼を、羽ばたきたい。

もっとも、すべての女が、キモノを、着るよりも箪笥に納《しま》って置くために、所有する傾きがあるように、駒子も、自由は欲しても、可能性を把握するだけで、満足する点が、ないでもない。そこが、中年女の安全なところであるが、いかに、平さんに熾烈な興味を湧かしたといっても、自分の方から、モチかけるというようなことは、思いも寄らないのである。

幸いにして平さんの方でも、忍耐が強く、素振りだけの異状であるから、結局、箪笥のキモノが一枚殖えたことに終ると、思われたが、ある夜、俄かに、情勢が変った。

その夜、台風がくるというので、彼女は、戸を早く閉ざして、読書をしてると、

「今晩は……」

外で、平さんの声がするのである。

さすがに、彼女も、気味が悪かった。

台風は、警報外れになりそうだが、ザーッと、木の枝を揺がすほどに、風の吹いてる晩で、女一人の家の中へ、平さんを迎えるのは、ちと、不安だった。

「あら、何ご用？」

努めて、愛想のいい声を出したが、雨戸は、一尺ほどしか、開けなかった。

「あア、奥さん、ちょいと、話があってね……」

暗中を透かしてみると、霧雨が降ってるらしく、番傘をさした平さんが、悄然《しょうぜん》と立ってる。玄関のない家は、こういう時に、不便で、文字通り濡れ切った濡れ縁に、腰かけてくれとも、いえない。

「じゃア、十分ほどにして、下さらない？　あたし、今夜、急ぎの仕事があるの」

駒子は、そんな予防線を張って、平さんを、座敷へ上げた。その時に、雨戸を一枚分だけ、明けて置くことも、忘れなかった。

「今時分に、上って……」

平さんは、常になく、オドオドして、駒子に、お辞儀をした。服装も、今日は、いつもの軍服のお古ではなく、ペラペラした、銘仙の単衣《ひとえ》を着ている。当人は、ヨソイキのつもりかも知れないが、鼠色の子持縞《こもちじま》が、田舎臭く、ひどく、ヤボな男に見える。

「なにか、配給のことでも……？」

駒子は、わざと、お茶も、菓子も、出さなかった。言葉も、われ知らず、キッとしたにち

がいなかった。それに、気押されるのか、平さんは、いよいよ、小さくなって、

「なに、そんなことじゃねえんです……」

と、答える声も、消え入りそうだった。そして、後の文句を、一向、切り出す様子がなく、モジモジと、畳ばかり、見ていた。

そういう、意気地のない平さんを、駒子は、始めて見た。これなら、牙を抜かれた虎のようなもので、最初の恐怖心は、一先ず去ったが、同時に、いつもの平さんの魅力が、半分も、見出されないのが、物足りなかった。

あんまり、いつまでも、平さんが黙ってるものだから、駒子が、堪りかねて、口を切った。

「平さん、どんなご用だか知らないけど、遠慮なく、仰有ったら、どう？」

「へえ、そいじゃア……」

と答えてから、二、三分も黙って、やっと、平さんが、蚊の鳴くような声で、用件にとりかかった。

「あの……済まねえけんど、いつか、奥さんがそういったこと、取り止めにして、貰いてえんだがね……」

「まア、どんなことだったか知ら？」

「その……おれに、女房を世話してくれるッて、奥さんは、いったけんどね……」

「あア、あのこと……」

駒子は、危く、笑い出すところだった。そんなお愛想を、いったことさえ、忘れかけてい

たところである。

「おれは、奥さん、どう考えても、他の女なんか貰う気に、ならねえんだよ……」

平さんは、溜息と共に、そう呟いた。

「そんなに、前の奥さん、いい人だったの？」

駒子は、ちょいと、好奇心を動かした。

「おれの応召中に、マオトコするような女が、どんな女だか、わかりそうなもんだ……。あの女、引ッ把《つか》まえたら最後、おれは、タダで置かねえよ」

ほんとに、扼み殺しもしかねない、無念の形相で、平さんは、虚空を睨めた。やはり、彼は、牙を抜かない猛獣だった。駒子は、消えかけた恐怖を、また、新たにした。

「じゃア、いい娘さんを貰って、そんな奥さん、見返してやったら、いいわ」

彼女は、宥《なだ》めるように、そういった。あまり、昂奮されても、危険だからである。

だが、平さんは、どこかに火のついた様子で、彼女の返事に、力一杯、何かを追い被せるように、

「ウンニャ、娘なんか、おれは、貰わねえ。そんなものには、用はねえ！」

「あら、おかしいわ、娘さんを貰わなくて、誰を貰う気？」

駒子は、平さんの昂奮を外らすつもりで、冗談めいた口調を用いた。

すると、平さんが、ギョロリと眼を剝いた。そして、駒子の顔を、始めて、マトモに見た。

それは、烈しい憧憬とも、根深い怨恨とも、ハッキリ判らない。異様な強い視線だった。

「おれかい、おれはね……人の女房を、貰う気だよ」

度胸を据えたような、静かな、声音《こわね》だった。

駒子は、ゾッと、震えあがった。途端に、平さんに懐いていた興味なぞは、一度に、どこかへ、飛んでいった。そして、いつかのチンピラ暴漢に襲われた時より、十倍も大きい恐怖が、彼女を包み、自分を防衛する意志で、心が一パイだった。返事どころではなかった。

平さんは、いつまでも、駒子を見つめていた。処女のような、最初のハニカミは、もう、どこにもなかった。それは、彼が仮面をかぶっていたのではなくて、極端から極端へ走る、異常な性格のためと、思われた。それだけに、彼女は、一層、恐怖に怯えねばならなかった。

外の風音は、まだ、鳴っていた。電燈が、スーウと、光りを弱めたり、いやに明るくなったりした。

平さんが、また、口をきいた。

「ねえ、奥さん、そうだろう……おれは、人にカカアをとられたんだから、おれだって、人のカカアをとっても、いいわけだ……」

駒子は、もう、平さんの言葉を、終りまで聞く勇気が、なくなった。腰を浮かせて、ジリジリと、開いてる雨戸の方へ、躙《にじ》り寄ったが、

「ご免なさい、あたし、ちょいと、大家さんのところへ、用事ができたから……」

と、叫びながら、身を翻えして、庭へ飛び降りた。それから、ハダシのままで、母屋の軒先きまで、駆け出したのである。

その晩、駒子は、大家さんのところで、泊めて貰った。平さんの名を出すと、後の祟《たた》りがあると思って、怪しい物音がしたからと、口実を設けたのだが、大家さんは、べつに疑いもしなかった。

だが、翌朝、わが家へ帰ってみると、大変！

勿論、平さんの姿は、もう見えなかったが、家の中は、大地震の跡のような乱脈さで、額は飛び、本箱は倒れ、ミシンは、鋳物の巌丈な脚が折れたまま、ひっくり返っていた。

彼女は、呆然と立ちつくして、庭に眼をやると、驚くべし——一本の青桐が、スッポリと、根こそぎになって、倒れている。手洗鉢をのせる石柱が、ツンのめってる。ツクバイの躑躅《つつじ》や南天は、大石が落下したように、踏み躪《にじ》られて、白い膚を露《あら》わしている。

——まア、やった、やった！

怪力の超人が、荒れ狂ったのである。心火に燃えて、平素の何倍かの馬力を現わした彼が、猛威を振るったのである。

「ひどいわ、あたしが、なにも、姦通《かんつう》したわけではないのに！」

駒子は、思わず、怨言《うらみごと》を洩らしたが、一面、おかしくもあった。乱暴の跡を見ると、とても、人間業とは思えない。機械の暴力である。ブルドーザーが、闖入《ちんにゅう》したのである。

平さんの価値は、森の牧神から、ブルドーザーに、下落した。こんな、殺風景な結末になろうとは、駒子も、予期しなかった。かりそめの興味ではあったが、注目に値いした男の正体が、コレだとすると、まことに、味気ない現実というものである。

――平さんは、あたしと、裏切ったおカミさんとの区別が、つかないのだろうか。それとも、昨夜、あたしが逃げ出したことで、腹を立てたのだろうか。

彼女は、思案に暮れたが、結局、解答は得られなかった。恐らく、両方が、原因らしかった。どっちにしても、平さんは、ここに示されたような暴力を懐ろにして、彼女を求めにきたのである。それが、愛の暴力にせよ、執念の爆発にせよ、要するに、彼女の趣味から遠く、大いに迷惑だった。平さんは、悪人どころか、純粋無垢の男性かも知れないが、特攻隊出身の若者が、強盗に入ってきたと同じように、怖いことに於て、変りはなかった。いや、常習強盗の方が、無用な殺傷をしないだけでも、安全かも知れない。

――そうだわ、ブルドーザーだから、怖いんだわ。

駒子は、更めて、平さんの怖さを知った。もう、おかしいどころではなかった。副食物をやったり、綻びを縫ってやったりしたことが、虎のオトガイに触れるようなことだったと思い、今更ながら、怖毛《おじけ》を震るった。

やがて、彼女は、大地震の跡片づけにかかったが、フッフッ、野性の男には懲りたと、思うことばかりだった。

――おまけに、ミシンを直しにやる間、内職もできやしない……。

すると、都合の悪いもので、その日の午後に、隆文が、訪ねてきたのである。

「なアんですか、オバサマ、これは……。昨日の台風は、ここだけを、襲ったんですか」

庭の惨状を見て、小首を傾けたのも、当然だったろう。

「なんでもいいから、ちっと、お手伝いなさい」

駒子は、不機嫌に、汗ばんだ顔をあげた。先刻から、ツンのめった手洗い鉢台の石杵を、なんとか、旧に戻そうとして、女の手に余っていたところである。

「はい」

返事だけは、勇ましかったが、合服の上着を脱いで、駒子と共に、一、二、三の掛け声で、石の柱を押し始めた隆文青年の腕力は、甚だしく、頼りないものだった。

「なによ。それで、男といえるの？」

と、駒子に叱られて、足だけは、踏ン張ってみるものの、徒らに、リーゼントの髪が乱れるだけで、ヘナヘナに終った。この年頃の青年は、学徒従軍も、工場勤労も免れた代りに、代用食で少年時代を送ったせいか、筋骨薄弱で、腕力に乏しい。絶対平和国民として、有望ではあるが、移転や大掃除の時には、不便であろう。

「情けないわね。あたしの方が、よッぽど、力があるわ」

駒子は、一人で、ウンウンいいながら、立ち働いた。ふと、彼女の頭を、五百助の肉体が、通過した。

——こんな時に、あの人がいたら、相当、役に立つわ。

それに、ちがいなかった。もっとも、力仕事をさせる前に、よほど、尻を叩かねばならないが、働き始めたら、平さんに匹敵する機械力を、発揮するであろう。

駒子が、良人を、最小の意味に於てでも、必要視したのは、家出以来、今日が最初だった。

「オバサマ、どうも、これア、天災地異じゃありませんね。方々に、大きな足跡がありますよ」

隆文は、雨上りの柔かい土の上に、点々と、下駄の跡を、見出した。こういうことにかけては、なかなか、眼が敏《さと》い。

「サテは、あの男の仕業ですね。オバサマ、隠さずに、仰有いよ。僕だって、共同防衛に立ちますよ」

彼は、暴漢事件の日の平さんの怪力について、知っているし、また、彼の、特異な性格に、彼女が興味をもつことに、いささか嫉妬も、感じていたところだったのである。

「なにをいってるのよ、隆文さん。あなたなんか、ミソッカスのくせに、一人前の口きくもんじゃないわ。一体、あなたは、何しに、こうやって、うるさく、訪ねてくるの？　あなたのお母さんッていう、ガリガリ・マダムが、あんな、失礼なことをいってきて以来、あたしの家は、あなたなんか、オフ・リミットの筈よ」

彼女はプリプリして、答えた。今日の駒子は、すべての男が無価値で、腹立たしかった。

一日、プンプン、人や器物に当り散らして、さて、急に早くなった日の暮れを、迎えると、駒子は反動的に、心細くなってきた。隆文青年を、追い帰したのが、後悔されるほど、寂寥を感じてきたのである。

そして、周囲が真っ暗になってくると、昨夜の恐怖が、冷たい潮のように、押し寄せてくる。台風は、完全に外れたらしく、外は、星月夜で、ソヨとも、風の音がしないが、針のように立ってる彼女の耳は、ヒタリ、ヒタリと、雨戸の外を、人が忍び足をしてるような気がして、仕方がない。平さんが、昨夜きたように、今夜も襲ってこないとは、誰も保証できない

——


もう一つ、困ったことは、これから、配給所へ、ものを取りにいく気が、しなくなったことである。昼間でも、平さんの顔を見ることは、怖ろしい。といって、当分は、パンで我慢するにしても、いつまでも、お米の配給なしに、暮せたものではない。

——もう、こんな所へ住むの、いやになったわ。どこかへ、引越しちまおうか。

台所の方で、ガタンと音がした。彼女は、跳び上って、部屋の中を、ウロウロした。どこへ逃げれば、いいというのか。外へ飛び出せば、捉まえられちまうし、家の中にいれば、やがて、侵入してくるだろうし——

それきり、物音はしなくなった。どうやら、鼠であったらしい。

しかし、彼女は、この恐怖に苛《さいな》まれて、一夜を明かしたら、発狂してしまいそうな気がした。そして、押入れから、寝衣とシーツをとりだすと、小風呂敷に包み、まるで、女中奉公にでも出かけるような恰好で、母屋の大家さんの軒先きを、ションボリと、潜った。

「今晩は……。済みませんけれど、また、今夜も、ご厄介になれませんか知ら」

哀願するように、彼女は、土間の上りカマチで、縫物をしてるおカミさんに、頼んだ。

「ああ、お易いことで……」

そう答えたものの、おカミさんの顔色には、迷惑の色が見えた。

火のないイロリ端で、煙管《きせる》を咬《くわ》えていた、ここの主人も、ジロリと、駒子を眺めながら、

「奥さんも、早く、旦那さんに帰って貰わねえことには、ラチが明かねえな」

と、意味ありげなことを、いった。五百助は、出張中と、ウソをいってあるが、こう長くなっては、近所の人も、少しは、真相を察してきたらしかった。

その夜、汚れた布団にくるまって、天井板もない、煤《すす》けた部屋に、一人で寝ていると、口惜しいとも、悲しいともかたづかない涙が、ポロポロ、彼女の頰に、伝わった。

――あの人が、帰ってくれれば、こんな問題は、解決する。だけど、他のすべては、ドロン・ゲームだわ……。

秋の祭礼が、近づいたためか、ハヤシの稽古の音が、遠く聞えた。彼女は、ふと、大磯の叔父のことを思い出した。

――一度、ご相談にいってこなくちゃ……。

不同調

「ねえ、あなた――一体、五百助さんは、どうしちまったんでしょうね」

と、羽根田力《つとむ》の妻の銀子は、餉台《ちゃぶだい》の上の茶碗や、小皿を、通い盆に移しながら、良人に、話しかけた。

「うむ……」

色の焼けたセルの普段着の肩が、ひどく、骨張って見えるほど、羽根田は、端然と正座して、食後の番茶を、飲んでいた。外へ出ると、有名な多弁家となるくせに、家では、いつも、ムッツリした老人である。そして、食事の時にも、アグラをかかない。といって、べつに、威儀をつくろってるわけでもなく、すべての変人がそうであるように、彼もまた、根は生真面目な男だからである。

「どうも、なんだね、入歯というやつは、アメリカ人のように、三年に一度ぐらい、新調するのが、ほんとかも知れんな」

そういってから、義歯の工合でも悪いのか、しきりに、口をモグモグさせている。

「入歯も、そうですが、五百さんのことが、あたし、少し、気になってきましてね」

銀子は、良人が、顧みて他をいう口癖には、慣れてるので、めったに話をハグらされるようなことはない。

「五百助ね。そう——あの男も、困ったものだが、もう、そろそろ、家へ帰ってきて、いい時期だがね」

と、至極、ノンキなことをいってるが、腹の中は、そうでもないことを、四十年近く連れ添った妻は、よく知ってる。自分の親類だとか、血縁だとかに、極めて、無拘泥《むこうじい》な態度をとる良人ではあるが、銀子の実家のことなぞには、なかなか、よく気がつくところがある。彼女としても、良人の身寄り――ことに、一人しかない甥の五百助に対して、良人が見せる一種の冷淡さに、歩調を合わしてはならないのである。

「腰の重い、五百さんのことですから、北海道だの、九州だのってところへ飛び出してるようなことはないと、思いますよ。きっと、東京市内にいるに、きまってるんですから、なんとか、探し出せない法はないと……」

「探し出したところで、始まらんじゃないか。あれも、子供じゃないんだから、自分から、家へ帰りもしないだろうし、帰っても、意味はないわけだからね」

「それア、そうでしょうけど、便々と、その時を待っていては、第一、駒ちゃんが、可哀そうですよ」

「駒子か……。あれは、よろしく、やってるのではないかな。世間でも、人生でも、万事、よろしくやっていける能力を、授かってる女だよ、あの女は……」

「でもね、やっぱり、女ですからね。女ッてものは、いくら、新しく染め上げたところで、生地《きじ》の変らないもんですよ。藤村の百合ちゃんみたいな、とッ拍子もないのがいますけど、あれだって、年をとってご覧なさい、少しカッパツな、いい奥さんになっちまいますよ。まして、駒ちゃんなんかは……」

「いや、そう一概に、いえんよ。この頃の女は、確かに、変ってきたからな。これだけの敗戦を喫して、人間が変化しないわけがない。男も女も、革命期に入ったのだよ。変らないのは、わしだの、お前ぐらいのもので……」

　羽根田は、《憩《いこい》》に火をつけて、明るい庭を眺めた。砂地に咲き残りの松葉牡丹が、点々と、色彩を滴らしているが、後は、五、六本の松が、正午すぎの太陽を、しずかに浴びてるだけの庭である。

「ホッホッホ。男はどうだか、知りませんがね、戦争に敗けたぐらいで、女は、いちいち、変っちゃいられませんよ。女ッて、もっと、図々しいもんなんですよ。あなたも、女の話となると、からきし、ダメですね。どうも、不思議と、男の人には、わからないらしいけど、女の眼で女を見ると、こんな、ハッキリしたものは、ないですよ。どうして、男の方には、女の正体が、つかめないんでしょうかね」

　銀子は、快活に笑った。二人暮しで、女中もいない家庭では、食事の後かたづけも、忘れたように、ムダ話に耽ったところで、人に気兼ねはなかった。

「そんなことをいっても、女だって、男の正体は、知らんだろう」

「ところが、知ってるんですよ。女は、亭主を、死にもの狂いで研究しますからね。女の商売みたいなもんですよ、これは……」

「へえ、油断ができないね。わしなぞは、女に不可解な人間と、思っていたが……」

「あなたなんか、一番、わかりのいい男なんですよ。五百さんとくると、ちょいと、難物ですがね」

「五百助が、そうかね。わしには、正直なところ、駒子という女が、解せんのだよ。頭のいいことは、確かだが、一体、貞女なのか、それとも、浮気者なのか……」

「どっちでもないんですよ。そういう風に、簡単にきめちまおうとするのが、男の考え方だと、思いますね」

「なるほど。男は、概論が好きで、女は、各論を得意とするのかな」

「何だか、わかりませんけど、駒ちゃんだって、女ですよ。一番、女らしい女かも、知れませんよ。ただね、いろいろ、学問をしたおかげで、少し、欲が出ただけなんですよ」

「学問は、そういうものじゃないがね」

「いいえ、あなた方は、そうでも、女が、学問をすると、ちょいと、男の真似がしてみたくなるんですよ。それが、欲ですよ」

「へえ、新説だね、なかなか……」

「欲を出せば、損をしますよ。男の真似なんかしたって、一文にもなりアしませんよ……。やっぱり、ほんとに、男を知らないからですね」

「模倣の価値なし、というわけかね、男なぞ……」

「まア、そんなことより……つまり、男に勝とうと思ったら、女の持ち前でいく方が、得だというんですよ。それに何といったって、男には、勝たなくちゃ……」

「オヤオヤ、お前さんは、わしを、征服しとるのかね」

「どうですかね、ホッホッホ。あら、おシャベリをしちゃって、もう、一時だわ……。ねえ、ほんとに、五百さんのこと、考えてあげて下さいよ」

細君が、台所へ引き下ったので、羽根田は、茶の間の縁側に、座布団を持ち出して、だいぶ南へ回った太陽が、眼にまぶしいのを我慢しながら、柱に背を寄せた。

——厄介な問題だな、男女関係というやつは……。

彼は、細君の銀子と、ありきたりの見合結婚をして、三十六年間、これという風波もなく、今日に至った男である。芸妓遊びをした経験が、絶無というわけではないが、細君以外の女に心を移したことは、一度もないから、家庭の争いを起す機会もなかった。そして、べつに、細君に惚れたとも、ハレたとも思わないうちに、いつか、彼女なしには、一日も暮せない良人になっているので、夫婦生活とはこんなものかと、少し、甘く考えていた形跡が、ないでもない。

だが、この頃の世相を見ても、また現に、五百助夫婦の間に起きた問題を考えても、男と女との関係というものが、ひどく、むつかしくなってるのを、気づかずにいられないのである。

——今の若い者たちは、可哀そうだ。行末が、思いやられる。

彼は、法学者として、新憲法のある箇条に、多少の批判を持たぬことはないが、その方向には、大体、賛意を表しているのである。その癖、彼は、それによって、国民の男女が、必ずしも幸福になるとは、考えていなかった。彼は、法律によって保証された自由というものの限度を、あまりに、よく知ってるのである。また、自由そのものと、幸福との関係が、直接には結ばれていないことも、長い人生の経験者として、知っているのである。彼は、むしろ、急激に、自由を与えられた若者たちに、惻隠《そくいん》の情さえ持っているのである。

そして、五百助と駒子に対する、彼の感情は、公平なるがために、かえって、厄介だった。彼には、子供がなく、一人の甥の五百助に、強い愛情を持ってるのは、確かだが、同時に、血縁のない駒子に対しても、決して冷淡になり得ないのである。彼は、駒子をも、愛してるのである。どっちかの味方をするのだったら、この問題を解消するのに、よほど、手間が省ける。彼は、二人とも幸福にしてやりたく、また、二人がそうならなければ、この問題の解決にはならないと、考えてる。

——ところが、それが、むつかしいのだ。アッチ立てれば、コチラが立たず……。

彼は、細君に催促されるまでもなく、調停者として、乗り出したい心は、持っていたのだが、方策がないので、つい、腕組みをしていたのである。それにしても、こう事件が長引くのは、面白くない。細君のいう通り、五百助の所在をつきとめるのが、第一条件であるが、教え子の法学士の警視にでも、捜索の助力を求めてみようか——

——それにしても、駒子と相談する必要があるのに、一体、どうしているのか。さっぱり、訪ねてこないが……。

そう思ってる時に、門が開く音がした。二人連れらしい靴音で、男の声がする。駒子ではないらしい。

「やア、これは、ようこそ……」

自ら、玄関へ立っていった羽根田は、忽ち、満面に喜色を浮かべた。彼にとって、誰よりも歓迎すべき訪客――五笑会の菱刈乙丸と、藤村功一の二老人が、打ち揃って、姿を見せたからである。

「会のことで、ちょっと、ご相談があったもんですからね……」

藤村は、いつもの生真面目な顔で、玄関先きで、来意を告げたが、

「フム、フム、なるほど……。いや、わたしも、今日は、ちと、クサクサしとるところでね。ご両所は、よい時に、お出で下さった……。さア、さア、どうぞ……」

この年頃になると、気の合った友人というものが、再び求め難いので、羽根田は、一人の来訪が、よほど嬉しいらしく、子供のように、相好《そうごう》を崩しながら、客間へ案内していく。正直なもので、彼の胸中には、もう、五百助や駒子のことは、影も留めなくなった。

「その後は、ご不沙汰を……」

「どうも、会が、あれぎりになったものですから……」

と、菱刈旧子爵も、ユリーの父も、親しい仲の礼儀を忘れない、古風なお辞儀をする。

「いや、どうも、わたしも、そのことが気になって、一度、ご両所のところへ、ご相談に上ろうと、考えとったところですが、そちらから、遠路をお運びで、恐縮の至りです。今日は、まア、ごゆっくり願って、会の話やら、例のバカ話やらで、一日暮そうじゃありませんか。このところ、わたしも、とんと、出京しませんので、駄弁を、弄する機会がなくて、口の端が、ムズムズしとる始末です。老妻を対手じゃ、ちと、気のきいた警句が浮かんでも、腹の

中へ逆もどりをしますからな、アッハッハ」

と、羽根田は、人前だと、すぐに、陽気な饒舌を始める。細君と差し向いの時と、まるで、人が異ったようである。

「まア、よく、入らっしゃいました……」

細君も、お茶を持って、座敷へ出てきたが、これも、客を迷惑に思う主婦の側には属さず、二人の顔を見て、早くも、老人向きな、夕食の献立を考えてるくらいだから、好人性の豊かな、似たもの夫婦というべきだろう。

「しかし、どうも、弱ったものですな。愚痴をいうことになるが、やはり、昔がよろしい……。五笑会も、戦前の集まりには、なんともいえん、和やかなものが、ありましたが……」

と、没落貴族が、広い額を撫ぜ上げながら、オットリした口調で、オットリした不平を、洩らした。菱刈老人、今日は、珍らしく、和服でなく、四つボタンという、旧式な背広を、着ている。

「そのわけですよ。あの頃は、辺見院長も、生きとったし、堀君も、在世だったし……いわば、五絃の琴が、正しい状態にあったのですからな」

と羽根田が、長嘆を発した。なにか、五笑会について面白くないことが、あるらしい。

「どうですか、この大磯あたりに、おらんですかな、ヒマな連中が……」

旧子爵が、羽根田に話しかけた。

「いますよ。むしろ、ヒマで困ってる人物が、なきにしも非ずですが、ここの連中は、大体、貴族趣味でしてな。あなたのように、貴族にして、庶民主義というのと、ちょうど、逆にあたるわけです。能楽のハヤシだったら、喜んで、参会するでしょうが……」

「テンテンヤは、ご免というわけですか……」

藤村が、苦笑した。

「しかし、なんとかして、同志を糾合《きゅうごう》せんことには……。戦争のために、あんな長い間、辛抱して、やっと、今年になって、再興の機運に恵まれたと思うと、二、三回、例会をやっただけで、この始末では、あまりに、情けない。こんなことなら、再出発なんぞせん方が、よかった……」

と、羽根田は、気の短い老人らしいことをいう。

「一体、辺見二世は、なぜ、会へ出てこなくなったですか」

菱刈が、質問した。すると、羽根田が、慨然として、

「それが、判然《はっきり》せんのですが……わしにいわせると、あの男の入会の動機が、そもそも、不真面目だったと、思うのですな。祭りバヤシというものに、真の尊敬と愛着を、欠いとった――つまり、変ったガラのネクタイでも、買う量見ですかな。シャレであり、趣味であったのでしょう。まア、年が若いから無理もないが、それでは、われわれと共に語る資格が、ないわけです。われわれは、残り少い生命を、いかに、有意義に燃焼させせんかとして、一筋に、この道に縋《すが》っておる……」

「そう。お蔭で、いかに、多くの社会的、国家的な圧迫や恥辱を、忘れ得たか……」

「そして、いかに、人間精神の自主と自由を、ひそかに、保持できたか……」

二老人が、口を揃えて、合槌を打った。左翼演劇のシュプレッヒ・コールとやらに、似てきたのも、彼等の同志的結合の強さが、させる業《わざ》であろう。

「いや、考えてみると、二・二六事件から十年間——あの、日本の不幸な時代が、五笑会にとって、最も愉しかったということになるが、少し、キマリが悪い気が、せんでもない……」

「しかし、それは、君子の愉しさであるから、気にすることはないですよ。われわれは、やむをえず、愉しんだので……」

「油が乗り出してからは、やむをえずでもなかったが……」

「過度な反省は、君子の道でないですよ。それに、昨今、またまた、時代は、われわれが愉しむことを、余儀なくさせる傾向がある……」

「そうですよ。だから、五笑会の意義は、いよいよ、切実になってくるに拘らず、鉦《かね》や笛が、手不足になっては、大問題という外はない……」

話は、また、旧《もと》へ戻った様子である。

「辺見二世の欠席理由は、羽根田博士の解釈に従うとしても、芳蘭《ほうらん》女史の不勉強は、まことに、腑に落ちんですな。あの婦人は、故人の薫陶《くんとう》を受けてるのですから、も少し、この道に対して、熱情を示しても、いいわけですが……」

と、菱刈老人が、穏かに、不満を述べると、

「辺見君は、欠席の通知を寄越したから、まだ恕《ゆる》せるが、あの婆さんときたら、二回とも、無断で休むのだから、怪しからんですよ。なにか、含むところでもあるのか。それとも、もう、飽きてしまったのか――飽きるには、あまりに幼稚な、笛の調べだがね」

羽根田は、歯に衣を着せない。

「初歩という点では、辺見二世の鉦も、同様だが、ヘタながら、親父さんの方が、調子がよかったのは、不思議ですな」

「それア、精神の問題ですよ。辺見院長は、われわれと、同時代人だったですからな。明治の憲法発布から、新憲法の今日まで生き抜いた、日本人の血が、おのずから、無限の感慨を、呂律《りょりつ》に表わすのですよ。ところが、戦後加入の新会員ときたら……」

「しかし、われわれも、ほんとに調子が合ったと思ったことは、滅多になかったですぞ、ハッハハ」

「いや、それは、和して同ぜず――つまり、君子の生き方、個性尊重の紳士道の発顕であり、同時に、音楽合奏の妙諦であるが、戦後派に至っては、和することを知らん上に、ただ雷同を事としておる。求むべき自由と、求むべからざる自由の区別も、知らん。無断欠席も、多分、人間の自由と、心得とるのでしょう。どうも、あのアプレ・ゲールにも、困ったものだ……」

と、羽根田は、大真面目に、憤慨するが、芳蘭女史や辺見卓を、戦後派と認めてるのだか

ら、ユリーや隆文が聞いたら、腹を抱えるだろう。

話の様子で、知れるとおり、五笑会の例会は、今月と先月の二回に亘《わた》って、二人の欠席者のために、半ば、お流れとなったのである。他の会合とちがって、一人でも欠けると、ひどく興をそぐ。鉦はまだしもとして、笛なしに、太鼓だけ叩いても、始まらない。欠席者の方では、たかがバカ・バヤシと思ってるか、知れないが、三老人の身になると、生きてる愉しみが、七割方、消失するので、新会員の頼りなさを、口を極めて非難すると同時に、五笑会今後の方策について、額を集める必要を、生じたのである。

「いっそ、あの二人を除名して、代りに、商売人でも補充することにして、当分、例会を行いますか」

と、羽根田が、短兵急なことをいい出すと、菱刈は、首を振って、

「除名も、穏かでないし、商売人を入れることは、この会の主旨に反しますな」

「では、どうします？」

「さア」

その時、今まで黙っていた藤村が、口を出した。

「待って下さい。どうも、口留めをされて、弱ってるんですが、実は、わたし、此間、芳蘭女史に会って、心境を聞きました……」

「ほウ。それは……」

と、羽根田も、菱刈も、藤村の言に、耳を傾けざるをえなかった。

勿論、ユリーと隆文の許婚関係も、起きるくらいで、藤村と堀の両家は、昔から、最も親しい間柄なのであるから、藤村が芳蘭女史と会ったということに、不思議はないわけであるが、何か、仔細ありげな、彼の口吻《くちぶり》が、二人の気をひいたのであろう。

「どうも、あれは、きかん気の女でして……」

と、藤村は、前置きばかり列べる。いいにくい話らしい。

「きかん気どころではない。不感気といいたいほど、強情なところがある」

と、羽根田は、遠慮がない。

「いや、一面、大いに、サバけた点もあるのですが、問題が、自分の息子のことになると、まったく、見境がなくなってしまう……」

「つまり、無教養のせいですよ。謡曲だの、南画だのを、いくら勉強したところで、人間のキジというものは、どうしようもない。横丁のお師匠さんが、相当の女ですよ、あれは……」

無断欠席の怒りを、羽根田は、収めかねている。

「そんなことより、彼女が、会へ出てこなくなったのは、息子さんと、なにか、関係があるのではないですか」

菱刈が、会話を整理した。

「そうなのです。それが、理由なのです。隆文君が、ちょっと、問題を起して、その対手方が、会員の一人と、姻戚《いんせき》関係があるので……弱ったな、どうも、いいにくいですよ」

藤村は、羽根田の顔を、見ないようにした。

「われわれの間で、遠慮は、要らんじゃないですか。あの婆さん、息子のことで、誰かに会うのが、キマリが悪いとでも、いうのですか」

と羽根田が、不審がる。

「いや、キマリが悪いどころではない。恨んでるのですな。或いは、怒ってるといった方が、適当かも知れません」

「ほウ。誰をですか」

「その……会長をですよ」

「わしを、恨んどる？　これア、意外だ。あの婆さんから恨まれる覚えは、まるで、ないですぞ」

羽根田は、学生から、ストライキでも食った時のような、顔つきをした。

「ごもっともです。あなたは、なにも、ご存じないことを、わたしも、彼女に強調したのですが、そこが、母性愛一辺倒といいますか、もう、思慮を失っておるので……」

藤村は、それから、隆文と駒子の顚末を、語り出した。といって、芳蘭女史の口から聞いた、真相であるから、隆文の都合のいいように、多少の潤色があるのは、やむをえない。聞きようによれば、空閨《くうけい》に悩んだ駒子が、年下の青年を、誘惑したようにも、受け取れる――

「怪しからんことです。もし、事実とすれば……」

羽根田が、怒り出した。

親友、遠方より来《きた》ったので、悠々、半日の清談を愉しもうとした、羽根田のモクロミは、見事、外れたようだった。

「第一、そんなことがあったとすれば、藤村さん、あなたに対しても、申訳が立たんわけだ。お宅のお嬢さんと、隆文君との将来に、暗影を与えるですからな」

羽根田は、声を高めた。この老人、思想は、自由主義的であるくせに、自分や周囲の道徳問題になると、ひどく、昔気質を発揮する傾きがある。

「いや、いや、うちの娘は、ご承知のとおりな性格で、あれは、まるで、男の子ですな。一向、この問題に、動揺の色がないです」

藤村も、親バカの一人らしいところを、見せた。

「それは、なんともわからん。口に出していわんのが、乙女心のイジらしさだから……」

と、旧子爵が、古風なことをいう。

「たとえ、百合子さんが、どう思っても、駒子の行跡を、不問に付すことはできんです……。しかし、それほど、思慮のない女とは、思えん節があるのだが……」

一気に怒ってしまった反動で、羽根田は、多少疑いを感じてきた。

「わたしも、あの奥さんは、シッカリした方だと、考えていたですが、辺見二世とも、なにやかや、噂が立つところをみると……」

藤村は、ウッカリ、口を滑らせた。すべては、芳蘭女史から、聞いたことなのである。

「なに？　駒子が、辺見君とも、怪しいと、いうのですか」

羽根田は、また、昂奮へ逆戻りした。

「いや、ハッキリした話ではないが、なにか、ご両人の間に、アフェアがあったらしいですよ。そして、辺見君が、会へ出なくなったのも、どうやら、そのことと、関係があるらしいのですがね」

「ほんとですか、その話は……」

羽根田の眼の色が、変ってきた。

「それア、誤伝でしょう。少し、話が、深刻過ぎますからな」

菱刈の説は、いつも、穏当だった。

「恐らく、そうだろうと思いますが、ご両人が、相携《あいたずさ》えて、どこかへドライヴされたというのは、事実らしいですな」

藤村は、ユリーの父親として、どうやら、駒子に、好意を失ってるようである。

「いよいよ、怪しからんことです。年少の隆文君と、問題を起すばかりでなく、妻のある辺見君に、色眼を使うなんて……。いかに、戦後の風儀が乱れたといっても、こいつア、許せません。それに、笛と鉦が欠けたのが、そういう原因だとすると、駒子が、五笑会を攪乱《かくらん》した張本人とも、いえます。……。怪しからん女です。よろしい。きっと、糾明しましょう」

羽根田は、会の難航の鬱憤も、加わって、本気に、悖徳者《はいとくしゃ》を憎み始めたようである。

「オイ、オイ……」

突然、彼は、手を叩いて、細君を呼んだ。こういう呼び方は、戦後の家庭で、流行らない。

「なんですか」

羽根田の細君が、白い割烹着の裾で、濡れた手を拭きながら、座敷へ出てきた。

「なんですかじゃ、ないよ。容易ならんことだ……。駒子がね、堀の隆文君を誘惑し、更に、辺見の息子に色眼を使って――稀代の妖婦の本性を、露わしてしまったんだ。捨て置いたら、これから、何人の男を毒牙にかけるか、わからんのだ……」

と、羽根田は、大ゲサなことをいう。

すると、銀子は、小肥りの手を、口許へ持っていって、

「オッホッホ」

と、さも、おかしそうに笑った。

「笑いごとじゃないよ……」

「話って、そんなことですか、バカバカしい。それより、あなた、今日は、地のカンパチとカマスのいいのが、手に入りましたから、皆さんに、早く、一口さしあげましょう……」

と、細君は、台所の方が、急を要するらしく、引っ込みかけるのを、

「まア、待ちなさい。カンパチも、結構だが、駒子を、どう料理するか、という問題に、お前さんがいてくれないと、困る」

「冗談じゃ、ありませんよ。あなた、本気で、そんなことを、考えてるんですか」

細君は、呆れたように、良人を見た。

「必ずしも、全面的に、信じてはいないにしても、そういう噂が立つ以上、手を拱《こまぬ》いてるわけにいかんじゃないか」

「だから、あたしが、いわないことじゃないんですよ。五百さんの行方を、早く、探し出しておあげなさいッて……」

「いや、五百助は、なにも、不行跡《ふぎょうせき》を働いたわけではない。或いは働いとるか知れんが、少くとも、問題になっていない。現在、事を起したのは、駒子である……」

「いいえ、五百さんですよ。五百さんが、家にいれば、そんな噂は、立ちアしませんよ」

「なるほど。そういえば、そうかな」

羽根田は、妙なところで、細君の論理に服する。

「夫婦なんて、一緒にいれば、まちがいないんですよ。ねえ、皆さん？」

細君は、二人を眺めた。

「それア、もう、奥さん……」

と、菱刈が、合槌を打ったが、藤村は、技師上りらしい実直さで、

「原則としてはですな」

「現実としては、しかし、駒子を、不問に付すわけに、いかんよ。なんしろ、五笑会への影響が大きいのだ。鉦と笛を、奪い還すために、明日あたり、わしが、駒子を訪ねてみようか
と、思ってるんだが……」

と、羽根田は、細君を顧みると、

「お止しなさいよ、可哀そうに……。駒ちゃんに限って、そんな、バカなことはありアしませんよ。どうしても、お気が済まないんなら、あたしが行きます。こんな話は、女同士でなければ……」

「いや、お前さんが行ってくれれば、有難い。そう話がきまれば、わしも安心した。……、では、カンパチの方に、取りかかって頂こうか……」

まだ、日の暮れないうちに、酒が出て、座敷の空気も、一時の険悪から、救われた。

「どうも、わしは、いよいよ、戦後の日本人と、ツキアイにくくなって、東京に出ない時が多いのだが、まア、ハヤシだけは、なんとかして、続けていきたいですな。もう、これのない余生は、考えられんですよ」

と、羽根田は、杯《さかずき》を、鼻の手前まで持ってきながら、飲むよりも、喋ることに、忙がしい。

「それアね、博士、わたしたちの道楽ばかりでなく、神田バヤシの伝統保持という点からいって、他に誰も、関心を持つ者がない。能楽はブルジョア、雅楽は宮廷という保護者があるが、この方には、微力なるわれわれ以外に、誰も手を差し伸べんのですから、その責任からいっても……」

藤村も、先刻のイヤな話は、忘れたように、一盃の酒で、機嫌よく、頬を染めていた。

「そうですな。勿論、わたし等は、ヘタである――ヘタなことは、よく知ってるが、亡き名人の長谷川金太郎に、手解《てほど》きを受けたという点で、些《いささ》か、人に誇るべきものがあると、思うのですよ。われわれ素人が、プロに何とか口がきけるというのは、正しい伝統を継いでいるからです。一面、それだけ、斯道《しどう》の衰微が、甚だしいためとも、いえるが……」

旧子爵は、そういって、カンパチの刺身に、手を出した。

「ごもっとも……。しかし、金太郎に習い始めの頃が、懐かしいですな。菱刈さんは、ご器用で、上達が速かったが、わしは、シラベ（小太鼓）で長く停頓して、金太郎に叱られました……」

「いや、辺見院長のヨスケ（鉦）ですよ、いつまで経っても、モノにならなかったのは……」

「堀君のトンビ（笛）だって、悠長を極めたものでしたな。早間になると、いつも、笛がシラベを追っ掛けてくる……」

「しかし、二人とも、熱心だった。それから、二人とも、いい人物だった……」

「なにが寂しいといって、あの二人が欠けたほどの寂しさはない。辺見二世や芳蘭女史も、正直なところ、代用品に過ぎませんな」

「わしも、そのことが、いいたかった……。一人は故人の息子、一人はその未亡人なのだから、調和を破る筈はないと考えて、入会させたのだが、全然、昔の空気が、出てこない……」

「どうですか、いっそ、三人でいきますか。わしが、トンビをやって、博士が一人でシラベ、太鼓を藤村君……」

「鉦なしですか。やはり、ヨスケがないと、寂しいな」

「しかし、それも、一案だな。どうしても、適当な会員が獲《え》られないとすれば、窮余の策として、そうでもする外はない。何もやらんより、どれだけいいか、知れん」

「何もやらんというのは、いかん。それが、一番、いかん……」

と、後の二人が、異口同音に答えた時に、玄関の開く音がした。

「ご免下さい……」

（オヤ、あれは、駒子の声だぜ）

羽根田は、聞耳を立てて、心に呟いた。

二人の客は、何も気がつかないから、

「まア、理想をいえば、われわれと同年配の会員が、二、三人、欲しいですな。いつか、お宅でお目にかかった、K伯爵なぞは、風流人らしい、ご様子だったが……」

「いや、あの男は、ダメですよ。まだ、政治に未練があって、追放の解けるのを、待ち兼ねての、風流沙汰なのですから……」

「それでは、困る。すると、お茶組か、ゴルフ組ですな」

「ええ。お茶をやってますがね。どうも、テンテンヤを始める人は、茶道や謡曲を、卒業してからでないと……」

「菱刈さんなぞは、その上に、新橋大学、赤坂学院の方も、ご卒業なのだから……」

羽根田は、そんな冗談をいってみるものの、胸の中では、先刻、玄関を訪れた客が、どうやら、駒子ではないか――もし、そうなら、何といって、トッちめてやろうかなぞと、考えてるので、いつもほど、弁舌が、冴えない。

「しかし、昔は、芸妓遊びということがあったが、今の若い者は、どんなところで、道楽をするのですか」

と、品行方正の藤村が、ウカツなことを訊ねる。

「それア、ダンス・ホールとかキャバレとか……」

と、いいかけて、菱刈は、ふと、何か思い出したらしく、

「時に、つかんことを伺うが、甥《おい》ごの五百助君の消息は、その後、知れましたか」

「いや、まるで、雲をつかむようで……」

羽根田が、渋い顔をした。

「ことによったら人違いかも知れんが、わたしは、一週間ほど前に、五百助君らしい人と、銀座で遇いました」

菱刈が、意外なことを、いい出した。

「ホホウ。で……話でもされましたか」

羽根田は、ヒザを進めた。

「いや、話をすれば、五百助君とわかるのだが、ただ、後姿を見ただけで……」

「どんな風を、しとりましたか」

「それが、非常に、ハイカラな、高価な服装で、そして、同じく、高価そうな婦人を、携帯

しておられましてね……」

「それア、人ちがいでしょう。彼奴《あいつ》が、そんな金を、持っとる筈がない」

「しかし、あの体格は、特徴がありますからな……。同行の婦人というのも、まだ年若で、恐らく、高級パンパンか、ダンサーではなかろうかという、服装でしたが……」

「あなた、そこで、つかまえて下さると、よかった……」

「ところが、銀座裏の関西料理へ、二人で、スーッと、入ってしまいましてね……」

そこへ、細君が、新しい銚子を持って、入ってきた。そして、良人の側へ寄って、

「あなた、ちょいと……」

「待ってくれ。今、重大な話が、始まってるのだ」

「そうですか。でも……駒ちゃんが、きてるんですよ。それに、珍らしいじゃありませんか。今夜は、泊ってくって、いってますよ」

女同士

その晩、駒子は、羽根田の家へ泊った。新婚の頃、五百助と共に、一泊したきりで、その後、晩くなっても、必ず、夜汽車で帰っていくのである。やはり、実家へいくほど、気がラクになれないからだろう。

そういう駒子が、自分から、泊めてくれと、いい出したので、

「オイ、やはり、何かあったのだぜ」

「そうですね。だけど、あなたは、知らん顔をしておいでなさいよ。明日、あたしから、ナンドリと、訊いてみますからね」

　老夫婦は、寝物語に、そんなことを、話し合った。

　しかし、駒子にしてみると、ある決心のもとに、大磯へきたのは、事実であるが、泊めて貰う気になったのは、平さんの恐怖が、第一なのである。そう毎晩、大家さんの家の厄介になるわけにいかない。といって、家で寝るのは、物騒である。一晩でも、安全な屋根の下で、眠りたい。叔父の家にも、気兼ねはあるが、大家さんから見れば、まだマシであった。

　翌朝、彼女は、叔母が起き出すのと同時に、床を離れ、甲斐々しく、立ち働いた。羽根田も、早起きで、日の出の頃に、海岸を一回りしてくるのが、日課であった。彼が、ステッキを振って、出かけていくと、

「駒ちゃん。タマに遊びにきたのに、そんなに、働かなくてもいいよ。昨夜《ゆうべ》の跡片づけは、ご飯が済んでからで、関《かま》やしないからね。それより、五百さんの様子は、その後、なんにも、知れないのかい？」

　と、カマドの火をひきながら、話しかけてみた。

「ええ、困ってしまいますわ……」

　流し台で、客用の皿小鉢を、洗っていた彼女が、答えた。その調子には、確かに、《困った》という実感があったのを、銀子は、聞き逃さなかった。

「昨夜のお客で、五百さんらしい人を、銀座で見かけたという方が、あるんだがね」

「まア、ほんとでしょうか」

「五百さんが、大変立派な洋服を着て、有名な料理屋へ入ってくところを、見たというんだがね」

銀子は、さすがに、若い女の同行者があったとは、いわなかった。

「ああ、それじゃ、人ちがいですわ。あの人には、とても、そんな……」

一言のもとに否定した駒子の声には、同時に、落胆の響きがあった。

「でもねえ、一体、どこに隠れていなさるんだろうねえ。いくらなんでも、もう、帰ってきてもいい頃じゃないの」

「ええ。せいぜい、二、三日で、帰ってくるだろうと思って、つい……」

「つい、どうしたの」

「出てけッて、いっちまったんですけど……」

駒子の声音《こわね》に、いつもにない、殊勝さがあるので、ここぞと、銀子は、サグリを入れようとしたが、生憎《あいにく》、羽根田が散歩から帰ってきた。

茶の間で、三人で、朝飯の卓を囲む時にも、駒子は、羽根田の叔父が、いやに、ムッツリしてるのが、気になった。昨夜、客たちが帰ってから、挨拶をしにいっても、叔父は、いつもの気軽な饒舌を、聞かせてくれなかった。こんな不機嫌な、叔父の顔を、彼女は、かつて見たことがないのである。

（また、雑誌で、悪口でもいわれたのか知ら？）

羽根田は、戦争中には、憲兵から睨まれ、戦後は、進歩的な大学教授から、嘲笑を受けてる男で、いつも、よい目に遇ったことがない。

駒子は、よもや、自分のことで、叔父が腹を立ててるとは、知らないから、

「叔父さま、昨夜は、おハヤシをなさらなかったようですわね。あれは、やはり、五人お揃いにならないと、できないもんなんですか」

と、よけいな質問をした。

「妨害者があれば、何人集まっても、できやせん」

羽根田は、苦り切って、答えた。そして、彼は、飯を掻き込み、茶碗をカラにしたから、駒子が盆を差し出すと、それには、眼もくれないで、細君の手へ、渡した。それを、銀子が、駒子へ、取次いだ。

それでも、駒子は、自分が叔父の不機嫌に関係があるとは、気づかなかった。それで、また、ロクでもない口をきいた。

「あたくしね、叔父さま、この頃、女の自由ッてことを、更めて、考えているんですけど……」

「女の自由？　姦通罪廃止によって生じた、自由のことかね。そんな相談は、ご免を蒙《こうむ》りたいよ」

羽根田は、ドンと、駒子の胸を突き飛ばすように、いった。これには、彼女も驚いた。平常《ふだん》の叔父だったら、彼女の少し甘えた質問に、諧謔混《かいぎゃくまじ》りで、三十分も、饒舌を続けたろうに——

食事が終ると、羽根田は、無言で、書斎に入ってしまった。

「叔父さまは、お加減でも悪いんでしょうか。あたくし、ちょいと、ご相談があって、伺ったんですけど……」

と、駒子は、叔母に訴えないでいられなかった。

「どうも、今日は、日が悪そうだよ。駒ちゃんさえ、差支えがなかったら、二、三日泊ってって、様子を見て、羽根田に話したら、どうだね」

銀子は、ニコニコしながら、いった。

「そうですね。ご迷惑でも、そうして頂こうか知ら……。でも、家が気になりますわ」

「だって、大家さんに頼んで、いつも、家を明けているんじゃないの？」

「ええ。その方は、心配ないんです。それに、盗まれて困るほどの品物も、持ってやしませんから……」

「それじゃ、なにが、気になるの？」

「なんだか、留守中に、フイと、南村が帰ってきそうな気がするんですよ。妙ですわね」

その日の午近《ひるちか》くに、銀子は、良人の書斎へ入っていった。

「あなた、お午飯《ひる》を、一人で召上って下さらない？」

「どうして？」

羽根田は、老眼鏡を外して、大きな紫檀《したん》の机の上に置いた。

「駒ちゃんと、松琴亭へご飯を食べにいこうと、思いますの」

「贅沢なことをするね」

「この家じゃ、あの人だって、話しにくいことが、沢山ありますよ。差し向いで、いろいろ、聞いてみたいと、思います」

「しかし、脈はあるのかね」

「大有り……。自分の留守に、五百さんが帰ってやしないかなんて、いってますからね」

「そんな片言隻句《へんげんせきく》を信用してはいかんよ」

「まア、なんでもいいから、あたしに、お任せなさい。あなたは、黙って、今日のお午飯だけ、お茶漬を食べて下されば、いいんですよ。茶の間に、支度をして、置きますからね」

「それは、関わんが、金を持っとるのかね。わしの手許は、目下、不如意だよ」

「ご安心なさいよ。憚りながら、松琴亭のお中食ぐらい、いつだって……」

「ほウ、何がためのヘソクリぞや――か」

羽根田は、始めて、冗談をいった。

それから、彼女は、茶の間へ帰って、駒子に話しかけた。

「駒ちゃん、今日は、叔母さんが、外で、お午飯をオゴるよ。顔でも、直して置いたら？」

「あら、そんなことして頂いちゃ……」

「いいんだよ。偶《たま》には、女だって、保養をしなければ……」

「叔父さまは、いらっしゃらないんですか」

「男なんか、連れてっちゃ、気詰まりだよ。それに、時々、留守番をさせて、お茶漬でも食べさせとくと、クスリになるからね、亭主ってものは……」

彼女は、納戸へ入って、身支度を始めた。大島のアワセは着たが、足袋までは、穿かなかった。駒子は、ヨソイキの服を着たままだから、ちょいと、鼻の頭でも叩けば、よかった。

「じゃア、いってきますよ」

玄関で、銀子は、大きな声を出した。

「おう」

書斎で、それに相当する返事があった。

「あの声――まるで、動物園の虎みたいだわね」

彼女は、駒子の心のシコリを、解こうとするのか、努めて、陽気な言葉を用いた。

生垣や建仁寺の多い、別荘風の家々の間を抜けて、線路沿いの坂を登ると、じきに、駅前に出た。この夏は、海水浴客が多かったが、今は、もう、いつものヒッソリした広場だった。

「駒ちゃんは、松琴亭、始めてだったかね。この山の上に、あるんだよ」

彼女は、邸宅風の門柱を過ぎて、山路のような林間の坂を登りながら、いった。

これも、戦後現象の一つで、別荘くずれの旅館が、この大磯にも、数軒あるが、松琴亭も、その一つだった。松山の頂きに、明治風な、間伸びのした洋館を交えた母屋、離れ座敷が、建っていた。

「ご免下さい」

銀子が、ヒッソリした玄関で、大きな声を出しても、女中が出てくるまで、だいぶ、時間が掛った。

「電話かけて置いたけど、離れは、明いてますか」

「はア……どうぞ」

女中が、松林の中の、茶室めいた八畳へ、案内した。

「まア、いい景色ですわね。大磯の海ではないみたい……」

駒子は、縁側に立って、松の幹越しに、眼下に展《ひら》けた海景を、眺めた。秋らしく、晴れた日で、三浦半島も、江の島も、藍色に際立ち、渚の波は、音も聞えずに白いレース模様を、描いていた。

「今日は、駒ちゃんは、お客さんだから……」

銀子は、床の間の前へ駒子を坐らせた。

「あたくし、子供の時に、大磯へくると、ここの別荘が、とても、立派に見えて、羨ましかったものですわ。それが、旅館になるなんて……」

駒子は、自分の身に引き較《くら》べた。

「駒ちゃんは、お隣りの岩井別荘と、まちがえてるんじゃないのかい。もっとも、あの別荘も、今じゃ、毛色の変った孤児の収容所になってるけどね」

「まア、そうですの。大磯も、ずいぶん、変りましたわね」

「大磯ばかりじゃ、ないけどね……」

そこへ、女中が、茶菓を持ってきた。

「あの、お中食は、なにか、お好みがございますか」

「そうですね……。どうだね、駒ちゃん、今日は、ちと奮発しようか」

「あら、そんなことなさらなくても……」

「いいんだよ……。では、こちらのお中食の外に、住吉のおウナを、二人前、取り寄せて貰いましょうかね」

「畏まりました」

「それから、お銚子を、一本、つけて下さらない？」

「あら、叔母さま、お酒も？」

「いいじゃないか。女同士が、お酒を飲んだって、法律に触れもしないだろう。女だって、偶には、豪遊をしなくちゃ、命が続かないよ……」

銀子は快活に笑った。

――なんだか、今日の叔母さま、少しヘンだわ。

敏感な駒子は、叔母が、わざと調子を外してるような態度を、看て取った。経済に恵まれていない家なのに、珍客でもない自分を、外の食事に誘い出すということからして、腑に落ちなかった。

「お待たせ致しました」

やがて、酒とツマミものが、運ばれてきた。

「ここの家には、アベックが、時々くるというけれど、こんな風にして、お酒でも飲むのかね。あたしたちも、今日は、アベックでいこうよ。なアに、女同士だって、なにも、遠慮は、いらないよ……」

銀子は、一、二盃の酒に、瞼を染めながら、駒子に、酌をしてやった。大きなことは言っても、いくらも、飲めはしないのである。そこへいくと、駒子の方は、もう一合ぐらい飲んで、平然としている。辺見と飲んで、酔ったのは、煙草の祟《たた》りだった。

「すると、叔母さまの方が、男性で、あたくしは、誘惑された娘ということに、なりますわよ」

駒子は、笑った。

「そうさ。さし向き、あたしア、ハゲ頭の重役ッてところかね。でも、この頃の若い娘は、お金さえ持ってる人なら、年なんか関わないっていうけど、ほんとか知ら」

「そういう傾向は、多少、あるようですわ。でも、昔の職業的な女——芸妓なんかの気持とちがって、お金だけが、目的というんでなしに、お金を儲ける力や、社会や人生と闘う力や、つまり、その人の生活能力ッていうものに、信頼感を持つんですの。ところが、若い男には、そういう力が、少いでしょう、この頃は……」

「どうして?」

「だって、三十代の男は、生活は苦しいし、戦争の疲れで、頭はボンヤリしてるし、女を愛するとか、信頼させるとか、それどころじゃないんだと思いますわ」

「へえ、気の毒なもんだね。じゃア、もっと、若い男は?」

「戦争中に子供だった、男のことですか。つまり、純戦後派ですわね。これは、もう、自分のことばかり——それも、極く限られた自分の欲望の外には、なんにも、考えない人たちですわ。恋愛なんて、ほんとの意味では、できもしないし、望んでもいないんですもの。色気づいた子供みたいなもんで、することは無軌道でも、気持は、ほんとに、他愛ないんですの。だから、同じ年頃の娘から見たら、とても、物足りなくて、少しぐらい、オジイチャンでも、頼りになる人の方がいいっていう気に、なるんじゃないんでしょうか」

「そうかね。すると、三十代の男も、二十代の青年も、みんな、ロクデナシになっちまったわけだね。ずいぶん、今の女は、可哀そうなことになったね。あたしの若い時分には、眼移りがするほど、立派な男がいたもんだが……」

「叔父さまは、銀時計の秀才で、栄三郎とかいう役者に、似てらしたんですってね」

「年寄りを、ヒヤかすもんじゃないよ……。それより、あたしが、不思議に思うのは、今の女の人の気持ちさ。皆さん、あたしたちの若い頃とちがって、頭は進んでるし、気は強いし、その上、世の中が、女の自由とか、男女同権とか、すっかり新しくなったのだから、そんな、ロクデナシや、オジイチャンでは、相手にとって不足じゃないかと、思うんだがね……」

「ええ、そうなんです。でも……そう思いながら、女ッて、やっぱり、愛したい――愛し得なければ、せめて、信頼する対手が、欲しいんじゃないんでしょうか……」

駒子は、われ知らず、シンミリした口調になった。それを、掩《おお》い隠すように、甘鯛の照焼に、箸をつけた。

「おや、そうすると、昔の女の気持と、あんまり、変らないことになるね……。でも、駒ちゃんなんかは、そうでもあるまい？」

栗のフクマセを、見栄もなく、頬張りながらも、油断なく、耳を傾けてる。

「ところが、叔母さま、この頃、自分の意気地なさに、驚くことがありますの。あたくしなんか、一番、いけない年齢なんじゃないでしょうか。戦後派にもなれず、昔の女でもなく……」

「一番、味のある年頃なんだよ。だから、迷うことが、多いんだよ」

「迷ってばかり――自分でも、いやになりますわ。南村のことでも、一体、どうしたら、いいのかと思って……途方に暮れる気持に、なりますの」

「なるほどね。無理もないよ、亭主が家を出たっきりで、半年近くも、帰ってこないんだから……」

「いえ、あたくしが、追い出したようなものなんですけど……」

「それにしても、オメオメ、出てくなんて、おかしな亭主だよ。出たにしても、潮時を見て、サッサと、帰ってくれれば、いいのにね」

「そんな、器用なことのできる人じゃ、ありませんわ……。一体、どこにいるんでしょう。あたくし、とても、この頃、気になるんです……」

「でも、亭主の留守も、気楽で、いいもんじゃないの。ちっとは、好き勝手な真似を、やったらいいのに……」

「やってみましたわ……」

「どうだったい？」

「つまりませんでした……」

駒子は、クリクリした眼を挙げて、率直に、答えた。

「それは、いけなかったね。どう、つまらなかったの？」

「一人として、ロクな男はいませんでした」

駒子は、落ちついた声で、答えたが、さすがに、銀子の顔色は、変った。

——まア、この人は、ほんとに、マチガイをやっちまったのだろうか。

「叔母さま、失礼なことを伺いますけど、結婚なすってから、叔父さま以外の男性に、興味をお持ちになったこと、絶対にございません？」

駒子の眼つきが、据わってきた。酒に酔ったのだろうか。

「そうだね。それア、ないといったら、ウソになるだろうね」

「それから、叔父さまに、フツフツ、愛想がつきたというようなことは？」

「大有りだよ、それなら……」

「まア、叔母様でも？」

「当り前さ。あんな、気むずかしい、口やかましい、自分勝手な亭主は、ありアしないよ。何度、出ていこうと思ったか、知れないね。……。でも、四十に手が届いてからは、少し、考えが変ってきたよ。羽根田と別れて、よその男と一緒になったところで、タイしたことはなかろうと、思うようになってね」

「すると、忍従——我慢なすったわけね。昔の方は、それがおできになるから……」

「ちょっと、待っとくれ。昔の女だって、ムリな我慢はできないよ。我慢できることは、我慢するが、イザという時には……。まア、それは別として、あたしが、亭主に不服がなくなったのは、男ッてものの正体が、わかってきてからなんだよ。それまでは、少し、男を買い被っていたんだね。それが、妙なことから、眼が覚めたんだよ」

「まア、どんなことからですの？」

「まだ、青山にいた頃だがね。あの時分は、羽根田も大学に出ていて、法学部長とかなんとかいって、世間にも、ちっとは、幅のきいたものさ。どうも、亭主ってものは、ちっと地位ができて、人からチヤホヤされる時が、一番、女房にとって、いけないもんだよ。女房にまで、自分の力を、鼻にかけたりしてさ」

「そういうもんでしょうか。あたくし、一度も、そういう経験がないから……」

「なくて、幸せ……。羽根田も、その頃は、小憎らしい男だったよ。こっちも、また、亭主が世間でモテるのだから、ちっとは偉いのかと、勘ちがいをして、いやが上に、サービスするもんだから、いよいよ、つけあがって、始末がいかなくなるんだよ。あんまり、いい気になって、勝手なことばかりいうから、ある朝、とうとう、喧嘩しちまってね……」

「でも、喧嘩がおできになるから、幸福ですわ。ウチなんか、あたくしが、怒るばかりで……」

「まア、お聞きよ。あたしも、その時は、腹を立てて、ほんとに、こんな亭主は殺して、自分も死にたいと、思ったくらいだったよ。そこへ、羽根田が、西洋剃刀《かみそり》を持ち出して、髭を剃り始めたね……」

「あら、アブない……」

「いいえ、毎朝、茶の間で、髭を剃るんだがね。いつもなら、あたしも、シャボンぐらい塗ってやるんだけど、その時は、知らん顔をして、見ててやったんだよ……。すると、威儀をつくろって、ゾリゾリ、始めたんだがね。顔を仰向けたり、下向けたり、鼻をツマんだり、皮を引っ張ったり、ベッカンコーをしたり、ヒョットコのような顔をしたり――人変なもんだね、男が顔を剃る時の百面相は。そのうちに、あたしア、プッと、吹き出しちゃったんだよ……。いいえ、顔がおかしいんじゃない、男ってものが、急に、滑稽に見えてきたのさ。バカで、間抜けで、オッチョコチョイで、空威張りで、見栄っ張りで、その上、ケチンボーで、気が小さくて、アレが好きで――という風に、男の欠点が、一時に、見えちまったから、不思議じゃないか……」

「まア、ずいぶん、面白い心理ですわね」

「なアに、それまでに見ていた、男のアラが、積り積って、その時に、飛び出したんだろうがね……。とにかく、それからッていうものは、羽根田のすることが、そんなに腹が立たなくなったばかりでなく、かえって、可愛く見えたりしてね……。どうも、若い人は、男を買い被ってるんじゃないのかね。亭主というものを、よほどのものと思い込まなくちゃ、気が済まないんじゃないのかね」

「あら、あたくしなんか……」

「いや、駒ちゃんだって、その組らしいよ。五百さんに、いろいろ不満があるというのも、男ッてものが、もっと、立派な、頼りになるシロモノと、思うから……」

「でも、叔母さま、ほんとに男らしい男、女の全部を献げて悔いない男というものが、世の中にいないとは、限りませんわ」

「冗談いっちゃいけない。そんなものがいたら、バケモノだよ」

「あら、そうでしょうか」

「駄目、駄目……。駒ちゃんも、もう少し、年をとらなくちゃ……。早い話が、女の眼から見て、才色兼備、絶世の美人というのが、世の中にいるかい？　そら、ご覧……。でも、男は、ウロウロ、有りもしないものを探してるよ。それと同じことさアね」

「叔母さまの仰有ること、寂しいわ」

「寂しくたって、仕様がない。論より証拠、あんたは、一人として、ロクな男はいなかったと、いったじゃないの」

「ええ、それは……」

「序《ついで》に、白状しておしまい——本式までいったのが、一人や二人、あったのかい？」

「いいえ、そこへいくまでに、失望してしまいましたから……」

「よかった、よかった……。それ聞いて、安心したよ。なアにね、本式になったとしても、手の打ちようはあるけど、なんしろ、手数が掛かるからね。心の中だけだったら、何としたところで、人騒がせには、ならないよ……。無事で、よかった。さア、一盃《ぱい》、お飲み……」

「叔母さま……女の自由って、タカの知れたものですわね」

「男の自由だって、同じかも知れないよ。神様は、公平だからね。五百さんだって、サンザン苦労して、今頃は、家へ帰りたくて、堪らないんじゃないかね」

「でも、万一、南村が帰ってきても、また、前と同じことを、繰り返すのかと思うと、ウンザリしますわ。実は、そのことで、ご相談に上ったのですけど……」

「そうかい。別れる気なら、べつに止めないけど、先刻《さつき》、あたしが、羽根田のほかに、ちょいと惚れた男があった、といったね」

「ええ。それを、伺いたいと、思ってました」

「何を隠そう——それが、五百さんさ」

「まア！」

「まアじゃない。日本広しといえども、あれくらい、女房に自由を与えてくれる亭主は、二人といないぐらいのことは、知ってるだろうね！」

谷間の暴風

「ご免アソバセ……」

この谷間には、珍らしい言葉使いである。

頭から、スッポリ毛布をかぶって、臥ていた五百助は、

——ああ、また、来たな。

と、思ったが、返事をするよりも、ウツラ、ウツラの半睡が、いかにも快く、わずかに、寝返りを打っただけだった。

午前十時頃で、金次爺さんは、もとより、橋の下の住人は、それぞれの稼ぎに出て、家にいる者はない。

「あの……まだ、おやすみなんでございますの」

声も、なかなか、上品である。

五百助も、遂に、眼を覚ましたが、まだ、返事はしない。

秋も、深くなって、朝の太陽が、南の駿河台の屋根々々の上から、カンカンと射し込み、窓の小さな、この小屋の中も、採光、申分のないことになった。従って、そう長くは、寝坊もしていられないのであるが、彼は人の呼声で、眼を開いてしまっても、起き上ろうとする

気色もない。

「あら……いやですわ、もう、お眼覚めになってらっしゃるのに、オッホッホ」

小窓のガラス越しに、高杉未亡人の頬骨の高い顔が、笑っている。覗かれたとあっては、やむをえない。

「やア、お早よう……。いい天気ですな」

五百助も、ムックリ起き上って、入口の板戸を、押し開いた。

洗いたての、白いエプロンの姿も、甲斐々々しく、盆に、土瓶と茶碗を載せて、彼女が、外に立っていた。ヒッツメに結んだ髪は、どこをどう飾ろう術もないが、薄黒い顔に、薄く刷いた白粉の跡は、朝の光りに、明らかだった。

「お茶を、持って参りました。早く、お顔をお洗いアソバセ」

と、彼女は、また借りてきたような言葉使いをする。

五百助は、無言で、タオルと歯ブラシを摑むと、泉のほとりへ、歩いていった。

だいぶ、水も冷たくなって、毎朝、顔を洗うのも、気持がいいが、そのためばかりでなく、彼は、わざと、時間をかけて、洗い場にいた。

どうも、高杉後家《ごけ》さんの親切が、ちと、迷惑なのである。

いつか、金次爺さんが、彼女との縁談を持ち込んだ頃から、眼に見えて、彼女の態度が変ってきた。朝夕の挨拶にも、シナをつくるようになり、言葉使いが、一躍、上品なことになったばかりでなく、洗濯物をムリに持っていったり、新しい漬物を届けてくれたり、昨今は、朝になると、きまって、熱い番茶を、サービスしてくれるのである。この部落で、火の気を絶やさぬのは、女世帯の彼女の家だけであるが、それにしても、親切の度が過ぎる気がして、五百助には、そう嬉しいとも、感じられない。彼女の能動的行為の奥にあるものを、鈍感な五百助も、察知しないでいられないからである。

「南村さん……お掃除ができましたよ」

彼女の呼声が、追ってきた。

五百助が、小屋へ帰ると、

「少し、おヌルくなりましたけど……」

高杉後家さんが、べつに、どこも欠けてない茶碗を、差し出してくれる。朝の茶など飲む者は、この谷間に一人もいないから、非常な贅沢に類する。

「いや……」

まるで、客にきたように畏まって、五百助は、茶を飲んだ。この頃は、家にいる時も、作業服なぞ脱ぎ捨てて、裾の長いパジャマを一着してるが、太い膝が盛り上って、いかにも、窮屈そう――早く、彼女に退散して貰いたい様子が、アリアリと、見える。

「今朝は、お味噌汁になさいますか、それとも、パン食の方に……」

彼女は、シナをつくって、そう訊いた。

男を征服するには、まず食物から、というのは、中年の女の古い戦術であるが、彼女は、この頃、毎朝、それを踏襲する。五百助も、金次爺さんとの共同炊事をやめて、久しいので、

一、二度、彼女の計に落ちたこともあったが、最近は、辞退の一手に出ているのである。
「ありがとう。しかし、今日は、腹も空かんですから……」

「あら、いつも、そんなことを、仰有って……。何も召上らなくては、お毒でございますよ。では、軽く、トーストにでも、なさったら？　亡くなりました主人が、やはり、朝はパン食を好みましてね。あたくしも、トーストの焼き方だけは、得意なんでございますよ」

と、彼女は、ややともすれば、以前に、中流生活をしていたことを、吹聴したがる。

「はア、しかし……」

「まア、よろしいではございませんか。ご遠慮アソバスなよ」

べつに、遠慮をするわけではない。押掛け女房に、辟易してるだけの話なのだが、こう熱心に説きつけられると、イヤといえなくなる五百助であって、そこがまた、年上の女から見て、ゾッコン、可愛くなる点でもあろう。

彼女は、小屋の隅の小さな戸棚から、五百助の食べ残した食パンと、バターを、探し出すと、

「お手間は、とらせませんわ。じきに、お支度して参りますからね」

と、わが家に、立ち去った。

これ幸いと、五百助は、直ちに、外出の準備を始めた。べつに、どこへ行くというアテもないが、高杉後家さんが、再び現われて、シツコイお饒舌《しゃべり》を始める前に、家を出れば、目的を達するのである。

手早く、支度をしようと思っても、不器用な男は、仕方のないもので、やっと、ネクタイ

を結び終った頃に、外で、足音が聞えた。さては、敵に一歩を譲ったかと、彼は首を縮め、戸口に背を向けてると、

「ヘイ、ダディ！　とても、いいお天気だわね」

その声は、ユリーの外の何びとでもなかった。

五百助は、ホッと、救われた気持になった。

「やア、来たね」

と、元気な声で、答えたのであるが、実のところ、ユリーを歓迎したわけではない。高杉後家さんの強襲を免れるのに、適当な対手が出現したと、思ったからに過ぎない。

「あら、オジサマ、お出掛けなの？」

ユリーは、この小屋の汚ならしさなぞ、一向、気にしない女で、塩センベイのような、入口の古ゴザに、腰かけて、五百助のワイシャツ姿を、眺めた。

「なに、べつに、用ではないが……」

「悦《エッ》、悦《エッ》！　じゃア、今日は、あたしと、ツキアッてくれるわね」

彼女は、この間、五百助から買って貰った、大きなハンド・バッグから、化粧道具を取り出して、早速、顔を直し始めた。

ユリーも、一週一、二度は、こうして、五百助を訪ねてくるので、橋の下の人々にも、顔を知られ、《スコ・パンさん》という異名さえ、貰っている。

「南村さん、あの女は、何者ですか、スコ・パンと、ちがうのですか」

と、加治木が、大真面目で、五百助に訊いたのが、渾名の始まりだったが、その意味は、《少し、パンパンである娘》ということらしかった。彼の見解によれば、そういう娘が、沢山、東京にいるというのだが、部落の人の大半は、ユリーを、部分的というよりも、全体的パンパンと、見做してるらしかった。藤村夫婦が聞いたら、さぞ、泣くであろう。

「やア、お待ち遠さん……。じゃア、出掛けようかね」

と、五百助が、靴を履きかけたところ、

「遅くなって、済みませんでした。生憎、火が消えかけていたもんですからね」

急ぎ足で、高杉後家さんが、盆をささげてきた。トーストの外に、彼女の自腹を切った、一個の半熟鶏卵まで、添えてある。

「あらッ！」

彼女の眼は、《スコ・パンさん》の青磁色の新型スーツと、五百助の外出姿に注がれると、見る間に、険悪な光りを放った。これは、怒るのがアッタリマエ……。

その情勢にあって、ユリーは、洒々然《しやあしやあぜん》と、パフで鼻の頭を叩いているが、五百助の方は、持ち前の気の弱さで、

「やア、済まんですな。ちょうど、出がけですが、ここで、頂戴していきましょう」

と、食物を載せた盆を、受け取ろうとする。

「よろしいんですよ、南村さん、なにも、ムリに召上って、頂かなくても……」

「いや、そんなことないです、ちょうど、腹が、空きかけてきました」

「嘘、仰有い。あたしのこしらえたものなぞ、お気に召さないのは、わかってます。ええ、よウく、わかってますわよ」

と、いったと思うと、ガチャンと、盆を投げ出したので、パン飛び、卵潰れ——そして、ワッと、大きな泣声と共に、彼女が走り去った。

「困ったね……。謝って、こようか」

五百助は、壊れた陶器を、拾い集めた。

「うっちゃっとけば、いいのよ。ああいう、封建的ヒステリーは、革命がこないと、癒《なお》らないわよ……」

ユリーは、進歩的評論家のような口吻を、洩らした。

「どっちにしても、こういうことは、僕の苦手でね」

駒子台風に、襲われなくなって、既に久しいのだが、思いもかけない、谷間の突風が吹き起って、五百助は、相当の衝撃を、受けたらしい。

——女ッてものは、なぜ、こう、気の荒いものなのだろう。なぜ、もっと、平和的に、理性的に、男と協調できないのであろう。教養のある女も、ない女も、最後には、暴力もしくは、暴力的言辞に、訴えるのが、常ではないか。ある女は、男の顔に硝酸をブッかけ、また、ある女は、亭主に《出ていけ！》という。高杉後家さんの行動の如きは、最も、穏健な暴力行使に過ぎない。平和の神像が、女性の形で表わされるのは、なんと滑稽な、ミステークであるか。すべての女は、ヒステリー患者であり、そして、女のヒステリーほど、無分別で、我儘なる軍国主義はない。戦争のない世の中は、いつかくるかも知れないが、女からヒステリーを除くことは、あまりにも遥かなる将来であろう。

そういう悲観的な思索が、五百助を捉え、大きな体を、容易に、上り口から、挙げないのである。

「オジサマ、早く、いきましょうよ」

ユリーに、催促されて、やっと、ミコシをあげたものの、彼は、あまり、元気がなかった。

「百合ちゃん、君も、女だったね」

「なによ、オジサマ、今日は、少し、ヘンなんじゃない？」

気味悪そうに、ユリーは、五百助の顔を覗いた。彼の憂鬱な思索は、まだ、続いた。

――この女は、まだ、ヒステリーの味を、知らないらしい。しかし、結婚して、一、二年も経てば、忽ち、本領を発揮するだろう。戦後娘だといって、こればかりは、断じて、例外はないのだ。

彼は、緩慢な足どりで、小屋を立ち出たが、往来へ上るには、いやでも、東の端の高杉後家さんの小屋の前を、通らねばならなかった。虎の穴の前でも、通る気持で、彼は、足音を忍ばせた。彼女は、まだ泣いているのか、戸口は閉まり、姿は見えなかった。

――この谷間も、住み悪《にく》いところになったな。金次爺さんは、暗に、立ち退きを望んでるし、後家さんは泣くし、これでは、橋の上の世界と、あまり、変りがない。最初の、あの自由な、谷間の風は、どこへ吹き去ったのか。

やっと、二人は、草間の小路へ、辿りついた。その叢も、いつか、生気を失い、緑よりも、黄色が勝ってきた。

その時、背後から、パタパタと、足音が聞えた。

さては、高杉後家さんが、再度の発作を起して、追いかけてきたかと、五百助は、足も縮む想いだったが、

「南村さん、どこへ、いきなさる？」

それは、加治木の声だった。

「やア、君、暫らく、会わなかったねえ」

五百助は、懐かしげに、側へ寄った。この四、五日、加治木は、谷間の家へ帰らず、山羊の餌も、五百助が与えていたのである。

「今朝、帰ってきて、あんたの小屋へいったら、まだ、眠《ね》とる。今、二度目に、出かけたら、あんたは、外出しかけとるので、急いで、追ってきたのです」

「なんか、用でもあるですか」

「ええ、ちょいと……」

加治木は、ユリーのケバケバしい服装を、眺めてから、向う側のお金の水駅のプラット・フォームに、眼をやった。

「どうも、困るね。あのスコ・パンさんには……。ご覧なさい、ジロジロ、人が、こっち

を、見とるじゃないですか。あんたも、少し、ハデな挙動を、慎んで貰わんと……」

彼は、叢の間に、蹲《しゃが》んで、人の注視を避けたので、五百助も、それに倣《なら》った。ユリーは、一人で、面白そうに、木梯子《はしご》を登って、崖の上の往来で、待っていた。

「そうかね。僕は、気がつかなかったが……」

五百助は、頭を掻いた。

「女と、戯れるのも、悪いとはいわんが、谷間へ呼び込むのは、危険ですぞ。新宿駅でも、服部P・Xの角でも、待合わす場所は、いくらでもあるです」

加治木は、見掛けによらず、イキなことを、知ってる。

「それから、申すまでもないが、われわれの運動、アジトのことなぞ、口が腐っても、あの女に、洩らさんで下さいよ」

「それア、大丈夫……」

「いや、女は、怖いです。魔力をもって、あんたの口を、開かせるですからな」

「しかし、加治木君は、なぜ、急に、そんなに、神経質になったの?」

「情勢が、ちょっと、悪いからです。最近、第二回の船を出すのですが、どうも、心配な点があるのです。下谷のアジトも、一昨日、解散して、今は、別なところへ、設けました。あんたは、却って、ご存じない方が、後日のために、安全でしょう。それから、わしも、そのうち、ここを、立ち去ります……」

「え?　君もいなくなるの?」

「必ずしも、この谷間が、安全でなくなってきたからです。で、今度の船には、わしが指揮者となって、乗り込むつもりですが、身辺が、非常に忙がしいから、今夜以外に、お目にかかれんかも知れん。今夜は、なるべく早く帰って、わしの小屋を、訪ねて下さい」

「よろしい。そうします」

「だが、今後とも、万一、あんたの身に、迷惑が及ぶようなことがあっても、あんたは、徹頭徹尾、シラを切るのですぞ。事実、あんたは、何も知らず、何も関係しとらんのだから……。じゃア、長官、ゆっくり遊んできなさい」

加治木は、シンミリと、そういってから、五百助の手を握った。

湯島の河岸通りを、お金の水橋の方へ歩いて行く五百助は、ユリーが側にいるのも、忘れたように、ボンヤリした顔をしていた。

——加治木君も、出ていくのか。

彼は、加治木が警告した、わが身の危険なぞは、少しも考えなかったが、一人の友人が、谷間から去って行くことに、いい知れぬ寂しさを、感じているのである。

考えてみれば、谷間の住人で、最も親しく、最も話の通じる対手は、加治木であった。また、彼は、加治木が好きでもあった。少し、ガンコな点はあったが、素朴で、熱情家で、その上、ひどく義理堅いところがあって、東京通信社の同僚なぞと、比べものにならなかった。どういうものか、五百助を尊敬してくれて、同志のいる時は、《長官》なぞと、呼びかけるばかりでなく、常に、心から、上長者として、彼を遇してくれた。それは、一つの軍人心理かも知れないが、人からバカにされつけている五百助としては、感謝を持たずに、いられないのである。そういう加治木が、谷間から去ってしまうのは、ちょうど、昔、南村の家にいた忠実な書生が、暇をとった時と同じ寂しさと、悲しさで、惜別の情が、全身を包むのである。

「オジサマ、今日は、箱根へでも、遠走《とつぱしり》してみない？」

ユリーが、誘いをかけても、

「うん……」

彼は、上の空の返事しかしなかった。

そして、お金の水橋へ、曲ろうとする時だった。

「おや、五百さん、お出掛けかね」

と、機嫌のいい声に、呼びかけられて、その方を、振り向くと、敬天堂病院側の鋪道から、金次爺さんが、なにやら、買物の包みを抱えて、横断路を渡ってくるところである。後から、五十がらみの、肥った婆さんが、ノコノコ、蹤《つ》いてくる。

「たぶん、今日も、家にはいなさるまいと思って、カカアを呼んで、これから、小屋で、一パイやろうというところさ。カカアが、今日は、公休だもんだからね……」

金次爺さんは、ニコニコして、顎《あご》で、細君を示した。双子縞の着物の下の方に、小さな帯を、解けそうに結んだ婆さんは、遠慮もなく、五百助の側に寄って、

「まア、旦那、お初にお目にかかりますがね。あたしア、どうも、橋の下が恋しくって、お

留守に、チョクチョク、遊びにいくんですよ。旦那みたいな、立派な方が、なにも、あんな汚い小屋に、頑張っていなさらなくても、他に、いい家を、探して下さいな。こんな年寄りでも、天下晴れて、一緒に住みたいんですよ。ねえ、旦那、ちと、粋をきかして、おくんなさるもんですよ……オッホッホ」

と、ハグキを剥《む》き出して、逞しく、笑った。

アベック風俗の五百助とユリーと、見窄《みすぼ》らしい爺さん婆さんと、それぞれの一対が、橋の上に立ち留まってる姿は、行人の眼を屹《そばだ》て、さすがのユリーも、顔を赤くして、

「オジサマ、早く……早く……」

やっと、五百助は、自由な歩行を始めた。もう、誰も、彼を呼び止める者が、ないからである。

しかし、どうも、気が晴れない。

「オジサマ、箱根へいくなら、東京駅になさる？　それとも、小田急？」

お金の水駅の前で、ユリーが、イソイソとした声で、訊いた。

「今から、箱根なんかへいけば、泊ることになるな……」

五百助が、否定的な調子で、答えると、

「泊ったって、いいじゃないの」

泰然自若として、眉一つ動かさない。

「君、少し自重しろよ。肉体だの、門だのというものは、相当、保護の価値があるからな」

「国宝だっていうの？　ご安心！　焼けて無くなりゃアしないわよ……。そんなに、泊るのがおいやなら、ご休憩で帰ってきても、いいじゃないの。湯本からなら、充分、終列車に間に合うわよ」

「いくら間に合っても、ダメだ。金がない……」

五百助は、ひどく、サッパリと、答えた。

「あら、ほんと？　いくら、持ってるの？」

これも、ノン・プロのお嬢さんらしくない、質問である。

「千二百円ぐらいだろう――昨夜、紙入れを覗いてみたから、確かだ」

五百助の答えは、正直だった。いつか、ポーカーで儲けた金も、もう、三カ月もたった今日、あらかた消費したのは、当然である。ことに、ユリーが誘いにくるようになってから、眼に見えて、金使いが荒くなった上に、加治木からは、有るうちは貰わぬ主義で、その後、一切、分配を辞退していたので、いよいよ早く、財布が軽くなったのである。

しかし、彼は、少しも、悲観していなかった。駒子から、三百円宛《ずつ》、貰っていた時を考えれば、千余円は、大金であるし、また、家出をしてから、不思議と、金運に恵まれたために、金なんか、無くなれば、どこからか湧いてくる、という気持がある。早い話が、例の秘密クラブへ行って、もう一度、ポーカーをやれば、何万と転がり込んでくる、可能性があるではないか――

「まア、箱根はやめて、そこらで、食事でもしよう。まだ、銀座へ出る時間でもないから五百助は、駿河台通りを、歩き出した。

「あら、つまンない……」

ユリーは、鼻を鳴らした。箱根行きの中止も、面白くないが、それよりも、もっと、つまらないのは、財力泉の如しと思われた五百助が、千二百円の持主に、限定されたことである。

「ほんとに、オジサマ、それッきり？」

「うん、目下はね」

「銀行へいけば、沢山、預けてあるんじゃないの？」

「それが、ネバーで、ハップンなんだ……」

彼も、ユリーと遊ぶので、ロクな言葉は覚えない。

神田の学生を、顧客とするらしい、喫茶店で、二人は、簡単な食事をした。

「ずいぶん、貧弱な、ハム・サラダね」

ユリーは、文句をいったが、五百助としては、高杉後家さんの深情《ふかなさ》けの朝飯よりは、結構に頂けた。

「あたし、オジサマも、なんだか、貧弱に見えてきたわ」

彼女は、フォークを、皿に置いた。

「ハム・サラダ並みかい」

「オジサマは、お金、うんと持っていなければ、意味ない人だと、思うわ。そんな、巨《おお》きな体してれば、財布もまた、偉大でなければね」

「同感だな、僕も……」

「千二百円しかないなんて、まるで、八月十五日みたいな気分になるじゃないの。止してよ」

ユリーの声は、悲しかった。言い草は、パンパン的であるが、聞きようによっては、乙女の感傷に、充ちていた。物質的な夢も、詩的な夢も、妙齢の胸の中で破れれば、悲しみは同じなのである。

二人は、黙って、薬品的に甘い、コーヒーを飲んだ。

時間が、早いので、店の中は、まだ混んでいないが、それでも、二、三組の学生が、トグロを巻いていた。彼等は、羨望的な眼で、五百助を眺め、憧憬的な横眼をユリーに放った。谷間の住人とちがって、彼等は、ユリーが、部分的にも、娼婦でないことを、見抜いているらしい。同時に、彼女が五百助のような、生活力豊からしい、年長の男性と、行を共にしていることに、少しも、反感や冷笑を、示さないで、むしろ、彼等自身の無力を、嘆いているかに、見えた。あまり、ユリーを窃《ぬす》み視《み》るので、彼女が、グッと睨むと、忽ち、首を縮めるのも、戦前と、打って変った世の中であった。

ユリーは、脚を組み、煙草を啣《くわ》えて、なにか、もの想いを始めた。

五百助は五百助で、先刻、橋の上で会った、金次爺さん夫婦のことが、胸中を往来して、浮かぬ顔であった。あの婆さんは、ヤリテ婆アのようであり、あまり、人好きがしないが、あの老人夫婦が、もとの古巣で、人生最後の愛の灯を点じたい、という切望には、充分、同情を感じる。それに、一向、谷間の生活も、最初のような、精彩を失ってきた折柄、あの小屋を出ていってやっても、差支えはない。できれば、そうしてやりたいのだが、アパートへ入るにも、二階を借りるにも、先立つものは、金であって、千二百円の現在高では、どうにもならぬではないかと、思案に暮れているのである。

そのうちに、同じく、沈思黙考のユリーが、俄かに、席を立って、

「ちょいと、電話をかけてくるわ」

と、階下へ降りていった。

やがて、再び、姿を現わした時には、彼女の表情も、活色を帯び、

「オジサマ、これから、浜離宮へ、いきましょうよ。あたし、隆文さんを呼んで、あすこで、待ちあわすことにしたの」

新橋の先きに、宝来橋という橋があって、それを渡って、曲って、少し行ったところに、浜離宮恩賜庭苑というものがあることを、五百助は、まるで知らなかったが、ユリーは、心得たものだった。公開された新宿御苑と列んで、戦後の若い者が、ロンドンのハイド・パークの風儀を、真似る場所になってるらしいのである。

二十円払って小砂利の道を踏んでいくと、壊れかかった大名門だの、伸び過ぎた芝草なぞ

は、敗戦維新史を物語るに充分だが、池と、橋と、松と、築山の庭園美は明治時代の技師の設計した、日比谷公園あたりと、やはり、品格がちがう。

その池を渡って、海の見える樹間の遊歩道を、進んでいくと、時間が早いので、アベック組も、おとなしく、記念撮影なぞしてる、保守派ばかりだったが、

「ヘイ、こっちよ」

ユリーは、椎の木らしい、巨樹の蔭に、人待ち煙草を、西洋風に啣え、ポケットに手を入れた、隆文の姿に、呼びかけた。同じ場所で、何度も、待合わせをしたことがなければ、こう逸早《いちはや》く、対手を探し出せないだろう。

「南村のオジサマ、ご機嫌よう。暫らくでございました」

いかにも、人懐こく、隆文は、帽子を脱いで、銀座刈りの前髪を見せた。仮りにも、自分の恋人の良人であり、また、自分のフィアンセが、追いかけ回した男に対して、毫末《ごうまつ》の敵愾《てきがい》心《しん》も示さないところが、戦前の青年と、よほど異ってる。

「やア、大きくなったね」

五百助は、まるで、仔犬でも扱う調子で、これまた、三角的尖鋭化は、一向、見られない。

そういう平和な三人が、海を見晴らす芝草の上に、腰を下した。もっとも、海といっても、甚だ貧弱であって、お台場と、四号埋立地とに塞がれて、水平線なぞは、どこにも、見当らない。

「悲劇よ、隆文さん。オジサマったら、全然、ピンチ（金がないこと）になっちまったの」

ユリーが、嘆声を発した。

「寂しいな。ほんとですか、オジサマ。でも、また、お儲けになる道が、おありなんでしょう?」

「ないことも、ない……。しかし、君たちには、あまり関係のないことだよ。正直なところ、僕は、百合ちゃんが、煩《うる》さくてかなわんのだが、君たちは、一体、結婚する気はないのか」

「ないことも、ないです」と隆文は、同じようなことをいって、「ただね、親の意志どおり、結婚して、家庭を持つなんて、あんまり、自主性を欠くじゃありませんか」

「そうよ、そのとおりよ」

ユリーが、口を添えた。

「そうかも知れんが、こっちの自主性も、ちっとは、尊重してくれよ……。君、ほんとに、君は、僕の細君に、惚れてるのか」

五百助は、続いて、重大問題を、切り出した。

「そうですね。でも、恋愛の絶対性というものは、僕たち、信じないことに、してるんですよ。その限界で、オバサマは、とっても、好きなんです」

「そうよ、その心理よ」

と、ユリーが、また、合槌を打った。

「しかし、駒子は、君に惚れとらんそうじゃないか」

「そうらしいんです。でも、それは、問題じゃないんです。僕は、オバサマを、無意識に、僕の恋愛教師として、選んでいたということが、わかってきましたから……」

「ちっとは、勉強になったか」

「ええ、技術面では……。ただ、オバサマが、幸福に対して、非常に臆病で、疑い深く、行動意欲を欠いてることは、不満でした」

「大人は、みんな、そうだよ……。ところで、駒子は、最近、どうしてるの？　辺見の息子は、君より、有力候補だったんだろう？」

「いえ、辺見時代は、とっくに過ぎてますよ。それに、辺見さんは最近、華族出身の女流作家と、交際を始めてますからね。辺見さんの後に、スーパー・マンが出現して、それも終って、今は、全然、消息不明なんです。オバサマが、あの家に、いらっしゃらないんですから……」

「え、駒子も、家を出たのかい。そいつは、意味ないね」

「もう、一カ月の余も、行方不明なんです。でも、オバサマは、スーパー・マンを怖れる必要は、ないと思うんですよ。あの男は、この間、配給所をやめて、警察予備隊へ入ったそうですからね」

「なアんだ……。しかし、駒子はどこへいったか、見当がつかんのかね。実家は、疎開したまま、遠い田舎に住んでるのだが……」

「オジサマ、ご心配？　あたし、薄々、勘づいてるんだけど……」

ユリーが、横から、口を出した。

「教えろよ。今夜、君たちを、《花輪車》へ招待するから……」

「あら、そんなお金、もう、ない癖に……」

「そうだったな。じゃア、聞くのは、やめよう」

「そういわれると、同情しちゃうな……。どうも、オバサマは、大磯にいってるらしいの、家のパパの口振りじゃア……」

「ほんとかい、ユリー。すると困ったことになったな」

隆文が、心配そうに彼女を顧みた。

「なぜ?」

「今日、実は、ママが、大磯へ出かけたんだよ。羽根田博士に、談判にいくんだと、いってね……」

「それ、面白いじゃないの。あんたのママと、あのオジイチャマと、南村のオバサマと、三人寄ったら、すごい遭遇戦だわよ」

「それア、いいけどさ。僕、喋っちゃったんだよ。オジサマがお金の水橋の下にいるってことを、家のママに……」

「まア、バカね、あんたは。あんなに、口留めしといたのに……。じゃア、あんたのママは、羽根田さんに、そのことをいって、南村のオジサマを早くオバサマの手に返す運動を、始めたのよ。それで、あたしたちの結婚を、促進させようという、計略なのよ。大人って、なんて、執念深いんでしょう!」

「そうか。いけねえ、そいつア、悲劇！」

わけのわからないことをいって、二人が、騒ぎ出すのを、五百助は、芝草の上に、ゴロリと、臥転《ねころ》びながら、

「なんでもいいから、子供は、子供と遊んでる方が、無事らしいな。君たちは、二人で、銀座へでも出かけないか」

「そうね。それも、悪くないわ。今日は、オジサマが、シケてるから、隆文さん呼ぶ気に、なったんだから……」

「でも、ユリーは、もっと、オジサマを、慰めてあげる必要があるな」

「よけいな心配を、しないでもいい。さア、君たち二人は、愉しく、遊んでき給え。ここに旅費がある……」

五百助は、紙入れから、一枚の千円紙幣を、抜き出した。

「ムリなさらない方が、いいわ。オジサマの財布、後、二百円しか、残らないわよ」

「なアに、今夜、ちょっと、アテがあるんだよ……」

いかにも、成算ありげな口吻なので、若い二人も、遠慮しなくなった。

「僕、見直しちゃった。オジサマは、ほんとに、いい方ですね」

「お世辞いわんで、よろしい」

「うウん、ほんとに、人格者よ……。じゃア、バイ・バイ。後で、銀座へ、出てらっしゃいね」

こういう時は、戦後派も、なかなか可愛らしく、弁当持って、遠足へいく子供と、変らない。

五百助は、一人になって、ホッとした。

——駒子のやつ、よく、大磯へいく気になったたな。

あの我儘な、その癖、いやに気をつかう女が、叔父の家へ、一カ月も泊ってるというのは、不思議でもあり、おかしくもあった。よくよく、武蔵間《はざま》の家にいられない、事情があったにちがいない。どうやら、すべての様子が、彼女の強情の鼻を折った方向に、傾いてるようである。この分なら、彼女の許へ帰っても、家出前のような弾圧は、蒙《こうむ》らないかも知れない。この辺が、家に帰る汐時ではないのか。それには、彼女が、大磯にいる間の方がいい。叔父と叔母の手前なら、彼女も、ガミガミと、良人を恥かしめるようなことも、いわないであろう。

——明日あたり、ブラリと、大磯へいってやろうか。

そう思ったが、彼は、まったく寂しくなった、財布の中味に、気がついた。それが、少し、気懸りである。べつに、錦を着て故郷に帰りたくはないが、窮余、妻の懐ろに戻る印象を与えては、後日、いろいろの祟りがあるだろう。経済的紛争の多かった、家出前の毎日を、もう一度繰り返すのは、どうも、ご免だ。少くとも、手土産代りに、スーツの一つも、買ってやれる財力と共に、駒子の許へ帰る必要がある。

——ちょいと、五、六万は、欲しいところだ。

五百助は、先刻から、頭にある着想を、どうしても、今夜は、決行しようと、心をきめた。

しかし、なにぶんにも、まだ、時間が早かった。アベック人種は、そろそろ、殖えてきたが、海の上の広い空は、夕映の雲も、浮かべていなかった。彼は、クリーム色のT・Q・N・Dの建物や、その先きに滞泊した貨物船の群を眺めて、ボンヤリと、時を送った。伝馬船の列を曳いた、発動機船が、ポン・ポン・ポンと、単調な音を立てて、海を横切っていった。その音を聞いてるうちに、彼は、いつか、夢路に入った。

ふと、眼が覚めると、四辺は、青い夕暗に、包まれていた。風が冷たく満潮の波が、石垣の下で、騒いでいた。

——あア、よく眠った……。

五百助は、大きなノビをして、立ち上った。

気分は、すっかり、爽快になっていた。そして、今夜は、一つ、金儲けをしてやろうという意欲が、大きな肢体に、みなぎってきた。

金である。すべてが、金銭である。彼が谷間を出て、アパートに入るにしても、駒子の許に帰参するにしても、先立つものは金であるが、昨今の自由、悉く金によって購《か》われざるはない。金が、これほど威力あるということは、彼も家出前には、知らなかった。貴重な体験である。しかし、金そのものの入手難ということは、彼には、考えられない。宝クジを買う如き、迂遠な方法をとらずとも、

「金よ、湧け！」

と、心に唱えるだけで、金に愛されてる人には、金が獲られる。そして、彼が金に愛され

る証拠を、家出以来、幾度か、経験してるのである。

久々で、今夜は、その呪文を口に唱えようと思うので、彼の足も、勇躍せざるを得ない。松の下、築山の蔭に、いつか充満した、男女の組々が、いかなる狂態を演じたところで、彼の眼には入らない。入っても、犬、猫が、路上で、何か行ってる場合と、映像が異らない。

彼は、急ぎ足で、正門を出、橋を渡り、雑踏する新橋交叉点へきた。もう、飲食店にネオンが輝き、客が混みかける時間だった。彼も、空腹を感じてきたが、財布を考えると、どの店へ入ることも、不可能だった。結局、彼は、ものを食わないことにして、マーケットの屋台で、四十円の焼酎を、三杯飲んだ。

それを、できるだけ時間をかけて、チビチビ飲んでから、ノレンを掻き分けて、街路へ出た時には、トップリ、日が暮れていた。

――少し早いが、まア、いってみよう。

焼酎の酔いは、空腹を忘れさせ、洋々たる希望を、妊ませた。彼は、土橋を渡り、広い通りを、数寄屋橋の方へ、急いだ。やがて、いつか、加治木たちと、車を乗り捨てた、曲り角へきた。

あの晩のウロ覚えのビルは、幸い、すぐ、探し当てた。正面入口の扉は閉まっていたが、脇の小さな扉は、あの晩とちがって、まだ開いていた。彼が、足を踏み入れても、管理人の中年女は、ジロリと、一瞥しただけだった。中へ入ると、彼の記憶が、ハッキリ甦ってきて、難なく、目的の扉口を、叩くことができた。

あの晩のバー・テンダーは、五百助の顔を、よく覚えていて、快く彼を迎えてくれた。しかし、目当ての茂木は、数日来、この秘密クラブに、全然、姿を現わさないことが、わかった。

「たぶん、ご旅行中と思うんですが……。もし、詳しいことが、お聞きになりたかったら、少しお待ちになると、どなたか見えますよ。まア、バーで、おやすみ下さい……。召上りものは、ハイ・ボールに致しますか……」

その晩、十時過ぎに、五百助の姿が、秘密クラブの扉口から、ツマみ出された。

「一昨日《おととい》、来い！」

そういって、彼を廊下に突き放したのは、かの気のきいて、礼儀正しい、バー・テンダー氏だったのである。小肥りの、中背の男であったが、五百助の巨体を、猫の子をツマむように、ツマみ出したというのは、べつに、配給所の平さんのような怪力を、隠し持っていたからではない。五百助自身が、精神的に、すべての力を、失っていたからである。そうなると、彼は、全然、クラゲのように、無力になってしまう。駒子に、耳を、引ッ張られて、少しも、抵抗できない時と、同様なのである。

事の起りは、五百助が、バーで、酒を飲んでる間に、茂木の友人で、いつかの晩、一緒に、ポーカーの卓を囲んだ男が、来合わせたことから、始まった。五百助が、茂木の消息をきくと、

「さア、彼奴《あいつ》、なにか、都合の悪いことがあるとみえて、ハワイへ息抜きにいってますがね……。そんなことより、どうです、いつかの敵打ちをやらして、貰いたいですね。あの時は、

ひどい目に遇わされましたからね」

その言葉こそ、五百助にとって、渡りに船だった。茂木を訪ねてきたのも、実は、ポーカーの勝負を試みて、五、六万の金を把《つか》んで帰らねば——というモクロミからだった。賭けさえできれば、対手が茂木でなくても、敢えて問うところではなかった。

それから、彼等は、別室へ入って、居合わせたクラブ員二人と共に、新しいカードの封を切った。皆、酒の強い連中で、ウイスキーをガブガブ飲みながら、荒い勝負を始めたが、最初は、五百助の連勝、中途から、運が崩れ出した。前回は、五百助も、駒子に愛想を尽かされて、女運に見放された時であったから、賭博の神の恩寵を受けたが、今度は、そうはいかない。後家さんと、若い娘の引っ張り凧《だこ》になってる艶福家に、いいサイコロの目が出る筈がない。果して、後段の大敗北は、坂を転がる石塊《いしころ》のように、涯《はてし》がなかった。

いざ、現金計算となった時に、

「済まんです……」

五百助は、青くなって、首を垂れた。彼も、かかる場所で、金を持たずに勝負をしたということが、どれだけ、紳士（？）として恥ずべきか、ぐらいは、知っていた。

「君、ほんとに、文なしで、このクラブへきたの？」

「ハッハッハ、これア、愛嬌のある旦那だね」

紳士諸君は、ガラリと、態度を変えた。そして、煙草を灰皿に叩きつけて、椅子を立ち上ったが、そのままで、済ましてくれるわけもなかった。

「まことに、相済みません。こんなインチキ野郎を、中へ入れたのが、あっしの眼ちがいでした……。ヤイ、野郎、ちょいと、来な！」

と、バー・テンダー氏が、腕ッ節を見せることになったのである。

有楽町から、国電に乗る時も、お金の水駅で降りる時も、五百助の足は、病める象のように重く、心は、墨汁を拭いた雑巾に、似ていた。

家出の翌日に、神宮外苑で午睡をして、紙入れや時計を盗まれた時も、ずいぶん、ガッカリしたが、今日ほどではなかった。あの時は、困窮を意識しただけで、恥辱は感じなかった。今度は、精神的に、ドカンときた。鈍感のようでも、良家に生まれた彼には、こういう打撃が、骨身にコタえるのである。

――お母さまが、生きてらっしゃったら……。

母は、怒るであろう。泣くであろう。これだけは、容《ゆる》してくれないであろう――と、悲しくなるのである。こんな気持は、家出以来始めてのことだった。モクを拾った時でさえ、このような悲しみは、なかった。始めて、人生の荒波を知った少年のように、彼は、悄然《しょうぜん》と、お金の水橋のテスリに佇《たたず》んだ。空は曇り、水面は遠く、暗黒に沈んでいた。ポッツリと、雨滴が、彼のコッペ・パン的な鼻を打ったが、それ以前に、涙が、そこを濡らしていた。泣いたということは、五百助にとって、何年振りの経験だったろうか。

――つらいなア……。悲しいなア……お母さま！

彼は、子供そのものに、還ったようだった。それに、夕方の焼酎三合と、それから後のウイスキーのガブ飲みも、緊張が解けたら、急に、酔いを発してきたようだった。それで、齢と体格に不似合いな、他愛ない気持と言葉が、彼の胸一杯に展《ひろ》がるのであろうが、しかし、男というものは、女や世間の手前、威張ってるだけの話で、少し苦境に立つと、内心では、泣虫小僧に還る善良さを、多少とも、持ち合わせているものである。ただ、五百助の齢になって、《お母さま!》と呼ぶのは、珍らしい。《神よ!》と叫ぶのが、普通である。

——お母さま、僕は、懲りましたよ。もう、しませんから、勘弁して下さい。

何を懲りたのか、自分でもハッキリしないが、幼時に、懲罰のため納戸へ入れられたのと、少しも変らない気持だった。

しかし、呼べど叫べど、死んだ母親は、現われてくれなかった。その代りに、駒子の顔が、漆《うるし》のような、橋下の闇に、浮かんできたから、不思議である。

——駒子か。もう、僕は、君のところへ帰りたいんだよ。ただ、金を、一文も持ってないんだがね。それでも、君は、家へ入れてくれるか知ら。

哀訴嘆願の声であった。だが、暗中の駒子は、首を横に振った。

五百助は、絶望して、橋のテスリを離れた。いつか、雨脚が繁くなっていた。橋を渡り切ると、西風が、伏勢《ふせぜい》のように、吹きつけた。まだ、考えたいことは、沢山あるが、この天気では、橋の下へ帰るより仕方がないであろう——

彼は、暗い崖の梯子を、手探りで降りながら、ふと、今夜、加治木に会う約束があったことを、思い出した。少しも、気は進まないが、行かないわけにもいくまいと、考えた。そして、濡れた草の小径を、降りていくと、突然、黒い人影が、彼の前へ立ち塞がった。

「どこへいく?」

鋭い、命令的な口調だった。

なにぶん、暗くて、向う河岸のお金の水駅の燈火で、やっと、対手の黒い輪郭が知れるほどだから、五百助も、何者が現われたのか、見当がつかずに、思わず、一歩、退いたが、同時に、ムカムカと、腹が立ってきた。先刻の絶望が、ヤケに変じたのかも知れない。

「どこへいくって、自分の家に、帰るんだ。よけいな世話を焼くな」

温和な彼としては、珍らしい発言である。

「家というのは、橋の下か」

「きまってるよ。一体、君は、何だ?」

「とにかく、家へ帰るのを、暫らく、待ってくれ給え……。わしは、警察の者だ」

その言葉に、五百助は、闇を透《す》かして、対手を眺めたが、鳥打帽らしい帽子が、辛うじて、眼に入っただけだった。

「ウソを、つけ、警官なら、自分の家へ帰る人間を、止めるわけはないよ。君こそ、怪しい奴だ。この辺に、グズグズしてると、犬に食いつかれるぜ。犬が、飼ってあるんだよ、橋の下には……」

そういい捨てて、五百助が、歩き出そうとすると、ムズと、強い手が、服の袖を把《つか》んだ。

「今、いっちゃ、いかん。静かに、しとれ」

「冗談いうなよ。雨が、降ってるのに、いつまで、立っていられるもんかね」

その手を、振り切ろうとする五百助と、鳥打帽の男との間に、ヤッサモッサが起きた。

「反抗するか」

対手は、五百助の腕力が、容易ならぬと見て、二、三歩、飛び退《さが》ると、武芸の心得らしい、身構えをして、ジリジリと、寄ってきた。

その時に、橋の下の方で、パンパンと、二発の銃声が、起った。それを追うように、少し離れた方角で、数発、鳴った。その音が谷間の両壁に反響して、まるで、深山で狩猟でもしてるような趣きを、呈した。

五百助は、怪漢のことも忘れて橋の方を眺めると、一人の男が猿のように、高い、鉄骨の橋脚を登っていく姿が、幻のように見えた。まるで、軽業《かるわざ》としか思えない。サーカスの芸人か、海軍で攀檣《はんしょう》訓練でも習った人間でないと、あんな、素速い登り方は、できないであろう。

男の影は、吸われるように、橋桁《はしけた》の裏に消えた。その裏は、鉄骨の大きな梁《はり》が渡されてあるのを、五百助は、知っていた。

橋の下の広場で、数人の人影が、右往左往していた。やがて、警笛の音が、烈しく、鳴り響いた。

その時に一旦消えた男の姿が、向う河岸の橋脚を、落下するような勢いで、滑り降りるのが見えた。駅の燈火が、男の半身を、瞬間だけ、明るく映した。また、呼子笛が鳴った。

――加治木ではないか？

五百助は、われを忘れて、駆け出そうとすると、右手に、激痛を感じた。いつか、彼の手首に、金属の輪が掛けられて、怪漢が、ピッタリ、体を寄せていた。彼は、猛然と怒って、怪漢を捻《ね》じ伏せにかかった――

檻の内外

「いや、驚いたよ、あんな女とは、思わなかった……」

と、羽根田力は、暗朱色の素焼の銚子から、晩酌最後の一滴を、盃に注ぎながら、細君と駒子に、話しかけた。この頃では、彼の駒子に対する不機嫌も、やっと、解けていた。

「ほんとに、よく、喋りましたね。あんなに、口の達者な人だとは……」

細君が、良人の茶碗に、飯を盛った。

「いや、口の達者なことは、前から、わかっとった。問題は、あの利己的な、一方的な、下品極まる、万野《まんの》的な態度にあるのだ……」

「マンノ的って、どういう意味ですの」

駒子が、訊いた。

「君は、ものを知らんね。油屋の段に、お紺さアんといって、出てくるじゃないか」

「あら、フランス小説かと、思ったら……」

「ヤリテ婆アだよ。女の転化もしくは変化の状態として、最悪のものだがね。その資格を、彼女が、完全に備えとったのは、意外だった。よく、あんな女を、堀君は、貰ったものだ。後妻にしろね」

「でも、あなたは、サバけた、いい女だ——花柳界出は、やはり、ちがうなんて、賞めていましたね」

　細君は、その時のウップンを、晴らす気でもあろうか。

「確かに、そういう美点が、なきにしも非ずだったのだが、昨日は、遂に、お里を現わしたのだな。猫は猫であっても、化猫であろうとは、看破できなかった……」

　芳蘭女史のことである。

　昨日の午後、ナグリコミの勢いで、彼女が、羽根田の家を襲い、まず、駒子の叔父としての彼の監督不行届きを、完膚《かんぷ》なく攻撃し、早く五百助を、彼女にアテがって、隆文を誘惑する行動を、中止せしめることを、厳に要求したのである。

　それが、羽根田を怒らせた第一条件だったが、最大理由というべきものは、

「なアんですよ、あんた方は、いい齢をして、お神楽の真似なんかしてさ。一体、あたしア、あんな下品なものは、大嫌いなんだけど、藤村さんの関係もあるし、それに第一、これから、息子が世の中に出る時に、博士とかなんとかいわれる人の厄介に、ならないもんでもないからと思って、眼をつぶって、お対手をしていたんですよ。どれもこれも、不器《ぶき》ッ調《ちょ》揃いの爺さんと、調子を合わせて、ピーヒャラ、笛を吹いていたのも、みんな、息子が可愛いからな

んですよ。息子のためなら、あたしア、食うものを食わなくたって、我慢しますよ。それほど、あたしア、息子が大切なんですよ。いい嫁を貰って、老先きの安心をしなくちゃ、夜の目も眠れないいんですよ。テンテンヤどころの騒ぎじゃ、ないやね。こっちは、真剣なんですよ。あんた方みたいに、世の中に用がなくなって、暇潰しの道楽に、鉦や太鼓を叩いて、喜んでる人間と、ワケがちがいまさアね」

と、頭ゴナシに、五笑会を罵倒し、会員を侮辱したことにあった。

芳蘭女史は、五笑会脱退はもとよりのこと、亡夫から引き続いた、羽根田との交誼《こうぎ》も、犠牲にする覚悟で、大磯へ、強談判《こわ》にきたらしかった。母としての本能が、大爆発を起したからであろう。

それを、少しは、察してやる羽根田老人だったら、騒ぎも小さくて、済んだかも知れないが、子供を持たない、一徹な、老法学者ときているから、彼女のマンノ的言辞に、ただもう、カンカンになるばかり――そこへ、駒子が、自分の問題と思って、釈明に飛び出したので、女同士の、あまり美しくない、そして、いつ果てるともない論戦を生じて、羽根田邸新築以来の騒音を、四隣へ響かし、銀子が、仲裁役を買わなかったら、悲鳴とミミズバレというところまで、進展したかも知れなかった。

プンプン怒って、彼女が帰った後も、今日一日も、話といえば、その事件に及ばざるをえない、強烈な印象だった。

「あんな女は、断乎として、五笑会から追放の処分をとる心算《つもり》だが、しかし、駒ちゃんは、よく戦ったね。あれで、わしは、よほど、溜飲が下ったよ。わしのように、ムヤミに昂奮しないで、鋭く、論理の欠陥を衝いてくところは、敬服に値いしたね。いや、あれでは、五百助は、一耐《ひとたま》りもあるまい……」

といって、口を抑えた。

「五百さんといえば、芳蘭さんのいうこと、ほんとでしょうかね。まさか、あたしは、お金の水の橋下なんかに、住んでるわけがないと、思いますがね」

細君が、首を傾けた。

「あの女の言なぞ、信じる奴があるもんか。五百助は、薄志弱行の癖に、一種のゼイタク屋だから、ああいう生活が、忍べるわけがないよ。駒ちゃんは、どう思う？」

羽根田は、食事を終って、縁側へ出ながら、そういった。

「そうですね……」

駒子の考えは、また、別だった。

芳蘭女史が、そのことを口走った時に、駒子は、ハッと、思い当るものが、あったのである。

——きっと、そこだわ！

今まで、どこをどう探しても、杳《よう》として行方が知れなかった理由も、読めるし、それよりも、無力無能なわが良人が、転がり込んだ穴として、いかにも、適切な場所であることを、直覚せざるを得なかった。あの橋下の住いは、彼女も、国電の往復に、よく見掛けて、どういう世界だか、略《ほぼ》、見当がついてるのである。ただ、女史の言葉で、腑に落ちないのけ、五百助が、だいぶ裕福らしいということだが、それは、何かの誤伝にちがいない。居場所は、確かに、そこ以外にないと、判断して、実は、今日にも、お金の水橋下を覗きにいってみようかと、考えながら、叔父夫婦の手前、躊《ため》らいを感じていたのである。

——明日は、黙って、あすこへいってみよう。

彼女は、そう決心して、座を立った。そして、台所の洗い物の手伝いをする前に、叔父のために、夕刊をとってくるべく、門の郵便受けまで、足を運んだ。

外は、まだ明るく、伊豆の山々の見当に、金色の雲が、浮かんでいた。駒子も、ポストから夕刊を引き出すと、そこは、半ペラ新聞の気安さで、叔父に見せる前に、門の脇で、裏面の社会記事を、拾い読みしても、証拠は残らない。

大きなミダシで、旧海軍軍人の密輸団一味に、逮捕の手が伸びた記事が、出ていた。こういうニュースは、駒子にとって、あまり、興味がなかった。それより、翻訳書発禁事件の経過の方が、面白いのだが、ワキ・ミダシに《お金の水橋下の活劇》という文字があるので彼女の眼が、吸いつけられた。そして、記事の最後の方に、南村五百助（三五）という活字を、見出した途端に、彼女は、庭下駄を、片足、土に残したまま、木戸から縁側へ駈け込んだ。

「オジサマ、見て下さい、これを！」

「何を、慌てとるのかね。九州に、爆弾でも落ちたのか」

羽根田は、立膝《たてひざ》の体を、柱に凭《もた》せながら、夕刊を受け取ったが、まず、老眼鏡を茶の間から、持ってくる必要があったりして、そう急には、驚けない。

「また、密輪か……」

なぞと、落ち着き払っていたが、末端まで読むと、ピクピクと、唇を動かして、ちょっと、言葉が出ないほどの衝動を、顔に表わした。

「バカな奴だ……」

強いて、冷静を装って、髭《し》を撫ぜ、眼鏡を外したが、声音は、常の羽根田ではない。

「どうしましょう、オジサマ！」

「どうするって、その、これは……」

「何とか、してやって下さい。何とか……」

駒子が、癇《かん》走った声を出した。彼女は、羽根田の十倍も、平常性を失っていた。なにか、高い崖のようなものを、跳び下りた気持なのだが、彼女自身は、よく意識していなかった。

「え？　五百さんのことが、新聞に出てるッて？」

細君も、台所から、出てきた。

「委《くわ》しいことは、わからんが、他の犯人は、皆、逃げてしまって、五百助だけが、捕まったらしい。あいつ、グズだからな……。同時に、あのグズが、密輪なぞに関係するということも、信じられんのだが……」

「そうですよ。五百さんが、そんな、気のきいた男なら……」

細君の失言を、誰も気づかない。

「オジサマ、南村は、今、どこにいるんでしょう。どこに……」

駒子が、セカセカと、訊いた。

「そうだね。この記事によると、警視庁らしいが……」

「あたくし、これから、警視庁へいって、詳しいことを、聞いて参ります」

「それはいいが、君一人じゃ、マゴつくだけで……」

羽根田は、思案に沈んだ。ふと、いつか、五百助の行方捜索を依頼しようかと思った、警視庁勤務の門下生のことが、頭へ浮かんだ。

「よし。わしも、一緒にいこう……。銀子、次ぎの上りは、何時だか、時間表を見てくれ……」


一七時二三分の上り湘南電車は、羽根田と駒子が、向い合わせに坐る空席があったが、二人とも、もの想いに沈んで、ほとんど、口をきかなかった。

――なんて、手のかかる、男だろう。なんて、心配ばかりさせる、良人《おっと》だろう。

駒子の心は、先刻の驚きが、腹立ちに転じていた。結婚以来、九年の間に、一度だって、良人の胸に寄りかかり、良人の胸に身を託するような気持に、なったことはない。いつも、彼女の方が、守り役である。いつも、彼女が良人を、オンブしてやらなければならない。死んだ姑《しゅうと》から、《長男と思って……》と、五百助のことを頼まれたが、過去を考えると、知らずして、その言葉を、履行してきたようなものである。九年間のさまざまの苦労は、結局、妻の苦労でなくて、母の苦労である。なんと、世話の焼ける子供であるか。挙句の果に、新聞沙汰まで、起してしまったではないか——

彼女は、ヤタラに、腹が立つのであるが、その怒りの底に、安堵のようなものがあるのが、不思議だった。というよりも、その安堵が腹を立てる余裕を、彼女に与えたようなものであった。

——とにかく、これで、一安心……。

シベリアに抑留されたわが子が、舞鶴でスクラムを組んだとしても、生きて還った事実を知った母親は、駒子と、似た気持だったろう。

彼女は、更めて、こんなにも厄介な良人というものを、考えてみた。それから、そういう良人に、九年も添ってきて、逃げ出そうともしなかった、自分というものも、考えてみた。

——あたしは、あの人と、今までのように、一生を送るように、できている女なのではないか。

宿命観とも、ちがった考えだった。彼女は、自分の性格や、体質のことまで考えた。それから、良人の不在中に、自分の側を過ぎた、三人の男のことを考えた。そのうちの一人でも、彼女を満足させるのに遠かったことも、考えずにいられなかった。

——すると、まだあの人の方が、我慢できると、いうわけなのだろうか。

いや、いや、飛んでもない。もう、既に、堪忍袋の緒を切らした、良人ではないか。《出ていけ！》といったのは、一時の昂奮ばかりでは、なかったではないか。

——でも、それなら、なぜ、あたしは、これから、警視庁なぞへ、いこうとするのか。

駒子は、ハタと、自問自答に、行き詰まった。彼女の想いは、千々に乱れ、ただ、無性に、腹ばかり立った。

——なんて、憎らしい、デクノボー！

もし、五百助が眼の前にいたら、髪を把《つか》んで、蹴飛ばして、引っ掻いて、顔じゅうを、ミミズ腫れにして、やりたかった。

ふと、気がつくと、列車は、横浜を過ぎていた。隣りの男が、夕刊を拡げ、半分垂れた紙面に、密輸団手入れの記事が、逆《さか》さに、彼女の眼に入った。それは、彼女の読んだ《東京夕刊》よりも、もっと、大きく扱われていた。羽根田も、恥を忘れて、顔を突き出し、盗み読みをしていた。

二人は、新橋駅から、タクシーに乗って、桜田門まで、急いだ。曲りなりにも、復興した官衙《かんが》街は、もう夜の靄《もや》の中に、窓の灯を、沈ませていた。

警視庁正面玄関の半円形石段を登ると、羽根田は、立番の巡査に訊いた。

「藤田という警視が、おる筈ですが……」

「藤田警視正殿でありますか。刑事部総務課長です。上って、右側に、課長室があります」

「ほウ、だいぶ、出世したな……。まだ、登庁しとるでしょうか」

「さア、その点は……」

羽根田は、駒子を促して、冷たい、大きな建物の中に入った。そして、目当ての室を探すと、一人で、その中に入った。

駒子は、こういう場所へくるのが、生まれて最初で、いくら、知識女性の意識はあっても、圧迫感に堪えきれなかった。コンクリートの床の上を、ひっきりなしに、殺風景な人々が通り、中には、手錠を嵌められて、五、六人が、巡査に連れられていく姿もあった。その中に、彼女は、巨大な良人の幻を描き、慄然《りつぜん》と、血の冷える想いをした。

「いた、いた……」

叔父の顔が、一室のドアの間から見え、手招きをした。藤田課長は、幸い、まだ、退庁前らしかった。

大きな、天井の高い、立派な部屋だった。秘書だか、給仕だか、キチンとした洋装の女が、鄭重に駒子を導いて、中仕切りのドアを開けてくれた。

「甥の家内の駒子です」

羽根田が紹介したのは、鼠色の背広に、紺地のネクタイを、手際よく結んだ、四十ぐらいの無髭の男だった。髪油の光る頭を、もの柔かに、下げて、

「藤田です。羽根田先生には、学生時代から、一方ならぬお世話になっておりまして……」

と、挨拶するところは、会社員と、あまり変らなかった。金ピカの制服で、野蛮な声を出す男を想像した彼女は、意外と安心を、同時に感じた。

「この度は、飛んだお手数をかけまして……」

彼女は、そういわないでいられなかった。自然に、犯人の妻らしい、殊勝な声が出てくる

のである。

大きなソファに、羽根田と駒子が腰かけ、藤田課長は、その前へ、椅子を引いてきた。

「先生の甥ごさんとは、意外なことでした。しかし、どうして、ああいう場所に、居仕しておられたものですかな」

彼は、羽根田に煙草を薦めながら、訊いた。

「いや、それには、いろいろ事情があって……」と、羽根田は、ちょっと、駒子を顧みてから、「それよりも、夕刊を見ただけでは、事件の全貌がのみこめんし、甥の奴が、どういう関係があるのか、どういう理由で、逮捕されたのか——それさえ、わからんので、実は、それを伺いに、こちらへ、出頭したようなわけなのだが……」

と、羽根田は、煙草の火が消えたのも知らずに、口へ持っていった。

藤田課長は、係りの主任も呼んで、この事件の顚末を、話してくれた。意外なことには、五百助は、公務執行妨害の現行犯で、引致《いんち》されたので、逮捕に向った一隊が狙ったホシ（犯人）の一人では、なかったことであった。

「ほう。すると、どんな行為を、犯したのですか」

羽根田が、口を入れた。

「見張りの私服に対して、暴力を揮《ふる》ったのですな。私服巡査が、警官であることを、告げたにも拘らず、組みついてきて、全治一週間ぐらいの打撲傷を、与えたのです。なにしろ、非常な大男で、酒気を帯びとるし、バカ力があって……」

係りの主任は、ズングリした肩を、怒らせて、無遠慮にいった。羽根田と五百助の関係は、まだ知らぬらしい。

「なるほど、確かに、公務執行妨害ですな。だが、それによって、目的の犯人を逃走させる意志や、或いは、逃走させた効果を、認められるのですか」

羽根田は、専門的な訊き方をした。

「その点は、目下、取調べ中ですが、まア、犯人逃走の直接幇助《ほうじょ》をやった確証は、ないかも知れんですな。要するに見張り巡査と、事件を起したので、場所も、密輸犯人とピストルを撃ち合った現場から、百メートル余も、離れとるのですから……」

「ありがとう。いや、わかりました」

羽根田は、安堵の色を浮かべた。暗夜であり、飲酒してるというし、五百助が、警官を識別し難い条件が、揃っている上に、犯人を逃がす動機に、触れていないのなら、重い罪になるわけがないと、胸算用をしたからだった。

「ただ、お金の水橋下ばかりでなく、他の二カ所でも、同時に、密輸犯人の逮捕に向ったのですが、悉く、風を食らって、逃げとるのです。そして、首魁の加治木というのと、南村五百助とが、平素、交際があったらしいので、いろいろ訊問するのですが、一向、口を開かんのですよ」

「いいえ、それは、性格なんでございます。至って、無口な人間で、それに、大変、気が小さくて、こういう場所へくると、オドオドしてしまうからなんです……」

　と、突然、駒子が、主任に話しかけた。

「いくら、無口でも、こっちの参考になることぐらい、喋ってくれにゃア……」

「いや、この事件が、単なる密輸だとすると、問題はラクなのですが、麻薬売買の容疑があるのと、もっと困るのは……」

　藤田課長が、静かに、話し出した。

　それによると、逃走した三人は、いずれも、旧海軍士官であって、密輸で暴利を獲るのが目的ではないらしく、それを資金として、何か、極端な、愛国運動を企んでいる疑いがある。その点が、警察として、最も注意を要するのであるが、何分にも首魁の加治木を始め、三人が逃走をしてしまったので、たとえ、五百助が一味に加わっていないとしても、唯一の関係者として、容疑が残るから、どうしても、検察庁送りは、免れないだろう――

「それに、何といっても、公務執行妨害の罪がありますから……」

「困ったね……」

　羽根田は、総務課長室を出ながら、駒子に、呟いた。

「しかし、先生、起訴と決まったわけじゃありませんから、そうご心配にならなくても……」

　課長は、二人を送り出す時に、慰めの言葉をかけた。

「あの……留置場は、どの辺なんでございましょうか」

駒子が、突然、いい出した。

「それは、ちょっと、ご案内できないことになっています。しかし、運動場が、この窓から見えます。日に一度、そこで、散歩と喫煙が、許されてます」

「まア、煙草も？　それでは、何か、食物を差し入れることも、できますの」

「ええ、それも、一応、検査の上、許されています」

駒子は、廊下の窓から、鳩の小屋のように、金網のようなものを張った、運動場の屋根を見下した。暗くて、よくわからないが、そこから遠くない、地下の一室に、運動場よりも、もっと厳丈な、鉄やコンクリートの障害に囲まれて、わが良人が、寝起きしていることが、想像された。

ギュッと、緊《し》めつけるようなものが、彼女の胸を、通過した。

課長に別れて、外へ出ると、

「どうするね。どうも、心配だから、わしは、大磯へ帰らずに、今夜は藤村の家に厄介になって、いろいろ、善後策を、考えてみようと思う……」

羽根田が、いった。

「あたくしも、東京で泊ることにしますわ。久振りに、家へ帰って……」

駒子は、平さんが、配給所を去ったことを、知らないから、わが家へ帰る危険を、感じてはいるのだが、そんなことに関っていられないほど、心が切迫していた。明日も、明後日も、彼女は、五百助の消息を知り得る東京を、離れたくはなかった。

「では、明朝、藤村さんへ伺って、お打合せしますわ」

二人は、桜田門で別れたが、駒子は、すぐに、わが家へは帰らなかった。バスで、銀座へ出ると、煙草や、菓子パンや、チョコレートなぞを、買い調えて、もう一度、警視庁へ、引っ返した。

もう、藤田課長は、帰っていたので、彼女は、留置場係りの警官に会うのに、よほど、手間をとった。

「そこに、待っていなさい」

廊下の壁に沿って、一脚のベンチがあり、その先きに、石油罐が、山のように、積んであった。その臭気が、DDTであることが、すぐ知れた。恐らく、留置人たちは、その薬で消毒されるのであろうが、駒子は、それを、特殊な世界の臭気として嗅いだ。まして、時々、巡査に送られてくる容疑者たちが、廊下の奥に吸い込まれ、

「進入！」

という、軍隊的な、烈しい号令が洩れて、後は、寂《じゃく》として、声もないと、真暗な地獄の通路が、その先きにあるような気がして、

「五百助さアん……五百助さアん……」

と、絶叫したくなるのを、必死と、耐える外はなかった。

その頃、五百助は、二枚の毛布を顎の下までかけて、もう、寝に就いていた。

留置場というところは、早寝早起であって、老人には適してるが、五百助並びに同房の青壮年にとっては、多少、迷惑であろう。それに、夜中、カンカン、燈火がついてるから、慣れないうちは、容易に眠られない。その明るさはちょっと、想像の外であって、一流ホテルのロビイの照明に、匹敵するのである。これは、警視庁が、電力の濫費を企てているわけではなく、看守巡査の眼が、どこへも届くための計らいに、過ぎない。

床は、板敷きであるが、新しい厚いゴザと、決して、センベイとはいえぬ敷布団があるので、寝心地は、それほど悪くない。DDTの臭気は強いが、お金の水橋下のように、ノミがいないのは、有難い。房の外も、厚いコンクリートの壁に囲われているから、透間風などは、絶対に、入らない。ただ、谷間の小屋では、三畳敷に、金次爺さんと、二人で寝たが、ここでは、一畳当り一人であるから、半畳分だけ、窮屈になる、勘定である。八人の留置人が、この一七房に、サンドウィッチの折詰のように、キチンと、寝床を列べている。五百助の右隣りがノビ（泥棒）であり、左隣りがヒロポン売り、頭の上が、ハイノリ（自転車泥棒）である。その他、暴力スリ、ナガシ（田舎回りのユスリ）、婦女誘拐、ストで労務課長を殴った工場員が、同宿している。

昨夜、五百助が、ここへ連れられてきてから、もう、二十四時間に近い。留置場の入口に、小型の法廷のような構造の看守室があって、そこで、彼は、身体検査を受け、所持品から、ネクタイ、皮バンド等、一切を、取り上げられた。一々、札をつけて、保管されるが、名前を書くのではなく、番号である。いよいよ留置場へ入れられる時も、病院の待合札のような、黒塗りに白書した番号を、渡される。それで、入所の資格が整ったので、

「進入！」

という号令が掛かり、それによって、やっと、入口の看守が、入場を許してくれる。頼んだところで、ムヤミに入れて貰えるわけではない。途端に、南村五百助という姓名が、消滅して、一個の数字としての彼が、生まれ出る。

「一七房三六番！」

いかなる場合も、彼は、そう呼ばれる。本名より、この方が簡便であり、覚え易い点で、漢字制限や新カナ遣いの目的と、似ているが、当人は、そう嬉しいものではない。

番号と化した彼は、今朝から二回、経済保安課と麻薬係りの取調室へ、呼び出された。その時、始めて南村五百助とは、汝自身であるかと、訊かれて、彼は、久振りに、自分と対面したような気がした。

「なにしろ、暗くて、巡査ということが、わからなかったもんですから……」

彼は、そんな風に、答えた。それから、酒を飲んでいたことも、暗中の怪漢から、生命を脅やかされる感じがしたということも――つまり、全然、犯行の意志がなかったことを、なかなか、要領よく答えた。みんな、同房の暴力スリが、教えてくれたのである。

しかし、係り主任の尋問の重点は、そんなことよりも、加治木一味との関係を、追求するところにあった。

たが……」

「同じ、橋の下に、住んでましたから、山羊の乳を貰ったり、いろいろ、近所交際《づきあい》をしま

五百助は、漠然たる答えばかり、列べた。主任は、ジレったがって、急所を、烈しく衝くのだが、ノレンに腕押しのような結果しか、生まれない。こういう態度に出るのは、相当のシタタカモノであると、経験豊富な警察眼で、ハッタと、五百助を睨むのであるが、顔も漠然、眼つきも、声も漠然を極めて、人間自体が、確証を欠いてる。

五百助としては、加治木が万一を慮《おもんばか》って、具体的な秘密は、一切、彼に明かさなかったのだから、主任が追求するようなことに、答える材料がないのである。それよりも、彼は、正面の鉄棒入りの窓から、三宅坂《みやけざか》あたりの風景が見えるのが、ひどく悲しいのである。あの辺を、悠々、散歩したら、なんと、いい気持であろうかと、胸迫ってくるのである。

その悲しみは、電燈の明るさで、眠られぬままに、パッチリ眼を開いて、もの想いに耽ってる現在も、彼の胸を、満潮のように、浸してるのである。

といって、彼は、決して、留置場の待遇に、不満を持ってるわけではない。まったくの話、ここの生活は、そう悪くないのである。戦後、掌を返すように、変ったというのだが、食事にしても、今夜の五目飯と豆腐汁なぞは、なかなか、結構であった。主食の量も、一三〇グラムで、世間の配給量と、変らない。午後には、湯に入れてくれたが、清潔で、広くて、警視総監の自邸の風呂場より、たぶん、立派であろう。何よりも、五百助にとって、有難いのは、監房内の水洗便所だった。これが、ひどく、上等な、洋式便器である。彼も、赤坂に住

んでいた頃は、これと等しいものを用いていたが、武蔵間《はざま》の仮り住居でも、お金の水の谷間でも、便所は、勤倹貯蓄式の構造で、こればかりは、彼の頭痛の種だったのである。ここへきてから、どれだけ、生理的快感を満喫したか、知れない。

煙草の喫えないことだけは、苦痛であるが、それでも、毎日十五分間宛、運動場で散歩する時には、保管されてる煙草を、喫ってもよろしいことになってる。この時とばかり、二本一緒に、口に啣《くわ》える留置人もある。また、もの慣れた留置人は、どこをどうして、隠し持ってるのか、監房内で、コッソリ、一服やってることが、ないでもない。

その他の不満といっては、バンドを取り上げられるので、ズボンがズリ落ちそうで、閉口するのであるが、それとても、腹の肥満した五百助は、他の留置人ほどのことはない。

まず、これなら、東京人の生活として、中位以下とは、思われない。三食付き一泊、市価四、五百円の価値はあるだろう。いずれ、そのうちに、映画やテレヴィジョンの設備も、整う世の中がくれば、警察の民主化ということほど、謳歌すべきものはないと、一方では、考えるのだが――

そして、房内の社会生活が、五百助にとって、迷惑とは、いえぬものだった。

彼は、新入りなるに拘らず、尊敬を以て、留置人たちから、迎えられた。それは、彼の容貌体格が、魁偉《かいい》なためでもあったが、それ以上に、思想的背景のある、大規模な、密輸事件の犯人ということが、理由らしかった。こういう場所でも、思想というものは、尊重される

のである。牢名主《ろうなぬし》のように、ハバをきかしていた、暴力スリさえ、五百助には一目を置いて、
「オッサン、縁起物《えんぎもの》をやろうか」
と、彼自身の手すさびである、観世《かんぜ》ヨリの小さな鞋《わらじ》を呉れた。何しろ、非常に徒然《つれづれ》であるから、彼等は、塵紙を捻《よ》って、一寸にも足りない鞋だとか、犬コロだのの手芸に、耽るのである。また、差入れのパンを練って、小さなサイコロをつくり、バクチなぞも行うのである。そういう手芸は、前科を重ねた者ほど、巧妙であり、作品は、文化勲章的輝きを、持つのである。房内に於てのみならず、シャバに持ち出しても、賭場や水商売に関係する人の護符として、威力を認められているのである。

その外、運動場で煙草を貰うとか、飯の分配にあずかるとか、五百助は、《大者》として、同房者からの厚遇を受けたことは、一再でなかった。谷間の生活と同じように、ここでも、彼は、買い被られの利得に浴し、人間至る所青山あり、というような感が、湧かないでもないが、唯一つの難点が、彼を、ここに安住せしめないのである。

それは、いうまでもなく、鉄格子のことである。警察署の留置場は、普通、三面の壁で、一方だけが、鉄格子であり、窓なぞもついているから、座敷という観念が成り立つ。ここは、広い地下室に、十二も、各房が独立してる関係上、四面鉄格子という構造を生ずるのは、やむをえない。この構造は、最早、室ではない。完全に、動物園で見受けるものと、同一である。太い鉄の棒が、縦と横に、ガッシリと組まれ、ご丁寧に、金網まで張ってある。これが、甚だ、気に食わない。

時として、五百助は、満身の力をこめて、この鉄格子をネジ曲げ、その隙間から脱出したい欲望に、襲われる。しかし、ダメである。その外に、厚いコンクリートの壁がある。出口は、一カ所で、母親の胎内よりも狭く、堰《せ》きとめられ、常に、一人の看守巡査が、立ってる。たとえ、彼を打倒したところで、その外側は、看守室であり、常に、数人の巡査が、屯《たむ》ろしてる。それを、全部、ネムらせたと仮定しても、非常ベルの一鳴の下に、庁内三千の警官が、ピストルと催涙ガスを持参で、駆けつけるから、所詮、これは、アキラメモノという外はない――

空想が遮られるというのは、人生、悲しみの極である。五百助は、率然として、彼の置かれた運命を、直視せざるを得ない。そして、

「自由が、欲しくなったもんだからね」

と、家出の日に、細君に告白したことを、もう一度、思い出さないわけにいかないのである。

――あア、なんという所へ、きてしまったもんだ。

彼は、毛布の上に、一滴の涙を落した。いつまでも、眠れる道理はない。

翌朝、点呼があって、朝飯が済んでから一七房の住人たちは、鉄格子に背を列《なら》べて、アグラをかきながら、旅人のような、挨拶を交わした。

「どうせ、おいらは、オクリにきまってるから、朝のうちに、呼び出されるだろう。もう、オモヤ（警視庁）じゃ会えねえかも知れねえな。おめえも、達者で、稼ぎな」

「おれだって、午後二時で、四十八時間だから、どっち道、今晩は、アンバコ（留置場）にア泊れねえよ。万一、シャバへ出たら、すぐ差入れにいくから、安心しろよ」

　この頃は、留置場も、長逗留《ながとうりゅう》ができない仕組みで、二昼夜うちに、検察庁送りとなり、それで、起訴されるか、取調べが不足なら、なお十日間以内、拘置《こうち》所へ入れられるか、いずれかである。無論、最も幸福な場合は、警視庁だけの調べで、釈放となるのであるが――

「オッサンなんか、うまくいくと、今日で、追ッ放されるぜ。なんしろ、証拠がねえんだからな」

「でもな、こちとらとちがって、仕事が大きいから、なんともいえねえよ」

「たとえ、落ちた（刑務所行き）ところで、オッサンのようなヒゲ（思想犯）は、彼方《あっち》へいって、ラクができらア」

　慰めの言葉も、耳に入らないように、五百助は、黙然と、腕組みをしていた。彼も、今夜で、四十八時間を迎えるから、いずれにしても、今日中に、運命が決定する筈である。彼自身は、警官と取組み合いをした以外に、悪事を働いた覚えがないから、釈放を信じているが、対手は、警視庁であるから、なにをどう調べているか、わからない。もし、検察庁送りとなれば、事態が尋常でない証拠と、考えられた。まだ、自白はしていないが、なにしろ、秘密クラブで麻薬を売った時に、ロボットとしてでも、立会っているし、加治木たちのアジトには、出入りしているし、決して、安心はできない。

　だが、全《まる》二昼夜経たないうちに、彼は、鉄格子の味が、あまりにも、骨身に徹して、この不自由世界だけは、なんとかして、脱出したく、またしても、母親の名を、心に呼んで、救出を祈ってるところであった。

「一七房三六番!」

ふと、看守の声が、耳を打った。

「はい」

彼は、運命の使者がきたかと、胸に波を打たせた。

「差入物が、入っている。すぐ、くるかね」

「はい」

期待は、外れたが、彼は、たとえ一分間でも、鉄格子の外へ出たかった。

運動場の入口の側に、裸板のベンチと、テーブルがあった。そこで、彼は、菓子パンとチヨコレートの包みを、渡された。

「煙草もきているが、運動時間まで、預って置く。全部、細君からの差入れだ」

五百助は、ハッと思った。駒子が、彼の運命を知ってることも、意外だったが、こんなものを差入れてくれる気持が、もっと、意外だった。彼は、胸が迫って、容易に、食物に手が出なかった。

「食べてしまったら、一七房三六番は、検察庁へ送致する」

別な看守が、現われて、彼に告げた。

午前九時半頃だった。

五百助は、十五人ほどの同伴者と共に、バスに乗せられて、警視庁から、地検（東京地方検察庁）の新館正面玄関へ、送られた。なかなか、キレイな車で、窓に二本のボートが入ってるのを除いては、観光バスの外観と異るところはない。しかし、乗客は、悉く手錠を嵌められ、車掌さんが二人で、腰にピストルをさげてるのは、物騒だった。

彼等は、第一同行室と書いた、大きな教室のような部屋に通され、簡単な身体検査を受けて後は、固いベンチで、無言の行を続けねばならなかった。ここの空気は、厳粛であって、私語談笑が禁じられるのは固《もと》より、五百助が、手錠が気になって、少し腕を動かしてると、

「何をしとるか」

高い所に腰かけた警備巡査から、一喝された。

それから、ずいぶん、待たされた。午飯に、警視庁支給の箱弁を食っても、鉄棒の嵌った窓の外に、日が傾いても、まだ、検事からの呼び出しは、来なかった。もっとも、検事さんも忙がしく、二十四時間の制限タイムで各自、七、八人の容疑者をサバくのだが、ダンサーと同じように、一度に一人しか、お対手ができないので、手間が掛かるのである。

四時過ぎになって、やっと、護送巡査が、彼を、呼び出しにきた。手錠は、外されず、そのまま、二階へ連れていかれたが、両側に取調室の列んだ廊下は、夜のように、暗かった。そして、壁際のベンチに、シャバの人と覚しき男女が、目白押しに、列んでいた。五百助は、ひどく、恥かしかった。下ばかり向いて、歩いていたが、ふと、駒子ではないか、と思われ

る人影が、薄闇の奥に、佇んでいた。

「まア、なんて、情けない姿！　恥ずかしくないの、あんたはッ？」

無言の声が響いた。ピシピシと、背の皮が剝けるような、叱責の鞭だった。彼は、言の答えもできなかった。幸い、護送巡査は、すぐ前の室の扉を開けて、

「入る！」

と彼を押した。

刑事部第×号取調室と、木札の下った部屋は、狭く、細長く、窓際に、検事のデスクがあり、上着を脱いだ、髭のない男が、腰かけていた。少し下って、書記の卓があり、巡査は、壁の前に直立した。壁に、小さなガラスの花瓶が吊られ、バラの造花が、埃を浴びていた。

五百助は、検事とデスクを挟んで、椅子を与えられた。

「……あんたは、今、述べたような犯罪の容疑をもって、送致されてきたのであるが、それに相違ないかね」

五百助と同年配ぐらいの検事は、どこやら、学者臭い眼を、眼鏡越しに、書類の上に走らせた。東北らしい訛りが、語尾にあった。

「はい」

「それについて、これから訊問《じんもん》をするから、なるべく正直に、答えて貰いたい。しかし、答えたくないことは、答えなくてもよろしい。それは、あんたの権利なのであるから……」

新憲法の臭いが、プンと、室内に流れた。

五百助の取調べは、一時間近く続いた。公務執行妨害についてはあまり、訊問を受けなかった。加治木等との関係が主であったが、その取調べも、警視庁よりも、肌触りが柔かだった。ただ急所を衝く時だけは、検事の眼が、眼鏡越しに、五百助の胸もとを貫くような、鋭さがあった。彼はブルブル震え《なるべく正直に》という、検事さんの希望に、大体、沿うことにした。

彼と検事の言葉が、書記の毛筆で、直ちに、罫紙《けいし》に書き取られていた。次第に、五百助は、観念の眼を閉じる気持に、なってきた。その書類が起訴状に付せられることは、まちがいないと思われた。

「そう……。大体、これで、わかりました」

検事が、ジロリと、彼の顔を見た。冷たい、砥石《といし》のような、無表情な顔が、真正面にあった。

――いよいよ、宣告だな。

五百助は、下を向いた。

「ところで、ちょいと聞くが、羽根田法学博士と、あんたとの関係は？」

検事は、意外なことを訊いた。

「叔父です。母の弟で……」

「南村駒子、三十一歳――というのは？」

「妻です……」

五百助は、力なく、答えた。

「あんたは、将来、その叔父の意見を尊重したり、妻と住居を共にしたりする気持が、あるかね。つまり、お金の水橋下のような場所を去って、正常な家庭生活を営む意志が、あるかどうか、ということだが……。勿論、これは検事の職責をもってする、命令のようなものではない。ただ、参考として訊いて置くのだが……」

「ありますよ、それは……」

五百助は、咄嗟に答えた。彼として、こんなに、素早く、且つ明瞭に、意志を表明したことは、生まれて始めてである。それは、差入物を受けた時から、駒子に対する感情の人変化が起きたためでもあるが、それにもまして、突然、天から降りてきた一筋の救いの縄に、必死と、縋《すが》りつきたい、本能的な、反射行動であった。彼は、検事の言葉の裏に、囲繞《いにょう》する鉄格子の外からの呼声を、明らかに、感得したのである。

「君、先刻の二人を、呼んできてくれ給え」

検事が、書記にいった。

やがて、扉が開いて、羽根田と、駒子が現われた。背を向けてる五百助は、彼女が、ジッと良人の後頭部を見詰め、やがて、ハンカチで眼を抑えたのを、知らなかった。

「さア、先生、どうぞ……」

検事は、羽根田のために、空椅子を、持ってこさせた。五笑会の席上と異って、恐ろしく、むつかしい顔をした彼が、無言で、一礼した。

五百助は、叔父に気づき、やがて、妻を見出した。山のような肩に、忽ち、首が吸い込まれ、巨木の腕が、立ち枯れたように、萎《しな》びた。ゴム風船が縮む時より、もっと、急激な変化だった。

「大体、調べは、済みました。そこで、羽根田先生と、奥さんに、ちょっと、ご相談があるのですが……」

検事は、二人の顔を見ながら、静かにいった。

検事のいうところでは、被疑者南村五百助の公務執行妨害罪は、その意志なきものとして、起訴しない。しかし、密輸及び麻薬売却事件の関係について、罪に問うべき、確かな証拠を見出し難くても、いわゆる《臭い》点が、絶無とはいえない。その点が、明らかに立証されるのは、逃走中の主要被疑者が逮捕された時の取調べを、待つより外はない。少くとも、その場合、証人としての南村五百助の価値は、重要である。しかし、目下は、必ずしも、被疑者南村五百助を、拘置する必要はない。ただ、当人が、引き続き、浮浪生活を営むとか、正業に従事しないとかいうことになると、証拠湮滅《いんめつ》や失踪の惧《おそ》れあるものとして、適当の処分をとらざるを得ない。幸いにして、被疑者の叔父は、社会的に名声ある碩学《せきがく》であり、その妻は、一定の居住を有し、正しき生活を営む婦人である。この両人が、被疑者の身柄を引き受けるならば、検事は、直ちに、釈放の手続きを、とるであろう——

「まア、そういったわけなのですがね」と、検事は、多少、砕けた調子で、羽根田と駒子の顔を、順次に見てから、「もっとも、ご承知のとおり、身柄引き受けということは、なにも、法律上の責任が生ずるわけではありません。まア、一つの形式のようなものですが、それにしても、一札、入れて頂くことが、必要なのですな。身柄引受人として、お二人の記名調印したものを、提出して下されば、この被疑者を、お渡しすることができるのですが……！」

「承知しました」

　羽根田が、厳粛な声を出した。

　駒子が、キッパリと、顔を挙げた。

「確かに、お引き受け致しますわ」

　そこで、庁内の代書屋まで、駒子が走ろうとしたが、検事は、書式なぞは、口語体で結構であり、筆紙も与えるという厚意を、示してくれたので、彼女自身が、書くことになった。

……ニ関シ、オ調べ中ノトコロ、今般身柄釈放ニ当ッテハ、私タチガ責任ヲセッテ、身柄ヲ引キ受ケ、今後、必要ノ際ニハ、イツデモ、本人ヲ出頭サセマス、云々。

　なぜ、片仮名を用いなければならぬか、駒子は、不審だったが、書記のいうとおり、そんな文章を、毛筆で書いて、羽根田のところへ持っていった。彼は、達筆な署名をして、大きな蟇口から、認印を出した。駒子は、判がないので、拇印で許して貰った。

　検事はそれを読み、頷いて、書類籠に入れた。そして、五百助に向って、

「では、君は、これで、自由の体になったのだから、帰ってよろしい。警視庁へ、携帯品をとりにいったら、迷惑をかけましたと、一言、挨拶して置く方がいいね……。それから、今後、一切、素姓の怪しい人間と、交渉せんようにし給え。君のような、温良な人物は、とか

く、悪質な者から、利用される惧れがある。それによって、どんな恐ろしい罪に問われんとも、限らんからね。まア、これからは、細君と相和して、健全なる生活を……」

せっかくの検事さんの忠告も、五百助は、上の空で聞いていた。心は、ただ、鉄格子なき、大気の下の広い世界へ飛び、馳《かけ》っていた。


もう、日の暮れかかった、東京駅の表乗車口で、彼等は、それぞれの行先きの切符を、買った。羽根田は大磯、五百助夫婦は、武蔵間《むさしはざま》と――

「お前も、少しは、落ちつくんだね……」

羽根田が、この時になって、始めて、口をきいた。検察庁から、警視庁、東京駅と来る間に、彼は、唖になったように、一言も、しゃべらなかったのである。

「はア、考えます……」

五百助は、口ごもって、中学生のような、ウブなお辞儀をした。

「夫婦なんて、いい加減なものだよ。個人と社会との関係と、ソックリだ。ほんとに満足してる奴は、一人もありアしない。ただ、不満を忘れる方法が、ないこともないな。それを、よく、研究してみるといい……」

彼は、二人の顔を、交互に見て、そういい捨てると、改札口の方へ、スタスタ、歩き出した。そして、五百助夫婦が、中央線の階段の前で、もう一度、別れの挨拶をしようとしても、ちょいと、帽子に手をかけただけで、人混みに消えてしまった。

まだ、ラッシュ時刻で、フォームは、人の林だった。折返しの急行電車が着くと、瞬間だけ、戦後的な、暴行乗車が、始まった。人々の胸、肩、腕が、五百助の巨体に、衝突したり、跳ね返ったりした。しかし、彼は、それが、愉快だった。ギッシリと、彼を取り巻いてるものは、柔かい人間の肉体であって、鉄格子でも、コンクリートでもないのである――

彼は、よほど、警視庁と検察庁が、骨身にコタえたらしかった。あの世界だけは、どんなことがあっても、二度と、近寄りたくなかった。釈放されて、地検の玄関を出た時、彼は、思わず、双手を高く、夕空に向って、差し上げたほどだった。

窮屈な、満員電車でも、彼には、自由の天国を、感じさせた。そして、彼に一番近く、ピッタリと寄り添って、体の温みを伝えてくれるのは、妻の駒子だった。彼女は、背が高い方でないから、五百助の眼から、帽子のない頭髪の全部が、見下され、少し、赤味を帯びた毛の波と、常用の香油の匂いが、彼に、半年振りの懐かしさを、かき立てた。

――駒子も、きっと、悔《く》い改めてるのだ。以前のような女では、なくなったのかも知れない。

彼は、彼女の手が、背広の袖を、シッカリと把まえてるのに、気づいた。人前で、こんなことをする女では、なかったのだ。留置場へ、あんな差入物をしてくれたことと共に、彼女が、態度を一変した証拠でなくて、なんであろう――

ふと、彼は、電車がお金の水駅を、発車したのを知り、ハッと思った。あの小屋や、共同便所や、広場が懐かしく、彼が去ったために、もう、老妻と同棲を始めたかも知れぬ、金次爺さんの姿が、眼に浮かび、人々の肩越しに、谷間の景色を覗こうとすると、グイと、体を引き戻された。

「見るんじゃありません、そんなとこ……」

駒子の声は、低かったが、恐ろしく、命令的だった。

それが、半年振りに、夫婦差し向いともいうべき場合の、駒子の第一声だった。羽根田叔父のいる間に、彼女は、良人に対して、いろいろ、口をきいたが、それらの言葉は、優しくも聞え、また、無表情にも聞えた。だが、今の一言は、そうではなかった。昔の駒子より、もっと、峻厳な調子を帯びていた。たとえ、満員の電車のなかでも、夫婦二人きりの間に、語られた、最初の言葉として、五百助は、意外だった。悔い改めた妻ならば、あのような、ツッケンドンなもの言いは、しないものではないか――

急行電車は、瞬く間に、お金の水を後にし、四谷を過ぎ、信濃町を走り越した。まったく暗くなった、外苑の風景が、五百助に、家出の翌日を思い出させ、新宿駅に止まると、あの当日に観たストリップ・ショウを、回想させた。

中野からは、次第に、車内が空いてきて、五百助は、開かない方のドアに、身を凭《もた》らせることができたが、それでも、駒子は彼に寄り添い、片袖をつかんだ手を、放さなかった。それは、よそ眼には、いかにも仲のいい夫婦の姿に見えたが、五百助は、心中、穏かならぬものを、感じていた。

――これでは、まるで、護送巡査だ。あのバスの中と、同じことだ。

やがて、電車は、間駅に着いた。五百助は、久振りに見る、駅前の風景に、懐かしさを味わい、駒子が、晩飯のために、パンや、ハムや、ソーセージの買物をしてる間に、彼も、タバコを買いに、馴染みの店の方へ、歩き出した。

「ちょいと……どこへいくの?」

彼女が、すぐ、跡を追ってきた。

家まで、歩く間も、彼女は、五百助から注意を放さず、体も離さなかった。彼は、自分の右手に、手錠が掛ってるような、錯覚を起した。

暗い野道のなかで、彼女が話しかけた。

「あたし、もう、決心したのよ」

「なにを?」

「あなたを、離れない。そして、あなたを、放さない、ということを……」

「え?」

五百助は、胸を衝かれるような、驚きを感じた。これは、ツッケンドン以上だ。何か、非常に、積極的な意志や、感情の働いてる言葉だ。こんなことをいう女では、なかったのに

――


彼は、妻の心中を、測り兼ねた。彼女の感触が、どうも、以前とちがう。もし、彼の家出前と、変った女になったとすれば、それは、彼にとって、都合のいい変り方であるか、それとも――

道は、暗かった。慣れてるから、歩けるようなものの、両側の畑は、闇に沈み、疎《まば》らな灯

影は遠く、星月夜の空は、どこまでも展がり、二人の行途《ゆくて》の杉の林だけが、コンモリと、浮き上っていた。

駒子も、それきり、口を開かなかった。五百助としては、ウカウカ、質問なぞする、場合ではなかった。二人の靴音だけが、よく揃い、暗中に響いた。

やっと、わが家に着くと、駒子は、鍵で戸を開け、一歩退った。まるで、留置場の看守のように——

「あんた、先きへ、お入ンなさい……」

衣服を替えるよりも先きに、二人は、遅くなった晩飯の卓を、囲んだ。家へ入ったら、急に、腹が空いてきた五百助は、パンにバターを、ムヤミに塗りつけ、冷たい肉と共に、頬張った。

「あア、ビールが一本、残ってたわ」

紅茶の支度をしかけた駒子が、台所に立っていった。

五百助は、久振りのわが家を、見回した。戸も、障子も、閉め切ってあるが、家の中は、少しも、以前とちがっていなかった。四十ワットの月極め電燈が、彼が、遅く帰ってきた時と同じように、赤ッぽく、襖《ふすま》を照らしていた。何事の起った形跡も、なかった。

——おれは、自由を求めて、ここを、逃げ出したのだが……。

駒子が、二つのコップと、ビールを持ってきた。彼女も、今夜は、飲む気らしい。

「とにかく、おめでとう……」

彼女は、ニコリともしないで、コップを揚げた。

「いや、いろいろ、心配かけちゃって……」

五百助も、儀礼的なことをいって、その真似をした。

それから、言葉の継穂《つぎほ》がなかった。一本のビールは、じきに、カラになった。駒子だけが、酔ってきた。

「もう、こうなったら、あんたは、動けないわよ。なにしろ、検察庁が、あたしに、身柄を預けたんだからね」

彼女は、横坐りになって、毒婦のような笑いを、洩らした。

五百助は、驚いて、妻の顔を見た。今の言葉は、まったく、駒子のそれとは、思えないのだ。生酔《なまよい》のクダなのだろうか。それとも、女性の残忍な本性を、顕わしたのだろうか。

「あたしと叔父さまが、保証に立たなかったら、あんたは、刑務所行きだったじゃないの。その恩を考えても、あんたは、これから、絶対に、あたしに服従しなければならないわよ……ホッホホ」

口は笑っていても、眼はキラキラと輝き、乾いていた。

五百助は、ゾッとして、今夜から始まる長い生活を、想像した。電燈に照らされてる襖や、障子が、忽ち、留置場の鉄格子に、変ったような気がした。

彼は、無言で、立ち上った。

「どこへ、いくの？」

「折角だけど、僕は、やっぱり、家にいない方がいいよ。お金の水橋下あたりが、適当な住いらしい……」

「なにを、いってるの。浮浪生活をしない条件で、あんたは、検事さんから、あたしに預けられた身よ」

「いや、べつに、君たちに、法律上の責任はないのだと、検事さんもいっていたよ。心配しなくても、いいんだ……」

彼は、半年前に、家を出ていった時のように、長押《なげし》から、帽子をとった。それを見て、駒子が、ツカツカと、彼の側へ寄ってきた。そして、ジッと、良人の顔を眺めていたが、突然、彼女の右手が挙がり、彼の頬が、したたかな音を立てた。

「何をする?」

「ごめんなさい。敗《ま》けたわ……家にいて！　家にいて！」

駒子は、そう叫ぶと、濡れたタオルのように、五百助の足許に崩折《くずお》れ、彼の脚を抱き、誰《だれ》憚《はばか》らない、高い泣声を、立て始めた。まるで、五ツの幼女のように——

大団円

その年も、押し詰まって、新年に旬日もない、ある日のことだった。

羽根田の家の客座敷で、主人と、菱刈と、藤村の三人が、太鼓の赤い緒を締めるのに、汗をかいていた。それほど、力の要る仕事だが、また今日の天気が、いかにも、大磯の冬らしい、麗かさなのである。

「ほウ、梅が、咲いてますな」

菱刈が、隣家の垣《かき》を眺めて、驚きの声を放った。野梅の節くれた枝に、二、三輪の白い点々が、日に輝いていた。

「ええ、今年は、四、五日、早いようです」

師走に梅の咲く土地に、住み慣れた羽根田は、格別の感もないようだった。

「一体、この冬は暖かいのか、寒いのか——昨日の朝なぞは、東京は、ひどく、氷が張りましたがね」

と、藤村が、緒締《おじ》めの手伝いを終って、一服した。

今日は、五笑会の納会であり、同時に、数カ月振りの顔合わせでもあった。その後、辺見と芳蘭女史は、欠席続きだし、適当な新会員も、見当らなかった上に、いろいろの事があって、会合を休んでいたのであるが、三老人は、遂に、悲壮な決意の下に、鉦《かね》抜きでも、例会を行うことにしたのである。笛を菱刈、大太鼓を藤村、シラベの二つの太鼓は、羽根田が、一人で打つことにすれば、どうやら、コンサートを、敢行できないこともない。もちろん、鉦があるに越したことはないが、気に入らない会員の加入より、遥かに、忍び易いと、考えたのである。老人たちは、辺見や芳蘭女史の経験で、つくづく、新会員の恃《たの》み難さを、知った。むしろ、この際、五笑会を三笑会と改名しても、昔ながらの三人で、古塁を守るに如かずと、固く、決心したらしい——

「さア、一つ、気の揃ったところで、始めてみますかな」

羽根田は、わざと、景気よくいって、太鼓の前に、座を占めたが、三人バヤシが、どれくらい寂しいかを、知らないのではない。

そこへ、銀子が、茶と菓子を、運んできた。

「奥さん、いつも、ご迷惑で……」

藤村が、愛想をいうと、

「いいえ、そんなことより、この度は、まことに、お目出たいことで、さぞかし、奥様も、ご安心遊ばしましたでしょう……」

と、銀子が、改まった挨拶をした。

十日ほど前に、隆文とユリーが結婚式を挙げたのである。そんなに、急に事が運んだのは、芳蘭女史の躍起の運動が、効を奏したからであるが、一方、藤村夫婦が、ふとしたことから、ユリーの戦後的行状を発見し、これは、早く身を固めさせないと、飛んだことになると、考えた結果なのであった。奇怪なのは、あれほど、許婚関係を、封建的だと罵っていた二人が、カンタンに、親たちの命令に服してしまったことで、新家庭も、今のところ、世間並みに、円満だそうである。

「いや、何ですか、もう……」

と、藤村は、苦笑を浮かべて、お辞儀をした。

「ところで、辺見の息子が、細君とヨリを戻した話を、知ってますか」

と、菱刈は、茶をすすりながら、微笑を浮かべた。

「へえ、それは、初耳ですが……」

一同は、軽い好奇心を、顔に示した。

辺見二世は、駒子の後に、華族出の新進女流作家と、親しくしていたが、最近、その女が、雑誌の新年号に、彼をモデルにした小説を発表したので、カンカンに怒って、絶交してしまい、その反動で、富士見高原から、細君を呼び寄せる気になったそうである。菱刈が、彼に会った時に、五笑会出席を勧めると、イヤ、不健全な室内娯楽は、一切やめて、これからは、ゴルフに専念すると、いったそうである。

「あの男には、ゴルフぐらいが相当してますよ。小セガレの癖に、こっちの仲間入りは、まだ早い……」

羽根田が、大いに、威張って見せた。

「そういえば、五百助さんは、その後……」

と、藤村が、二カ月前の騒ぎを思い出して訊くと、

「いろいろ、ご心配かけましたが、なんとか、落ちつく所へ、落ちついた様子です。この間、夫婦で、礼にきましたが……」

羽根田が、答える側から、細君が、

「とても面白いンですよ。この頃は、駒ちゃんが、働きに出て、五百さんが、お台所でも、

お洗濯でも、みんな、やってるそうでしてね」

「へえ、それは、変ってますな。アメリカ式というのとも、少し、ちがうらしいが……」

菱刈が、首を傾けた。

「いや、どこ式でも、ないでしょう。強《し》いていえば、女護ケ島式でしょうかな。駒子の方は、働きのある女で、今度入った貿易商社でも、何か、特殊の仕事をやるので、二万円からの月給を獲《え》ているのですが、五百助の奴は、まったく、使い道のない男で、その上、今度の家出で、何を感じたか知らんが、勤めに出る意志を、全然、喪失してしまったらしいのです。まア、講和条約が成立するまで、働かん――なぞと、大きな事を、いってますがね。その代り、家内労働には、あの怠け者が、生まれ変ったように、精を出してるそうです」

「炊事だけでは、時間が剰《あま》るから、ミシンでも、習いたいと、いったそうですよ、ホッホホ」

細君が笑うと、一同も、腹を抱えた。

「五百助君が、ミシンを踏んだ日には、何台あっても、壊《こわ》してしまう……」

「つまり、夫妻が、所を変えたというわけですな。それも、一案でしょうが、成績は、いかがです?」

「今のところ、どうやら、順調のようです。少くとも、駒子は、以前より幸福だと、いってます。いつまで続くか、知らんが……。しかし、アノ手コノ手とやってみるうちに、時が経《た》つ。そのうちに、不満をいうのも面倒臭い、という年齢に、達する夫婦が、多いのじゃないですかな――お互いの経験から、いっても……」

と、羽根田は、常になく、シンミリした調子でいった。

「そう。そして、笛や太鼓に、血道を揚げるようになる……」

と、菱刈が、巧みな、合槌を打った。

「そのこと、そのこと……肝心の商売を忘れとった。さア、早速始めますかな」

羽根田は、急に、元気な声を出して、バチを包んだ帛紗《ふくさ》を、解き始めた。得たりという風に、菱刈は笛を、藤村はバチを、それぞれ、手に取った。

「では、打ち込みますよ……ソレ！」

屋台、聖天《しょうでん》、鎌倉、四《し》丁目。テンテンヤ、テンテンテンヤ、ピーヒリ、ピーヒ――と、鉦はないけれど、バカ・バヤシの音には、ちがいなかった。

〔付録〕小説その後――自由学校

車中の「白衣の勇士」は、声振り上げて叫ぶ。

「皆さん、あれからすでに七年……」

私は、どういうものか、あのアレカラという語を聞く度《たび》に、戦慄を感じる。それと同様に、拙《まず》い旧作の人物の消息を問われたりすると、やはり、ゾッとする。しかし、いくら、作者がゾッとしたところで、拙作の人物なぞは、女中に生ませた私生児のように、なかなか死んでくれない。

アレカラすでに三年――五百助《いおすけ》と駒子《こまこ》は、まだ生きている。住居も中央線の武蔵間《むさしはざま》駅から程遠い、農家の離《はなれ》家を、まだ借りてる。もっと便利な場所へ、移転したいのだが、住宅難がないにしても、過去の小説の人物というものはムヤミと環境を変更することを許されない。

「サア、明けまして、お目出とう」

チャブ台の前に坐ると、五百助が、そうアイサツした。

「はい、お目出とう。どうぞ、相変らず……」

駒子も、賀辞《がじ》を返した。

元日の朝のことである。彼等の小説が、新聞で完結してから、三度目の新年を迎えるわけであるが、彼等は、少しも年をとっていない。五百助は、相変らず、ブクブク肥ってる。駒子は、ギスギスやせている。また、五百助は従前どおり、天下泰平面《づら》であり、駒子は不平不満の表情を変えていない。しかし、二人の家庭内の位置は、あの小説の発端《ほったん》の時と、まったく転倒している。そのことは、小説の大団円において、五笑会連中が、ちょいと語っているのだが、つまり、五百助が家内労働の一切を担任する代りに、駒子が貿易商社に毎日出勤して、生活費をかせいでくるのである。その生活形式は、アレカラ三年、休みなく継続してるものと、ご承知を願いたい。

従って、チャブ台の上に列《なら》んでる雑煮や、カズノコの如きも一切、五百助の調理によるものである。彼も、責任上、婦人雑誌の新年号なぞ読んで、研究はしたけれど、どうも、器用の生まれでなかった。

「ちょいと、これ、お雑煮《ぞうに》？」

駒子は、ワンのフタをとるや否や、声をとがらせた。口やかましいテイシュが、細君に文句をいう調子である。

「そう」

五百助としては、少しも、驚く必要がなかった。五寸大の切モチが一片だけ入ってるのは、幾つにも切るのが、面倒だったからであり、シルが少いのは、ダシを取る手段を省いて、醤油をブチ込んだ結果に過ぎない。もし、塩分が多過ぎたら、後で湯をウメるように、火ばちの鉄ビンが、煮え立っている。

「日本人の通念からいって、これは、お雑煮といえない食物よ。強いて、名をつければ、おモチの煮付けだわ。わかって?」

駒子は、全然、ハシをつけないで、ひざに手を置き、五百助をキメつけた。

「そうかね」

「そうかねじゃないわ。毎日、外で働いて、月給を家へ運んでる身にも、なってちょうだい。お雑煮ぐらい、満足に食べたいじゃないの。ヒトに養われていたら、それくらいの義務は、果すものよ」

封建的テイシュが、よく、こんなこうふんで、食物の文句をいう。駒子も、知らずして、その口真似をしてるのだが、実をいうと、彼女は、最近、外で働くことに、飽きてきたのである。家庭から解放されたら、ノビノビと翼が伸ばせると思ったら、大きな見込みちがいで、資本主義社会のサラリー・マン生活はドレイに等しきものと知るに至った。これなら、むしろ、女房業の方がマシだと、復辟《ふくへき》運動を謀《たくら》み、そのために、テイシュにツラく当るのである。

五百助も同様、サラリー・マンに自由なきことは百も承知、さりとて、都会の谷間にもタイした自由がなかったことを、認識した一方、炊事とセンタクと留守番をすれば能事《のうじ》足りる女房業が、案外、自由の喜びを与えることを発見したので、今更、駒子に好もしいイスを譲る料簡《りょうけん》が起らない。

そこで、新年そうそう、雑煮を食べながら、二人の前に、論戦が開始されたが、口では、とても駒子に敵する五百助ではなかった。遂に彼は、三年前に聞いた女房の言辞を、踏襲するのやむなきに至った。

「出ていけ！」

〈一九五三年一月一日「朝日新聞」〉

（『獅子文六全集』第十二巻より　朝日新聞社　一九六九年）

〔付録〕私の代表作

お前の代表作は何かと、問われてみると、さアわからない。代表作とは、恐らく、一番いい作品とか、最も評判のよかった作品とかいう意味であろうが、これが、案外、作者自身にはわからないのである。

一番いい作品というのを、自分できめるのは困難だが、最も評判のよかった作品なるものも、評判を気にして、ウサギのように耳を立ててるにかかわらず、作者にはホントのところがつかめない。単行本の売行きをもって、見当がつくだろうと、思われるが、そうカンタンにいかないのである。

例えば、私の作品で「自由学校」というのがある。これは、新聞に載《の》ってる時から、何かガヤガヤいわれ、朝日新聞で本にして出した時も、かなり売れ、映画は競映になった。私の作品のうちで、これなぞ最もハデな評判を博したといえる。ではこれが最も評判のよかった作品かというと、あながちそう断言もできない。

というのは、私の戦後最初の新聞小説に、「てんやわんや」というのがある。これは、暫らく新聞に書かなかったので、多少ハリキリで筆をとったのだが、掲載中ウンともスンとも反響がなかった。新潮社から本が出たが、せいぜい、七、八千しか売れなかった。映画になったのも、ずいぶん後になってからのことである。ところが、一、二年前に、これが文庫本になったら奇妙に売れ始めた。今もって、私の文庫本作品のうちでは、これが一番よく売れる。読者の支持が大変遅れて現われた勘定になる。読者ばかりでなく、玄人筋の評判も、このごろになって、あの作品を何とかいってくれるような話を聞いたりする。「自由学校」の場合と、反対なのである。ジワジワと、評判になったのである。私としては、どちらが評判がよかったと、きめていいのか。

評判という客観的事実さえ、このようにつかまえにくい。まして一番いい作品なんて、こしらえた人間に鑑定させるのは、ムリな相談である。

ただ、同じ腹から出た子供でも可愛い子と、そう可愛くない子供というのはある。それは偏愛であり、作品の良否と関係のないことであるけれど、あの作品は、読み返すのもイヤだとか、あんな題名をつけるんじゃなかったとか、いうのがあると同時に、何となく好いたらしく、後味《あとあじ》の悪くない自作があることは、事実である。

右の「てんやわんや」なぞ、そう後味が悪くないが、むしろ戦前の作品に、そういうものが多い。「達磨町七番地」というのは、戦争のずっと以前、朝日の夕刊に書いたものだが、まア可愛い子供の一人である。しかし、戦前も、戦後も、本になったが、サッパリ売れない。「楽天公子」というのも、ちょっと可愛いが、書き足りていないことは、自分も認める。「南の風」というのも、少し便乗しちまったのは残念だが、デキとしては残念な作品とは思っていない。人の知らない作品で、「二階の女」というのがあるが、これは戦後の作品のうちで、好きな方である。

そんなことを列《なら》べても、きりはない。代表作は人にきめてもらう方針が無事であり、かつ正しいと思う。今度の「青春怪談」なぞ、どんな扱いを受けるか。「自由学校」のように、ハデな世評を博さなかったが、「てんやわんや」のように、ジワジワと長持ちがしてくれるかどうか。これぱかりは、自分で註文しても、どうにもならぬが、代表作が後から後にと、飛び出してくるようなら、作者としてウケに入らざるをえない。

（『獅子文六全集』第十四巻「遊べ遊べ」より　朝日新聞社　一九六九年）

解説

戌井昭人

獅子文六は、わたしの祖父、戌井市郎が文学座で演出家をやっていたので、子供のころからなんとなく知っていた。けれども演劇方面では、ペンネームの獅子文六ではなく、本名の岩田豊雄であり、その名前の方に馴染みがあった。

岩田豊雄、岸田國士、久保田万太郎は、文学座の創設者で、祖父も創設時から御三方の下について演出助手をしたりしていたから、岩田さんとの思い出は多々あったようで、普段の会話にも「岩田さんとこの店に来た」とか「岩田さんと野球をした」とか「岩田さんとアレを食べた」などなど、「岩田さん」という名前がよく出てきていた。

わたしが三〇歳のころ、祖母が亡くなった。そのとき火葬場の代々幡斎場で、茶巾ずしを食べながら遺体が焼かれるのを待っていると、祖父が若いころの思い出を話しはじめたことがある。

祖父は、岩田さんに用事があって、家まで行くことがあって、それが、ちょうど代々幡斎場の近くだったらしい。しかし教えてもらった住所を頼り歩いていたけれど、なかなか家が見つからなかった。当時は街灯も少なく、あたりは暗くて、民家もあまりなかった。すると向こうの方に、ポッと明るい光が見えたので、「あそこだ」と思って、光に向かって進んでいくと、そこは岩田さんの家ではなく斎場で、見えていた光は火葬の炎だったという。

祖父は、茶巾ずしをつまみながら、「でもね、火葬場で人が焼かれてるのを見るってのは、あまり気分の良いものではないね」などと言っていたが、そのときは実際に祖母が焼かれていたので、とりとめのないことを言う人だと思った。

このような祖父の呑気な思い出話なのだが、考えてみると、人の家と間違えて、火葬場に行ってしまったというのは、ちょっと怖い感じもして、なんだか内田百閒の小説みたいでもある。ちなみに自分も、地方の街で、歩き疲れたときに、ちょうど銭湯の煙突を見つけて、「やった、汗かいたから風呂に入るぞ」と思って行ってみたら火葬場だったことがある。煙突は銭湯のではなく、火葬の煙突だった。

とにかく、その話を聞いてから、わたしの中で、岩田豊雄さんは、祖父に家を火葬場と間違えられた人ということになってしまった。さらにペンネームが獅子文六というのもあり、火葬場から連想して、炎の奥で猛々しい獅子が吠えているようなイメージを持ってしまったので、書く小説も、憎悪にまみれた、おどろおどろしいものだと思い込み、獅子文六の小説を敬遠していた。

そのような勝手なイメージを持っていたのだが、あるとき本屋さんで、ちくま文庫から刊行されている一冊を手に取った。表紙はとぼけた感じのイラストで、題名も『てんやわんや』だった。そこには、それまでわたしが獅子文六に抱いていた猛々しいイメージは微塵もなかった。

「なんか、おかしいぞ」と思いながら購入して読んでみると、これが滅法面白く、獅子文六のことをもっと知りたくなって、いろいろ調べてみたら「獅子文六（ししぶんろく）」が「四×四＝十六（しじゅうろく）」をもじったものだと知って、とんでもなく拍子抜けをしてしまった。

それからは、古本屋さんで獅子文六を見つけたら購入し、ちくま文庫の『コーヒーと恋愛』を読み、『娘と私』『七時間半』『悦ちゃん』は刊行されたらすぐさま読んで、完全に獅子文六の虜になっていた。

とにかく、それまでわたしが思っていた「火葬場、獅子、おどろおどろしい」などといったイメージは、とんでもない勘違いだった。獅子文六の小説はユーモアたっぷりで、登場人物も好ましい人がたくさん出てくる。でも、能天気ばかりではない。おどろおどろしい憎悪とまではいかないが、悩んでいたり、人生がうまくいってなかったりする人々も登場する。しかし悩みがめぐりめぐって、ぐちゃぐちゃになったりしない。いや、面倒なことになっても、とにかく前に進んでいくから、停滞しない。停滞して小難しいことや哲学的なことを長々語ったりしない、そこが良いのだ。

『自由学校』には、ブルジョワからルンペンまで様々な人物が出てくる。まず、その高低差がすごいのだが、獅子文六は、フランスにも留学していたので、本人はブルジョワ階級のインテリゲンチャであり、本書にもブルジョワ階級の滑稽さがリアルに描かれている。

さらにルンペンの生活にもリアリティがある。これは時代背景を考えると、獅子文六が、戦後のドサクサを抜けてきた人だからなのかもしれない。そこで人間の裏も表も見てきたのだろう。密輸団などの暗部も描かれているが、どこか滑稽である。悲惨さや悲愴なことばかり強調しても仕方がない、そこはドライに、笑ってしまうしかないといった感じだ。

主人公の五百助は、デクノボーで、妻にガミガミ言われ続け、内緒で仕事を辞めてしまっている。そして、「自由が、欲しくなったもんだからね」と言って家を出て行く。普通に考えれば、とんでもない男だし、これから先、なにか悲劇的なことでもあるのではないかと想像したりもするのだが、彼の場合、その状況を深刻に考えたりはしない。ここがデクノボーの良さである。

家を出てからの五百助は、ルンペン生活をはじめ、様々な人と出会う。そこはまさしく自由学校で、彼らから、いろいろなことを学んでいくのだが、知らぬ間に密輸団に加担までしまい、最終的に警察に捕まってしまうのだ。しかし、そこも悲愴感はあまりない。常に前を向いている感じがする。後ろ向きに転がらない、どんなことがあっても前向きに転がるのだ。

一方、妻の駒子の方も、五百助が家を出て行ってから、さまざまなタイプの男と出会い、逆に、なんとなく五百助のことがわかってくる。そして、最終的に五百助とよりを戻す。その後は、駒子が働きに出て、五百助は、いまでいうところのハウスハズバンドになる。なんだかんだあったけれども、二人は、バランスのとれた生活をはじめるのだ。

獅子文六の小説を読んでいると、人間の存在は、つまるところ、どうしようもなく滑稽なのだと感じる。いろいろ考えたところで無駄なのではないかと思えてくる。人生は進んで行くけれど、突きつめても、結局わけのわからないことばかりしているのが人間なのである。争い事ばかりやっていて、歴史から学んでいることなんて、なにもないのではないかと思えてくる。

どうして人間は、こんなことばかりやっているのだろうかと考えてみると、それは、素直に己の滑稽さを認められないからなのかもしれない。つまり自由学校の卒業生が少なすぎるのだ。

とっとと己の滑稽さを認めれば、自由になれるのに、どうしようもないことばかりやっている人間は、少しはデクノボーの五百助を見習わなくてはならない。けれども彼が家を出て学んだような自由さが、昨今は排除され、世の中におおらかさがなくなってきているのも事実だ。

だから火葬場の炎を民家と間違えても、ぐんぐん進んでいってしまうくらい、己の滑稽さを認め、人生を前向きに転がすことが必要なのだ。そうすれば、世界は、もうすこし自由になれるのかもしれない。

（いぬい・あきと　作家・劇作家）

・本書『自由学校』は一九五〇年五月二十六日から十二月十一日まで「朝日新聞」に連載され、一九五一年一月に朝日新聞社より刊行されました。
・文庫化にあたり『獅子文六全集』第五巻（朝日新聞社一九六八年）を底本としました。
・本書のなかには、今日の人権感覚に照らして差別的ととられかねない箇所がありますが、作者が差別の助長を意図したのではなく、故人であること、執筆当時の時代背景を考え、該当箇所の削除や書き換えは行わず、原文のままとしました。

ちくま文庫

自《じ》由《ゆう》学校《がっこう》

二〇一六年六月十日　第一刷発行

著　者　獅子文六（しし・ぶんろく）

発行者　山野浩一

発行所　株式会社　筑摩書房
東京都台東区蔵前二―五―三　〒一一一―八七五五
振替〇〇一六〇―八―四一二三

装幀者　安野光雅

印刷所　中央精版印刷株式会社

製本所　中央精版印刷株式会社

乱丁・落丁本の場合は、左記宛にご送付下さい。
送料小社負担でお取り替えいたします。
ご注文・お問い合わせも左記へお願いします。
筑摩書房サービスセンター
埼玉県さいたま市北区櫛引町二―六〇四　〒三三一―八五〇七
電話番号　〇四八―六五一―〇〇五三

ISBN978-4-480-43354-1 C0193